인생을 산다는 것은 오직 한 번만 경험할 수 있는 미지의 순간들의 연속

• **박 경 기** 모둠창작집 •

살아있는 날들의 의미

한누리미디어

| 작가의 말 |

우리는 매일매일 새로운 세상 물정에 눈뜨고 귀가 밝아지는 성장의 과정을 겪습니다. 나 역시 그런 길을 걸어오면서 실존의 현상세계의 일원으로 자연의 법칙에 따라 삶을 살고 있습니다. 삶이란 탄생에서 죽음에 이르는 생명체가 갖는 필연적인 과정이기 때문에 그 유한성에 대한 시비는 인류 역사 이래로 회자하는 화두가 아닐 수 없습니다.

흔히들 인생을 흐르는 물에 비유하거나 타오르다 결국은 사그라지는 불에 비유하기를 즐깁니다. 결국, 자신의 가장 가까운 주변에서 보고 느끼는 생멸현상이 시사하는 바를 외면할 수 없기 때문이겠지요? 존귀한 생명체로 태어나 생로병사의 과정을 겪는 것이 마치 해가 떴다가 어느덧 지고 달도 찼다가 이지러지는 것처럼 존귀와 부귀의 영화를 누렸던 그 누구도 무상함을 피하지 못한다는 수많은 성인이 남긴 교훈이 새삼스러워지는 것이 인지상정입니다.

우리는 지금, 현재, 여기서 무엇을 하며 어떻게 살아야 하는가에 대한 자기성찰이 필요한 시점입니다. 참된 삶을 살기 위해 어떤 것을 끊고, 어떤 것을 버리고 비우며, 얼마만큼 닦고 베풀며 살았는지에 대한 반성과 참회가 남은 삶을 풍요롭고, 보람되게 사는 길이 아닐까 하는 점에서 저 자신을 스스로 자문하는 뜻에서 《벌거벗은 나를 바라보라》는 시, 수필, 소설을 망라한 다양한 장르의 모둠창작집을 낸 바 있습니다. 무엇보다 출간의 참뜻은 "내가 나와 더불어 사는 사람들에게 얼마나 많은 사랑을 나누며, 얼마나 품위 있는 인생을 살았는지, 그리고 나의 욕심과 탐욕을 얼마나 내려놓았는지, 자신을 스스로 돌아보라"라는 부처님의 말씀을 성찰의 거울로 삼자는 마음에서였습니다.

결국, 주장한 바는 인간의 최대목표는 행복이고, 주어진 삶의 과정에서 자비와 사랑의 실천으로 더불어 행복을 추구하는 대자대비의 베풂을 생활화하는 덕목이 바른 삶의 광명이고 그 수단이 사랑이라는 점입니다.

이런 일깨움에 힘입어 이번에는 시는 별책으로 엮고, 한 번뿐인 우리의 삶을 하루하루 어떻게 살아가는 것이 행복 추구를 위해 옳은 길인가를 묻는 모둠창작집 《살아있는 날들의 의미》라 제하여 수필과 해외여행기, 소설 등을 모아 엮으면서 스스로 찾아 보람 있는 인생을 살자는 뜻을 담았습니다.

부처님도 말했듯이 인생의 목적은 모든 고통에서 벗어나 즐겁게 사는 것, 즉 이고득락(離苦得樂)이라 했습니다. 자기 인생은 자기가 실천한 삶의 역사입니다. 그러기 위해서는 그 주인공인 나에게 필요한 것이 자기의 마음가짐입니다. 한 번밖에 주어지지 않는 연습이 허용되지 않는 삶을 위해, 하루하루 매 순간을 긍정적으로 살면서 태어날 때 가지고 온 것 없듯이 가는 날까지 아낌없는 사랑을 나누며 행복을 가꾸어 가는 삶터, 이곳이 우리가 기원하는 정토임을 깨닫게 되기를 소망합니다.

2023. 4

차례

I 수필

II 여행기

합작사업을 위해 방문했던 인도 견문록

동유럽과 체코(Czech) 여행담

III 소설

I

수필

살아 있는 날들의 의미

인공지능과 글 쓰기

– 챗GPT의 시 쓰기

인류의 역사와 문화는 농경시대, 산업시대, 정보화시대 그리고 인공지능 시대로 변해 가고 있다. 2000년대에 들면서 컴퓨팅, 센서, 인공지능과 유전 공학이 산업 전반과 우리의 일상생활을 송두리째 바꿔놓기 시작했다. 제4차 혁명이라는 무궁무진한 기회가 우리 앞에 펼쳐짐으로써 세상은 더 풍요롭고 더 살기 좋은 쪽으로 변할 것인가에 의문을 갖는다.

20년 전만 해도 컴퓨터를 활용하지 못하면 뒤처진 삶을 살게 되었고, 10년 전에는 핸드폰의 등장으로 딴 세상을 사는 기분이었는데, 2020년대 들면서 IT산업의 꽃이라는 5G가 나옴으로써 기존 PC는 당연히 없어지고 챗GPT나 빙 등에 의해 또 한 번 새로운 세상의 변화를 겪게 되었다.

초기 컴퓨터시대에는 모는 정보를 활용할 줄 아는 사람이 지식인이고 선각자였는데, 이제부터는 IoT 기술의 발달로 직접 대화를 통해 자신이 필요로 하는 모든 무궁무진한 정보를 얻어내어 실생활에 활용할 수 있게 되었다는 점에서 놀라지 않을 수 없다.

최근 매스컴에 오르내리는 이런 경계와 한계를 초월하고 불가능을 없애는 기술이 바꿀 세상의 모습에 우리의 삶이 얼마나 달라질지 상상하면서 그나마 뒤처지지 않으려는 마음에서 바짝 그들의 소리에 귀 기울이게 되었다. 그래서 가장 감성적이고 창의적이라는 글을 쓰는 작가의 미래에 대한 인공지능의 수준과 능력을 보기 위해 우선 시(詩)라는 장르에 관해 챗GPT와 기초적인 대화를 시도해 보았다.

시란 무엇인가?

〈좋은 시를 쓰려면 어떤 점이 필요한가?〉에 관해 물었다. 먼저 뉴욕에 거주하는 시인, 이야기꾼, 시나리오 작가인 Sean Glatch의 글을 인용하였다고 출처를 밝혔다.

단계별로 시를 쓰는 방법을 배우기 위해 모든 시인이 시작하는 기본 사항부터 시작하겠습니다. 이 기사는 시를 쓰는 방법에 대한 심층적인 소개입니다.

먼저 "시는 무엇입니까?"라는 질문에 답합니다. 그런 다음 시의 문학적 요소에 대해 논의하고 시를 단계별로 쓰는 방법에 대한 자체적인 7단계 과정을 포함하여 쓰기 과정에 대한 몇 가지 다양한 접근 방식을 보여줍니다. 그렇다면 시는 어떻게 쓰나요? 시가 무엇인지부터 시작하겠습니다.

시를 쓰는 방법을 논의하기 전에 시가 무엇인지, 아닌지를 아는 것이 중요합니다. 다음 인용문은 전 미국 시인 수상자 리타 도브(Rita Dove)가 시를 멋지게 정의한 것입니다.

"시는 가장 정제되고 가장 강력한 언어입니다."

시는 느낌을 전달합니다. 사람들은 때때로 시를 답답하고 추상적이며 이해하기 어려운 것으로 상상합니다. 어떤 시는 이런 식일 수도 있지만 실제로 시는 모호하거나 혼란스러운 것이 아닙니다. 시는 감정과 생각을 강조하기 위해 시의 요소를 사용하는 서정적이고 감동적인 자기표현 방법입니다. 시는 독자가 무언가를 느끼게 해야 합니다. 즉, 시는 독자에게 무엇을 느껴야 하는지 알려주는 것이 아니라 감정을 직접 불러일으켜 독자가 무언가를 느끼게 해야 합니다.

시는 가장 풍부하고 가장 압축된 언어입니다. 긴 산문(예: 단편소설, 회고록 또는 소설)과 달리 시는 가능한 한 가장 풍부하고 압축된 방식으로 독자에게 영향을 주어야 합니다. 그래서 시는 긴 뒷이야기를 채우거나 여유롭게 장면을 설정하는 곳이 아닙니다. 시에서는 모든 단어가 최대의 영향을 미칩니다. 시는 독특한 요소를 사용합니다. 시는 다른 종류의 글 쓰기와 다릅니다. 고유한 형식, 도구 및 원칙이 있습니다. 시의 이러한 요소들이 함께 어우러져 단 몇 마디로 독자에게 강력한 영향을 미칠 수 있습니다. 시의 요소는 단 몇 마디로 독자에게 강력한 영향을 미치도록 도와줍니다.

시 대부분은 산문이 아닌 운문으로 쓰입니다. 이것은 리듬이나 미터와 함께 줄바꿈을 사용하여 독자에게 무언가를 전달한다는 것을 의미합니다. 산문처럼 페이지 끝에서 텍스트를 나누지 않고 구절은 줄바꿈을 통해 언어를 강조합니다. 시는 운율과 운율을 통해 언어 사용을 더욱 강조합니다. 시는 언어 자체의 음악성, 즉 언어의 소리와 리듬, 언어가 전달하는 감정을 더욱 강조합니다.

챗GPT의 시작품

다음은 챗GPT의 능력을 직접 시험해 보기 위해 〈아름다운 봄비〉에 대한 짧은 시를 지어보라고 요구했다.

봄비 내리네.
새싹들은 희망을 안고
꽃들로 아름다움을 노래하네.

사랑도 함께 느껴지네
그것은 마치 봄비처럼
새로운 시작을 알리며
새로운 희망을 안고

챗GPT의 시작품이 마음에 드냐고 묻는다. 좋은 느낌이라고 답글을 달자 또 글을 써 내려간다.

비 오는 날에 시를 쓰는 데 도움이 되는 웹 페이지를 찾았습니다. 다음은 검색 결과를 기반으로 한 몇 가지 팁입니다. 시로 표현하고 싶은 주제나 분위기를 생각해 보세요. 예를 들어, 비가 어떻게 당신을 행복하게, 슬프게, 차분하게, 또는 향수를 불러일으키는지에 대해 쓸 수 있습니다. 감각적 세부 사항을 사용하여 비와 그 효과를 설명합니다. 예를 들어 소리, 냄새, 맛, 촉감 또는 비의 광경에 관해 쓸 수 있습니다. 비를 다른 것과 비교하기 위해 은유나 직유를 사용할 수도 있습니다. 시적 장치를 사용하여 시를 더욱 흥미롭고 음악적으로 만드십시오. 예를 들어 운율, 리듬, 반복, 두운, 유음 또는 의성어를 사용할 수 있습니다. 의성어는 물방울, 물보라, 톡톡 튀는 소리 또는 천둥과 같이 빗소리를 모방하는 단어를 사용하는 경우입니다.

원하는 형식이나 스타일로 시를 작성하세요. 어떤 규칙도 따르지 않는 자유 운문시나 특정 패턴을 따르는 구조화된 시를 쓸 수 있습니다.

무한한 정보 – 같은 제목의 유명한 시작품 소개

그리고 비에 관한 좋은 시가 많은데 그중에 랭스턴 휴즈의 시 한 편도 들려준다.

비가 당신에게 키스하게 하십시오.

비가 은색 액체 방울로 머리를 두드리게 하십시오.
비가 당신에게 자장가를 부르게 하십시오.
비는 보도에 여전히 웅덩이를 만듭니다.
비는 홈통에 흐르는 웅덩이를 만듭니다.
비는 밤에 우리 지붕에서 작은 수면 노래를 연주합니다.
그리고 나는 비를 좋아합니다.

제공한 정보가 어떻냐고 되묻기에 도움이 된다고 말하니 팁까지 쏟아낸다.

비에는 묘한 매력이 있습니다. 그들은 태곳적부터 예술가, 시인, 작가의 상상력에 불을 붙였습니다. 다음은 비를 가장 잘 설명하는 시를 써야지요.

우울, 음침한, 흐린, 변하기 쉬운, 젖은, 불길한, 비참한, 비를 설명해야 하는 많은 용어는 일반적으로 우리에게 불편하므로 부정적입니다. 그러나 비는 생명이 생존하고 농작물과 식물이 자라는 데 필요하므로 항상 불평해서는 안 됩니다.

과연 어디까지 가능할까?

이렇게 〈아름다운 봄비〉라는 제목의 시를 사람이 아닌 인공지능의 능력을 시험해 보면서 자신만의 감성과 창의력으로 글을 쓰는 작가로서 많은 생각을 해 보지 않을 수 없었다.

이제 글 쓰기는 작가만의 창작물이 아니라는 생각이 앞선다. 글 쓰기 초보자일지라도 특정 주제에 관한 수필이나 시, 소설 등을 써달라고 하면 챗GPT가 형식에 맞게 필요한 분량의 글을 바로 써주기 때문에 자신이 의도한 결과물을 얻는 데 어려움이 없다는 점이다. 초보자에게 다양한 자료와 정보를 제공해 유용한 도구가 될 수 있고, 아이디어를 생성하고 영감을 제

공할 뿐만 아니라 조사와 사실 확인 정보를 지원하는 데 도움이 되며, 또한 작성을 위한 구조를 만들고 구성과 형식에 대한 제안을 제공하는 데 도움이 될 수 있기 때문이다.

그리고 작가 대부분이 어느 순간에 좋은 영감은 얻었다 하더라도 작품의 첫 구절부터 막혀 한 줄도 시작을 못 할 때가 있는데 이 챗GPT에게 요구하면 자신이 원하는 글을 단숨에 써 주는가 하면, 시작이 반이라고 어느새 그렇게 얻어진 작품을 보노라면 심리적 안도감에 용기가 생길 것도 같다는 데도 동감이 느껴진다.

물론 제시된 문단이 좋아서가 아니라 저장된 많은 자료에서 뼈대를 간추려 새로운 살로 채우면 되겠다는 의욕이 생긴다는 뜻이며, 물론 예상치 못했던 풍부한 자료나 값진 정보를 받을 수도 있지만, 작가 자신의 독창적이고 창의성을 대체할 수는 없다는 점은 모두가 동감할 것으로 생각된다.

결국, 이런 챗GPT가 제공하는 자료나 정보들은 관련 전문가나 작가들에 의해 이미 공식적으로 발표나 공지된 사실들로 사전에 여러 경로를 통해 입력된 소스가 확실한 것들이기 때문에 표절이 될 수도 있어 적절히 인용하는 지혜도 필요할 것이다. 이 점은 AI가 작가에게 얼마나 소중한 도구가 될 수 있을는지는 이용하는 작가의 능력에 따라 달라진다는 점이다. 지금까지 개발된 챗GPT 4만 하더라도 필요한 정보를 유도해내기 위해서는 채팅을 통한 질문방법의 차이에 따라 그 지원방법은 무궁무진하다는 점이다.

아무튼 제공되는 정보들에 대해서는 대단한 의미가 있고, 그것을 창의적인 방식으로 사용하는 것은 역시 실제 창작 과정의 책임자인 작가의 손에 달려 있다고 느끼면서 아무람, 흥미로운 사실이다. 늘그막에 새로운 도전에 접해 보는 시간이 점점 길어지고 있음은 그저 남은 시간을 평범하게 사는 것은 고인 물로 썩어 가는 길임을 알기에 스스로 도태되기 싫고, 또한 미래로 통하는 흥미로움 때문이다.

(2023. 4.)

인사만사

중국의 산둥성(山東省) 룽쿠시(龍口市)에 있는 LKTP라는 회사에서 기술 및 경영 고문으로 일하고 있을 때의 일이다. 현지에 투자한 미국인의 권유로 5년의 근무 계약을 맺고 3년 반쯤이나 지났을 무렵이었는데 사주 겸 회장인 L동사장(L董司長)으로부터 다음과 같은 의견 제시가 있었다.

"제 딸년 X(秀)를 미국에 보내 한해쯤 공부를 시켰으면 하는데 고문님 생각은 어떤지요?"

그런 화두 속에는 뚜렷한 그의 속마음이 담겨 있었기에 즉석에서 좋은 의견임을 제시했다. 최근 들어 기술을 포함해 경영실적이 어느 정도 정상 궤도에 오르자 회사의 관리 책임을 맡은 총경리(總經理)인 X를 외국에 보내 선진교육을 받게 하자는 조심스러운 제안이었다.

그동안 외국인인 나를 비롯한 거래처의 많은 외국인을 상대하는 과정에서 영어 실력은 물론이고, 특히 그가 태어나서 40여 년간의 공산주의 교육을 받으며 부모 슬하에서 부족함을 모르고 성장한 세대이기 때문에 자신이 애써 이뤄놓은 가업을 우물 안 개구리의 안목으로는 넘겨줄 수 없다는 의견이다. 그분 역시도 나를 통해 익힌 것이 전부이고 현실적인 자본주의 경영 감각의 필요성이 절실하다는 것을 느껴왔다는 설명이다. 특히 대인관계며 국제감각에 대해서는 교육받은 바가 없는 터라 앞으로 수출을 포함한 외국과의 경쟁에서 살아남으려면 지금이라도 그에 걸맞은 교육과 감각을 익힐 좋은 기회라는 점을 강조한다.

늦게 개방하여 빠른 속도전을 펼치려 드는 중국의 경제정책에 힘입어 회사의 성장을 도모하겠다는 당찬 의욕과 21세기는 바야흐로 세계화 시대를 지향하기 때문에 전 세계를 대상으로 경쟁하고 시장을 넓혀 가야 하는 것이 기업이 살아남는 길이며 그 중심에 인재의 필요성이 강구되어야 한다는 점에서 감히 남들이 상상치도 못하는 바를 시도하려는 L동사장의 선견지명에 찬사와 더불어 그의 의향에 박수를 보냈다.

그래서 X가 미국에 나가 공부하는 1, 2년 정도 회사를 비우는 기간 동안 그와 내가 둘이서 합심하여 공백을 메꿔 나간다면 별로 어려울 거 같지 않다는 자신감을 토로한다.

그야말로 작금의 중국 기업인으로서는 보기 드문 트인 분이요, 미래를 내다보는 훌륭한 경영자임을 칭찬하며 훌륭한 스승이나 부모는 공부나 기술을 알려주는 사람이 아니라 성품, 그 진리를 배우게 하는 것이라며 자식에게 좋은 스승을 선물하려는 깊은 뜻에 동의했다.

사실 L동사장은 나보다 서너 살 연배인 60대 중반이고, 젊은 시절부터 북경에 있는 이 계통의 업종에서 기술자로 근무하다가 중국 문화혁명 이후 덩샤오핑(鄧小平, 1904~1997)의 신개념 개혁정책에 의해 국영기업체를 민간업체로 전환하는 과정을 계기로 삼아 자영을 전제로 한 사업체를 인수하게 되었고, 딸 X에게도 화학을 전공하도록 해서 대를 잇도록 장기적인 포석을 놓은 결과가 오늘에 이르렀는데, 그 과정에서 선진기술을 받아들여 이 분야에서 앞서 나가겠다는 뜻에서 나를 영입하게 된 것이었다.

두 달에 한 번꼴로 현지에 가서 일주일 정도 머물면서 기술 지도를 겸해 경영 지도를 하는 과정에서도 난제는 많았다. 첫째가 언어의 소통이었다. 그래서 통역이 필요했다. 국토가 넓은 데다 교통수단이 발달하지 못해 외국인인 나는 세 시간이면 되는 길을 통역을 맡은 조선족 동포로 교사 출신의 K청년은 자국인 헤이룽강에서 열차 편으로 사흘이나 걸려 현지에 도착한다는 점도 큰 문제였다.

기술을 전수하는 문제에도 애로가 많았다. 기술적인 문제를 다룰 적에는 내가 아는 한문(번체)으로 필기함으로써 이해와 전달에 큰 문제는 없었으나 간체를 사용하는 젊은 세대들에게는 고어처럼 느껴진다는 어려움도 따랐다. 그 다음이 과학 분야의 전문용어 표시인데 국제적인 표현과 달리 중국식 표현법이라 화학 구조식을 보고서야 이해할 수 있었다.

중국은 일반적으로 최고 경영자가 기술을 전수하여 다음 단계로 전해지는 게 상식이라서 그것이 현장에서 실용화되기까지는 엄청난 시간과 노력이 필요했다. 그러나 다행스레 30대의 딸 X가 화학을 전공했고 기초적인 영어 실력이 뒷받침되어 기본적인 소통에는 큰 문제가 없었다.

아무튼 배워보겠다는 강한 의욕으로 친딸처럼 잘 따랐고, 나 역시 성의껏 가르치면서 회사는 눈에 뜨이게 변화해 갔다. L동사장 역시 낡아 못 쓰게 된 시설의 교체나 제도개선에 불평 없이 투자를 아끼지 않고 내 의견을 뒷받침해 주었다. 그러던 중에 나의 동의를 얻은 L동사장은 딸 X의 미국 유학을 위한 절차에 들어갔다. 당장 회사의 모든 업무는 접게 하고, 일단 북경의 어학연수원에 3개월 코스로 영어 공부를 하러 보냈고, 지인을 통해 미국의 유명대학에 MVP 과정을 이수할 사전 준비를 병행하면서 회사 업무는 자신이 손수 처리하는 노고를 아끼지 않았다.

그런 절차를 밟는 과정에서 달포쯤 지났을 무렵, L동사장은 딸 X 대신 공장을 책임질 총경리직에 마땅한 사람을 물색해 보아야겠다고 제안했다. 그래서 백방으로 인재를 물색하던 중에 영업과 재무를 관장하고 있던 큰사위 W(威) 경리의 추천으로 새로 들어온 자가 T(段) 씨였다. 그는 최근까지 독일의 유명한 화학회사인 BASF사의 상해 염료공장에서 공장장으로 근무한 바가 있어 채용에 별다른 어려움이 없었다.

갓 열린 오이는 장차 맛있을지 어떨지 알 수는 없는 일이지만, 우선은 검은 고양이든 흰 고양이든 쥐만 잡으면 된다는 덩샤오핑의 이론이 지침이 되고, 비록 동일 생산 품목은 아닐지라도 안료와 염료는 색소라는 점에서 제조 공정상 대동소이해서 큰 무리 없이 업무를 수행하게 되었고, 외국계 선진 화학 공장에서 근무했다는 점에서 L동사장의 기대가 컸던 만큼 그의 신임도 높았다.

그런 와중에 회사 내부에도 눈에 보이지 않는 변화가 싹트기 시작했는데, 그동안 L동사장과 딸 X를 주축으로 운영되던 확고한 경영체제에 찬밥 신세로 여기며 불만을 가졌던 큰 사위 W경리가 신임 T총경리와 가까워지면서 사원들 간에 편가르기와 줄서기가 바뀌고 있다는 정보가 출입하는 외부인들로부터 새어 나왔다.

아무튼 그 사이 회사의 재정 사정에 맞춰 서서히 교체해 가던 낡은 시설들을 최신의 설비로 대량 교체한다든가, 공장 내의 건물 증축 등에 과다한 투자를 하면서 갑자기 엄청난 재정적 부담을 갖게 됨으로써 L동사장은 어깨가 무거워짐을 직감했었다. 그에 따라 L동사장은 비상체제를 선포하고 경영 전반에 걸친 절약정책과 전사적 절감 방안을 마련하는 과정에서 그동안 X체제 때문에 빛을 보지 못하고 국내 영업 분야만 맡았던 큰 사위인 W경리의 의견을 자주 접했다.

후에 전해 들은 의견의 요지는 그랬다. 이제 유능한 기술자 출신의 T총경리도 왔으니 한국의 P고문은 해직도록 하자는 건의였다. 그 주된 의도는 이 회사의 전체 노동자 300여 명의 급료와 맞먹는 금액을 고문료로 지급한다는 것은 감량경영에 어긋나는 게 아니냐는 항의성 의견으로 몰아갔다는 점이었다.

L동사장으로서도 고뇌를 느끼지 않을 수 없는 처지였다. 물론 W사위를

포함한 일부 직원들의 의견도 무시할 바 아니지만, 아직 1년 반이란 계약 기간이 남아 있는 데다, 짧은 기간에 급성장한 배경에 P고문이 있음을 아는 주변의 경쟁사들에서 서로 모셔가려고 눈독을 들이고 있다는 점을 고려할 때 쉽게 결정할 문제는 아니었다.

그런 와중에도 북경에서 영어학원에 다니는 딸 X는 나에게 영문 메일을 자주 보내왔었고, 회사와 부친을 위해 잘 부탁드린다는 안부와 함께 흔들림 없는 지원을 원했다.

1학기 대학교 강의가 끝나고 기술지도차 상해를 거쳐 산둥성으로 가는 길에 훗날 나의 통역이 될 조선족 교포인 L군과 동행하는 과정에서 중국 내의 이 분야업계에 나도는 많은 정보를 얻어들을 수 있었다. L군은 중국에서 생산되는 안료 및 염료, 그리고 원료까지 포함해서 한국으로 수출하는 현지 한국업체의 직원으로 일하고 있어 위와 같은 소문도 그의 입을 통해 들은 얘기라서 나 자신도 그런 고심에 빠져 있는 L동사장의 심정을 헤아려 고문직을 그만두게 해도 좋다는 의사를 허심탄회하게 전함으로써 사실상 마지막 방문임을 통보한 셈이 되었다.

그렇듯 두서너 차례의 정기 방문을 스스로 미뤄가며 반갑지 않은 소식들만 듣게 되었다. 딸 X의 세계화 경영 수업을 위한 큰 그림을 그리려는 L동사장의 의도와는 달리 생각지도 못했던 이런저런 골치 아픈 문제들이 야기되는 가운데 또, 외부로부터 황당한 소문이 나돌기 시작했다. 신임 T총경리가 전직에 있었을 때 거래처였던 독일의 여과기 제조업체로부터 수십 대의 기존 낡은 목제 여과기를 최신 자동여과기로 교체하는 과정에서 엄청난 커미션을 받기로 했다는 소문이었다.

중국 생활을 하면서 느낀 점으로 경쟁사나 거래처 사람들이 남의 회사 정보를 먼저 훤히 꿰뚫고 있다는 점이 놀라웠다. 나중에 안 일이지만 동종 업종 간에는 정보나 기술을 얻기 위해 경쟁사의 해당직에 근무하던 능력이나 유경험자를 픽업해 가는 것이 다반사라는 것이다. 물론 그 배경에는 급료와 직위가 보상으로 작용하기 때문이다. 그러니 그런 인맥이 서로서로 정보교환이나 첩보역할을 하는 데 안성맞춤으로 비밀을 공유한다는 점이다. 그런 과정의 일이 L동사장에게까지 전해지자 '믿는 도끼에 발등 찍힌다' 는 격으로 충격을 받은 L동사장이 갑자기 충격을 받고 넘어져 뇌출혈로 의식불명의 상태에 이르렀다는 얘기를 전해 들었다.

그래서 5년간의 계약을 1년 남겨둔 상태에서 고문직을 내려놓았다. L동사장이 의식을 잃은 상태인지라 대표직을 오랫동안 공석으로 비워둘 수 없다는 판단에서 외국에 나가려던 딸 X로 서는 모든 계획을 3개월 만에 포기하고 다시 업무에 복귀하였고, 다시 회사경영의 책임자인 동사장의 자리에 앉게 되었다. 물론 T씨는 불명예를 안고 쫓겨났고 회사는 다시금 정상화를 도모하고 있었다.

그런데 이번에는 회사가 아닌 가족 간에 묘한 기운이 감돌았다. 아버지가 의식을 잃고 사경에 헤매는 장애인이 된 처지에서 가족의 내분이 시작된 것이다. 회사의 경리를 맡은 큰딸과 국내외 영업을 맡은 그의 남편인 큰사위 W경리가 이제 제 몫 찾기를 주장하고 나섰기 때문이었다.

아무튼 더는 가족들의 분쟁에 대해서는 언급을 자제하고, 고문직을 포함한 모든 관계를 청산하는 차원에서 마지막 방문을 했었다. 이제는 회사의 모든 업무가 X를 중심으로 제자리로 돌아가고 있는 분위기를 읽을 수 있었다. 비록 공식적인 관계는 매듭을 짓겠으나 그동안의 정리나 인연을 중히 여겨 아버지의 유지대로 나의 수양딸처럼 변함없이 돕겠으니 사업에 전념하라며 용기를 북돋아 주었다.

그날이 하필 나의 회갑 날이어서 머무는 호텔 특실에서 회사의 중요한 간부들을 모아 놓고 큰 잔치를 베풀어 주었다. 한국에서는 안 하는 회갑연을 타국에서 양딸 X가 베풀어 주는 대접을 받으면서 그야말로 희비쌍곡선이 점철하는 인생의 삶을 되돌아보는 시간이었다.

(2002. 11.)

두 얼굴로 산다

새천년을 며칠 앞둔 일요일, 중학교 동문회가 조직한 산우회에서 금세기 마지막 등반을 하는 날이니 고문의 자격으로 꼭 참석을 부탁해 왔다. 주어진 시간을 다 까먹은 올 한해도 되돌아보고 새해가 오는 길목에서 마중해야 할 새로운 설렘에 길을 나섰다. 아마도 오늘 참석하는 동문 중에서는 가장 노틀일 거라는 짐작에 그 대열에 끼기가 마뜩잖은 나이라서 조금은 멋쩍다는 생각도 들었다.

그러나 오라고 하는 데가 있고 가서 어울릴 수 있다는 것만으로도 얼마나 복 받은 삶인가를 생각하면 늙었다는 핑계로 마다할 일이 아니다. 나이는 고이 간직하거나 아낄 훈장이 아니다. 지정된 장소에 모여 점검을 마치고 격식을 갖추어 산행의 의미를 곁들인 인사 한 마디를 한 후에 등반을 시작했다. 금정산 동문에서 출발하여 북문을 거쳐 801m의 고당봉 정상에 올라 산신제를 지내는 것이 당일의 중요한 이벤트였다.

아침으로 40여 분 걷는 것이 산을 타는 데도 큰 도움이 되어 제일 선두에 서서 걷는데도 별 힘든 줄 모르겠더니만 빡센 걸음으로 앞질러 가는 후배들을 보며 내 몸의 기능을 하나씩 거둬가는 세월의 장사 앞에 무릎을 꿇어야 할 날도 멀지 않았음을 자각한다.

몇 날 동안 지독스레 춥더니만 오늘따라 상당히 풀린 날씨다. 파란 하늘이 더없이 곱다. 오늘따라 등산객이 많다. 건조한 탓에 먼지가 풀썩거린다.

오랜만에 동문에서 북문으로 가는 한 시간 남짓한 등산로를 따라가면서 도심 근교에 많은 시민이 즐길 수 있는 이런 힐링 장소가 있다는 것이 새삼스럽게 느껴진다. 그러나 한 편으로는 예전과는 매우 다른 허전함도 감돈다. 언제 그랬는지는 몰라도 등산객의 부주의로 불타 버린 벌거숭이 민둥산이 여기저기에 펼쳐져 있어 보기에 민망스러울 정도다.

우리가 모두 나무를 심고 숲을 가꾸는 데 더 열심이어야겠다는 생각이 들쯤, 앞서가는 여인의 핸드폰이 울린다.

"어, 난데…. 그래, 산에 와 있어!"

"나 혼자야, 정말이야!"

상대편에서 어떻게 여자 혼자서 등산하러 다니느냐고 따져 묻는 모양이다. 우리 일행이 아니라서 신경 쓸 일도 아닌지만 열린 귀가 그 대화에 관심을 가지려 한다. 지금까지 내 앞에서 얼쩡거리며 다정스레 같이 걷던 건장한 50대 남자가 자유로운 전화 통화를 위해 여인의 배낭까지 들어준다.

길어지는 대화에 뒷사람을 생각해선지 길을 약간 벗어나 걸음을 멈추고 큰소리로 변명을 늘어놓다가 앞지르는 나를 한 번 힐끗 돌아다보고는 연신 변명을 해댄다. 언뜻 보기에 40대 초반쯤 되어 보인다. 그러고 보니 정상적인 커플이 아닌가 보다 하는 생각을 하면서도 하등 상관없는 남의 일에 삼류소설을 연상하고 있음에 멋쩍어졌다.

남녀 간의 일이란 호기심의 대상이고 늘 바람을 타기 마련이다. 그냥 지나가는 바람소리거니 여기면 될 일을 쥐처럼 엿듣고 참새 입방아 찧는 노릇을 해대니 아니 땐 굴뚝의 연기가 되기 일쑤이다. 하긴 살다 보면 물똥도 싸고 된똥도 쌀 때가 있듯이 별스러운 일도 많아 고쟁이 몇 벌 껴입어도 보일 것은 다 보이기 마련이다.

일전에도 그런 일이 있었다. 골프동우회에서 일 년에 한 번씩 타지로 원정경기를 가는데 올해는 전라남도 여수시 인근 골프장으로 20여 명이 참가하였다. 남해고속도로를 타기 위해 낙동강을 건너기 전에 간이휴게소에서 십여 명의 50대 초반쯤 되는 여인들이 손을 들어 태워 줄 것을 원했다. 마침 우리가 전세를 낸 버스에 자리가 많이 비어 있었기 때문에 총무가 잠시 내려 몇 마디 나누더니 같은 방향이라 어디까지 태워 주기로 했다.

'꿩 대신 닭' 이라고 했던가? 입심 좋은 몇몇이 나서서 '모처럼 먼 길 가는데 그냥 갈 수 있겠느냐' 며 슬슬 구슬리자 마치 기다리기라도 했듯이 차칸은 금세 노래방으로 돌변해 디스코 장을 연상케 했다. 차 속은 그야말로 홍이 무르익어 그동안 뭉쳐 있던 스트레스 해소 차원을 넘어 남녀가 뒤엉켜 전신을 흔들어대는 얼씨구절씨구 판이었다.

그런 와중에 한 여인에게 핸드폰 전화가 걸려 왔다. 아수라장을 방불케 하던 순간이지만 몇 차례 핸드폰의 울림에 정신이 든 그 여인이 붉은 입술에 검지를 갖다 대자 음악도 춤도 올스톱 상태가 되는 것은 순식간이었다.

"예, 지금 잘 가고 있어예, 거식이 엄마 바꿔줄 게예!"

곁에 있던 거식이 엄마가 휴대전화기를 얼른 건네받는다.

"머씩이 엄마 같이 가게 보내줘서 고맙습니다. 서울까지 잘 모시고 잘 갔다 오겠습니다."

잠시 노래를 멈춘 상태에서 차창 밖을 내다보니 우리를 태운 차는 여전히 남해고속도로를 신나게 달리고 있었다. 전화통화가 끝나자마자 마이크를 잡은 거식이 엄마의 변명이 걸작이다.

"사장님들, 잠시 홍을 깨서 미안합니다. 통화하는 것을 들어 아시겠지만, 여고시절 친구네 결혼 잔치가 있어 서울 간다면서 이렇게 나온 거라예."

모두 '허허' 라고 웃는다.

난데없이 주인공 여인네가 한 마디 거들기까지 한다.

"잘 갔다 오라면서 부조 5만 원도 주던데예."

웃다가 보니 눈물이 날 정도다. 마치 코미디같이 들리는 짧은 멘트였지만 그렇게 말하는 연기자의 때 묻지 않은 순수함이 가슴에 진한 울림을 주었다. 사실 사람마다 똑같을 수는 없어도 누구에게는 그런 때가 한두 차례 있었다. 젊은 날에는 자식들 키우느라 제대로 친구들과 어울리기 힘들었고, 이웃이나 단체 모임에서 가는 외국 여행 한 번 하기 힘든 세월을 견디며 살았다. 그렇다고 가족끼리라도 제대로 된 여행인들 하며 살았겠는가?

이제 나이가 들면서 경제적으로나 가사노동에서 다소 자유로울 수 있는 시간이지만, 아직도 완고한 유교적인 사고의 틀을 벗어나지 못하고 남성우월주의적 고정관념에 얽매여 현실사회의 모순을 이해하려 들지 않는 게 사실이다. 삶이 고단하게 느껴지는 사람들에게 세상은 복잡하고 삶은 빡빡하고 인심은 날로 흉악해지는 부정적 측면만 보이고, 그에 따라 목숨은 짧은데 세월은 달아나고, 가는 청춘이 아까워 가끔 삶의 궤도를 이탈하고 싶은 유혹에 부딪히지만, 가정이라는 울타리가 너무 높아 집콕하는 동안 숨이 막힐 듯한 무료함에 우울증으로 시달리고 안에서 꼬인 마음 밖에서 풀려 하니 불안한 열차를 타고 절망의 터널을 지나야 하는 숨 막히는 삶이 되고 만다. 그러고 보면 나의 자리를 찾을 수 없다.

앉을 자리, 설 자리, 즐길 자리, 먹고 싸고 누울 자리조차 없으니 다음 사람을 위해 남길 자리는 생각할 겨를도 없다. 오늘 등산을 마치고 포장마차에 들러 막걸리를 마시며 후배들과 나눈 정담도 뜻있는 일이었고, 등산길에서 느꼈던 '내로남불' 이라는 흔한 사건들을 유추하면서 우리가 살아가는 동안 두 얼굴로 살아가야 할 필요가 있다는 그럴싸한 억지 논리에 다소 씁쓸한 생각도 들었지만, 좋은 의미에서의 이해는 건전한 사회생활의 활력소로 작용하였으면 하는 바람으로 끝맺고 싶었다.

피로한 모습으로 돌아드는 남편을 반기는 아내가 고맙기만 한 밤이다.

(2018. 12.)

한 일본인의 큰 뜻

한일관계가 올케와 시누이 사이처럼 편하지 않은 게 사실이다. 지금까지 겪어온 것으로 보아 아마도 이 지구상에 역사가 지속하는 한 풀리지 않을 이웃 나라 간의 불편함이 아닐까 여겨진다. 이는 역사적으로 과거사지만 그로 인해 현재와 미래까지도 불편을 동반한다는 점은 참으로 불행한 일이다.

마치 우리의 삶에서 보듯이 이웃이기 때문에 더 친할 수 있고 서로가 협력해 좋은 동반자의 길을 추구할 수 있음에도 불구하고 가깝고도 먼 나라로 변하고 말았으니 안타까운 일이 아닐 수 없다. 오랜 역사를 통해 알 수 있듯이 그들은 고려 말부터 한반도 해안 곳곳에서 약탈과 노략질을 일삼아 왔던 왜구였고, 조선시대에는 두 차례의 침략으로 우리 민족을 괴롭혔고, 근세사에서는 우리보다 일찍 서구문명을 받아들여 유신체제를 굳건히 하면서 대륙진출이라는 섬나라 민족의 뿌리 깊은 야욕으로 한때는 우리나라의 존속을 위태롭게 한 침략전쟁을 일으켰던 것이 사실이다.

이러한 엄청난 역사적 잘못을 저질러온 데 대한 잘못된 인식이나 반성은

커녕 오히려 자가당착의 주의주장을 비롯해 아직도 완전한 자기 성찰을 외면하고 있다는 점에서 양국 간의 불편함은 지속할 어두운 전망을 내포하고 있다.

2차대전에서 패전국 일본은 완전히 폐허가 되었다가 한국동란으로 막대한 전쟁물자를 생산 공급함으로써 단기간에 경제부국으로 성장하게 되었고, 오늘의 세계 경제 10대 부국으로 자리 잡게 되었다. 그러다가 양국의 불편한 고질적 관계가 많은 불편함을 안고 1965년 한일국교 정상화가 이뤄지게 된 것은 그나마 다행스러운 일이 아닐 수 없었다. 물론 오늘에 이르기까지 양국 간의 역사적 민족 감정에 기저한 과거사 문제를 비롯한 미결 사항이 완전히 해결된 것이 아니므로 정권이 바뀔 때마다 불협화음이 계속되고 있다.

아무튼 역사는 변한다. 불과 20여 년 전만 하더라도 한국은 일본을 결코 따라잡을 수 없는 경제 수준의 차이를 스스로 인정하고 있었으나 최근에는 그런 격차를 줄이게 되었다는 점에서 예전과 달리 양국의 대등한 입장을 상호 간에 수긍하고 동반성장을 도모해야 한다는 점이다.

돌이켜보면 우리가 이러한 주장을 할 수 있는 위치까지 이르는 데에는 일본이 우리에게 끼친 직간접적인 영향이 많았다는 점을 부정할 수 없다. 역사와 정치적인 문제를 빼고는 모든 면에서 우리를 앞서는 경제나 문화적인 면에서 본보기가 되었고, 특히 산업분야에서 기술적인 면에서는 결코 따라갈 수 없는 선진국으로 한 수 위의 수준이었다는 점은 인정하지 않을 수 없다. 그러다가 1965년 한일국교 정상화가 이뤄지면서 많은 분야에서 일본의 선지식을 받아들이게 되고, 민간교류에까지 확대되어 발 빠른 성장을 하게 되었다.

1970년대에 들면서 한일 간의 교류는 전 산업분야로 확대되고 선진기술을 받아들이는 데 기업의 사활을 내걸었던 시절이었다. 내가 몸담고 있었던 색소산업 분야도 마찬가지로 황무지나 다름없던 시절에 일본의 T잉크

제조주식회사와 기술제휴라는 명목으로 상호합작을 시도한 것도 그 한 예에 속한다. 같은 분야에서 첨단을 걷고 있던 서구의 관련 업계는 독점적 자본, 기술을 우위에 두고 오직 시장 확대만을 추구하는 반면, 일본은 기술제휴를 통한 시장 및 세력 확장과 상권 선점을 추구했었다고 판단된다.

앞서 말했듯이 색소산업의 불모지에 발을 들여놓은 것이 계기가 되어 운좋게 일본기술연수라는 행운의 기회를 접하게 되었고, 그때 배운 신기술이 한국의 색소산업에 이바지하는 첫걸음이 되었다는 점을 자부한다. 그런 몇 차례의 연수과정에서 닦은 실력은 나름대로 자신과 회사의 성장을 불러왔고, 많은 관련분야에 지식과 활용을 전제로 후배양성에도 노력했음을 자랑으로 여긴다.

첫 연수차 부산 수영공항에서 일본 동경 하네다공항까지 약 40여 분의 비행시간은 실로 가깝고도 먼 나라임을 실감하는 여행이었다. 하늘에서 내려다보는 벌거벗은 3월의 한국의 산하와 푸르다 못해 검은 숲으로 뒤덮인 일본의 풍경에서부터 부러움을 넘어 자존심이 상하는 첫인상은 지금도 지울 수 없다. 낯선 이국땅에 내려 일본의 서남부 시즈오카현(靜岡県) 후지시(富士市)까지 찾아가면서 체험했던 시각적, 문화적으로 느끼는 차이는 정신적으로 큰 충격이 아닐 수 없었다. 선진국의 실체를 경험한다는 것은 뼈아픈 현실감에 대한 좌절이었다.

아무튼 그렇게 해서 낯선 현지에서의 생활에 겨우 눈뜨게 된 일주일이 지난 주말에 동경 본사로부터 부름을 받았다. 나의 연수담당자인 K(加藤) 과장과 함께 신칸센을 타고 동경 시내에 있는 신주쿠 본사를 방문하여 여러 사람과 수인사를 하고 저녁시간에 상무취재역이 베푸는 환영만찬회에 참석하였다.

근사한 일식집 특실에서 명함을 받고 정식인사를 드린 T(高野) 상무취재역은 이 회사의 사주인 사장과 전무를 제외하고 경영과 기술 전반을 책임지는 실권자임을 나중에서야 알게 되었다. 동행한 T사의 K과장과 본사 총무 M(村上)부장과 4명이 어울린 어색한 초면의 좌석이 T상무의 넉살 좋은 입담에 몇 차례의 술잔이 오가며 화기애애한 분위기로 전환되는 데는 많은 시간이 걸리지 않았다.

"박 과장, 나도 기술자 출신이야, 일할 때는 열심히 일하고 즐길 때는 즐겨야 해."

그렇게 말머리를 돌린 T상무는 자기의 인생관을 토로하기 시작했다. 그는 어린 시절부터 역사 공부를 하면서 이웃 나라 한국에 대한 관심도 많았고, 또 큰 전쟁을 겪은 역사의 주인공이면서도 한국과 일본의 역사적 관계에 대해서도 남다른 견해를 가졌었다고 했다. 그중에서도 한국은 과거 일본에 선진문화를 전해 준 이웃 나라로 지금도 일본 곳곳에는 그 자취가 스며있다고 했다.

그래서 자기도 성장하면 한국에 대해 은혜를 받은 것에 대해 되돌려 주는 일을 하리라는 것이 어릴 적부터의 소망이었다고 말했다. 그러니 좋은 기회로 여기고 많은 것을 배워 산업발전에 큰 역할을 하기를 바란다는 격려와 더불어 동석한 K과장에게도 연수과정에서 어려움이 없게 잘 돌보라고 당부해 주었다. 그 말을 듣는 순간 귀를 의심했고 실로 감격하지 않을 수 없었다. 일본인 중에도 이런 분이 있는가?

아무렴, 그날 밤은 잠을 이룰 수 없을 정도로 흥분으로 충만했다. 그렇게 해서 첫 번째 일본 연수는 많은 것을 배우는 과정이었다. 그런 이후로 일본에 대한 나의 편견은 사라지고 그런 토대 위에 40여 년을 일본인들과 교류하면서 세계시장을 함께 누비기도 했다. 그중에서도 몇 분은 내 평생에 많은 도움과 조언으로 멘토역할을 해줬다.

이제 그분들도 역사의 뒤안길로 사라져 버린 인물들이 되었다. 비록 한 사람일지라도 바른 도리를 알고 실천할 수 있다면 그가 속해 있는 세상은 살 만한 가치가 있음을 일깨워주는 일이 아닐 수 없다.

(2020. 3.)

전원주택 생활의 겉과 속

13년이란 세월이 전원주택 생활로 이어지고 있다. 정년과 더불어 공식적인 회사생활을 접고 나름대로 홀로서기에 접어들면서 새로운 패턴으로 바꿔가야 하는 현실은 너무도 어려움이 많았다. 은퇴와 더불어 개인적으로 회사를 만들어 그동안 익혀 왔던 전문직을 모태 삼아 관련업체와 연관 짓는 것이 전혀 낯선 새로운 분야에 돈과 정력을 투자하는 것보다 가장 손쉬운 일이고 최선의 실력을 발휘하며 안전한 노후설계를 할 수 있었다.

그러기 위해 사무실도 내고 최소한의 필요한 직원도 고용하며 오랜 직장생활에서 길들어진 부지런함으로 나태해질 수 있는 모둠 생활에서의 해방을 빙자한 쉬며 놀며 살아도 된다는 생각에 방심하지 않겠다는 채찍질을 거두지 않았다. 그런데 시간이 갈수록 주변 환경은 자신의 그런 의지를 좀먹는 요인들로 몰아가기 시작했다.

첫째가 스스로 느끼는 자괴감에 자존심이 멍들어간다는 점이다. 같은 일을 하면서도 상대방의 눈빛 속에서 은퇴한 퇴물 취급을 받는 것은 응당 기정사실로 받아들여야 하는데, 오랜 경륜에 비춰봐 '아니오(NO)' 라는 대답이 머뭇거려지는 현실을 외면하지 못하는 때가 많았다. 그런 점에서 스스로가 노화를 촉진하는 '아니면 말고' 식으로 포기하는 자세로 변해 갔다.

두 번째로 끼리끼리 모인다는 점이다. 그동안 주변을 맴돌며 마음을 터놓고 살던 친구들도 비슷한 입장이거나 아니면 아예 생업에는 손을 놓고 놀고 먹는 실업자로 전락하여 매일같이 어울릴 수 있는 상대나 장소를 찾는다는 사실이다. 그래서 시도 때도 없이 어울리려 들고, 모이면 고스톱이나 바둑 등으로 시간을 축내고, 때가 되면 마누라 눈치 보기가 민망한 삼식(三食)이 신세를 면하려 값싼 식사로 배를 채우고, 포장마차나 잔술집 등에 들러 소주나 맥주로 얼큰하게 취한 후 가능한 귀가시간을 늦추는 것을 생활화하며 하루하루를 늙어가는 현실에 눈멀고 있었다.

다음으로는 언제까지 경제적인 여유로움에 자구책을 마련할 수 있는지다. 늘그막에 함께 놀아줄 친구가 있다는 것은 큰 자산이라는 글을 자주 읽지만, 거기에도 공통분모가 작용하는 규정이 있기 마련이다. 경제적인 균형이 사람의 인격보다 무게가 실리고 의리보다는 현실적인 이해관계가 잣대가 되기 때문에 영원한 우정도 뒷전으로 나앉게 되는 사례도 있기 마련이다.

그러다 60대 후반에 이르면 나름대로 인생 대차대조표를 만들어 언제일지는 몰라도 소멸의 삶을 향한 정리정돈의 절차를 밟게 된다. 거기에도 중요한 요소는 변하지 않는다. 사람이 살아가는 데는 의식주(衣食住)라는 세 가지 기본적인 문제에 관한 대책이다. 이는 경제적인 사정을 외면한다면 해결하기 어려운 문제이다. 요즘 세상에는 예전과는 달리 의료, 보험 등 국민의 생활 안정을 위한 국가 차원의 복지 행정이 어느 정도 뒷받침되어 있다지만, 역시 백세시대에 걸맞은 짜임새와는 거리가 멀기만 하다.

그래서 전통적인 가족이란 개념과 가부장제도의 생활을 포함한 사회적 모둠살이 형태가 몰라보게 변모되어 가고 있고, 오랜 옛적에 있었다는 고려장을 연상시키는 요양원 생활로 생을 마감하는 일들이 보편화된 실정으로 미뤄봐 날마다 새로운 개념의 풍속들이 생겨나고 삶이란 궁극적 명제를 생로병사의 틀 속에 가두어 버리는 게 아닌가 싶을 정도다.

아무튼 그런 순서를 밟아 인생 80의 고개를 넘어가고 있다. 그런 가운데 노쇠로 인한 퇴물이 되어 과정은 젊은 시절에 비해 가속도가 붙은 듯 날마다 달마다 달라지는 게 느껴진다. 그래서 지금부터는 누구도 피해 가지 못한 삶의 종착역을 향한 마지막 시간을 위해 그동안 인연을 맺어 함께 살아왔던 주변 사람들에게 더는 폐를 끼치지 않는 것이 최선의 마무리라 여기며 산다.

최근 들어 늙은 두 내외는 번갈아가며 아픈 곳이 많음을 호소한다. 자식들은 약을 챙기고 좋은 먹을거리로 문턱이 닳도록 드나들며 건강에 신경쓰며 애터지게 효도한다. 늙을수록 교통이 편리하고 병원이 가까워야 한다는 것이 일반적인 속설이듯 자식들의 권유도 마다할 수 없어 그동안 살아온 시골생활도 접어야 할 요량이다. 혼자 생각은 숨을 거두는 날까지 이 숲속의 전원주택에서 여생을 마치고 싶지만, 함께 숨 쉬고 살아가고 있는 아내의 고통과 나 자신의 부자연스러운 몸놀림을 자가진단해 보면 자식들의 견해를 무작정 외면할 수는 없다.

그래서 그런지 '발 없는 말이 천 리 간다' 라고 '집을 내어놓았느냐?' 고 묻는 사람들이 더러 찾아온다. 그런 그들 중에는 아직도 50을 넘기지 않은 젊은이들이 많다. 아마 그들에게는 전원생활이 내가 겪었던 것처럼 젊은 날의 로망과 같은 작용으로 비칠 것 같다는 생각이 든다. 나도 그들 나이쯤엔 그런 인생 후반을 줄곧 동경했기 때문이다. 나이가 들수록 도시생활에 염증을 느낄 즈음 한적한 근교로 나와 자연과 함께 호흡하며 전원생활로 노후를 보내겠다는 생각은 젊은이 대부분이 한 번쯤 갖는 꿈이기도 하다.

"젊은이, 도시생활이 좋지 않은가?"

"자식들은 다 컸는가?"

주말에 한 번씩 머물다 가는 제2의 주택으로 마련할 나이는 아닌 것 같아

다시 물어본다.

"부인도 전원생활에 찬성하는가?"

아파트 생활처럼 열쇠 하나면 자유로울 수 있고 발만 내디디면 문화생활을 즐길 수 있는 환경에 길든 전업주부와의 합의가 없으면 그 생활은 불협화음으로 일관되기에 십상이다.

"부지런하지 않으면 아예 전원생활은 포기하는 게 좋을 걸세!"

사실 전원주택은 할 일이 태산 같다. 그냥 버려두고 자연을 즐기며 바라다보며 살 수 있는 곳이 아니다. 일 년 내내 풀과 나무들과의 전쟁이다. 문만 잠그고 나가면 종일 비워둬도 안심할 수 없는 일들도 많다. 특히 개, 닭, 고양이 등 집짐승을 키우거나 텃밭을 가꾸며 살기를 원한다면 가일층 힘들어진다. 그들은 주인의 발걸음과 손길에 길들어 살기 때문이다.

나 같은 늙은이야 고정된 할 일이 없으니 새가 우는 소리에 눈떠서 밥 한 숟갈, 물 한 모금 마시고 텃밭에 나가 각종 채소를 가꾸며 그들과 대화하는 무념의 시간도 아까울 게 없고, 아무에게도 간섭받을 상대도 없어 시도 때도 없이 자라나는 잡초들과의 전쟁에 누가 이기는가에 땀을 흘리다 보면 하루가 짧기도 하여 아픈 데만 없다면 세월 보내는 데는 그만큼 여유로움도 없음이 사실이라 그 또한, 전원생활의 묘미가 아닐 수 없다.

처음 집을 사서 전원주택으로 이사를 온 뒤 13년이란 세월 동안 많은 것들이 달라졌다. 작은 나무 한 그루에 정성을 베푼 결과가 지금은 튼튼한 울타리가 되었고, 집을 어우러지게 하는 버팀목이 되어 사시사철을 갈아가면서 모습을 달리하는 변화 속에 그들은 성장하고 나는 늙어 가고 있다.

흙과 더불어 산다는 것, 새 울고 꽃 피는 숲속에서 맑은 공기 마시며 산다는 것, 결국 자연과 더불어 살다가 자연으로 돌아가는 것, 그게 자연의 이치라고 믿기 때문에 전원생활이 좋다.

(2022. 6.)

그 시절 스승의 날엔

나는 초등학교부터 시작하여 6년간 의무교육을 마치고 중 · 고등학교 교육 6년, 그리고 대학교육 4년간을 마칠 때까지 정규교육과정 16년을 피교육자로, 그리고 중학 교사 3년, 대학 강사 14년 동안을 명실 공히 교육자 관점에서 교편을 잡았다.

국어사전에 이르기를 가르칠 때 교사가 드는 매가 교편이라고 했다. 그래서 학생들을 가르치는 선생일 적에는 '교편을 잡다' 로 교사직을 그만둘 때는 '교편을 놓는다' 고 적혀 있다. 그렇게 보면 살아온 과정에서 배우고 가르치는 기간이 제법 긴 발자취로 남는다.

그래서 교단에 섰을 때는 후배들에게 세상과 인생을 이해하는 지평을 조금이나마 넓혀가는 방향으로 인성과 지식의 필요성에 나름의 역점을 둔 교육관으로 임했다고 자부함과 동시에 요즘도 교육문제만큼은 남보다 많은 관심을 둔다.

그런데 오늘날 우리나라의 교육문제는 총체적 심각성을 드러내고 있다는 느낌이다. 교육의 큰 틀에서부터 교육의 현장인 학교와 가정에서 행해지는 인성교육에 이르기까지 참으로 혼란스럽다. 눈만 뜨면 학교폭력이라는 단어가 눈을 어지럽히고 귀를 의심나게 한다. 무엇이 문제일까? 날로 교만을 더해가는 문명의 횡포 앞에 잃어가는 인간의 한없는 욕망의 굴레에 스스로 자승자박으로 소외되어 가기 때문인가?

오늘이 스승의 날이다. 그래서 수십 년 전의 해묵은 일기장에서 그날의 소회를 더듬어 본다.

어제 지루한 마지막 수업 시간에 있었던 일이다.

"야, 너 일어서!"

"앞으로 나와!"

"왜, 그렇게 떠들며 소란스럽냐?"

잔뜩 겁먹은 녀석은 대답이 없다.

"돌아서!"

매를 치켜들어 세게 때릴 자세를 취한다. 학생들의 새까만 눈동자들이 내 노기에 집중되어 쥐 죽은 듯이 고요한 순간이었다. 불현듯 어느 책에선가 읽은 바 있듯이 충고는 심하지 않게 할 것이며, 질책은 모욕이 되지 않게 하라는 키케로의 가르침이 떠올랐다.

"자리로 들어가!"

그래서 교실 안은 때 아닌 폭소로 뒤덮였다. 그들 나름대로는 용한 선생님으로 보고 약간은 얕잡아볼지 모르지만, 그래도 가능한 체벌을 가하지 않고 모두가 흥미 있어 하는 수업 시간으로 이끌어가기로 교수 방법을 정했기 때문이다.

사실 우리가 이들만 한 중학생 시절에는 선생님의 체벌이 엄청 심했다. 조금만 눈에 거슬려도 출석부, 교수봉, 심지어는 슬리퍼 세례까지 받는 경우도 비일비재했었다. 체벌을 받는 처지에서 보았을 때 그야말로 인정사정없는 강자와 벌을 감수해야 하는 약자의 측은함에서 스승과 제자의 관계를 생각해 보기도 했다.

스승의 처지에서 보면 한참 겁 없이 자라야 하는 어린 나이에다 각자가 자란 환경, 개성과 인성이 다르다 보니 한 가지 방법으로 통솔하기가 힘들고, 열악한 교육시설에다 60여 명이나 수용하여 입으로만 상대해야 하는 데다, 수업에 대한 열의조차도 차이가 커 어지간히 열성과 인내심 없이는 힘든 직업일 수밖에 없다.

나 역시도 가르친다는 측면에서 보니 세인들이 흔히들 선생님을 '접장'이라고 일컫는 것에 대해 못내 못마땅하게 들린다. 접장이란 원래 조선시대에 접(接)의 우두머리를 일컫던 말이다. 접(接)은 글방 학생이나 과거에 응시하는 유생(儒生)들이 모여 이룬 동아리이다. 그러므로 서당의 우두머리 즉 현대의 반장에 해당한다.

규모가 큰 서당(書堂)에서의 학생의 장. 비교적 규모가 큰 서당에서는 훈장(訓長) 한 명만으로는 다수의 학생을 훈도할 수가 없으므로, 학생들 가운데서 나이가 많고 학력이 우수한 자를 학생장으로 세워 접장이라 불렀다고 한다. 이런 사실을 보면 스승의 지위가 접장으로 강등된 것이 어제, 오늘의 일이 아닌 것으로 짐작되어 씁쓸한 느낌이 든다.

그러고 보면 '임금과 스승과 아버지의 은혜는 같다' 라는 군사부일체(君師父一體)라는 가르침은 스승의 위치를 임금, 아버지와 동격에 둠으로써 스승에 대한 존경과 감사를 강조한 뜻인 것이다. 세월이 지나 본뜻이나 어감이 지닌 내면의 뜻은 차치하고서라도 오늘에 와서 꼭 탓을 하자면 가르친다는 선생이란 직업이 존경받지 못하는 사회적 인식 때문이 아닐까 여겨진다. 교사의 권위가 인정되지 않으면 학생을 제대로 가르칠 수 없기에 사회와 가정에서 교사의 권위를 세워주는 것이 우선이겠지만, 그러나 교원들 스스로가 참다운 은사로 돌아가 참다운 교육풍토를 조성해야 한다는 것은 정도이다.

하기야 나 자신도 철이 들어 교육을 받으면서 '좋고 훌륭한 선생님과 별로 마음에 들지 않는 다소 부족한 선생님' 을 가리면서 그런 선입견을 품고 수업을 받았던 시절이 있었던 게 사실 아닌가? 아무튼 이맘때가 정신 나이 면으로 감수성이 가장 예민한 시기였다고 기억되는지라 그들에게 인성교육을 우선으로 하고 애정 어린 사랑으로 미래를 향한 꿈을 안겨주는 일이 매우 크나큰 과제여야 한다는 점을 강조하고 싶다.

오늘이 스승의 날이다. 그동안 초중고를 거쳐 대학교육을 받기까지 스승에게서 배움을 받기만 하던 입장에서 이제 모름지기 가르침을 주는 위치로 바뀐 지금, 예쁜 손길로 가슴에 꽃을 달아주며 스승의 은혜를 노래하며 축하해 주는 데 홍감하지 않을 수 없다.

전교생 400여 명의 학생이 모아온 1천여 원의 성금으로 전 교직원이 점심 대접을 받는 흐뭇한 분위기에서 참된 스승의 의미를 되씹어 보기도 했다. 교무실에 돌아와 보니 '백양' 이란 고급담배 한 갑씩이 하얀 종이에 포장되어 책상 위에 놓여 주인을 기다리고 있었다.

'선생님 고맙습니다' 라는 글귀에 5월의 따스한 햇볕이 느껴진다.

'선생 똥은 개도 안 먹는다는데….'

아무렴, 훌륭한 사람으로 거듭나기를 빈다.

고맙다.

(1965. 5.)

10번째 주례사

산천초목이 완전히 초록 일색으로 물들고 만물이 활기를 찾는 희망찬 계절입니다.

먼저 오늘 인생의 새로운 전기(轉期)를 맞는 주인공 두 사람에게 무한한 축복과 행운이 함께 하기를 기원합니다. 또한 오늘 이 경사를 맞아 큰 잔치를 베푸시는 신랑 · 신부 양가에 대해서도 진심으로 축하를 드립니다. 그리고 오늘 이 거룩한 잔치를 빛내주시기 위해 먼 길 멀다 하지 않고 바쁘신 일들 뒤로 미뤄가며 이렇게 자리를 함께해 주신 하객 여러분께도 양가를 대신해서 고맙다는 말씀을 드립니다.

오늘 인생의 새로운 장을 여는 두 사람의 혼인예식을 주관하게 된 저는 신부의 부친과 호형호제하며 이웃사촌으로 정답게 사는 좋은 인연으로 이 자리에 섰습니다.

우선 하객 여러분께서 궁금해 하실 최씨 집안의 며느리와 박씨 집안의 사위가 되는 주인공들을 간단히 소개해 드리겠습니다.

먼저 신랑 최 군은 울산이 고향인 최 선생님과 김 여사의 장남으로 학업을 마친 후에 지금은 SK계열의 H(주)사에서 성실히 봉직하고 있는 전도가 유망한 청년입니다. 한편 그와 같은 훌륭한 젊은이를 평생의 반려자로 맞이하게 된 신부 박 양은 부산이 고향인 박 선생님과 백 여사의 장녀로 신랑과 같은 동문으로서 학업을 마친 후, LG계열의 D(주)사에서 근무하고 있는 지성과 부덕을 겸비한 훌륭한 규수임을 소개해 드립니다.

오늘 주례자로서 100년 가약을 맺은 한 쌍의 이들 부부에게 들려드리고 싶은 얘기는 많지만, 그동안 두 사람은 훌륭한 부모님의 슬하에서 충실한 가정교육과 차원 높은 고등교육 과정을 통해 지덕체의 품성과 인격을 잘 가꿔왔음을 알기에 다만 사회의 선배로서 결혼의 의미와 사랑의 실체에 대해서 간단히 정리해 드리는 것으로 주례사에 대하려 합니다.

저는 인생 자체를 만남의 과정이라는 말씀에 뜻을 같이합니다. 그 과정을 크게 나누면, 첫째 태어나면서 부모와의 만남을 시작으로 성장의 길을 걷는 동안 친구들과 만남, 사회생활을 하면서 동료와 스승과 이웃의 만남, 그리고 오늘처럼 부부의 만남으로 이어지는 필연적인 사실들이 바로 만남의 과정이기 때문입니다.

부처님 말씀에 의하면 이런 만남은 우연이 아니라 전생(前生), 현생(現生), 그리고 내생(來生)을 통한 3생의 인연에 기인하는 것으로 그 의미가 한없이 깊고 넓다는 것을 가르쳐 주고 있습니다.

오늘이 있기까지 낳아서 길러주신 부모님과의 만남은 내가 직접 선택한 것이 아니라 전생의 인연으로 맺어진 만남이기에 더욱 소중한 의미가 있는 것입니다. 그래서 오늘 새로운 인연으로 가정을 꾸리게 된 두 사람은 그동안 길러주신 부모님의 사랑이 얼마나 소중했던가를 되새기며 한층 더 효도하며 대를 잇는 자식 사랑에 헌신적일 것을 다짐하시기 바랍니다.

다음으로는 성장과정을 통해 만난 무수한 친구와 동료, 은사님들, 그리고 이웃과의 인연도 소중히 생각하고 더불어 사는 미덕을 베풀면서 늘 감사하며 살 것을 부탁드립니다. 특히 성장하면서 여러 사람과의 만남은 우연과 선택 등 여러 가지 인연으로 시작되고 끝나기도 하지만, 그들에 의해서 나의 존재를 인식하게 되고 나 자신이 성숙하여 가고 있음을 알아야 합니다.

그 다음은 오늘 반평생을 같이할 부부로서의 만남은 다분히 선택적이라는 점에서 더욱 중요하다는 것을 말씀드리고 싶습니다. 오늘 두 사람은 당신을 사랑하고 아끼는 많은 사람 앞에서 일심동체가 되어 자신과 가정과 사회의 일원으로서 주어진 인생의 여정을 따라 힘껏 내달리기로 굳은 언약을 했습니다. 특히 인생의 동반자로서와 반려자로서 해야 할 역할을 다 하겠다는 이 언약은 완전한 인격체인 두 사람이 선택한 최상의 길이요 목표입니다.

아무튼 두 사람은 오늘 이 시간부터 '보배와 같다' 라는 뜻을 지닌 '여보(如寶)' 와 '내 몸과 같다' 라는 '당신(堂身)' 이라 부르는 부부가 되었습니다. 부부는 서로에게 가장 귀한 보배요, 끝까지 함께하는 사람입니다. 그러므로 이 시간부터 한 마음 한 뜻으로 목적한 바를 향해, 서로가 최선을 다해야 할 것입니다. 그러는 과정이 바로 삶이요, 사랑의 실체입니다.

마지막으로 행복한 결혼생활에 대한 견해를 말씀드리겠습니다. 인생을 먼저 살다 간 선배들께서는 행복한 결혼생활, 즉 행복한 인생살이란 30%의 애정과 70%의 이해로 이뤄지더라고 했습니다. 행복과 불행이란 지극히 주관적이고 상대적입니다. 서로가 초심을 잃지 않고 항상 애정 어린 마음으로 서로를 이해하려고 노력한다면 두 분이 쌓아가는 사랑의 금자탑은 튼튼하고 아름다울 수밖에 없을 것입니다.

흔히들 행복이란 높고 먼 곳에 있는 듯 착각하고 인생을 헛되게 사는 사람들을 흔하게 볼 수 있습니다. 그러나 실제로 행복은 우리와 아주 가까이서 우리와 함께하려고 늘 우리 주변을 맴돌고 있다는 사실을 아셔야 합니다.

남편이 콧노래를 흥얼거릴 때, 부엌에서 설거지하던 아내가 같이 따라 노래하고, 또한 힘든 가사로 고달파 하는 아내의 시린 손을 따뜻이 잡아주는 남편의 작은 사랑에서부터 행복은 차곡차곡 쌓여가는 것이라는 평범한 진리를 기억하고 실천해 주시기를 바랍니다.

지금 저가 이 자리에서 아무리 좋은 얘기를 드린다 해도 장가 시집가는 두 사람에게는 잘 기억되지 않는다는 사실을 알기에 '두 분의 앞날에 행복이 가득하시라' 라고 다시 한 번 기원하면서 주례사에 갈음합니다.

여러분! 경청하여 주셔서 대단히 감사합니다.

(2018. 5.)

명절이면 생각나는 고향

명절이 되어도 고향을 찾기가 힘들던 때도 있었다. 객지생활을 하다 보면 생각보다 힘에 부치는 일이 많아 사람의 도리를 다하고 살기가 엄청 버거울 때도 있기 때문이다. 요즘 같으면 꼬맹이들도 다 가질 수 있는 전화기로 하루에도 몇 번씩 안부를 물을 수 있고, 또 찻길, 뱃길이 숭숭 뚫려 아무리 멀어도 몇 시간이면 찾아갈 수 있는 세상이지만 반세기 전 보릿고개 시절에는 꿈같은 얘기였다.

남의 자식들은 선물 꾸러미를 바리바리 들고는 손주 녀석들을 앞세우고 고향 집을 찾는데 내 자식은 하마나 오려는가 기다리는 안타까움에 사립짝에 나서서 발돋움하는 노부모의 마음이 활동사진을 보듯 선명하게 그려진다. 남들이 다 가는 고향을 못 가는 자식들 역시 '아부지 어무이' 에 대한 애달픔도 같았으리라.

새로운 삶터에서 각자가 짊어진 삶이란 무거운 짐에 부대끼고 시달리는 가운데 고향은 생활의 범주 속에서 그 순위가 차차 밀려나고, 내가 낳은 자식들에게 고향의 의미나 피붙이의 중요성에 대한 사전교육이 미진한 속에 그들은 이미 더는 '저가배' 의 고향과는 다른 곳을 고향이라 이력서에 적게 되었다. 당연한 일이다. 지금 자식들과 어우러져 사는 곳이 나에게는 타향이지만 그들에게는 태어나 자란 곳이기 때문이다.

이처럼 차원이 다른 세대와의 공존은 인간미의 상실로 무미건조한 세상으로 내몰고 있고, 자의든 타의든 우리의 삶터와 그 속에 사는 주인마저도 쉴 새 없이 바뀌어 가는 현실에 처해 있다. 고향에 대한 향수는 우리의 기억 속에 큰 비중을 차지하며 나이 들어갈수록 더해지는 것 같다. 아마도 그것은 귀소본능이라는 동물적 감성에서 비롯되지 않을까 싶다.

고향을 찾는 일도 그 빈도나 목적에서 보면, 아직도 피붙이가 고향에 발붙이고 사는 경우와 이미 오래 전에 타향으로 삶터를 바꾼 사람들 간의 차이가 크다. 후자의 경우에는 고향을 찾는 일은 그리 쉽지는 않다. 간혹 고향 선산에 묻힌 '할부지와 할무니' 의 산소를 찾아 성묘할 때나 아니면 여름 휴가철에 다른 곳으로 목적지를 정하기보다 고향을 찾는 경우일 것이다.

그렇듯 고향이 우리에게 시사하는 바는 크다. 첫째로 고향산천은 다른 곳에서 느낄 수 없는 풍광을 지녔다는 점이다. 그리고 두 번째로는 그곳에 사는 사람들이 소통하는 언어가 주는 정감이다. 또 하나를 더한다면 그곳만이 가진 의식주를 포함한 토박이문화이다. 그래서 오랜 역사를 통해 그 전통문화 속에서 길들어진 고향 사람만의 독특한 자존감과 성품이 깃들어 있다는 점이다.

반세기가 지난 지금에 와서 흑백의 활동사진을 보듯 아련한 기억을 떠올리게 해 주는 추석에 대한 추억은 자라는 과정마다 달랐던 것이 사실이다. 보릿고개의 허기졌던 어린 시절에 맞던 추석은 맛있고 별난 음식을 먹을 수 있고, 새 신발이나 새 옷가지를 얻어 신거나 입을 유일한 기회였던 것으로 떠오른다.

그리고 자라서 외지에 나와 공부하던 학창시절이나 직장에 다니던 시절에 추석을 맞아 고향을 찾아가는 길은 한 폭의 그림처럼 남아돈다. 추수를 앞둔 나락논들이 누렇게 물든 들판을 가로질러 애불랑구(애버들) 늘어선 신작로는 울퉁불퉁한 자갈투성이고, 화물차나 버스가 지나치며 일으키는 흙먼지를 죄다 둘러썼던 기억도 새롭다.

차편이 끊어진 10여 리 길을 따라 걷다가 우연히 만난 소구루마(달구지)에 얹혀 가는 작은 평안을 누리기도 했는데, 그 동기는 코흘리개 적에 함께 어울려 뛰어놀았던 친구가 어느새 듬직하게 자라서 '애바들' 둘이서 소달구지 운행을 하고 있었기 때문이었다. 예닐곱 살 적에 꽤나 말썽꾸러기로 비쳤던 그가 무슨 잘못을 저질렀는지 모르지만, 엄하다고 소문난 그의 아버지 돌쇠 씨로부터 '앞니 망에 쇠똥도 안 벗겨진 놈이 그런다' 라며 볼때기를 얻어맞으면서도 싱긋이 웃던 그의 어릴 적 모습을 떠올리는데 터벅터벅 걷는 소의 엉덩이에 안 해도 될 매질을 해대며 눈길을 피하는 듯 여겨지기도 했다.

코스모스가 곱게 핀 마을 길 어귀에 내리니 동네 강아지들이 짖어대고 그 소리에 기다리던 반가운 얼굴들이 고개를 내밀며 반긴다.

"어서 오시다!"

"쎄기 오너라!"

이런 말과 말투가 이곳을 지키고 사는 피붙이들이 대대로 사용해 온 소통과 감정의 표현이기에 언제, 어디서 들어도 구수하고 정겨운 고향 사람들에게서만 풍기는 맛깔스러운 고향 냄새가 술술 풍기는 데서 '누가 사투리라고 폄훼하려 드는가?' 라고 묻고 싶기도 했다.

"밥은 챙겨 묵었나?"

"하모이다."

가을 햇볕처럼 따뜻하게 보듬어주는 추석의 가족 상봉은 늘 그렇게 시작되었다. 뼈아프게 농사지은 쌀을 내다팔고, 소까지 팔면서 자식 뒷바라지에 새우등이 되신 '아부지와 어무이' 에 대한 눈물겨운 자식 사랑을 일깨워

주는 계기가 되어 느슨했던 마음을 새롭게 다잡는 기회로 삼기도 했었다.

또한 고향은 또래들이 어울리며 꿈을 키우던 곳이다. 그때 '머스마, 가수나' 들이 이제는 어엿한 '총각, 처녀', 또는 '신랑, 각시' 로 해마다 호칭이 변하는 것도 오랜 시간의 틈이 가져다주는 반가운 만남의 선물이었다.

어느 사람도 피해 갈 수 없는 것이 생로병사의 과정이다. 나이가 들어 짝을 맺고 아래로는 자식을 거느리고 위로는 어버이 봉양이라는 무거운 짐을 주면서 명절은 또 다른 의미로 다가왔다. 개중에는 생전에 자식 된 도리를 한다고는 했지만 그래도 못 다한 효도가 자기반성으로 이어지고, 늙으신 부모님에 대한 봉양문제, 선산을 돌보는 문제 등으로 발걸음이 무겁게 느껴지면서 명절의 의미도 퇴색되는 기분이 든다는 친구들의 독백도 무심하다고 여길 수 없다. 아무튼 인생의 잔고가 얼마 남지 않은 우리 세대의 추석 명절에 대한 감회는 피붙이들의 연중대행사로 가족애와 충효사상을 돈독히 하고 낭만과 즐거움이 묻어나는 향수가 어려 있다.

세월이 흐르고 세상이 바뀌어도 내가 고향에 살건 타향에 살건 추석은 우리 민족의 고유한 명절이다. 또한 유사 이래로 한가위는 온 세계가 추수감사절이란 이름으로 만남과 축제를 통해 풍요를 베푼 자연과 조상의 은혜에 감사하는 신앙적 토대 위에서 치러온 큰 행사였다. 추석 명절은 매년 찾아오지만, 올해는 그 감회가 사뭇 다르다.

풍요를 갈구하는 인간은 위대하다. 그러나 인간만일 수는 없다. 자연과 더불어 살아가야 한다. 이것이 우리가 이 땅에서 태어나 삶을 유지하는 바른 길이라는 선각자의 가르침에 따르고 감사하는 길이다. 코로나바이러스가 2020년의 추석 명절에 고향 방문 길도 막고 생명의 존엄성마저 농락하는 처지에서 우주의 순리와 질서를 거역하고 모든 생명이 공유해야 할 자연환경을 알게 모르게 파괴하는 행위에 대해 우리가 모두 깊은 반성과 책임을 공감하는 시간이 되었으면 한다.

(2021. 9.)

신접살림

N사장이 내가 농사짓는 논과 붙은 바로 아랫논배미 300여 평을 사서 무논에 흙을 채우고 컨테이너 농막을 설치한 후, 각종 채소를 키우면서 이웃사촌이 되어 마치 다정한 형, 동생처럼 생활한 지도 3년째 접어든다.

그는 나와 띠동갑이니 70줄에 들었기에 자식 농사도 끝낸 터이고, 진짜 농사에 경험도 없이 넓은 밭에 이것저것 가꾸는 것이 소일거리일 뿐, 지나는 경험자로부터 귀동냥이나 전문가에게 물어서 과한 밑천과 힘을 들여 가꾼 후에 막상 수확기가 되면 사돈 팔촌까지 불러 나눌 정도로 욕심 없이 산다.

거의 매일, 하루가 멀다 하고 농막에 앉아 차도 나누며 지난 인생을 되뇌다 보면 숨길 게 없을 정도로 퍽 많은 경륜이 이야깃감이 되어 시간 가는 줄도 모른다. 다행히 한 살이라도 젊은 나이에 색소폰에 취미를 가져 농막 안에 비싼 설비를 해놓고 심심풀이로 연주하며 시간을 보내는 멋쟁이임이 틀림없다.

옛말에 사람의 왕래가 잦은 길가에 집 짓는 일과 농사짓는 일은 쉽잖은 일이라고 전해진다. 그 뜻은 지나치는 사람마다 이래라저래라 의견제시가 하도 많아 그 얘기를 다 듣다 보면 죽도 밥도 다 그르친다는 뜻인데, 마침 N사장 텃밭도 큰길가 삼거리에 자리를 잡고 있어 사람 좋아하는 다정한 성격의 소유자인 그에게는 뭇사람들의 참새들 방앗간 거저 지나가지 않는 형국이다.

오늘도 오후 시간에 둘이서 농막 평상에 앉아 미친년 널뛰듯 이런저런 생뚱맞은 화두로 자신들의 과거를 훌훌 털어가며 생각나는 대로 무언가 허전했던 인생담을 나누고 있었다. 아무튼 대부분 주제는 풀떼기죽도 얻어먹기 힘들었을 때 흙수저로 태어난 것이 탓이었다. 어쩌다 느닷없이 70년대 초에 장가가던 무렵의 신접살이 때 궁핍했던 고난의 세월을 보낸 케케묵은 얘기 보따리를 풀어헤치며 한풀이를 하고 있는데, 이웃 양지편 동네에 산다는 70대 후반의 키가 큰 K노인이 마을 들판 길을 산책하러 나온 길에 N사장의 끈질긴 부름을 받고 잠시 합석하여 어울리게 되었다.

개중에는 늙어 가면서도 제 나름의 열정이 있다. K노인은 부인과 함께 비가 오나 눈이 오나 두 시간 가까이 들판 길을 걷는다고 했다. 또래의 늙은이들이 만나 나누는 이야기는 대부분이 건강문제, 그리고 자식문제다. 30여 분을 함께한 K노인도 자식들에 대한 불평이 많은지 노년에는 의지할 데는 둘뿐이라는 부부 제일주의를 주장하며 명언 한 마디로 웃음 짓게 하고 자리를 떠난다.

"잘난 아들은 사돈네 아들이고, 못난 아들은 내 아들이에요."

저무는 석양에 긴 지팡이 짚고 사라져 가는 K노인의 뒷모습을 바라보며 씁쓸해지는 마음으로 돌아와 N사장과 나누던 신접살이 생각이 떠올라 70년 초에 적어놓은 일기장을 들춰본다.

장가들기 전에는 1년 정도는 시집살이를 시켜야 시집의 가풍도 알게 되고, 부모를 섬기며 살림살이하는 법도 배우는 터라며 미리 으름장을 놓으시던 아버님께서 우리들의 신접살이 의견을 쉽게 들어주셨다.

하기야 지금의 우리 가정형편으로는 한 사람이라도 독립해 나가는 것이 가난한 살림살이에 군살을 빼는 일일는지도 모른다. 다만 살림을 차려줄 입장이 안 되기 때문에 이래라저래라 말을 못 할 처지라고 보는 게 정확한 표현이리라.

막상 부모와 떨어져 따로 살림을 차려야 한다고 생각하니, 금수저를 물고 태어난 부잣집 자녀들처럼 내 몫의 재산을 받을 세정도 아닌 처지라 걱정이 태산 같았다. 월급만 꼬박꼬박 챙겨 모았어도 이처럼 난감한 입장은 아닐 텐데 술 좋아하고 친구 좋아하는 내 빌어먹을 성격 때문에 엄벙덤벙 멋대로 살아온 결과가 이래저래 마음 아픈 일이 되어 괴로움을 가득 안기게 될 줄을 왜 진작 몰랐더란 말인가?

후회는 언제나 일을 저지르고 난 뒤에 오는 것으로서, 그런 것을 알면서도 미처 실행 못 한 의지가 약한 자에게 주어지는 벌인 셈이다. 마치 거미줄에 걸린 벌레처럼 버둥대고 있는 처지이며 찢긴 상처에 고춧가루가 뿌려지는 아픔으로 와 닿는다. 가정형편으로 보아서는 이미 가정을 꾸려 딴 살림을 차린 형들은 차치하고 한 지붕을 이고 사는 부모님을 위시하여 아직도 어린 세 동생을 포함한 생계문제를 계산한다면, 나 자신도 얼마간은 벌어서 보태어 드려야 할 처지이다. 다소 늦은 결혼이라 생각한다면 내 벌어 내 살림하기도 바쁜 처지라는 변명이 될는지는 몰라도, 오늘날까지 키워주신 부모를 위한 효도는 늘 공염불에 아직도 먼 바람이고 만다.

아무튼 그런저런 어려운 상황임에도 불구하고, 시집살이 열흘도 하지 않고 부모님의 허락을 받아 회사 가까운 뒤꺼풀(뒤개울)이라는 동네로 옮겨와 소꿉장난 같은 신접살이를 시작한 것이다. 이렇게 딴살림을 차려 이사를 하는 데 드는 전세금을 부담하는 일에서부터 비록 간단하지만 이삿짐을 들어 나르는 일에 이르기까지 직간접적으로 내가 한 역할이라고는 아무것도 없다. 전셋돈으로 내놓은 거금 30만 원도 아내가 직장생활을 통해서 생활비조로 장모님께 드렸을 성싶은데, 입때껏 시집갈 딸을 위해 한 푼 두 푼 모아 두었던 것임을 지레짐작하고도 남는다.

그야말로 장모님께서 딸을 낳은 죄 아닌 죗값으로 치른 부담인 것으로 여겨져 송구스럽다. 이 모두 시작부터 잔뜩 빚만 지고 시작하는 인생살이 같아서 실없고 죄스럽기 그지없다. 진정 나는 권력 있는 판검사나 돈 잘 버는 의사도 아니다. 그렇다고 앞이 훤히 보이는 그런 직업을 가진 훤칠한 사위도 아니다. 흔히들 말하는 사내아이 불알 두 쪽 달랑 차고 장가든 셈이라는 게 옳은 표현이고 만다. 장모님의 사랑에 미안한 마음이 주룽주룽이다.

진달래가 허들답게 피어난 야산을 바라보며 점심을 먹으러 집으로 가는 한낮의 봄볕이 따갑다. 마을 어귀에 꼬마들이 모여앉아 소꿉장난하느라 오순도순이다. 깨어진 사금파리 위에는 흙도 담겼고, 새 풀잎도 담겼다. 그리고 방금 야산에서 따온 듯한 진달래가 음료수병에 가득 꽂혀 있다. 코가 발등을 찧겠다 싶은데도 훔칠 생각도 않고 흙을 버무려 밥인지 빵인지를 만드느라 여념이 없다. 누가 아빠고 누가 엄마일 것이 분명하다. 나도 한때는 저런 소꿉 살림살이 놀이로 어린 시절을 보냈으리라.

지금 내가 사는 것이 그러함을 느끼며 남모를 웃음을 머금는 시간이었다. 회사에서 5분 거리밖에 안 되는 회사 뒷동네에다 신혼살림을 낸 것이 서너 달쯤 되었으니 말이다. 동료들은 대부분 점심으로 도시락을 싸 와서 회사에서 더운 물에 놓아먹는다.

그러나 나는 점심시간을 알리는 종이 울리면 만사를 제쳐두고 부리나케 회사 문을 나선다. 늘 따뜻한 밥을 해서 기다리는 새색시가 있기 때문이다. 다른 사우들은 하루에 한 번 만나는 색시를 나는 운 좋게 두 번이나 만날 수 있는 행복을 누리고 사는 것이다.

어제는 그런 모습에 시새움이라도 났는지, 회사 사무직의 과 · 부장들이 중식시간에 신혼방을 찾아드는 통에 한판 난리를 치렀다. 점심시간에 문을 나서려는데, 'P주임!' 하고 총무부 H부장의 부름을 받고 뒤돌아서니 경리 Y과장과 서너 명이 '제수씨 점심 한 번 얻어먹자' 라는 제의였다.

거절할 처지도 못 되어 '천천히 오라' 고 이르고서는 한 발 앞서 달려와 사실을 전했으나 실로 난감한 처지가 아닐 수 없었다. 둘이서 늘 겸상해 먹는 밥상이라 해도 더운 밥에다 장모님이 정성 들여 손수 담가 주신 김치 외에는 별다른 찬이랄 게 없기 때문이다.

갑작스레 대여섯 명의 방문을 받고 당황하는 새색시를 바라보노라니 안쓰럽기조차 했다. 길지 않은 점심시간에 대어 새로 밥 짓고 김을 굽는 등 찬을 장만하노라 부랴부랴 진땀을 흘린 셈이다. 물론 신혼살림이라 모자라는 숟가락과 젓가락하며 술잔도 큰방 Y엄마께 빌려야 했다. 밥반찬이 없어도 부족한 듯 잘 자셔준 그들이 한집 식구 같아 고맙고, 그런 중에도 새색시 솜씨를 칭찬해 주는 데 인색하지 않아 흐뭇했다. 이것이 바로 짝짓고 사는 보람이리라.

누가 말했다던가? 잘 사는 사람 집에는 초대가 있을 때 가고, 못 사는 사람 집에는 초대가 없을 때 불쑥 찾아들라는 얘기를 실감한다. 없는 집에서 손님 맞기란 마음뿐만 아니라 금전적으로도 큰 부담을 안기기 때문이리라. 5년여 이상씩 가정을 꾸리고 살아온 그들 눈에는 우리의 이 소꿉장난 같은 신혼살림을 보고 그래도 향수 같은 것을 느꼈으리라. 사람은 다 같이 이런 과정이 있기 마련이니까….

숟가락 하나라도 차곡차곡 모아가며 살아가는 재미가 바로 행복이 쌓이는 삶이리라 여기며 동구 밖을 돌아서니, 소꿉장난하던 꼬마들도 배를 채우려 불려갔는지, 헤어져 간 자리엔 소꿉살이지만 그대로인 채다. 깨어진 사금파리 위의 푸나무들은 한껏 시들어 있고, 물에 이갠 흙으로 빚은 떡은 햇볕에 익어 물기를 잃고 듬성듬성 갈라져 있다.

5월의 희멀건 하늘에다 휘파람을 띄운다.

(1970. 5.)

어느 쥐띠 해의 신년소감

우리 집 비좁은 부엌을 주름잡는 생쥐의 모습은 오늘 아침에도 다른 때나 마찬가지였다. 부엌 왼쪽에 연탄을 재어 놓았는데 그 뒤쪽으로 구멍을 뚫어 통로를 만든 것이 분명하다는 것을 알면서도 차일피일하면서 땜질하기를 미뤄오는 터이다. 늘 비집고 다니는 그 비좁은 구멍을 들락거리는 모양새에서도 달라진 거라고는 찾아볼 데가 없어 하는 말이다. 무슨 허튼소리를 하려는지 궁금해 하겠지만, 올해가 쥐띠를 상징하는 해라서 관심을 두고 해 본 얘기다.

새해 첫날부터 가는 빗살이 뿌려진다. 우리 세 식구가 오붓이 사는 Y동 언덕배기는 아직도 촌구석처럼 낙후해서 차가 다니는 큰길에서 멀찌감치 떨어져 있다. 그런데도 오늘은 달리는 잡차들의 질퍽거리는 바퀴소리가 가까이 들려오는 듯한, 착 가라앉은 날씨에 이따금 톤 낮은 클랙슨 소리가 빗속을 가르고 들려온다.

고단과 졸음에 겨워 잠든 제 엄마의 젖꼭지를 물고 새근새근 잠든 젖먹이인 내 피붙이의 숨결에서 가지런한 사랑을 느끼는 한낮이다. 그 곁에 누워 그 옛날 중국 역사의 한 토막인 넓은 중원의 대륙을 주름잡던 영웅호걸들의 신바람이 이는 얘기를 그린 삼국지를 재탕으로 읽으며 무료함을 달래고 있던 참이었다.

달그락거리는 그릇소리에 반쯤이나 열린 부엌문이니까 눈길이 가 머물렀기 때문에 올해의 상징인 생쥐를 발견한 것이다. 겁먹은 듯 부라린 눈, 곤두세운 쫑긋한 귀, 언제나 그렇듯이 여차하면 토끼려는 자세, 도대체가 여유라고는 쥐뿔만큼도 없어 보이는 동물이다.

그런 데다 대상은 여전히 훔치고, 갉고, 먹어 치우는 것 외엔 다른 동물들에서 발견할 수 있는 재롱스러움이나 귀염 받을 짓거리는 하지 않는 것이 이들 서생원의 생리이다. 하긴 그렇다. 작년이나 올해가 표나게 달라질게 없는 달력 한 장의 앞뒤일 뿐인데, 돼지를 상징하는 해가 쥐를 상징하는 해로 바뀌었다고 해서 그다지 별스러운 일이 생길 건더기도 없기 마련 아닌가? 이게 다 호들갑스러운 미천한 인간들의 마음가짐에서 이는 소치일 뿐이다.

'잘 살아 보겠다', '그러겠노라' 라는 한갓 소망이나 각오가 시간이 셈하는 숫자의 나열 속에 내동댕이쳐지는 긴 삶을 살면서도, 한 번도 제대로 다부진 매듭을 지우지 못하는 얄팍한 신념은 늘 해가 바뀌는 이때 당아서야 비로소 후회를 동반하는 처지가 되고 만다.

결국 그런 속에 주인공으로서의 제 연기는 제대로 못 하고, 남의 연기에 이끌려 제 자리서 엄벙덤벙 시간을 때움질하다 말고 물러나서 버린 연기가 되고 만 것임을 뒤에서야 후회해 본들, '차 떠난 뒤 손 흔드는 격' 이고 만다. 그러나 새해가 바뀐 것만은 사실이기에 어차피 주어진 시간 녘의 연기를 새롭게 해 나가지 않을 수 없는 처지다.

그런 생각으로 한낮을 뭉개고 누웠는데 부엌 바닥엔 생쥐가 두 마리로 늘어나 제 세상인 양 찍찍거린다.

'오냐, 이 생쥐들이여! 오후에 날이 들면 보자꾸나!'

그동안 우리 마누라의 노래였던 '쥐구멍이나 막아달라'는 애끓던 잔소리를 시멘트 땜질로 봉하고 나면, 서생원 네놈들의 필사적인 노력도 당분간은 헛수고일 것이고, 덩달아 우리 마나님의 성가심도 하나 덜게 하는 일거양득의 보람을 얻으리라. 그래도 쥐들은 옛 맛을 못 잊고 '볕들 날 있소'에 열을 올릴 것은 뻔한 일이다. 그렇듯 너희는 뚫고 나는 막는 것으로 싸움질을 하는 것이겠지만, 우리의 삶 자체가 그런 것임을 알기에 어쩔 수 없지 않은가?

애처로운 일이지만 쥐를 뜻하는 해의 첫날에 쥐구멍부터 막아야겠다.

(1972. 1.)

나와 문학

선택

내가 회원으로 가입된 사단법인 한국문인협회에서는 이름 있는 시인들의 등단기를 비롯해서 문학을 시작한 동기와 활동, 그리고 남기고 싶은 이야기들을 협회가 발간하는 정기 문학지인 『월간문학』이나 『한국문학인』 등에 싣고 있다.

나처럼 문인 등단의 역사도 짧고 작품 활동도 미진한 초보자에게는 그런 기회가 주어질 수도 없을 뿐 아니라 아예 바라지도 않지만, 그래도 훗날 인연이 닿아 궁금증을 갖는 사람이 있다면 어디선가 그 동기에 대해 언급한 본인의 소신을 밝힌 글이라도 있는 게 좋을 듯 여겨 적어본다.

나의 문학 활동에 대해 다른 문학인들과 사뭇 다른 두 가지 점이 있다. 첫째로는 문학 활동을 하는 현역 중에서도 팔순쯤에는 접으려 드는 늦깎이 시절인데 시작했다는 점이고, 두 번째로는 만년의 진리를 추구하는 자연과학도가 일시에 인문학인 문학 활동을 하게 된 점이다.

하긴 곰탱이가 다 된 주제에 글쟁이가 된다는 게 가당키나 한 일이냐고 핀잔을 받기도 하지만, 리허설이 없는 인생을 살다 보니 그동안 내가 앉았던 자리, 즐긴 자리, 먹고 쉬던 자리, 싼 자리, 잠자리 등 모두가 유한한 삶 속에서 무한한 의지로 점철된 내 흔적들이다. 물론 나이를 되새김하는 것은 유쾌하지 않지만 그게 내가 스스로 짓고 쌓은 내 인생인 걸 어쩌겠는가?

외진 시골구석에서 자라면서 아무리 문학에 관심과 애정이 있어도 교과서 외에는 다른 문학잡지 한 권 사 읽을 처지도 안 되고 돌려보기도 힘든 시대를 보냈다. 그래서 사춘기의 문학소년 소녀 때는 교과서에 실린 김소월의 시나 이광수의 소설들이 애독되는 정도였다. 나의 경우는 형제들이 많아 대물림하는 서적들이 많아 일찍 문학작품에 접하는 계기가 되었고, 독후감이나 일기를 쓰는 습관에 길든 데다가 중학생 시절에 시문학에 심취한 은사님을 만나게 된 것이 문학의 밑그림을 그리게 된 자발적 동기가 되었다.

그러다가 잠시 교사라는 직업에 머물면서 시간적인 여유와 정서적인 분위기에서 독서의 시간도 늘리고 간간이 글 쓰기에 몰입하기 시작했다. 전문직장인이 되어서도 그 습성은 버려지지 않아 자주 쓰게 된 일기는 지금 보아도 그 시절의 감성이 묻어나는 수필로 손색이 없을 정도다. 그러나 인생의 중반기를 넘어 바쁘게 살다 보니 취미는 취미의 영역을 벗어나지 못해 뒷전으로 밀려나기 마련이었다.

그런 과정에서 이뤄진 문학적 소양은 나의 정서적 심성을 이루는 데 뼈대가 되었고, 하루가 멀다고 쏘다닌 외국 나들이에서 겪은 경험적 체험은 내 인생의 풍부한 스토리를 이룬 것만은 틀림없다.

동기

아무튼 본격적인 문인의 출발점은 실로 사소한 데서 이뤄졌다. 그 동기에 대해 고향 출신들로 이뤄진 화전문학회에 이렇게 적었다

겨울의 초입이라 제법 코끝에 냉랭함이 느껴지는 2019년이 끝나는 사흘

전, 고교동창생(혜산 선생, C한의원 원장, J선생, 나) 네 명이 토성동 꼬리곰탕집에서 점심을 함께하는 시간을 가졌다. 참으로 오랜만에 갖는 반가운 모임이었다. 학창시절 고향에서 머문 세월보다 서너 배만큼 많은 세월을 타향살이로 각자 나름의 삶을 꾸려온 이미 70대 후반에 든 꼰대들로 변모했다. 깊은 골을 이룬 주름이 만들어낸 늙음의 흔적들을 보니 인생무상이라는 서글픈 진리가 적잖은 울림으로 다가들었다. 삶의 역사를 이어가는 매체인 시간의 흐름은 멈추지 않는 연속성을 외면할 수 없고 누구에게나 공평한 잣대를 지닌다.

아무렴 반갑다. 시공간을 넘나드는 제한되지 않은 대화가 끝없이 이어졌다. 가령 구전으로 듣던 고향이야기, 까맣게 잊은 친구들의 근황 등, 메아리 없던 사연들에 관해 들은풍월이나 뒷담화들로 본격적인 물꼬를 틈과 동시에 격의 없는 말잔치가 터진 봇물 같다. 출출하던 참에 나눈 몇 순배의 낮술이 마치 푹 곤 곰탕 국물처럼 우러난 우정 어린 긴 세월을 담았기에 달짝지근하고 얼큰한 분위기로 무르익어 들었다.

그래도 예전처럼 젊고 잘 나가던 적 신분의 겉치레를 뛰어넘어 꼬장꼬장한 성미나 오랜 직업에서 몸에 밴 자기만의 스토리텔링을 내세워 생색을 내려는 분위기는 아니었다. 한 살이라도 더 젊었으면 이런 분위기가 가당키나 했을까 싶을 정도로 꼰대의 쌓인 연륜이 돋보이는 자리였다. 그리고 마지막 주제는 역시 건강 타령으로 끝난 것으로 기억된다.

그렇게 우정 어린 걸쭉한 분위기 속에서 널뛰기처럼 오가던 화제를 바꾼 것은 한때 혜산과 함께 같은 직장에서 근무한 적이 있는 J선생이 혜산을 향해 뜬금없이 얼토당토않은 얘기를 꺼냈기 때문이었다.

"혜산! 자네도 잘 알듯이 소토 선생도 글솜씨가 있지 않은가? 자네가 디딤돌이 되어 작가가 되도록 힘써 보면 어떻겠는가?"

"그래 보겠네."

80이 다 된 인생 말년에 쓰잘머리 없는 일이니 그냥 농담으로 듣고 말라며 한사코 손사래를 치는데 한의사인 C원장도 늙어가면서 정신건강에 좋다는 소견을 담아 추임새를 곁들이는 바람에 생뚱맞은 느낌이 들어 마음을 추스르기 거북했었다.

그렇게 시작된 넋두리가 문인으로 등단하게 된 동기가 되었다. 모임을 했던 달포쯤 되었을 무렵 혜산으로부터 준비해 둔 수필이 있으면 세 작품을 '한국불교문학'에 투고하라고 하면서 신인작품상 모집 안내서를 첨부한 메일을 보내주었다.

그가 안내한 길을 따라나섰던 서툰 걸음마가 2020년 봄호에 〈과외공부〉라는 제목으로 수필부문 신인상 당선이란 큰 영광을 안겨주었다. 그에 자신을 얻어 그해 겨울호에 〈삶을 위한 메아리〉를 포함한 다섯 편의 시로 시부문의 신인상 당선과 더불어 다음 해인 올 여름호에 단편소설 〈가죽 잠바〉라는 제목으로 소설부문까지 당선되어 3관왕의 영광을 얻었다.

인연

혜산은 남해 창선이 고향이다. 그와 인연을 맺은 것은 고교생이 되면서부터다. 나는 남해군의 배꼽마을 이동에서 20리 자갈길을 아침저녁 한 번도 거르지 않고 눈비 맞으며 걸어 다녔고, 그도 학교가 있는 지족마을과 창선 섬을 잇는 다리 위를 건너는데 두 발 신세를 지는 고달픈 학창시절을 보냈다. 아무튼 그 시절은 끼니를 때우기 위해 찬밥 한술 얻어먹기도 힘든 시절이었다. 우연한 일이겠지만 졸업할 때까지 3년 내내 그는 내가 앉은 뒷좌석을 지켰다.

인생의 진로에 방향타가 되는 대학진학에서도 혜산은 인문학, 나는 공학을 택해 나란히 부산대학에 입학하였다. 그렇게 해서 그는 진작부터 교육계에 발을 디뎌 교장, 장학사로 승승장구 자리매김하는 삶을 살았다. 게다가 그는 일찍부터 문단에 들어 자연과 더불어 조화로운 삶을 관조하며 시조문학의 진수를 보여주었고, 연륜이 쌓이면서 한국문학사의 발전을 위해 여러 가지 중책을 맡아 누구도 넘볼 수 없는 업적들을 남겼다.

또한 혜산은 진작부터 부처님의 가르침을 따라 일상이 학교이고 마음이 스승인 참되고 진실한 삶으로 일관하였다. 그래서 틈이 나면 고향의 제일봉인 망운산에 올라 선승 성각스님과 말과 글로 다 담을 수 없는 진리를 논하며 차담을 즐겼다.

고향을 사랑했던 그는 애향심이 가득한 노래를 많이 지었다. 다음 글은 그가 읊은 최근 작품(용문골의 홍매화)으로 향수 속에 담긴 그가 추구했던 삶이 진토배기로 채워져 있다.

'홍매화 방긋 웃고
차나무 향내 풍겨
용문골 내리는 물
탐 · 진 · 치 씻으면서
봄 마중 나선 걸음이
향내 되어 번지네.'

그렇게 인연을 이어가면서 나에게 문인이라는 또 다른 계급장을 달아준 계기를 제공했던 그는 2021년 11월 코로나바이러스의 창궐로 세상이 뒤숭숭한 사이에 서로가 안부 묻기조차 꺼리던 시간에 갑자기 타계했다는 소식을 접하고 나니 너무나 안타깝다. 그게 인생이고 회자정리의 이치라지만 그 아련함을 벗어나려면 시간이 약일 수밖에 없을 것 같다.

(2021. 3.)

두 주검을 보며

인생은 보기보다 짧다. 나중은 없다. 오늘, 지금 이 시각을 사는 것이 가장 현명한 삶이다. 풀잎에 얹힌 이슬 한 방울의 운명에서 인생을 읽어보라. 하늘로의 승천에서 구름으로, 다시 빗방울과 이슬로 내려앉는 쳇바퀴의 궤적. 또 아름답게 피었다 떨어지는 꽃잎들의 운명은 어떨까? 그 아름다움을 먼저 아는 벌나비들은 꽃이 베푸는 향기와 꿀에 취해 춤추고 노래했건만, 지금 떨어져 내리는 꽃잎들은 아프지 않을까? 흙으로 돌아가는 죽음을 모르니까 죽는 것도 아닐 테고 떨어지는 아픔도 아픔이 아닐 테지.

인생 또한 그러할진대 굴레에 갇혀 살 이유가 있겠는가? 삶의 무게가 느껴지는 힘든 배낭을 지고 끝없는 길을 가다 보면 고단한 일상은 왜 그리도 힘든지? 내 안에 고인 삶의 찌꺼기 토하고 훑어 내어 가볍고 편안하게 쉬고 싶은 소박하고 남루한 인생마저 외면 받는 현실, 차라리 그럴 바에야 외면하고 역전해 버리고 싶은 버거운 인간의 도리들. 결국 사랑의 소멸이다. 자신을 사랑하는 일에도, 더불어 사는 사람과의 사랑도, 또 남과의 사랑에서 유토피아는 없음이다.

그래서 단절이라는, 죽음이라는 혼자만의 자유를 찾아 스스로가 선택한 길을 가는 것인가?

한 달 사이에 같은 직장에서 두 건의 사망사고가 발생했다. 그것도 흔치 않은 사연이어서 쉽게 잊히지 않는다.

종교에 갇힌 삶

출근하니 슬픈 소식이 들린다. C전무께서 자살했다는 비보다. 어제 퇴근 시간만 해도 말짱하던 사람이 난데없이 자살이라니 도저히 믿기지 않는 사실이라서 다른 사원들처럼 어리둥절하고 있을 뿐이었다. 게다가 그는 정신적으로나 인격적으로 자살이란 수단을 통한 항변으로 자신의 의사를 정당화하거나 사회의 불의에 대항할 질 낮은 인격의 소유자는 아니라는 것을 잘 알기 때문에 더더욱 궁금증을 더했었다.

실은 한 회사에 같이 근무한다고 하지만 그분의 전담이 총무나 경영을 총괄하는 관리책임자이기 때문에 근무부서가 전연 다르고 늘 상주하여 일을 보는 사무실이 멀기 때문에 하루 중에도 특별한 용건이 없고서는 점심시간에나 겨우 상면할 정도였다. 그래서 그분의 이력이나 주변의 사생활을 소상히 아는 처지도 아니다. 우선 보기에는 늘 학자 유형의 근엄한 표정인 데다가 생산부서의 일은 노터치 식으로 업무가 제한되어 있어서, 한 울타리 속에서도 별로 어울리지 않는 사이라서 어딘지 모르게 모두 관련된 일이 아니면 거리감을 느끼고 지내는 처지였다.

그분이 우리 회사에 전무로 발탁되어 온 이유가 어디에 있는가는 나로서는 알 바가 없지만, 아무래도 B시의 부시장까지 지내신 분이고 보면, 회사 경영 면에서 좀 더 차원을 높여 보려는 의도에서 정책적으로 모셔온 것만은 사실이었다. 같이 근무해 온 짧은 기간에도 나에게는 많은 관심을 두시는 편이었는데, 한 번은 회사에 갓 들어오셔서 얼마 안 된 때였는데 개인적인 면담을 청해 오셨기로 응한 바 있었다.

그때가 한참 상사와 마음이 안 맞아 직장마저 그만둘까 할 정도로 분위기가 험악하던 참이었는지라 그 점의 해결책을 물은 것으로 기억된다. 나의 상사인 P씨와의 불화설을 알고 있다면서 직장생활의 생리와 평화를 설파하시더니 다음 날 책 두 권을 사서 부하인 나와 상사인 그 선배님께 한 권씩을 나누어 주셨다.

내게 주어진 책의 제목이 '부하로서의 상사에 대한 예의' 였으니까 상사께는 어떤 책을 줬는지 알만 했다. 아마도 '부하를 잘 다스리는 방법' 이었으리라는 짐작이었다. 그런 정도로 인격적인 배려를 해 주면서 직장 분위기를 밝게 유도하려는 분이셨는데, 이 차가운 날 P대학교 뒷산에서 검게 탄 시신으로 등산객에게 발견되었다는 비보다.

가정불화로 인해 휘발유를 전신에 끼얹어 분신자살을 감행한 극한상황에까지 이른 그분의 고뇌를 누가 알 것인가? 듣자니 그분의 사모님께서는 별나게도 종교에 흠뻑 빠져 가정을 돌보지도 않음은 물론이거니와 남편의 체면이나 출세도 무관심인 데다 가정도 파탄시킬 정도로 광신도였단다.

여호와의 증인이란 종교가 종종 이슈가 되어 뉴스거리로 등장하는 것을 보고 들어 어느 정도인지는 알고는 있지만, 서로 등짝 토닥거리며 오손도손 기대고 살 인생 황금기에 삶의 의미마저 짓밟아 버린 또 하나의 맹신적 사랑이란 이름의 천국행 열차의 비극이 슬픈 여운을 남긴다.

삼가 고인의 명복을 빈다.

인과응보

새해 초하루부터 C전무의 타계로 아직도 회사 분위가 뒤숭숭한 판인데 오늘 아침 출근 시간에는 더 무거운 분위기가 감돌았다. 낌새가 이상해 경비실에 들렀더니 인근 Y경찰서 수사반장이 와 있었다. 수인사하고 몇 가지 사실을 확인하더니 간밤에 있었던 사건에 관해 설명해 주었다.

세상에는 별의별 희한한 사건도 많다고 하지만, 하필이면 우리 회사 직원 사이에서 일어난 치정에 얽힌 사망 사건이라니 기가 차서 한동안 입이 닫히지 않았다. 서둘러 간부들의 회의를 소집하고 사건이 종결될 때까지 입단속은 물론 언론 보도로 회사 명예가 실추되지 않도록 해당 부서에서 최선을 다할 것을 다짐했다.

흔히들 복상사(腹上死)라 해서 남녀 간에 정사를 나누다가 남자가 갑자기 심장마비나 뇌졸중 등으로 여자의 배 위에서 숨을 거두는 것을 말하는데, 이런 일은 이따금 알게 모르게 전해지는 사건들이다. 그런데 오늘 벌어진 사건은 여태껏 한 번도 들어보지 못했던 '복상하사' 라고 표시할 수 있는 희한한 일로써, 남녀가 정을 통하다 둘 다 동시에 죽은 일이다. 나중에 안 일이지만 주간잡지에 이 기사가 실린 바로는 100만 명 중에 한 번 있을까 말까 한 일이라는 감식 담당 의사의 소견이 있었다.

이번 사건의 당사자는 우리 회사 경비실에 근무하는 L씨로 나와 갑장이었고, 그는 얼마 전까지만 해도 내가 관리하는 현장부서에서 몇 해 동안 다부지게 일했던 모범 사원이었다. 어느 날 그와 동향인인 경비실 Y씨랑 둘이서 나를 찾아와 건강을 이유로 다른 부서에 이동을 희망했다. 그래서 총무부서의 Y차장과 의논해 자기가 원하는 경비실 근무를 할 수 있게 바꿔주었다.

그런 그가 오늘의 화제의 주인공으로 어제 오후에 그런 어처구니없이 불귀의 객이 되고 말았다니 믿기지 않았다. 그의 직속상관인 총무부 Y차장이 사건 현장과 한 덩어리가 된 채로 옮겨져 부검이 이뤄진 병원, 그리고 경찰서 수사과에서 회사 책임자로서의 할 일을 모두 마무리 짓고, 늦은 오후에 내 방으로 건너와 사건의 경위를 자초지종 설명하는 데도 믿기지 않았으나 차근차근 이야기를 듣고 보니 기찰 노릇이었다.

그리고 동시에 화제의 주인공이 된 여인은 사내 식당에 근무하는 서울 말씨를 쓰는 40대로 얼굴도 몸매도 반반하고 귀티가 나고 늘 단정한 차림이었다. 특히 국을 잘 끓이기로 소문이 나 있을 정도로 음식 솜씨가 깔끔하여 큰 부족함이 없는 것으로 소문이 나 있었고, 생활도 여유가 있고 학벌도 수월찮게 고등교육을 받은 것이 분명했다. 나중에 알고 보니 남편은 영관급의 현역으로 영외 근무를 하고 있었으며, 대학을 다니는 두 따님과 함께 여유 있는 생활을 하면서 여과 활용으로 소일거리 삼아 식당에서 아르바이트한다는 얘기였다.

그런데 어느 날부터 이들은 주변 사람들의 눈길을 피해 유부남과 유부녀끼리 밀애를 통해 정념을 불태워 왔던 것으로 보인다. 사고가 있은 날만 해도 야간 근무조인 L씨가 경리부서에 와서 억지로 가불을 했었고, 총무부서에는 거짓 이유를 제시하고 저녁 근무를 중단하고 조퇴를 하고 나간 사실이 밝혀졌는데, 그날 저녁에 문제의 사고가 생긴 것이었다.

죽은 자는 말이 없어 확실한 정황은 잘 모르지만, 수사생활에 베테랑 형사들의 추리와 감식 전문에 의하면 퇴근 무렵 둘이서 만나 식사를 한 후, D동 D극장에서 상영 중인 영화 한 편을 감상하고 여관에 들러 정사를 나눈 것으로 추리했었다.

여자의 소지품인 시장바구니가 죽음을 부른 그 현장에 그대로 놓여 있었고, 그 바구니 속에 들어 있었던 두 장의 극장표는 죽기 직전에 상영했던 시간과 일치했다는 사실만으로도 능히 짐작되는 일이라 했다. 불행을 부른 그들의 사랑놀이는 비극일 수밖에 없었지만, 싸늘하게 변해 버린 그들의 시신마저 그동안 피를 나눠온 가족들에게도 외면을 당하는 멸시의 대상이 되고 있다니 실로 가슴 아픈 일이고 만다.

부검이 끝나 심장마비라는 사인으로 결론이 지어진 후, 유족들에게 장례를 치르도록 허가 조처가 났는데도, 남녀 양쪽 가정에서는 서로들 시신을 거두어 가라고 미룬다니 얼마나 언짢은 죽음인가?

남편의 애정 결핍에서 생긴 일인지 또는 무관심이 원인이었는지는 알 수 없지만 한창 타오르는 정염을 주체키 어려워 잠시 눈이 멀었던 40대 후반 여인의 심사를 헤아리다가도, 대학을 다닌다는 두 딸마저도 자기를 낳고 길러준 모정을 깡그리 지워 버리려고 외면하는 것을 보면서, 한때의 부정을 전제로 인간의 본능을 이해해 주지 못하고 사자에게 돌팔매질한다니 그 비정함이야말로 인간의 윤리를 언급하지 않을 수 없게 한다.

남녀 간의 일이란 때로는 실로 무거운 짐이다. 오래도록 남들의 입에 오르내릴 그들의 얼굴이 다시금 생생해진다. 이 모두 다 전생의 업보이리라.

(1977. 10.)

인구정책

얼마 전에 친구를 따라 인구문제를 다루는 세미나에 참석한 일이 있었다. 그가 연사로 참가한 화제는 〈인구문제와 인구정책〉이었다. 인구의 급격한 감소 때문에 인구의 고령화, 노동력 부족 등을 다루고 그 심각성을 주장하는 내용이었다. 우리나라도 평균 수명 증가와 출산율 하락으로 고령화가 급속히 진행되고 있어 향후 노동력 부족 및 사회 복지 비용의 증가 등 심각한 경제문제가 발생할 가능성이 커 이에 대한 대책 마련이 시급한 상태임은 사실이다.

사실 우리가 한창 젊었던 1970년대만 하더라도 이러한 인구문제에 대해 심각성은 전혀 예상하지 못했다. 요즘 와서 저출산 문제에 대한 대책으로 출산과 육아를 위한 비용을 사회가 부담하여 자녀수에 따른 세제 혜택, 출산 장려금 지원, 양육 및 보육 지원 시설 확충, 유급출산 기간 연장, 양성평등의 풍토 조성과 인구 고령화에 대한 대책으로 노인의 재취업, 복지대책, 각종 연금 제도를 비롯한 사회 보장, 정년 연장과 일자리 창출 등 무궁한 정책들이 쏟아지고 있다.

그런 내용의 세미나에 참석하고 돌아오면서 한 나라의 백년대계를 내다보고 정책을 세워야 할 위정자들의 무책임에 볼멘 감정을 토로하면서 50년 전의 국내 인구정책은 어떠했는지 생각난 김에 1970년대 중반에 적어놓은 일기장을 들쳐 보았다.

"야, 이 친구야! 네가 우리 집사람에게 고자질했지?"

"무슨 소리 하노? 내가 미쳤다고 네 마누라에게 그런 소리를 하겠나?"

그의 얼굴을 바라보니 얼굴 가죽은 웃고 있는데 속살은 웃지 않는 것 같아 당황한 쪽은 나였다.

퇴근 시간 후에 단짝 친구 J와 둘이서는 한참 동안 실랑이를 벌이며 맥주잔을 들이키고 있었다. 옆에서 말다툼을 듣고 있던 단골집 아줌마가 그 내용을 알고 웃음 띤 얼굴로 나를 바라다보는 양이 측은한 눈빛이다.

어젯밤 잠자리에서 그동안 숨겨온 비밀스러운 일이 마누라에게 들통이 났었다. 그래서 그 시비의 발단이 '너다, 아니다' 로 법석을 떠는 판이지만, 그 내밀스러운 사건의 전모를 아는 자는 친구 J뿐이기 때문에 그를 범인으로 지목하는 것은 나의 일방적인 추측일 뿐이고, 실지로는 마누라의 직감 때문에 들킨 것이라 보는 게 옳다.

이제 겨우 보름이 지나는 시간 전의 일이지만, 생각할수록 씁쓸한 생각이 드는 것은 사실이다. 세상사가 불공평하다고 말하면 하느님의 탓으로 돌리는 격이 되어 잠시는 위안이 되지만 내 팔자가 그런 거라고 믿는 수밖에 딴 도리가 없다.

지난 구정 때, 일직 당번이 되어 혼자 회사를 지키고 있었다. 명절이다 보니 회사 내부는 쥐죽은 듯 조용하고 창밖을 내다봐도 길거리에 개미 새끼 한 마리 보이지 않을 정도로 한적한 외진 산동네 마을이 겨울 냉기에 배어 있다. 점심시간 무렵에 일찍 명절 차례를 지낸 동료 J부장이 사무실에 나타났다.

웬일이냐고 물으니 혼자 심심할까 봐 위로차 들렀다고 한다.

막걸리라도 한 병 들고 오지 그랬냐니까 밖에 나가서 한턱내겠다고 했다. 명절 때 밥을 파는 식당이 없는지라 인사치레로 흘린 말이려니 여겼다.

정초에 세운 계획에 대해 이런저런 얘기를 하다가 올해는 만사 제치고 '불임수술' 을 해야겠다는 그의 다부진 각오가 귀에 쏙 들어와 박혔다. 그가 거세하려는 이유는 좋아하는 술 때문이라고 했다. 술이라면 자다가도 일어나는 애주가라 자칭하는 그로서는 가정평화를 위해서라는데 술을 마시다 보면 귀가시간이 늦어지기 마련이고 그로 인해 부부간에 다툼이 늘어나기 때문이란다.

"그게 불알 까는 것과 무슨 상관인데……."

"내 짐작으로는 마누라 잔소리가 술 먹다가 바람피울까 싶어서 그러는 것 같아서…."

"말도 안 되는 소리 하고 자빠졌네. 사랑싸움이구먼."

무자식도 아니고 2남 1녀의 아버지인 터라 바람피울 이유도 없는데 마누라는 억지로 제목을 붙인다면 〈술과 여자〉라는 삼류 외설 소설을 방불케 하는 상상의 추리로 부부간의 논쟁을 일삼는 것이 병적인 것 같다는 것이다.

세상에 어느 여자가 매일 술에 절어 해롱거리는 남정네를 안방 신줏단지 모시듯 하겠는가? 실제로 그런 일로 마음 아픈 놈은 따로 있는데 남의 고민거리를 제가 총대 메고 덤비는 것처럼 들렸다.

"너, 세 딸을 가진 마누라에게 기죽어 사는 내 들으라고 하는 소리 아니니?"

아무튼 명절 제사를 지내고 토끼 같은 자식들에게는 깔깔한 지폐 몇 장으로, 호랑이 같은 마나님은 평소에 잘 먹혀들어 가는 용돈으로 기피신청을 해서 일찍 자리를 뜬 것도 그런저런 이유에서라고 설명을 늘어놓았다. 그래서 내친김에 함께 불임수술을 하자는 데 동의하고 가까운 보건소에 전화해서 오늘도 정상 근무하느냐고 물었고, 무슨 치료를 원하느냐는 질문에 불임수술도 가능하다는 대답을 들었다. 그런데 무료 시술을 받으려면 먼저 동사무소에 들러 무료 시술에 대한 절차를 밟아야 한다고 친절히 안내해 주었다.

쇠뿔도 단김에 뽑는다고 J부장과 같이 택시를 타고 동사무소에 들러 절차를 밟고 이어 온천장 D보건소로 갔었다. 거기도 명절이라 간호사도 없이 40대 후반의 남자 직원이 가운을 걸친 채 신문을 보며 자리를 지키고 있었다. 벽에는 온통 가족계획 포스터가 도배질되어 있다.

'아들딸 구별 말고 둘만 낳아 잘 기르자', '잘 키운 딸 하나 열 아들 안 부럽다', '가족계획 실천으로 복지사회 앞당기자', '덮어 놓고 낳다 보면 거지꼴을 못 면한다'

막상 거세를 결정하고 병원에 들어서니 도살장에 끌려온 소처럼 별의별 생각이 뇌리를 스친다. 그런 단안을 내리기까지는 평소에도 수십 번 생각해 본 일이지만 막상 침대 위에 눕기까지는 많은 번거로운 사념에 결단을 못 내렸음은 사실이다.

조금 전 동사무소에서 무료 시술의 절차를 밟아주면서 딸이 셋인데도 아들을 포기하고 정관수술을 하려고 하는 각오가 대단하다고 치켜세우면서도, 한편으로는 정말 수술을 할 것이냐고 되풀이해서 물으며 언짢게 여기던 나이 많은 보건소 여직원들의 표정이 생각난다.

둘 중에 나부터 먼저 수술키로 하고 수술대에 올라앉으며 아프지는 않은지 후유증은 없는 것인지 궁금한 사항들에 대해 질문을 쏟아부었다.

그러던 중 의사 선생님은 설을 맞아 고향으로 설 쇠러 가고 자기가 대신하겠노라고 나선 건 정식 의사가 아닌 간호보조사 자격을 가진 무자격자임을 알고서는 또 한 번 놀라지 않을 수 없었다. 당장 수술대에서 내려가고 싶었다.

여태껏 자기 손으로 시술을 받은 자가 2,000여 명도 더 될 것이라며 대수

롭잖게 여기는 그에게 내 심볼을 내맡기기에는 엄청난 용기가 필요한 순간이었다. 수술한 후에도 남성의 기능을 유지할 수 있느냐 없느냐 하는 것이 중요하기 때문에 신체 일부에 칼질하도록 내맡기는 순간은 실로 대범한 결정이었다.

국부 마취를 하고 스스로 마음을 위쪽으로 하면서 천장과 벽을 쳐다보기도 하고 아랫도리에 느껴지는 묘한 아픔을 느끼며 수술을 받는 순간에는 나도 모르게 눈물을 흘리고 있었다.

조금 전까지만 해도 수술하는 광경을 지켜보며 위로와 걱정을 반반씩 버무려가며 재잘거리고 있던 J군이 사라진 것을 확인한 것은 나의 수술이 다 끝나 침대에서 내려올 즈음이었다. 결국 그는 수술을 포기하고 만 것이다. 필요할 때 다시 풀면 재생할 수 있다는 칼잡이의 위로 말이 마치 자비 섞인 유언처럼 들린다.

이제 모든 것이 끝났다. 이 세상의 남들에게는 흔한 게 아들 농사다 싶은데, 나에게는 아예 사주팔자에 아들 복이 없는 것인지 폐농의 신세가 된다는 생각에 섭섭할 때도 있었다. 그러나 오늘 이렇게 육신의 일부에게 단죄를 내린 비극적인 현실은 참으로 비참한 일이기 때문이다.

그 일이 있고 나서 외손자를 못 낳고 외손녀들만 따북따북 안겨주는 딸의 팔자가 모두 자기 탓인 양 괴로워하는 장모님을 비롯해 친인척 중에도 아들 선호사상에 뿌리박힌 고정관념에 젖어 그렇게 극단적인 처방을 내린 데 대한 성토 반 찬성 반으로 아들 타령은 막을 내린 셈이다.

결론적으로는 당사자인 아내를 위해서였다. 아들을 갖기 위해 엄청난 고통에 시달리는 아내의 심신의 아픔을 고려하지 않을 수 없었고, 그 다음으로는 더 이상의 의도적인 살인을 자행해서는 안 된다는 의지에서였다.

얼마 전의 일이지만 퇴근 무렵 장모님으로부터 걸려온 전화를 받고 부랴부랴 P산부인과로 중절수술을 끝내고 퇴원한다는 아내를 데리러 갔을 때의 일은 두고두고 잊기 어려운 것이었고, 오늘의 이토록 어려운 결단을 내리게 된 직접적인 동기가 된 셈이다.

아내가 네 번째 임신했고, 산부인과에서 여러 차례 검사 결과는 딸이라는 것을 통보를 받고 낙태수술을 강행한 때문이다. 혹시나 아들인가 확인해 보라는 장모님의 성화로 5개월 된 내 분신의 핏덩어리를 보고 큰 충격을 받은 바 있었다.

10개월이 지나 어엿한 사람으로 모체를 벗어난 후에 죽이는 것이나, 지금 태아인 상태로 인술을 빌미로 죽이는 것이나 다를 바 없다는 사항에 눈 여기지 않을 수 없었다. 아들을 갖겠다는 욕망과 집착 때문에 그런 잔인한 살인자가 되어야 하며, 한 여인의 육체를 포함해 정신적 부담을 지워가며 괴롭히고 살아야 할 아무런 이유가 없기 때문이었다.

그동안 아내에게 들키지 않으려고 혼자서 전전긍긍하던 일이 이제 백일하에 들통이 나고 말았으나, 큰마음 먹고 실행한 일이라서 후회도 미련도 없다. 다만 우리를 사랑하는 주변 사람들의 기대를 무시해 버린 것이 이중으로 죄짓는 일 같아서 민망스러울 따름이다.

(1978. 3.)

포장마차

앞 마당가에 홀로 선 나뭇가지에 대롱거리던 마지막 잎새가 어젯밤 찬 바람에 떨어져 나가고 없다. 바람결에 뒹굴다 뒹굴다 한줌의 흙을 살찌우는 부토가 되겠지? 시야에 비춰든 산야가 적게는 무수히, 많게는 네 번이나 옷 갈이를 하더니만, 이제 한 바퀴를 돌아 마지막 옷매무새로 단장을 끝내려 든다.

매년 이맘때면 되돌아보아지는 지난 1년이란 시간은 누구에게나 똑같은 기회였었다. 자(尺)로 재듯 운수대통을 그리겠다던 한 해 첫날의 설계는 무산되고, 꼬장물이 흐르는 눈가에 주름살만 한 줄씩 더한 초라한 모습의 고단함으로 퇴근시간을 기다리는 노틀처럼 느껴진다.

이럴 때면 생각나는 것이 술이다. 아직은 그래도 포장마차 집에 들러 소주잔이라도 마실 수 있어 좋다. 어디로 갈까?

〈또 왔노라〉, 〈또순이〉, 〈너랑 나랑 딱 한 잔〉, 〈그냥 갈 수 있나?〉, 〈처가〉, 〈종점〉, 〈25시〉. 수많은 포장집의 작명에 낭만이 있어 좋다. 흡사 여인의 치마폭을 걷어붙이듯 포장마차 안을 들어서노라면 그 속엔 언제나 여인의 속살처럼 열기가 인다.

어둠이 짙어 갈수록 포장마차 안은 분위기가 오붓해져 가고, 객들의 주기(酒氣) 따라 내지르는 고성에 가냘픈 가스불이 놀라기도 하고, 커지는 웃음소리에 환하게 밝아지기도 한다. 도란도란 연인들의 밀어(蜜語)가 어묵국물에 녹고, 먹장어 굽는 냄새가 빈 병 숫자를 더해 간다.

소주잔을 기울이는 빈도가 늘면서 군상들이 내지르는 독백 속에는 겉과 속이 훤히 내비치는 여인의 몸매를 닮아가고, 그러는 주연 배우들 간에 어떤 역학적 관계가 고스란히 드러난다. 아무렴, 개똥밭에 굴러도 이승이 저승보다 낫고, 죽은 황제보다는 살아 있는 거지가 낫다는 개똥철학이 어울리는 분위기다.

그 좁은 공간 속에는 잡다한 인생사가 진실대로 그려진다. 작업복 걸친 막노동꾼이 그렇고, 넥타이 차림의 고상해 보이는 신사분도 한 뼘도 안 되는 자신의 마음을 가리려 들지 않는다. 상대에 따라 술기운이 오르면 사사로운 시비가 일기도 하고, 금세 위대한 정치가가 되어 열변을 토하다가도 배꼽 잡는 풍월로 시끌벅적한 작은 세상을 꾸민다. 그 많은 인생의 단막극을 밤마다 귀 아프게 듣고 감상하는 사람은 포장마차 주인이다. 정갈치는 않아도 산다는데 악착스레 뵈는, 아니 이 노릇에 이골이 난 아줌마의 헤픈 웃음이 밉상스럽지는 않다.

'바쁜 꿀벌은 슬퍼할 겨를이 없다' 라고 했듯이 때로는 이 여인에게서 삶의 진국을 보는 찡한 느낌에 사로잡힌다. 정말 허구한 날, 팔다리 허리통이 쑤신다고 아우성치는 내 집사람을 데려다가 이 삶에 찌든 여인 앞에 모시고 싶어도, 실상을 느끼지 못할 것만 같아 먹었던 마음을 간추린다. 술을 마실 줄도 모르고, 술을 마시는 의미도 모르기 때문에다. 또한 우리가 낭만 어쩌고저쩌고 하는 이 포장마차 집은 애당초 술주정뱅이들의 일차 집이라고 매도할 뿐이니까.

그러나 꼭 그렇지만은 않다. 때로는 산다는 데 대해서 나보다 더 진한 데가 있으니 말이다. 그렇게도 얼굴 맞대고 살 섞어 살면서도 길들일 수 없는 게 당신과 나의 정감의 차이겠지만, 그래도 14년여 간 어지간히 서로 이해하고 닮으려는 몸짓으로 인생의 반려자 노릇에 충실했음은 사실이다. 거친 바다에 나가려면 한 번 기도하고, 전쟁터에 나가려면 두 번 기도하고, 결혼할 때는 세 번 기도하라는 말의 뜻이 살갑게 다가든다.

그런 생각을 떠올리는 동안 제 몫을 다한 화롯불이 새것으로 갈린다. 술잔을 비우는 속도가 늦어지면 아줌마의 눈총은 잦아지고, 덜컹거리는 소음이 커질 때면 이제 돌아갈 시간이라는 것쯤은 눈치 채고 산다. 시간은 돈이다. 이 알량한 자리도 내가 독으로 전세 낸 것이 아니라는 사실을 가르쳐 주지 않아도 안다. 어차피 이 자리도 비워줘야 또 다음 차례의 궁상맞은 주정뱅이들이 아줌마의 매상고를 불려줄 게 아닌가?

세상만사 눈치로 산다. 개다리 목판 의자가 취객들의 비뚤어진 자세와 체중에 못 이겨 삐걱거리며 몸살을 앓건만, 그런 것 아랑곳하지 않는 취객들은 바쁜 아줌마의 아프디 아픈 이력을 캔다.

"아줌마! 인자 멋진 식당 하나 차릴 때 안 됐능교?"

"언제예~, 내 팔자 포장마차가 제격이라예."

그러고 씩 웃는 얼굴에서 그 여인의 젊은 날을 읽는다. 어쩌다 보니 한 해의 종점에 다다랐다. 포장마차 바깥 저쪽에서 들리는 징글벨 소리가 자선냄비지기의 방울소리에 섞여 그렇게 들려온다. '어쩌다' 란 표현을 빌렸지만, 분명히 한 살을 더했음은 분명하다. 그러나 늘 그랬듯이 올 한해도 잘 살아보리라고 발버둥친 것은 사실이다. 어쨌거나 또 한 고비 넘긴 시간의 모둠이었다.

때로는 혼자서, 더러는 여럿이서 고마웠던 사람과 미웠던 사람들 틈바구니에서 용쓰며 보냈다. 성가시고 괴로웠던 일들이랑 말끔히 잊자. 뭇사람의 고뇌에 찬 인생, 그들의 독백에 찌든 포장마차 아줌마의 눈에는 인생이 다 그렇고 그런 거로 느껴지겠지?

"쥐뿔도 없는 소주 마시는 주제에 인생을 왜 그렇게 복잡하게 살꼬?"

"제발 외상술이나 작작 마셨으면 좋겠다. 이 얼간아."

그런 억센 아줌마의 외침과 눈총을 뒤통수에 받으며 포장마차를 나선다. 외상으로 살지는 말아야 할 인생, 진정으로 빚지고 살아선 안 될 인생. 오줌 한 줄기 신나게 갈기고 바짓가랑이 추슬러 올리고 슬슬 가는 거다. 이 밤이 가면 또 내일이 오지 않는가?

"여보게! 내일이면 또 만날 수 있음이야. 잘 가게들!"

"아, 그러고 잊은 게 있네. 가다가 혹시라도 장례식장에서 내다버린 흰 장미꽃이라도 보이거든 몇 송이 주워가게. 눈 빠지게 기다리는 어부인이 잔소리 대신 자비의 눈빛이라도 보낼지 모르니까…."

(1984. 12.)

음치 탈출작전

요즘 세상에 노래 못 부르는 사람이 없다. 어찌 보면 모두가 가수다. 크게는 한국인은 예부터 가무를 즐기는 백성이라는 데까지 비약한다. 그러나 우리가 어릴 때는 먹고 살기도 힘든 시절이라서 그러했는지는 몰라도 노랫소리를 들을 기회가 흔치 않았고, 특별한 날이 아니고서는 노랫소리가 담을 넘지 않도록 다짐받고 살았다.

사실은 2천년대 들면서 IT산업의 발달에 따라 각종 음향기기가 발달하면서 유행하기 시작한 노래방이 우후죽순처럼 전국적으로 번지더니 모임이나 가족 단위로 쉽게 드나들면서 전 국민 개창 운동의 밑거름 노릇을 톡톡히 한 것임은 부인하기 힘들 것이다. 그에 따라 가정의 대소사나 지역 단위의 행사가 있을 때면 이동식 노래방이 필수적으로 동원되고 노래를 잘하거나 못 하거나 관계없이 신풀이하거나, 맺힌 한을 풀 듯 나대는 굿판으로 한판의 장관이 벌어지는 마당놀이가 산불 번지듯 했다.

또 한 몫 한 것은 전국적으로 네트워크를 가진 민방의 역할이다. 한국 음악의 대표적인 트로트 분야의 신인 발굴을 위한 경쟁적인 프로그램들이

전 국민의 가창력을 더 높이고 노래를 통해 국민적 정서를 생활 속에 녹이는 절대적인 역할을 하고 있다. 돌이켜 보면 격세지감이 든다.

'당신의 18번이 무엇이냐?' 고 묻는 경우는 평소에 본인이 제일 즐겨 잘 부를 수 있는 노래가 있느냐는 뜻이다. 나의 경우는 긴 세월이 지나는 동안 18번이 아니라 아는 노래가 그것뿐일 정도였고, 최근에 와서는 세월 따라 하도 많은 노래를 듣고 보는지라 잘 부르는 노래는 없지만 유행하는 인기곡에 흥미도 갖고 이것저것 따라 흥얼거리는 정도로 변했다.

좌우지간 어려서부터 남 앞에 나서서 노래한다는 것이 왜 그렇게도 어려웠었는지 모르겠다. 지금 와서 되돌아보면 태어날 때부터 천성적으로 음치(音癡)는 아니었던 것만은 분명한데, 노래라면 겁부터 나고 사지가 떨리는 그런 변고를 느끼며 자랐다. 노래 자체보다는 암된 성격에 부끄러움을 많이 타서 남 앞에 나서기를 매우 싫어했던 것이 주된 원인인 성싶다.

초등학교 저학년 때는 담임선생님께서 음악 실기시험을 많이 보았기에, 교단에 나와서 선생님이 치는 오르간(풍금)의 반주에 맞추어 노래를 불러야 했는데, 그조차도 부끄러워 울음을 터뜨려 시험을 잡친 일도 있었다.

그런가 하면 6학년 소풍 때는 인근의 용문사 절간에서 장기자랑 및 노래를 부르는 오락회가 있었는데 형들이 가르쳐 준 '작은 별(리틀 스타)' 이라는 노래를 첫 소절은 영어로, 두 번째 소절은 우리말로 불러 히트를 했던 일도 있었다. 중학교를 거쳐 고등학교에 이르기까지 음악 점수가 항상 중간인 미(美)정도였고, 한 번도 최상의 등급인 수(秀)를 받아본 일이 없었던 것은 오로지 가창력이 부족했던 탓이었다. 노래는 자꾸 불러야 하는데 아예 노래를 흥얼거리기조차 싫어했으니 음치 아닌 음치로 길들어갔던 셈이다.

이는 대학을 나와 장가를 가서도 마찬가질 수밖에 없었는데, 처음으로 노래를 배워 본 것이 장가들어 신혼생활 때 대학생이던 작은 처남과 그의 친구 최백호에게 배운 노래가 '목화밭' 이었다. 그들은 하릴없이 늘 처가댁에 진을 치고 기타와 드럼을 치며 먹고 자고 놀던 놈팡이 시절이었다.

지금 와서 생각해 보면 음악에 대한 소질보다는 늘 노래에 대한 압박감이 마음속에 도사리고 있었기 때문이라고 여긴다. 그처럼 남 앞에서 노래 부르기가 고역처럼 느껴지기에 항상 얼굴부터 붉어지고 못 하는 노래 솜씨가 더욱 음치 행세를 북돋운 게 아닌가 여겨진다. 다시 말하자면 노래에 소질이 없다는 부정적인 선입관 때문이라 본다.

노래에 취미나 소질이 없는 것은 허물이 아니다. 내 어릴 때 같은 동네에 사시던 전직 면장님도 노래에는 전혀 소질이 없었는지 장가갈 적에 피로연 좌석에서 애국가를 부르는 통에 그 댁의 식구들을 '애국가네' 라고 별호를 얻을 정도이니 당사자는 어지간히 남우세스러운 일이 아니었겠는가? 그러나 몇십 년이 흐른 지금에 와서도 동네 사람 모두가 스스럼없이 '애국가네' 라고 부르는 데 친숙해져 있다.

나 역시도 '갑돌이 갑순이' 를 한 5년 동안, 그 다음은 '처녀 뱃사공' 을 나의 18번으로 10여 년 족히 써먹었다. 그 이외에는 별로 좋아하는 노래도 없고 끝까지 가사를 아는 곡목도 없어 어쩌다 각종 모임에서 노래를 불러야 할 처지면 적당한 핑계를 대거나 홑바지 방귀 새듯 슬그머니 자리를 뜨는 것으로 임시방편 삼는 경우가 다반사였다.

천성적으로 노래를 싫어하는 것은 아니다. 듣기도 부르기도 좋아하면서 애살을 가지고 '이것 한 번 가사를 익히고 외워서 내 노래로 삼겠다' 하는 마음이 생기지 않아 그냥 남 따라 흥얼거리는 정도로 노래를 대해 온 것이었다. 이런 난관을 다소 극복할 수 있게 된 동기는 사업상 술집을 드나들며 세월 따라 술만 들이키는 놀이 문화가 노래도 부르며 즐기는 스탠드바 형식으로 변모하면서 술기운에 마이크를 잡고 노래를 부르기 시작하면서 차차 노래에 대한 자신감이 붙기 시작한 때문이다.

그러다가 1995년 봄을 맞아 우리 S그룹의 5개 계열사 과장급 이상이 모여 부산 해운대 P호텔에서 신년 단합대회를 하게 되었다. 그래서 부부동반으로 참가해 각종 레크리에이션과 노래 경연도 하며 여흥을 즐기는 프로

그램이 있었다. 사회자가 게임을 진행하면서 그룹 회장을 필두로 부회장, 사장 그리고 전무로 이어가며 노래를 시키는 통에 도저히 빠져 나갈 수 없는 처지였다.

특별한 소질을 가진 직원의 장기자랑이 끝난 다음 우리 내외가 호명되어 박수를 받으며 무대로 나갔다. 그동안 여러 모임을 통해서 나의 노래 실력을 알고 있는 사원들이라서 큰 기대는 하지 않는 분위기로 느껴졌다. 연주를 맡은 악사들이 사회자를 통해 부를 노래 곡목을 물었다. 머뭇거리지 않고 최진희의 '사랑의 미로' 를 들먹이었다. 온 장내에서 함성과 박수가 쏟아졌다. 그도 그럴 것이 이 곡목이 한참 유행을 타던 때이므로 누구나 배우고 싶어 하는 차트 1위를 달리던 터라 다들 관심을 두는 순간이었다.

전주곡이 끝나고 부부가 합창으로 이 노래를 부르기 시작하자 또 한 번의 박수가 터졌다. 간신히 끝까지 이어가면서 크게 기교를 부릴 정도는 못 되었지만 애절한 사랑을 그린 가사가 좋았고, 또한 신곡이라서 박자나 높낮이 등에 잘잘못을 가려낼 정도로 유행을 탄 지가 오래지 않은 노래라서 그냥 먹혀든 순간이었다. 사회자의 칭찬을 들으며 간신히 위기를 넘겼음을 다행으로 여겼다.

사실 이 행사가 있기 보름 전부터 걱정이었다. 또 '갑순이 갑돌이' 로 땜질한다는 게 자신과 관중들에게 미안하고 진취성이 없는 싫증만을 안겨주는 일이라는 생각이 뇌리를 휘감았다. 그래서 생각하던 끝에 세 딸에게 어떤 노래가 배우기 쉽고 인기가 있는가를 물었다. 몇 곡목이 오르내렸지만 '사랑의 미로' 를 추천받았다. 아내는 이미 제법 흥얼거리기까지 할 정도니까 나만 노력하면 되겠다는 생각에 위안과 용기를 얻었다.

'그까짓 것, 어려운 공부도 남한테 지기 싫은데 나라고 못 할 게 없지.'

돌파구를 찾던 고심 끝에 길은 가까이 있음을 알았다. 본격적으로 노래를 배우기로 작정하고 노랫말부터 줄줄 외우고 난 뒤, 큰맘 먹고 소형 테이프 레코드를 사서 차 안에 두고 다니면서, 심지어는 사무실에까지 들고 와서 이어폰을 끼고 노력한 결과로 서툴기는 해도 일주일 만에 어느 정도 박자 음정을 맞춰가며 돼지 멱따는 소리를 면하게 되었고, 짬이 나는 대로 차차 감정을 붙여 나갔다. 그러다 보니 내 방을 드나드는 남녀 직원들은 그런 사실에 눈치 채지 못하고 외국어 공부를 열심히 하는 것으로 소문이 나기 시작했다. 시간이 지나면서 어느 정도 자신이 붙었고, 드디어 세 딸 앞에서 부부가 예행연습을 할 정도가 되었다.

"아빠, 그 정도면 되었어요."

그렇게 1차 예선에 합격하고 조금씩 노래 맛을 살려 다듬은 결과로 우리 그룹의 신년파티에 나가서 박수 세례를 받는 계기가 되었다.

그런 일이 있고 난 후, 노래는 타고난 소질이 중요하다는 것을 알면서도 노래를 부른다는 게 그렇게 어렵지 않다는 생각을 가지니 마이크 잡는 것이 크게 부담스럽지 않았다. 그래서 노래방을 시나브로 가끔이 아닌 수시로 드나들며 한창 유행을 타고 있던 조용필의 '허공' 과 '그 겨울의 찻집' 등도 익히고, 송대관의 노래나 최백호의 노래도 즐겨 부르게 되어 더는 노래에 대한 공포증은 줄어드는 속에 남과 어울리며 중년의 한때를 스스럼없이 보냈다. 그런 계기로 노래뿐만 아니라 무슨 일이든 간에 용기를 갖고 덤비면 해결되지 않는 것이 없겠다는 신념도 키운 셈이다.

그러나 30년 세월이 지난 요즘에 와서는 그런 삶은 낙엽이 바삭거리는 추억의 뒤안길로 사라져 가고 이제 그런 굿판에서 멀찌감치 뒷전에 나앉아 바라만 보는 나잇값을 면하기 어렵다는 사실이다.

게다가 기억력도 떨어지는 데다 IT산업의 발달에 따라 시대조류에 편승하여 너무 기계에 의존하다 보니, 마누라 전화번호는 물론이고 쉬웠던 노래 가사도 가물가물하여 스마트 폰이나 노래방 기계가 없으면 아예 한 소절도 흥얼거릴 수 없으니 예전보다 더 바보 멍청이가 되고 음치나 다름없다는 사실에 격세지감을 느낀다.

(2000. 8.)

흙을 빚는 마음

만산전야(萬山全野)가 새 빛으로 물들라치면, 내 마음속에는 또 한 폭의 새로운 그림틀이 자리 잡는다.

'풍성한 거둠의 계절' 화제(畵題)가 좋다. 황금물결로 일렁이는 가을을 그리려면 빛의 파장이 긴 쪽인 홍색과 황색이 골고루 알맞게 칠해져야 한다. 누렇고 붉음은 야욕과 정열을 뜻한다고 했다. 그렇듯 보이는 풍경은 같으나 보이는 풍경은 사람마다 다르듯 분야를 초월해서 예술가들에게는 좋은 작품을 남길 수 있는 아름다운 계절이다.

시방, 친구 Y(養田)가 심란한 마음에 불을 댕기고 줄행랑을 친다. 그가 전시회를 위해 만든 작품집과 초대장을 남기고 차 한잔 마시지 않고 떠났기 때문이다. 차 한잔 마실 여유가 없지도 않을 텐데 득달같이 내뺀 이유를 몰라 그가 사라진 문쪽을 바라보며 별의별 생각을 소환하는 시간이 길었다.

바쁜 건 몸이 아니라 마음이라 했던가? 머리로 사는 사람과 영혼으로 사는 사람의 행위까지 끌어다 보기까지 하면서 아쉬움에 입맛이 텁텁해졌다. 그는 분명 옹기장이는 아니다. 진흙을 비벼 형체를 짓고, 다듬고, 그리고 유약을 적당히 발라 진열에 구워 질그릇을 만드는 도예인이다.

장이와 장인이 다른 점은 그가 만지는 흙 속에 생활의 편리한 활용도를 심느냐 아니면 예술적 혼을 불어넣느냐에 목적이 있기 때문에다. Y군은 나름대로 도예가의 경지를 향해 줄달음치고 있어 벌써 서너 차례 크고 작은 작품전을 편 바 있다. 그는 제대로 배웠다. 전공은 예술계통이 아니지만, 화학공학과를 나와 첫 직장이 요업(窯業)계통이었기 때문에 이론과 실제를 겸비하는 과정을 거쳤고, 거기다 타고난 심미감을 곁들여 새로운 현대적 시각에서 도자기 예술에 심취한 것으로 알고 있다.

지난 따스했던 봄날, 복작거리는 도심보다는 흙냄새 진하게 풍기는 구석진 시골이 제격이랍시고 장안사(長安寺) 가는 길 어귀에 있는 용당(龍堂)마을로 초가삼간을 사서 이사를 하더니만, 그 터에 이름하여 회산요(會山窯)라 문패를 달았다며 초대를 했다.

간판과 예술 인생을 같이 건 20년의 끈기와 긍지로 흙을 통해 자아를 실현하려 드는 끈질긴 정성에 때로는 눈물겨운 우정으로 바라볼라치면, 그는 우리의 마음을 먼저 읽고 바다처럼 넓은 마음으로 말해 온다.

한적한 산골에 묻혀 철 따라 남새를 가꾸어 김치 절여 담가놓고 동동주 맛들면 친구 생각이 절로 난다며 그들을 가꾸기 위해 흙을 뒤지고 씨를 뿌려 가꾸는 일에 몰두하다 보면, 먼동 걷어내고 동쪽 바다를 뚫고 올라와 반가운 눈짓하던 태양이 내가 딴짓하는 사이에 뜨거운 한낮에 빨갛게 익었다가 어느새 붉은 저녁노을 가득한 산등성이 뒤에 숨어든다.

그런 순수하고 진솔한 친구가 한량없이 평화로워 보이는 시간에 그와 차 한잔을 마시며 사소한 일상의 귀중함과 지금 여기 머무는 이 시간의 소중함으로 가을 단풍처럼 곱게 물든다.

시공간을 머무름 없이 불어대는 가을바람이 온갖 물감으로 채색된 잎들을 떨구려 드는 시간인데도 분주하게 살아가는 사람들이 일궈내는 매캐한 짜증들을 털어내지도 못하고 개미 쳇바퀴 도는 일관된 생활로 고단하게 사는 자신의 내면세계를 들여다보는 여유가 느껴진다.

1985년 내가 첫 저서를 출간하던 날, 그 뜻을 기린다며 정성들여 다듬은 감청색 도자기 한 점에 '축 발간' 이라 쓰고, 제 예명도 얌전히 새겨 내 책상머리에 갖다 얹어 두고 간 적이 있었다.

예술가의 눈에는 늘 부족함뿐인가? 그 후로 볼일이 있어 내 방에 들를 적마다 쉼에 안 찬다며 어쭙잖아 하는 느낌을 보이더니, 오늘은 기어이 청동색 무게 짙은 항아리 하나를 바꿔놓고 대학 강단에 설 시간에 대어간다고 줄달음을 친다.

친구가 도자기 공예에 심취해 있고 그와 가까이 지내면서 대화의 상대가 되려면 그 분야에 관해 조금은 알아야겠기에 언제부턴가 관심을 두게 되었다. 그러던 차에 지난해에 울산지역 상공인들과 함께 자매결연을 한 일본의 야마구치현 하기(萩) 시를 방문했을 때, 현존 일본 3대 유명 도자기 중의 하나인 하기야키(萩燒)를 만드는 도예가를 찾은 일이 있었다.

하기야키는 400년 전 조선의 정유재란 때 일본으로 끌려온 도공 이경과 이작광 형제가 도요토미 히데요시의 신임을 받던 모리(毛利)번주의 담당하에 시작되었고, 경쟁 위치에 있는 가고시마(鹿児島) 주변의 히바까리(火計) 도자기는 그와 비슷한 시기에 전쟁포로로 잡혀 온 천민 출신의 도공 심당길(지금은 15대 후손 심수관)에 의해 시작되어 그 후손들에 의해 오늘에까지 이르고 있다고 했다.

결국 자기 시에서 만들어지는 도자기의 우수성을 선전하는 뜻이 뚜렷하지만, 우수한 예술품은 자유로운 창작심에서 만들어지는 것인데, 하기야키 도자기는 전쟁터에서 끌려온 도예가로서 예술인 대접을 받으며 만든 작품인 데 반해 히바까리 도자기는 포로로 잡혀 와 생명을 담보로 만든 작품이라서 예술성이 떨어진다는 담당 공무원의 설명이었다. 일리는 있어 보여도 밧줄에 묶여도 속박이고 황금줄에 묶여도 속박이거늘, 이러나저러나 우리 것을 가지고 생색내는 그들이라 여기니 마음은 자유롭지 못했다.

그러나 수차례 일본을 드나들며 느끼는 문화적 차이는 그들의 장인정신이다. 대소나 귀천, 그리고 명예와 부귀를 불문하고 조상대대로 가업을 이어가는 전통문화의 유산은 칭찬받아야 할 민족성인 것 같다. 아무튼 인생은 짧으나 그들이 남긴 예술은 영원하다는 것이 유명한 예술가들의 최대 목표임은 분명해 보인다.

우리는 하늘 아래서 땅을 밟고 태양과 공기와 물을 생명의 원천으로 삼고 살아가는 생명체다. 흙은 온 대지의 기본이 되어 만물을 품고 키우는가 하면, 우리의 손길에 따라 생활의 도구가 되어 사람의 곁에 놓여 사랑을 받는다. 특히 예술가는 그러는 과정에서 새로운 창작심을 일깨워 자기표현의 자긍심을 살찌우며 보람찬 인생을 메꿔 나간다. 그래서 자연과 하나 되어 순응하며 산다는 게 그가 평소에 자주 말하는 생활철학이다.

그러나 그와 가깝게 살아가는 친구들 간에는 욕심 없는 삶을 부러워하다가도 또 다른 주문을 한다. 명작(名作)도 짓고, 명성(名聲)도 쌓고 그렇게 살다 보면 재물도 불어나겠다 싶지만, 우선은 그 밑받침이 될 경제력 확보책을 염려한다. 이 세상 태어나는 사람들은 모두가 고루 갖춘 행복을 지닌 금수저나 은수저는 아님을 새삼 느낀다.

지난 주말이었다. 내 사무실에 들러 차 한잔을 마시는 시간을 가졌다. 그가 지난번 내게 선물한 그의 작품에 멍이라도 들까 봐 하얀 토끼털 조각의 받침까지 깔아주고 나가면서 웃음 섞어 남긴 말을 음미해 본다.

'내 늙어 명성이 높아지면 사고 싶어도 못 가질 건데, 지금 내 작품 한 점씩 준비해 두거라.'

그는 그런 꿈을 갖고 산다. 늘그막에 나는 어쩌고 살 것인가? 궁상스레 늙은 날의 초상을 그리고 앉았다.

(1988. 10.)

어느 해 복날에

태양이 이글거린다. 견공(犬公)들도 혀를 내어물고 헐떡거린다. 오늘 따라 거리에는 '보신탕(補身湯)' 깃발이 유난히도 많아 보인다. 매년 이맘때면 스태미나식품(보신탕)이란 핑계로 이 땅에 태어난 견공들에게는 수난의 철이 된다. 하기야 올림픽 이후에는 아예 사계절탕(四季節湯)으로 이름마저 바뀌어 그 수난의 도는 더하다 싶다. 그러나 음식도 맛에는 제철이 있기 마련이라서인지 구미를 맞추려 드는 식도락가들이 개장국 집을 찾아 개떼처럼 모여드는 것이리라.

요 몇날 새 우리 집에서 키우는 암캐 '빅' 이란 년이 암내를 얼마나 풍겼는지, 평소에 안 보이던 낯선 이웃 동네 수캐까지 여남은 마리가 대문간에서 진을 친다. 진짜 개판이다. 오늘 아침에는 그놈들이 몰려와 밤새껏 얼마나 싸질렀는지 지린내가 진동하는 철 대문 주위를 물청소까지 하느라고 애를 먹었다. 저 말 못하는 짐승에게 여왕처럼 군림할 수 있도록 비장의 무기를 선사한 것은 조물주의 뜻이라 여기면서 말이다.

구전으로 전해 내려오는 '개팔자 상팔자' 란 말도 진미가 있다. 칠팔월

뙤약볕에 나앉을 이유도 없고, 그늘진 곳을 찾아 네다리 뻗고 누워 눅신하게 늘어져 자빠진 모양새에서 사람과 개의 팔자(八字) 비교론이 나왔음 직하다. 오죽이나 복도 없고 못난 인생살이였으면 그런 비유를 해왔겠는가마는 꼭 그렇지만도 않은 것이 오늘의 현실이고 보면 할 말을 잃는다. 바야흐로 애견인구가 천오백에 이르렀다니 개로 인해 밥 먹고 살 직업도 엄청나게 늘어나고 애견용품 사업도 무시할 수 없게 되었다.

오늘날 태어나는 개들은 금수저와 흙수저의 팔자로 갈린다. 때 되면 밥 얻어먹는 것으로 만족했던 시절은 가고 영양가를 고려한 맞춤 식단에 때맞춘 고급 간식까지 곁들인다. 건강을 위해 정기적 검진에다 영양제도 먹이고 산책도 시킨다. 더럽다 싶으면 목욕시켜 향수까지 쳐주고, 종류에 따라서는 마룻바닥이 아닌 양탄자가 깔린 거실이나 안방에서 주인마님의 품속에서 사랑받으며 뒹굴고 산다.

예전에는 특수목적을 위해 훈련을 시켰는데 요즘은 엄청난 학자금을 지급하며 지능교육을 가르친다. 어디 그뿐인가? 개모차는 없어 못 팔 정도고 개껌에다 개전용 병원과 미용실은 고사하고, 개전용 호텔까지 생겨났다니 개도 사람만큼이나 안 탯줄을 잘 타고 나야 하는 운명이 되었다.

시대가 시대인 만큼 개타령도 잘못했다간 뭇매를 맞는다. 단순히 자기 삶이 너무 고단해서 '개팔자가 부럽다' 라는 한탄이 어느덧 개를 모욕하는 의미로 해석되어 애견가들의 언어폭력에 시달리는가 하면, 심하게는 '개판' 이라는 표현을 잘못 구사했다가 반사회적 불평 불만자로 주의할 인물로 낙인이 찍혀 정치판에서 쫓겨나거나 매장되는 실정이다.

정말 '개판 5분 전' 이란 표현이 실감이 나는 한해의 상반기를 어설프게 살았다. 어디가 시작이고 어디가 종점인가를 모르는 속에서 말이다. 민주화로 가는 길이 더디고 멀다는 사람들의 욕구분출이 더 거세어 갈수록, 언제 우리가 이토록 물질적으로나 정신적으로 웃자랐다고 느끼는가를 생각게 한다. 법치주의, 정의사회, 시민의식이 실종된 지 오래고 숫자의 우위로 힘과 권력 앞에 편 가르기와 줄서기로 일관된 패싸움질에 국가의 진로는 방향성을 잃고 있다.

똥 묻은 개가 겨 묻은 개를 나무라고, 개 고양이 보듯 만나면 으르렁거리고, 나랏일은 뒷전이라니 참으로 개가 웃을 일이다. 나라 없는 백성은 상갓집 개만도 못하다고 했거늘 개에게 호패 채워준 백성이 정신을 차려야 할 때다.

이 무더위 속에 철사 그물 드리운 경찰차에 실려 가는 학생들, 노동자들, 농민들, 선생님들인 데모꾼들을 보자니 철창에 갇혀 헐떡거리며 개조된 봉고차에 실려 가는 보신탕집 행의 견공들과 다를 바 없는 꼬락서니에 가슴이 답답해진다. 죽음을 목전에 두고 끌려가면서도 그걸 모르는 전자들과 소위 나름의 주의주장을 갖고 투쟁 일념으로 현실과 맞서온 후자들과의 모습에서 어두운 한국의 미래를 점쳐 본다.

학생들은 학교 울타리 안에서 공부나 열심히 해 주기만을 바라는 게 이 땅에 자식 가진 어버이들의 공통된 바람이라 생각하다가도, 지금 국민이 내는 세금으로 나라의 살림을 맡은 정치꾼들의 하는 짓거리를 생각하노라면 구역질이 난다. 그게 못마땅해서 대학생들까지 나서서 소란을 피우고 있다. 이 야단굿 통속에서도 한 학기의 강의를 끝낼 수 있었다고 생각하면, 마치 비위 약한 나에게는 개소주 마신 후처럼 속이 메스꺼워짐은 웬일일까?

비싼 등록금 내고 수업은 몇 시간 받지도 않은 채, 대학 문을 나서는 저들이 이 나라 주인공이 될 내일을 생각해 보지 않을 수 없는 것이 어찌 단순한 노파심 때문만일까? 이 사회의 구석구석에 비릿한 일이 어디 그뿐이겠는가? 복(伏)날 개 패듯이 패어도 속이 시원할 일이 하 많은가? 아무리 좋은 시각에서 보려 해도 오늘을 살아가는 나와 같은 무딘 사람에게도 난해한 일이 너무 많지 않은가?

성숙하지 못한 민도(民度) 속에서 민주화의 꽃을 피우기란, 아직도 요원한 꿈이고 마는 것은 강아지처럼 질질 끌리며 살아온 긴 역사 속의 해묵은 버릇을 아직도 벗어나지 못하는 우매한 의식구조 탓도 있으려니와 현실적 욕구에 대한 수많은 불만, 그 자체를 발산할 수 있다는 이 소중한 자유에 앞서 모든 국민이 주어진 자기 책임과 의무도 곁들일 수 있다면 그 얼마나 바람직하겠는가?

그러나 나는 우리나라의 장래에 대해 항상 희망적인 시각이다. 지난해 올림픽 행사 때 한국민 전체가 보여준 화합심과 단결력으로 하나로 결집되는 그 저력이 이 난국의 진통을 이겨내고 좋은 결실을 거둘 수 있게 되리라 믿기기 때문이다. 고난의 터널은 짧으면 짧을수록 좋다. 지금의 이 어려움을 슬기롭게 헤쳐 나갈 수 있게 되기를 기도할 뿐이다.

무더위에 짜증이 더하는 날이다. 개불 하나에 정력제 타령으로 기어코 달라고 조르는 불도그 같은 손님과 굳이 못 주겠다는 앙칼진 주인아줌마와의 입씨름 속에 여름은 무더위만 간다.

(1989. 7.)

삼사순례

길을 떠나면서

삼사순례를 떠나는 찻간에서 간이법회를 가졌다. 교법사 과정의 회장의 소임을 맡고 있으므로 인사말을 했다.

오늘 여러분은 교법사 과정의 마지막 연중행사의 하나인 성지순례 길에 올랐습니다. 이제 그 의미를 새겨 보기로 합시다. 여러분은 그동안 성장하는 과정에서 초등학교에서부터 중 · 고등학교를 거치면서, 또한 더러는 대학과정까지 지나면서 수학여행이라는 이름으로 몇 차례 단체여행을 해 본 경험이 있을 것입니다. 그런 경험을 통해 나름대로는 마음속 깊숙이 담긴 고운 추억들이 때때로 생각나기도 할 것입니다. 그런데 여러분께서는 인생에서 배움을 전제로 한 학생의 신분으로서는 마지막일지도 모를 단체여행을 떠나고 있다는 사실을 아셔야 합니다.

그러나 이전에는 정규적인 학교 교육을 통해 지식을 얻기 위한 과정이었다면 이번처럼 나이 들어 지혜를 얻기 위해 부처님의 제자들이 되어 단체

여행을 떠난다는 것은 의미가 무척 다를 것입니다. 오늘처럼 불교과 2년, 교법사 1년이란 교육 기간을 함께하면서 같은 믿음의 길을 걷는 도반들이 글을 통한 이론과 수행의 장을 떠나 우리에 앞서 살다 간 선지식들이 머물며 수도하던 명승지를 찾아 나선다는 것은 또 다른 의미를 지닌다고 봅니다. 이제 지나가는 차창 밖을 내다봅시다. 엊그제까지만 해도 속이 시원하게 검푸르던 산야가 이제 만산홍엽마저도 죄다 떨구어 버리려는 계절의 문턱에 이르렀음을 확인할 수 있습니다.

우리가 주어진 삶의 틀에 얽매여 모르고 지내온 시간 속에 자연은 소리 없이 냄새 풍기지 않고 변해 버린 것입니다. 이처럼 대자연은 글자 없는 경전을 펼쳐 보여주고 있습니다. 이것이야말로 바로 말로 다 표현할 수 없는 지혜인 불립문자(不立文字)를 펼쳐 보이는 것이 아닐까요?

우리 인생이 그렇듯 철 따라 변하는 자연이 다 그럴 수밖에 없다는 엄연한 사실을 알면서도 때에 따라서는 감동하기도 합니다. 이처럼 당연한 사실에 감동한다는 것은 엄격한 수행이 필요하다는 사실입니다. 그런 사례의 하나로 오늘 우리 차에 함께 타신 도원(道圓)을 뵙게 되니 또 다른 도원(道元)스님의 고사가 생각납니다.

13세기경 일본의 큰 선사였는데 중국에서 10여 년간의 선(禪) 공부를 마치고 귀국하였을 때 무엇을 배우고 오셨느냐는 질문에 '눈은 횡으로, 코는 수직으로 달렸다' 는 안횡비직(眼橫鼻直)을 깨닫게 되어 빈손으로 돌아왔다고 했습니다. 여러분 제마다 얼굴을 한 번 만져보세요.

누구나 눈과 귀가 제대로 달린 제 얼굴을 가졌습니다. 여러분이 만져보는 것이 바로 제 얼굴입니다. 이 얼굴을 통해 제 모습을 드러내는 것이기 때문에 곧 그것이 자기의 마음인 것입니다. 다만 있는 그대로의 제 본 모습을 진실하게 발견할 수 있는 실상이 바로 진면목의 깨달음임을 일러주는 말씀일 것입니다.

이제 1박 2일의 여행을 하면서 자연이 가르쳐 주는 부처님 말씀도 듣고 자신의 모습을 찾는 뜻 있는 여행으로 승화시켜 주길 바랍니다. 즐겁고 유익한 여행이 되길 빕니다.

부산과 서울 교법사 과정의 합동 모임에서

이 땅의 정기가 서려 있다는 한밭(대전)에서 금강불교대학의 부산과 서울의 교법사 과정에 있는 부처님의 제자들이 함께 만남의 축제를 베풀게 되어 대단히 반갑습니다.

오늘 우리는 김천 직지사를 거쳐, 대전 동학사를 참배하고 이 자리에 모였습니다. 인연이란 묘한 것이어서 서울과 부산이란 공간적 거리를 초월하고 나이가 많고 적음을 헤아리지 않고 오직 불제자로서 한 시간대에, 같은 좌석에 앉아 부처님의 말씀을 전해 듣고 실천 수행하는 인연으로 이 자리에 모였습니다.

서울, 부산 7기 교법사 여러분!

우리는 참으로 우연한 인연으로 만난 것일까요? 그렇게 간단한 인연은 아닐 것입니다. 우리가 배운 바로는 불법을 만나기도 어렵고 사람 몸 받기도 매우 어렵다고 했습니다. 그런데 이처럼 동기라는 법우가 되어 한 시대를 산다는 것은 정말로 깊은 인연이라 봅니다.

저는 평소에 인생이 살아가면서 몇 가지 크고 중요한 만남을 가진다고 피력합니다. 그 첫째가 부모와의 만남입니다. 이 태어남의 만남은 우리가 선택할 수 없는 전생에 스스로 가꾸고 심은 나의 업보에 따라 주어지는 결과라는 점에서 행복과 불행의 절반은 이 만남에서 결정지어지는 것이라 볼 때, 우리는 한 번밖에 주어지지 않는 이 세상 삶을 더욱 참되게 살 필요를 느끼지 않을 수 없습니다.

다음으로는 친구와의 만남, 동료나 스승의 만남 등을 들 수 있을 것입니다. 좋은 벗을 만나고 좋은 스승을 만나게 됨으로써 인생은 완전히 달라질 수 있기 때문입니다. 그 다음이 반려자를 잘 만나야 한다는 점입니다. 이 점에 관해서는 더욱 세세한 설명이 불필요할 것입니다. 그런데 저는 거기에다 한 가지 더 추가하고 싶은 게 있습니다. 늘그막에 불교라는 믿음을 가져 부처님과 만날 수 있었다는 점을 가장 큰 만남이요 기쁨으로 여깁니다.

비록 3년간에 걸쳐 불법을 배우느라 열심히 공부는 했었어도 참 쉬운 것이 아니라는 점을 알았습니다. 마침 옛 얘기가 생각납니다. 아주 몹쓸 병에 걸린 중생이 신통력을 가진 이에게 가서 처방을 받았는데 마른 쑥 3근을 구하여 달여 먹으면 병이 나을 것이라는 처방을 받았답니다. 그래서 그는 마른 쑥을 구하기 위해서 온갖 방법을 동원했으나 결국 얻지 못하고 7년 만에 죽고 말았습니다.

여러분, 만약에 그가 애당초 자기 손으로 캐다가 말리는 노력을 했더라면 목숨을 구할 수 있었겠는데 아예 마른 쑥 구하는 데 집착하다 보니 결국 기회를 놓치고 만 것입니다. 우리가 3년 동안 불법을 공부한 것도 그와 마찬가지가 아니었을까 하는 생각을 해 봅니다. 그처럼 어려운 것이 마음 닦는 공부임을 생각하지 않을 수 없습니다.

오늘 저는 좋은 터를 잡은 김천 직지사의 넓은 도량에서 이런 것을 느꼈습니다. 노란 유니폼을 입은 저희가 찾아온 것을 유심히 바라보던 한 노스님께서 지나가는 처사님을 보며 상냥하고 해맑은 웃음으로 반기는 모습이 보였습니다. 그러나 그 처사님은 부끄러운지 아니면 어색했는지 그냥 고개를 돌려 외면하며 지나쳤습니다.

그런데 그 뒤를 이어 한 젊은 보살이 작은 꼬마의 손을 잡고 법당으로 들어섰습니다. 역시 스님께서는 그 이쁜 꼬마를 인자한 모습으로 바라보셨습니다. 눈이 마주친 꼬마는 이상한 차림을 한 할아버지의 웃음에 살며시 웃음을 띠며 엄마를 올려다보았습니다. 참으로 아름다운 해맑은 가을의 절간 마당에서만 느껴볼 수 있는 한 폭의 풍경화였습니다.

여러분! 그 법당 앞마당에서 노스님의 미소를 접한 처사의 마음과 꼬마 동자의 마음은 어떻게 달랐을까요? 아마도 눈길을 피한 그 처사님은 꼬마처럼 마음을 열지 못했기 때문이었겠지요? 모든 것은 자기 자신의 마음을 얼마만큼 여느냐에 따라 달라진다는 사실을 아신다면 지금부터 우리는 마음을 활짝 열어젖히고 즐거운 시간을 갖도록 합시다.

오늘 좋은 곳으로 안내하시며 길라잡이 역할에 애쓰신 학장님과 스님들께 감사드립니다.

삼사순례

*경북 김천 직지사(直旨寺)

아도화상은 신라 눌지왕 때인 418년에 이 절을 창건했는데 본래 고구려 사람인 그는 다섯 살에 출가, 16살에 중국에 유학하고, 19살에 귀국했다.

절 이름이 직지사인 데는 직지인심 견성성불(直旨人心 見性成佛)에서 비롯한 것으로 '모든 사람이 가진 참된 마음, 즉 불성을 똑바로 가리켜 깨치게 되면 부처가 된다' 라는 데서 따온 이름이란다.

맑디맑은 산골이 법당 앞 도랑을 감돌아 흐르는 청아함이 좋다. 행사나 불사에 관한 플래카드 하나에도 정성과 멋이 가득 담겨 있어 산사 주인의 마음을 짐작할 수 있다. 설법당 건물의 청아함을 본다.

특별 법문을 들려주신 법일(法日) 李양일 연수원장님의 청산유수 같은 막힘 없는 법문에 잠시 마음을 씻고 나서니 심신이 쾌락하다.

*충남 공주 동학사(東鶴寺)

계룡산 동북쪽 기슭에 자리 잡은 서기 724년에 상원조사가 암자를 지었던 곳에 회의화상이 창건하여 상원사라 했다. 921년에 도선이 중창, 936년 대승관 유차달이 신라 시조와 충신 박제상의 초혼제를 지내기 위해 사찰을 확장하고 동학사라 이름하였다. 이곳 동학 강원은 운문사의 강원과 함께 우리나라 대표적인 비구니 수련 도량이 있다.

*휴양지 유성온천

홍인호텔에 짐을 풀고 온천수에 몸을 씻으니 피로가 가신다.

*대전 계룡산 광수사(光修寺)

계룡산은 닭이 홰치는 형국이요, 용이 꿈틀대며 사는 이 강산을 수호하는 지신의 거처란다. 대한불교 천태종 사찰인 광수사에 들러 불교 전설의 꽃인 우담화(優曇華)를 보았다.

이어서 금강 불교학원이 만년대계를 위해 세울 금강대학교 터를 돌아보다 상월 대조사가 점지하신 길지라는 데 동감을 느꼈다.

*계룡산 신원사(新元寺)

백제 시절의 고찰로 동학사, 갑사와 더불어 계룡산의 3대 사찰 중의 하나, 백제 의자왕 11년(651)에 보덕화상이 창건하였다.

작별의 시간; 회자정리(會者定離)

비가 내린다.
갑사(甲寺)로 오르는 길에
낙엽이 사그락거리는 가을비에
아쉬움이 남는다.

만남의 광장에서의 이별은
눈시울이 뜨거워지는 찡함이 느껴져
하룻밤을 자도 만리장성을 쌓고
과거세의 질긴 인연에
그럴 것이라는 생각을 해 본다.

만남은 헤어짐(會者定離)이라
빗방울이 굵어지며
짧은 이별의 시간을 재촉한다.
아듀!
성불하세요!

모두들 의미 있는 여행이었다고 이구동성이었다. 그리고 머리 쓰고 노력한 간부들에게 감사함을 표한다. 옥에 티가 없을 수 있을까? 모두 다 제 마음처럼일 수는 없다.

줄탁동시(崒啄同時)라 했다. 닭이 알에서 부화할 때 새끼가 안에서 주둥이로 껍질을 톡톡 쪼고 어미 닭이 그 눈치를 채고 밖에서 껍질을 탁탁 쪼아 새끼가 나오도록 동시에 하는 이심전심의 생명 창조의 노력을 뜻한다. 우리의 모임도 그런 맥락이라야 한다. 교법사의 모임이 잘 되려면 모두가 그런 정성으로 이어가야 한다.

한 고사를 빌린다면 어느 마을에 가정불화가 심한 자가 화목하기로 이름난 집을 찾아가 그 비결을 물었다. 그 주인공은 대답 대신 가족 모두를 불러 지붕 위에 송아지를 끌어 올리라고 명령했다. 가족 모두가 나서서 송아지를 끌어 올리려고 엄청나게 노력을 하였다. 그러다가 주인이 이제 그냥 둬도 되겠다고 하니 모두 제 자리를 찾아 조용해졌다.

감을 잡은 이 주문자가 집으로 돌아가 똑같은 명령을 내렸다. 영감님이 갑자기 이상한 주문을 하는 것을 본 모든 가족이 정신 이상이나 노망이 든 줄 알고 꿈쩍도 안 했다.

바로 화합이란 이런 것일 것입니다. 모두 같은 배를 탄 도반으로서 영원한 길동무가 됩시다. 감사합니다.

(1991. 10.)

생명 중시사상

어느 모임에 참석했다.

"참, 박 사장은 회를 안 먹제!"

"아니, 신경 쓰지 마세요."

"그런 줄 알았으면 다른 데로 장소를 정할 건데 그랬네."

그 얘기를 듣던 옆좌석의 한 분이 직접 내게 묻는다.

"회를 먹으면 몸에 이상이라도 생깁니까?"

"아닙니다. 그냥 식성에 안 맞아서입니다."

누구나 몸에 좋다는 음식을 왜 당신만은 싫어하는지가 궁금한 것에 대해 나를 가까이서 지켜보고 사는 친구가 대신 설명해 준다.

"그 어른은 불심(佛心)이 강해서 생선회를 안 자신답니다."

"대단한 불심이군요."

"꼭 그렇지도 않습니다."

내 한 사람쯤 안 먹는다고 해서 바다 생선이 더 줄어들 것도 아니지만 거의 평생을 그렇게 살아왔다. 하긴 중생이 먹고사는 데 있어 크게 가릴 것이 없다는 약육강식(弱肉强食)의 논리에 따라 먹이사슬에 관해서 별로 토를 달아 반대할 이유도 없다고 본다. 그것은 자연의 이치이기 때문이다. 다만 목숨을 가진 중생들에 대해서 생명을 경시하는 풍조에 반기를 들 뿐이다.

언젠가 TV에서 큰스님과의 대화를 통해 어느 횟집 주방장이 자기 직업상 어쩔 수 없는 수많은 생선의 살생을 어떻게 해석해야 할지 묻고 있었다. 누구나 당장 그 직업을 그만두라는 대답은 원치 않듯이 먹고 살기 위한 수단을 나무라지는 않았다. 부처님의 가르침을 빌리자면 팔정도(八正道) 중 정업(正業)에서는 살도음(殺盜淫)의 직업을 갖지 않는 것이 좋다고 가르치신다.

더 원초적인 죄업을 따지자면 그물을 치거나 낚시를 해서 고기를 잡는 행위가 더 나쁘지 않을까? 그러나 인류 역사 이래로 생명을 이어온 기본적인 삶의 수단이 수렵행위였음을 볼 때 성경에 나오는 금단의 열매를 따 먹은 원죄의 시작과 맥을 같이하는 것이라 보인다. 아무튼, 생명을 유지하는 수단으로서가 아니라 취미나 식도락, 보신을 위주로 하거나 개인적 이익을 도모하기 위한 살생행위는 금하는 것이 옳다고 본다.

그래서 부처님께서는 방생이라는 보살 행위를 통해 생명을 중시하는 자비 정신을 애써 가르쳐 왔다. 그런데 여기에도 문제가 있다. 부처님의 숭고한 자비심이 아닌 하나의 의식으로써 지켜져 온 행위가 못내 거부감을 안기는 경우가 있다.

민물에 사는 미꾸라지나 자라를 짠물인 바다에다 내던지는 행위는 절대 보살의 행위일 수는 없다. 차라리 용왕님께 바치는 제물이라 고하는 것이 옳지 않을까? 마치 제비 다리 분질러 놓고 약을 발라 동여맨 뒤 복이 가득 든 박씨를 물어다 달라는 심보와 뭐 다를 게 있겠는가? 그런 방생은 어쩌면 죄를 이중으로 짓는 악업이리라.

어디 그뿐인가? 한두 마리 미물의 생명을 방생하는 자비를 베풀고 돌아오는 길에 시원한 바닷가 횟집에 앉아 조금 전까지 펄펄 뛰던 생선을 회로 만들어서 잡수시고 오는 불자들의 행위는 과연 어떻게 표현하는 것이 옳을까?

식성은 사람마다 다르다. 나의 경우는 어머님의 식성과 연관되었다고 본다. 어릴 적부터 생선의 비린내가 싫었다. 그래서 지금도 시장의 생선 가게나 생선 판매장을 지나면 구토증을 느낄 정도라서 피해 다닌다. 그러니 자연스레 살아 있거나 날것으로 된 생선 요리는 자연스레 피한다.

섬사람이 회를 못 먹는다니 이해를 할 수 없다는 일반적인 견해에 대해서도 어릴 적부터 날것을 먹지 않은 습성에서다. 그래서 지금도 생달걀은 물론이고 산 낙지를 먹지 않는다. 성년이 되어 잠시 회를 먹었던 때가 있었는데 핑계로 삼자면 일본 고객들 때문이었다.

사시미(회)라면 사족을 못 쓸 정도로 생선회를 즐기는 그들의 식성을 맞추기 위해서는 부득불 먹는 시늉이라도 해야 했기 때문이었다. 그래서 한동안 일본 유학이나 출장 때는 먹는 문제로 곤욕을 치른 적도 있다.

그런데 굽고 지지면 잘 먹는다는 것부터가 모순이라는 점이다. 그래서 종교적인 측면에서 이 문제를 거론한다는 자체는 의미가 없다. 낚시도 즐기지는 않지만 잡은 뒤 놓아주면 그만이지만 닭을 비롯해 요릿감으로 목을 비틀고 죽인다는 것은 아무리 약이 될지언정 끔찍한 일로 받아들인다.

그야말로 인간의 식성은 개인적으로나 지역적으로 습관적이거나 종교적으로 큰 차이를 가진다. 그래서 세계인에게 입에 맞는 음식은 드물다. 가장 대표적으로 인도인은 소고기를 먹지 않고 이슬람교도는 돼지고기를 먹지 않는다. 반대로 즐기는 음식도 다양하다. 양고기를 즐기고 생선을 즐기는가 하면 두 발 달린 날짐승이나 네 발 달린 길짐승이라면 죄다 먹는 종족도 있다.

그렇게 많은 고객을 상대하다 보니 회나 생선을 가려야 하는 처지에서 얻은 지혜가 있다. 경험적으로 터득한 일이지만 같은 좌석에서 식사하면서도 무엇인가 부지런히 먹고 있으면 상대가 무얼 먹든 간에 신경을 쓰지 않는다는 사실을 알았다. 특히 우리나라의 식탁에는 다른 나라에서 보기 힘들 정도로 생선 요리건 육류 요리건 각종 야채류가 많이 동반된다는 점이다.

그래서 채소만 부지런히 먹고 있어도 상대방은 관심이 별로 없이 제 것 챙겨 먹기에 바쁘다는 사실을 발견하고서부터는 나름대로 한결 편한 식생활을 즐길 수 있게 된 점이다. 인도의 고객 중에는 채식주의자들이 많다. 그래서 그들을 접대하는 데는 한결 쉬운 것이 우리네 음식이다. 그들 중에도 자국에서는 먹지 않던 소고기도 한국의 불고기에는 넋을 잃는 사람들도 있다.

실로 다양성을 지닌 식생활에 자연의 균형이 깨어지게 될 미래를 점치는 사람도 늘어가고 있다. 인간의 주식을 이루던 곡물류가 인간에게 식용으로 공급할 가축들을 키우는 데 더 많이 소요되는 현실을 두고 생명 중시론에 앞서 자연환경의 파괴론이 대두되고 있다.

그리고 늘어나는 인구에 비례해서 멸종위기에 처하거나 급격한 개체수의 변화를 보이는 생물도 부지기수라는 점은 우리 앞에 다가온 문제점이 아닐 수 없다. 당장 목숨이 경각에 달리지 않은 입장이라면 생존에 필요한 숨을 쉬는 일만큼 에너지 보충을 위한 최소한의 식생활의 개선이 필요하다는 점이다.

(2008. 9.)

말로써 말 많으니

나이가 들면서 내가 늙으면 하지 말아야겠다고 다짐하는 일이 많지만, 그중의 하나가 언어를 통한 생활수칙이다. 흔히들 말하기를 사람이 늙으면 더러는 양기가 입으로 올라와 말이 많아지고 잔소리가 늘어난다고 한다. 굳이 노파심이나 치매가 아니더라도 그렇다. 아마도 자기가 살아오면서 경험했던 바에 비해 상대가 하는 일이 마음에 안 들거나 사회적 통념의 잣대에 벗어난다는 데서 한 수 가르치려 드는 의욕이 앞서기 때문이기도 하리라.

그런데 그 정도가 한계를 넘어서거나 습관화될 때 주변 사람들은 싫어하기 마련이다. 그런 타입 중에 공식 석상에서 간단하게 두서너 마디로 끝내면 좋을 내용을 장강세설을 늘어놓거나, 했던 얘기를 반복해서 되새김질하는 지겨운 형태들이 가장 거북한 경우로 볼 수 있다.

그런데 그런 사항이나 내용을 말하는 자신은 모른다는 점이다. 상대방의 입장을 전혀 고려하지 않고 일방적인데 문제가 있음이다. '나이가 많으니 그런가 보다' '우리를 일깨우려고 그러겠지?' 하는 이해심에도 한계가 있으므로 상대의 반복적인 언어 행동에 시달리다 못해 점차 거리감을 가지는 게 보통 사람들의 일반적 심리가 아닐까?

그런 몇 가지 사례를 들춰 보면 젊은 시절 내가 모셨던 교장 선생님 중에 한 분은 은퇴 후에 제자들이 초청한 좌석에 항상 사모님을 대동하고 다니셨다. 나중에 안 일이지만 명실공히 크고 작은 모임이면 으레 한 말씀을 하여야 하는데, 나이가 80을 넘어서부터는 노파심에서 그런지 잔소리가 길어지고, 하지 않아도 될 엉뚱한 주제로 이탈하다 보니 사모님께서 곁에 앉아 무릎을 꼬집거나 바지춤을 흔들어 '이제 끝내라' 는 신호를 보냄으로써 적당한 타이밍을 맞춘다는 것이었다.

다음은 직장생활하면서 상사로부터 당하는 무차별적인 언어 세례의 한 예이다. 일반적으로 타고난 천성도 중요하지만, 자랄 때의 환경이나 조건이 성인이 된 후에 성격이나 행동에 더 많은 영향을 끼친다는 후천적 조건을 중요시한다.

내가 모셨던 P사장님은 가난에 굶주리다 못해 어릴 때부터 일본으로 건너가 그들의 천대와 멸시 속에 힘든 청년기를 보낸 분으로, 대학교육을 받고 직장생활을 하던 중에 우리나라 굴지의 L그룹에서 PVC 산업을 시작하기 위해 K회장이 일본의 현장을 방문했을 때 유창한 우리말로 안내를 한 인연으로 귀국하게 되고 이 분야의 창업 공신이 되었다.

그래서 그런지 그분의 사생활은 매우 검소하고 모든 일에 솔선수범이다. 그야말로 이것저것 가리지 않고 종업원과 어울려 손에 기름을 묻히기도 하고 힘을 들어주기도 한다. 사람을 중시하고 열심히 노력해서 어릴 때 겪었던 빈곤과 멸시 받던 아픔을 극복하고 부를 나누며 공생하겠다는 투철한 의식이 그의 삶에 배어있음이 쉽게 보인다.

그렇게 일본인처럼 사고하고 행동하는 것이 남달리 눈에 뜨이는 것은 나 자신이 젊었을 적에 그곳에 가서 기술연수를 하며 그들의 국민성을 읽었기 때문이다. 그런데 우리 종업원들은 아직은 화합 중심의 평생직장이라는 개념이나 애사심에 대해서 거리감을 느끼는 것은 물론이고 다른 회사보다 나은 대우를 하는 회사 정도로 이해하는 것으로 보였다.

우리들의 몸에 밴 습성과 의식을 일본인 수준으로 향상하게 시키려는 P사장은 많은 것을 가르치고 고쳐 보려 하지만, 때로는 그것이 배타적이거나 역효과를 나타내기 일쑤였다. 그는 먹고 자는 시간 이외에는 독서를 한다. 차를 타도 독서를 하고 외국 출장을 하면서도 독서다. 일본에 가서 지하철을 타 보면 아는 일이지만 어느 한 사람도 눈을 말똥거리며 남을 쳐다보고 앉아있는 사람은 없다. 그래서 간부직원들에게 독서를 권하지만 스스로 하는 일이 아니라서 때로는 부담스러움을 느낀다.

P사장은 자기가 책에서 읽었거나 체험한 일 중에서 나름대로 옳다고 여기거나 교훈이 될만한 한 가지 사례에 대해서 너무 오래도록 예를 드는 경향이 있어서 그것이 모든 종업원에게 좋게 인식되지 않는 경우이다. 다시 말하면 사석이나 공식 석상에서 화제의 폭이 한정적이라고나 할까? 아니면 남이 들어서 좋아하는지 좋아하지 않는지를 구분 짓지 못하는 일방적인 다변가에 속한다.

그분은 평소에 상대하는 사람의 고하를 따지지 않고 대화하기를 좋아한다. 그런데 대화는 일방적인 경청보다는 주고받는 데 묘미가 있고 관계가 오래 간다. '말하는 놈이 듣는 놈이고 듣는 놈이 말하는 놈' 이라는 뜻이 말해 주듯 자기를 바로 알고 본 사람만이 알 수 있는 진리이다.

그런데 어쩌다 회식 자리가 마련되어 함께 권하거니 마시거니 하다 보면 술병을 든 상사의 병권은 완전히 장악되고 일방적 훈시와 더불어 늘 듣던 화두가 분위기를 망치는 결과로 변하기 마련이고, 그런 분위기를 아는 종업원들은 다시는 자리를 함께하기를 꺼린다.

흔히 쓰는 말로 '듣기 좋은 노래도 한두 번' 이라는데, 교육적인 훈시가 매양 같기만 하다면, 듣는 사람 처지에서는 귀에 못이 박힐 정도이니 설사 그것이 썩은 정치를 하는 위정자들을 향한 입바른 소리이고 못 사는 우리에게 필요한 얘기지만, 어느 사람치고 자주 듣기를 좋아하겠는가?

그분의 최근 레퍼토리가 자동차 얘기다. '기름 한 방울 나지 않는 나라에서 어중이떠중이 모두가 차를 갖는 것이 될 법한 얘기냐?' 는 질책이 늘 빠지지 않는 단골 메뉴이고, 거기에다 한 수 더 떠서 '큰 차나 고급 차를 선호하는 망국적 병폐를 어쩔 것이냐?' 는 설교이시다.

두어 달 전에 일본을 다녀오시더니 D(谷口) 잉크사의 전무에 관한 얘기를 각종 모임의 화젯거리로 삼는다. 그는 미국서 대학을 나왔는데도 오늘날의 젊은 기업가들처럼 호사스러운 생활에 물들지 않고, 검소한 생활로 건실하게 사는 일본인의 표본이 될만하다는 얘기로 시작된다. 다 낡아빠진 오래된 소형차를 손수 몰고 다니면서 한 푼이라도 아끼려 드는 것이 바로 오늘의 일본이 있게 된 원동력이라는 것이다.

그런 줄거리의 얘기가 P사장님으로서는 우리 종업원들도 닮으라는 교훈적인 얘기이지만, 현실적으로는 잘 먹혀들지 않는 먼 거리의 예라고 생각된다. 물론 P사장은 남다른 데가 한둘이 아니고 실제로 자신도 그렇게 살려고 무진 애를 쓰면서 손수 앞장서서 실천하는 분이라는 것은 잘 알려진 사실이다. 진실은 진실대로 받아들여져야 하는데도 우리 사회가 아직도 그렇지 못하다는 것은 신뢰가 밑바탕에 깔려 있지 않기 때문이라고 본다.

이 모든 버릇이 하루아침에 이뤄진 것이 아니듯이 고쳐질 시간도 오래일 것이다. 아무튼, 보다 잘 살기 위해서는 할 일이 많은 것이 사실이다. 오랜 타성에 젖은 우리의 관습적이고 구조적 모순점을 타이르고 일깨우려는 P사장의 고언이 감언으로 들리지 않아, 자주 듣기를 싫어하는 데서부터 문제가 있다고 본다.

결론적으로 사람들은 말을 가지고 서로 말하면서 산다. 말은 말에 불과하지만, 우리에게 가장 중요한 소통의 수단이다. 그런 귀중한 표현의 수단이 그 사람의 인품의 척도가 되고 때로는 상대나 많은 사람을 감화시키고 희망을 심어주기도 하지만, 때로는 거짓과 허망한 말로 자신은 물론이고 다른 사람에게도 피해를 주기 마련이다.

말로써 말 많으니 말 않을까 하지만 도를 닦는 이 아니면 묵언으로 살 수 없는 세상이니 불교에서 말하는 구업이 무서워서가 아니라 필요한 말, 바른 말만 하고 살아도 모자랄 입장이기 때문이다.

(1981. 4.)

II

여행기

살아 있는 날들의 의미

| 서문 |

여행기를 모으며

세상을 살다 보니 다른 사람에 비해 외국 나들이가 제법 많은 편이었다. 그래서 남 말하기를 좋아하는 사람은 그런 일을 두고 역마살이 끼었다거나 팔자 좋게 태어났다고 얘기한다.

하기야, 그런 일들이 새로운 볼거리를 찾아다니며 삶의 여유를 즐기는 일이라면 몰라도, 유달스레 남보다 일복이 많아 그런다면 그 또한 고단한 일일 것이다. 아무튼, 사업을 위해 이리 뛰고 저리 뛰며 쫓아다니며 새로운 영역에 도전하는 목적이 우리를 나이 먹게 하는 만큼 인생도 여물게 하고 값진 결과도 잉태한다는 것은 사실이다.

여하간 그런 목적을 위한 수단으로 낯선 곳을 향해 인간의 지혜로 만들어진 날틀을 타고 먼 나들이를 하게 마련이어서 짧게는 수 시간, 길게는 수십 시간을 하늘과 땅 사이를 나는 한정된 공간에 갇혀 있어야 한다. 갇혀 있다는 것을 인식하는 시간에는 '나' 라는 존재를 확인하려 드는 인간의 본성이 있다.

나는 누구인가?

나는 무엇인가?

나는 왜 사는가?

나는 지금 무엇을 하려 어디로 가고 있는가?

누구를 위한 일인가?

그리고 이 세상은 누가 만든 것인가?

등등, 한없는 생각을 양 떼처럼 몰고 가는 구도자가 되는 순간이 된다. 석가모니 부처님은 이 같은 질문들에 대해 누구에게도 아무런 답을 하지 않았다.

대신 용수보살은 말했다.

모든 존재는 인과 연으로 이뤄져 홀연히 생겨났다가 연이 다하면 홀연히 사라지는 마치 꿈과 같고, 물거품, 이슬, 그림자, 번갯불과 같아서 한 마디로 찰나 생멸하는 일시적인 현상일 뿐 실체가 없다고 했다.

그럴 때 나는 인생을 여행에 비유해 본다. 사람은 저마다 그에게 주어진 한정된 시간과 공간 속에서 살다 가게 마련이다. 누구는 좀 더 긴 시간을 살다 가고, 또 누구는 다른 사람보다 좀 더 넓은 공간을 헤매다 간다는 점이다.

나에게 시간과 공간의 영역을 정해 주는 일은 누가 하는 걸까?

이것은 누구의 뜻일까?

분명 나 자신이 정하는 것은 아님이 분명하다. 그러면 그게 신의 일인가? 과연 그런 일들이 대우주를 창조한 신의 섭리에 따라 우리를 돌보는 운명의 여신이 이끄는 대로 주어진 한 세상을 살다 가는 것일까? 불경에서 말하는 백천만 겁의 세월 중에서 잠시를 살다 가는 삼천대천세계의 미진에 불과한 미물의 존재로만 여겨버린다면 인생은 너무나 허무한 것일지도 모를 일이다.

아직은 공기가 존재하지 않는 대기권 밖을 벗어나 지구가 돈짝만 하게 내려다보이는 우주의 세계로 가본 일은 없다. 그러나 우리가 사는 지구의 일부가 내려다보이는 공기가 희박한 대기권 상층을 몇 차례 맴도는 것만으로도 우리 인간이 그야말로 보잘것없는 존재임을 실감하기는 충분했다.

지구가 둥글다는 것을 탁상공론으로 다투던 역사의 기록을 우리는 알고 있다. 그러나 그 시대에는 그것이 우리의 인식 한계에 대한 도전이었다. 이런 논리에서 신의 존재를 두고 왈가왈부하는 우리 인간세계의 정신적 갈등도 언젠가는 그 해답이 풀릴 날이 오려는지 모를 일이다.

나는 이제 더는 하늘 속이라는 공간 세계의 3차원이 아닌, 땅 위라는 2차원의 한정된 평면에서의 상황에 길들어가는 데 충실할 일만 남았다. 그래서 관조하기에 따라서는 비록 한 뼘도 안 되는 거리를 기어 다니는 것으로 보일망정 생명이 다하는 날까지는 부지런히 오가며 만나서 인연을 맺고 새로운 영역을 개척해 가는 데 충실할지니라.

다시 한번 이 시점에서 우리가 할 수 있는 일을, 주어진 범위 내에서, 하며 살아간다는 것에 대한 인식이 중요하다는 점을 상기하면서 그들 나라마다 인상 깊은 첫 방문 때의 여행기 몇 개만을 추려본다.

생애 첫 외국 여행, 일본을 가다

일본 땅을 밟기까지

멀고도 가까운 나라 일본 땅에 첫발을 내딛는 감회는 이루 말할 수 없다. 해외여행이 난생처음이고 보니 더욱더 그렇다. 부산서 도쿄까지 한 시간 30분 거리를 날아왔다. 이처럼 가까운 나라를 곁에 두고 그렇게 멀게만 생각했던 외국 여행을 다시금 되뇌어 본다.

5천 년의 역사 속에 중국과 일본은 우리나라와 때로는 이웃사촌으로, 때로는 대천지 원수지간으로 살아왔다. 특히 일본은 우리에게 있어서는 노략질을 일삼는 왜구로, 10세기 중반에는 두 차례의 한반도 침략으로, 그리고 근세에는 대륙진출이라는 야망으로 대전을 일으켜 끝없는 괴롭힘을 자행한 나라였다.

아무튼, 2차대전으로 패망한 일본은 우리 민족에게는 철천지원수로 각인되어 있다. 대한민국의 정통성을 이어받은 이승만 정권의 반일사상이 6.25 한국전쟁으로 인해 민주, 공산의 양대 사상의 냉전시대로 새로운 진영논리에 의해 편가름되었다. 그러다 조국 건설을 앞세운 박정희 대통령의 역사적 결단으로 한일 양국 간에 화해의 물꼬가 트인 것만은 사실이다. 그러나 그들은 한 번도 자기들의 잘못을 반성하지 않고 지금에 이르고 있다는 점에서 우리는 분노하고 있고 이웃사촌이 될 수 없다는 점이다.

아무렴, 언젠가는 풀어야 할 문제이다. 그리고 우리가 해야 할 일이 있다. 다시는 이런 역사를 되풀이하지 않아야 한다는 점이다. 그러기 위해서는 남이 넘볼 수 없는 우리 스스로 이길 힘을 길러야 한다. 과거의 선조들이 겪은 역사적 진실을 헤아리고 더는 우물 안의 개구리가 되어서는 안 된다는 철저한 민족정신과 실질적인 국력을 길러야 하는 길밖에 없다.

지금 와서 누구를 탓할 것인가? 무능한 임금들의 사대주의 근성, 당파 싸움에 눈먼 파당 정치, 외세에 대한 무지와 쇄국정치 등 미래를 내다볼 줄 몰랐던 정치인이나 지도자들. 아직도 눈먼 자들이 권력 주변에서 맴돌고 있음과 국민의 깨우침이 부족함을 어쩌랴. 국가가 백성을 지켜주지 못해 발생한 피해를 민족적 감정에만 호소한다고 풀릴 일이 아닐 바에는 그들에게서 최대한의 보상을 받아 힘을 기르는 데 사용함이 마땅하다.

박 대통령의 부국정책으로 지배국이었던 일본으로부터 1965년과 1968년 두 번에 걸친 48억 불, 그리고 기술, 소재, 부품, 투자 등 많은 부분에 지원을 받았다.

나는 그런 혜택으로 이 땅에 기술을 습득하려고 왔다.

과거는 과거고 앞을 바라보며 사는 수밖에 더 있겠는가?

두 동강이가 나서 싸움질이나 하는 조국의 암담함을 생각할수록 선진국인 일본에 대한 인상이 나를 매료시킨다.

가깝고도 먼 나라

일본의 도쿄 하네다(羽田) 공항을 빠져 나오니 한국을 기술지도차 몇 차례 다녀간 낯익은 T(東洋잉크)사의 K(加藤)과장이 마중을 나왔는데, 그와 동경 시내로 들어가서 다시 고속버스를 갈아타고 시즈오카(静岡)현의 후지(富

일본 동양잉크제조(주)사 실습

土)시까지 오면서 낯선 새로운 풍물에 감격했고, 한 마디로 잘 사는 나라라는 것이 여기저기에서 느껴졌다.

하늘에서 내려다보면 우리는 온 산천이 민둥산이므로 붉은 데 반해, 이 나라의 산은 상록수에 덮여 검기만 하다. 어디를 가나 거리는 아스팔트가 깔렸고, 쓰레기나 먼지라고는 구경하기조차 힘들 정도로 깨끗하다.

차표도 기계가 일러주는 대로 혼자서 사야 하고, 차를 타기 위해서는 차례대로 줄을 서야 하며, 고속버스도 안내양 없이 기사 혼자서 운전하는 원맨카이다.

우리를 태운 버스가 쉬는 간이 휴게소마다 편안한 벤치가 가지런히 기다린다. 사이다나 콜라 같은 음료수도 돈만 넣고 버튼만 누르면 저절로 나온다는 것이 신기하다. 더욱 놀라운 것은 물건값을 계산한 후 남는 잔돈도 정확하게 토한다는 데 놀랐다. 짐을 내리고 싣는 일도 운전기사 혼자서 다 한다. 일본 여성의 자지러질듯한 고운 음성의 안내 방송에 따라 승객들은 제 갈 데를 찾아 내린다. 모든 것이 나를 당황하게 하는 새로운 문명 세상으로 안내한다.

오늘날 이들이 이처럼 잘 사는 것도 우연이 아니라는 것을 안다. 2차 대전에 원폭을 맞고 잿더미가 되었던 나라였지 않은가? 땀 흘리며 열심히 일하는 국민임을 쉽게 발견할 수 있다. 지난날 우리의 선조들이 개방의 물결을 타고 새로운 문물을 받아들임에 인색했다는 역사적 사실을 상기하며 위대한 지도자가 필요한 국가적 현실에 참담함을 느낀다.

우물 안 개구리

후지산 아래 후지시 외곽에 자리 잡은 T사에서 100m 떨어진 기숙사 2층에서 하룻밤을 보냈다. 아침에 일어나 우람한 후지산을 바라보니 아직도 흰 눈으로 뒤덮인 정상에 아침 햇빛이 찬란한 아침이다. 3월의 아침 기온은 한국이나 별반 다름이 없다.

T사의 작업복으로 갈아입고 K과장의 안내를 받으며 정문으로 들어서니 만나는 사람마다 '마쓰' 라는 인사로 반겨준다. 약 200m쯤 되는 사무실까지 가면서 수십 명의 직원과 인사를 나누다 보니 고개가 절로 숙여진다. 생산부서 사무실에 들러 몇 분과 인사를 나누고 공장 앞에 빈터로 내려가니 어젯밤 야근한 근무자들과 오늘 아침에 출근한 직원들이 함께 줄지어 서 있다.

8시 정각에 마이크에서 아침체조를 알리는 방송과 함께 맨손체조 음악이 시작되자 전 직원이 함께 몸을 푼다. 10여 개가 넘는 주변의 각 공장 건물 앞은 물론이고 사무실 남녀직원 모두가 함께 음악에 맞춰 체조한다. 서툰 몸짓으로 따라 하면서 돌아가면 우리도 당장 시행하리라는 생각을 한다. 체조가 끝나자 팀별로 조장들 간에 업무 인수를 끝내고 야간 조는 목욕탕으로 가고 아침 조는 현장으로 이동해 업무를 시작한다.

K과장의 안내를 받아 오늘의 생산 품목에 대한 설명을 들은 후, 현장 팀장에 인계되어 전 과정을 직접 보고 듣고 확인 작업을 함께하며 철저한 교

육을 받았다. 개선할 설비며 작업방법 등 모든 것을 꼼꼼히 메모하며 익혔다. 점심시간은 사내 식당에서 종업원들과 함께 셀프서비스로 했다. 움푹패인 쟁반에 흰 쌀밥을 적당히 담고 단무지 몇 조각, 된장국, 그리고 밀감 하나씩이 전부인 초라한 식단이었다.

오전에 이어 다시 작업장으로 돌아가 진행되는 반응 상태를 점검하고 중간 검사도 하는 철저한 과정을 거치면서 우리의 개선할 점을 파악했다.

사실 걱정을 했던 소통문제는 백 퍼센트 알아들을 수 없는 처지지만 원리가 같은 제품을 생산하는 일이고 그동안 해 온 일이라 어려움이 없었다. 다만 기술 과장인 W씨가 특별히 시간을 내어 한 시간 정도 강의를 할 때, 이론적인 질문을 하고 싶은데 자유스럽게 표현할 수 없어 외국어에 대한 공부가 절실함을 느꼈다.

아무렴, '아리가도 고자이마쓰' 라는 감사 표현으로 모든 이에게 고개 숙이는 것이 벙어리의 최대의 수단이었다.

잘 사는 나라

그림엽서에서 자주 보던 후지산 아래 후지노미아(富士ノ宮)시에서 첫 휴일을 맞았다. 2층짜리 기숙사의 덩그런 건물에 혼자서만 지내다 보니 숫제 아침 식사는 거르고 만다. 밀린 세탁을 하려다 말고 회사에 나갔다. 오늘은 춘분이라 해서 모두가 쉬는 날인데도 나 혼자 있는 것이 걱정스러워서 그런지 K과장께서 일부러 나오셨다. 오전엔 K과장의 안내를 받으며 평소에 잘 볼 수 없었던 각 공장동을 다니며 각종 시설을 돌아볼 수 있었다.

한낮이 되어 숙소에 들어가 아침에 미뤄둔 빨래나 할까 했었는데 식사를 하러 가잔다. 마침 회사에 나와 있던 M(丸山) 경리부장과 같이 그의 차를 타고 한국식 식당으로 안내받았다. 식성이 까다로워서 그런지 일본 음식은 도대체가 입에 거슬린다. 그나마 소화가 안 된다. 항상 더부룩하고 메슥메슥한 기분에 구토증을 느낀다. 그래서 술 마시는 것 이외에는 아예 안 먹는 편이 났다 싶지만, 체력을 유지하기 위해서는 억지로 먹어야 한다.

오늘도 오랜만에 먹어보는 한국식 불고기에다 김치며 곰탕까지 청해 맛있게 먹었건만, 싱겁고 달착지근해서 그런지 뒤끝이 개운치 않다. 그런 것을 알고 M부장은 소화제를, 과장은 자기 집에까지 데려다 약을 안긴다. 그리고는 파친코를 하러 갔다. 300엔어치를 사주기에 30여 분 굴리다 끝냈다. 파친코장이 비좁은 것은 오늘이 휴일이라서 그런가 본데, 남녀노소를 가릴 것 없이 만원을 이룬다.

우리와 달리 매주 휴일마다 쉬기 때문에 별로 할 일이 없어 드라이브나 즐기며 먹고 노는 것이 낙인 양 느껴진다. 정말 개도 자가용차를 타고 다닐 정도라고 표현할 만큼 차가 많다. 중고차 한 대에 10만 엔 안팎인 데다 월 유지비가 2,000엔 정도라니 그럴 만도 하다. 전기세탁기가 2만 엔, 냉장고가 5만 엔 정도라니 어느 집엘 가도 다 갖추고 산다. 환율이 2.3배라도 그렇게 대단한 값은 아니다. 우리나라에서 중상류 급의 생활을 하고 사는 사람이면 충분히 갖추고 살만한 정도라 여긴다.

담도 울도 없고 세탁기를 포함해 가전제품들도 전부 밖에다 두고 사용한다. 도둑놈이 씨가 말랐나 싶을 정도로 부럽다. 그래서 물어보니 사용하던 헌것들은 살 사람이 없어 도둑질해 간대도 소용이 없다는 답이다. 그럴싸한 논리에 입이 다물어진다.

저녁때는 시내로 나가 세터와 잠바를 샀다. 높은 산 아래에 있는 도시라서 그런지 3월인데도 매우 춥다. 그리고 한국에서 출발할 때 준비해 온 선물을 나눠주기 위해 사진 틀을 1,500엔씩 주고 다섯 개를 준비했다. 한국에서 준비해 간 선물이 고전미가 물씬거리는' 머리 감는 여인 ' 등 천에다 그린 동양화 소품이라서 액자에 넣어 주기 위해서였다.

서무담당 I (池田) 씨가 자기 차로 안내해 주었고, 숙소로 돌아와서는 목욕물까지 데워주고 간다. 일본인은 다들 친절하다.

딸기농장

오늘은 편한 마음으로 잠이나 실컷 자려니 했었는데, 10시께나 되어 총무를 담당하고 있는 동갑내기인 Y(山田)씨가 왔다. 내다보니 자기 차에 마누라와 어린애 둘까지 싣고서다.

옷을 챙겨 입고 따라나섰더니 K과장 댁으로 간다. 거기서 그들 두 내외를 태우고 예정에 없던 관광을 떠난 것이다.

시즈오카(静岡)현의 남단에 있는 구노(久能)라는 곳이 목적지였는데 100킬로미터나 되었고, 그곳에 가 닿으니 오후 한 시가 되었다.

이곳은 밀감과 딸기로 유명한 곳이란다. 딸기를 재배하는 방법이 약간 색다른데 우리처럼 평지에 다 재배하는 게 아니고, 언덕배기 돌담 사이에다 재배하는 방법으로 물론 그 위에는 우리나라와 마찬가지로 비닐하우스를 만들어 씌웠다.

이처럼 비좁은 공간마저 이용하는 일본인들을 보고 놀라지 않을 수 없었다. 일정액의 돈을 지불하고 비닐하우스 하나를 택하여 일행 모두가 그 속에 들어가 마음대로 실컷 따먹는 방법으로 운영하는 특이한 시스템이었다.

Y씨네 꼬마들은 우리 딸 H보다 한 살 위인 남자애와 둘째 S보다 6개월 정도 생일이 이른 여식 애였다. 어린 딸은 낯가림도 않고 아무나 잘 따른다. 한 시간 정도 딸기를 따 먹고 놀다 보니 밥 생각도 달아나 버렸다. 오늘따라 바람이 세찬데도 그런 날씨와는 아랑곳없이 어디를 가나 나들이를 즐기는 사람들로 붐빈다.

돌아오는 길은 다른 방향이었는데 중간에 시즈오카현의 시립동물원에 들렀다. 부산의 금정산에 만들어진 규모의 10배나 됨직한 큰 동물원이었다. 규모도 그렇지만 동물수도 비교할 바가 안 된다. 숲이 푸른 나라, 그 속에 자리를 잡은 우리 속에 갇힌 낯선 짐승들의 재롱이며 별난 모양새를 살피고 즐기느라 두어 시간 동안 어린애처럼 변해 있었다.

오후 다섯 시께나 회사에 닿아 Y씨 가족은 보내고, K씨 부부를 포함해 일행은 후지노미야(富士宮)시로 가서 긴센(金泉)이란 일식집에서 맛있는 음식 대접을 받고 밤 9시께나 되어 돌아왔다. 그런데 밤 10시께나 되었을까 도쿄에서 일을 배우고 있는 C부장으로부터 예상치도 않았던 전화가 걸려왔다.

루마스(沼津)라는 곳에 와 있으니 찾아오라는 것이었다. 10시가 넘은 밤에 택시를 잡아타고 고속도로를 40여 분 달려 약속된 장소에 닿으니 차비는 3,000엔이나 나왔고 대신 약속 시각은 20여 분이나 빨랐다. C부장을 따라 한국인이 경영하는 음식점에 들렀더니 새벽 두 시까지 영업한단다. 한국의 어느 시골 맛이 가득 풍기는 총각김치랑 짭자래한 음식들이 경상도 출신의 교포인 양 느껴졌다.

불고기를 곁들여 둘이서 향수를 달래며 늦게까지 먹고 마시느라 포식을 했다. 고향 까마귀도 반갑다는데 하물며 타국에서 둘의 만남은 이루 반갑기 짝이 없었다. 그래서 그동안 반벙어리처럼 살던 타국에서의 어려움을 우리말로 토로하며 긴 회포를 풀었다. 이제 제 얼굴로 돌아온 것같이 보인다는 그의 말이 옳을는지도 모른다. 일부러 여기까지 찾아와 마음을 달래주는 그가 고맙다.

후지산 일주

두어 시간 잠을 잤을까? C부장과 헤어져야 한다고 생각하니 섭섭하기 이루 비길 데가 없었다. 그와는 지금 헤어지면 이제는 한국에 돌아가서나 만나게 될 것이다. 그가 사장의 자제분이라서 그런지 이곳 사람들도 그에게는 깍듯이 대접하는 느낌이고, 그가 이곳에 와서 경영에 관한 전 과정을 현장 실무를 통해 몸소 배우고 있어 회사의 장래를 위해 제법 든든함을 느낀다.

아침 8시 50분께 그와 헤어져 택시를 타고 갔던 길을 따라 되돌아오니 10시께나 되었다. 다른 시의 택시 운전사라서 후지(富士) 시내의 길을 잘 몰랐는데, 이곳은 그동안 이곳저곳 쏘다닌 덕분으로 제법 지리에 익숙한 나에게 몇 개월이나 살았느냐고 묻는다.

어제 약속한 대로 예정 시간에 K과장, Y총무, 서무 I씨 그리고 경리담당 H(橋本)씨가 차를 갖고 내 숙소로 왔다. 이틀간의 여정으로 높이 3,775m의 후지산을 일주할 목적이었다. 부인들이 따라 나와 환송을 겸해 장만해 온 음식까지 차에 실어주는 호의를 베풀었다.

차를 타고 드라이브를 하는 묘미도 가득하지만, 산 좋고 물 좋은 자연의 아름다움에 더욱더 즐거운 마음이다. 후지 시를 거쳐서 신혼 여행객들이 만원을 이룬다는 온천 휴양지 하코네(箱根), 이즈하라 반도를 거쳐 다시 후지산의 오른쪽 자락에서부터 시곗바늘의 반대 방향으로 돌아 오르는 찻길을 따라 긴 여행길을 택한 것이다.

일본은 천연적인 경관도 빼어났지만, 어디를 가나 인공을 가미해 쓰기 좋고 볼썽 있게 누구에게나 사용하는 데 불편이 없게끔 다듬어 놓았다. 높은 산악지대에는 많은 원숭이 떼들이 모여들어 관광객들에게 먹을 것을 요구하기도 했다. 산중의 큰 호수에는 커다랗고 예쁘게 장식된 유람선이 떠다니고, 차가 닿을 수 있는 곳에는 여러 가지 휴식을 겸한 스포츠를 즐길 수 있도록 편의시설이 갖추어져 있다. 정말 돈만 있으면 없는 게 없을 정도로 놀이문화를 위한 설비에 많은 투자를 해놓았다. 이런 시설물을 이용하는 시민 정신 또한 칭찬해 주고 싶다. 자기가 먹은 음식 찌꺼기나 빈 그릇들은 저 스스로 치우는 공중 도덕성은 문화시민의 높은 수준임을 느낀다.

오후 3시경 후지산 중턱에 있는 다섯 개의 호수 중 가장 큰 가와구치호(河口湖) 곁에 자리한 T사의 산중 별장에 도착하여 여장을 풀게 되었다. 수려한 나무들이 빽빽이 들어선 숲속에 멋지게 지어진 별장, 끊임없는 새들의 지저귐, 정말 언젠가 다시 찾아오고 싶은 곳이다. 부자가 왜 이렇게 살고 싶지 않겠는가?

경치에 취하고 술에 취하니 대통령도 부럽잖은 시간이다.

우리의 역사를 되돌아보는 중국 동북부 여행

최근 중국화의 가속을 보며

남달리 외국 여행을 제집 드나들 듯 많이 한 중에서도 중국을 방문한 것만 해도 6,70번이나 되니 중국과는 인연이 많은 편이다. 물론 일하는 것이 목적이지만, 그런 중에도 중국의 이곳저곳을 중국인 이상으로 싸돌아다닌 편이다.

특히 중국인들이 영산으로 여겨 평생에 한 번만이라도 오르고 싶어 하는 산둥성에 자리한 태산(泰山)만 해도 다섯 차례나 올랐으니 과연 중국통이라 해도 과언이 아닐 것이다. 그래도 중국이라는 나라는 하도 넓어서 아직도 가 보았으면 하는 미련이 남는 곳이 많다.

오늘날 중국의 근대화가 급속히 이뤄졌고 특히 우리의 역사와 관계가 있는 동북 3성을 중심으로 오늘날의 사회주의 중국의 통일을 강화하기 위한 목적으로 동북공정이 행해지고 있는 점 등을 고려해 볼 때 역사적 변천에 따른 남다른 감회를 갖는다.

우리가 어릴 적에만 해도 중국을 대국(大國)이라고 표현하는 것이 예사였다. 그런데 그 의미가 크다는 뜻이기보다는 상당히 변질된 의미를 담고 있었다. '대국놈' 하면 중국인을 뜻함을 안다. 또 '떼놈(되놈)' 이라고도 했다. '곰이 재주 부리고 돈은 떼놈이 번다' 라는 속담도 잇속 차리는 중국인의 장사 솜씨를 빗대는 말이다. 대국이란 말은 '큰 나라' 라는 뜻으로 중국 그 자체를 바로 표현한 말이지만 거기에다 '놈' 자를 붙여 비하한 것은 마치 '일본놈' 이라 말하는 것과 같은 맥락에서다.

이런 것을 보면 친한 이웃 나라 사람들의 관계이기보다는 서로가 반목과 질시로 점철됐다는 것을 알 수 있다. 아무튼, 역사는 한시도 변함을 멈추지 않는다는 사실이 말하듯 이웃에 있는 나라로서의 복잡하고도 미묘한 역학 관계를 맺어온 것이 사실이다. 나 역시 중국에 대해서는 아는 것이 별로 없다. 지리나 풍토, 그리고 역사에 대해서는 학창 시절에 책을 통해 배운 것이 전부이고, 그 외엔 언론매체를 통해 얻어들은 지식이 전부이다.

그런데 중국이라는 나라는 과거와 현재, 그리고 미래로 이어질 역사의 과정에서 우리와 불가분의 관계를 유지하지 않을 수 없다는 사실을 안다면 좀 더 깊은 인식이 필요하다고 본다. 이제 과거는 과거 역사로 돌리고, 현재 우리에게 직면한 대중 관계에 대해서는 개인은 개인대로, 국가는 국가대로 새로운 선린관계를 정립하는 것이 마땅하다고 본다. 그러기 위해서는 우리가 힘이 있어야 한다. 힘이 없는 자는 늘 괴롭힘의 대상이 되고 만다는 것이 역사가 주는 교훈이다. 힘도 없으면서 입만 살아있는 지도자들이 무슨 일을 하겠는가?

이번에 내 생에 처음으로 중국이라는 나라를 10박 11일간에 걸쳐 되돌아보게 되었다. 그것도 우리 한반도가 붙어있는 동북쪽이다. 목적은 세계화의 물결이 밀어닥칠 것에 대비하여 새로운 공장의 입지를 물색하고, 한참 개방의 열의에 타오르는 이웃 나라와의 합작을 모색하여 공존할 수 있는 기틀을 잡기 위한 목적에서였다.

개인적으로는 역사적 견지에서 볼 때 중국이라는 나라가 우리에게 많은 것을 가르쳐 주고 전해 주는 처지에 있었으므로 이제는 우리도 그 역할을 바꾸어서 해볼 기회가 아닐까 하는 어쭙잖은 생각에서다. 그것이 비록 하찮고 미력할지라도 참뜻을 지닌 것이라면 조금은 이로운 일이 아니겠는가? 아무튼, 낯선 나그네로 먼 길을 떠나 보련다.

이 여행기는 1989년 6월 천안문 사태 이후 중국의 개방정책으로 1992년 8월 24일 한국과 중국이 수교가 이뤄지기 전 그해 3월, 중국 베이징(北京)에서 대륙의 북동쪽에 있는 도문(圖們)까지 3,000km를 오가며 보고 느낀 바를 적은 기행문 중에서 3일간의 일정을 추린 글이다.

첫날

어제저녁 늦게 마지막 비행기를 타고 서울로 와서 공항 가까운 작은 호텔에서 하룻밤을 묵었다. 나름대로 푸근히 잠을 잤는지라 개운한 기분이다. 비가 내릴 것이라는 일기예보와는 달리 날씨는 다소 흐렸어도 포근한 아침이다.

서울 사무소 L군이 약속한 시각에 정확히 와 주어 가방을 챙겨 들고 호텔을 빠져 나와 김포공항 제2청사로 향했다. 약속이나 한 듯이 L전무께서 환송을 나와 주셨기에 공항 로비에서 커피 한잔을 마시는 여유를 가졌다.

탑승 절차를 위한 시간이 빠듯해서야 개찰구로 서둘러 나갔다. 홍콩으로 떠나는 KE 617편에 올라 자리를 잡고 둘러보니 빈자리가 없을 정도로 승객이 많다. 9시 정각에 발진하여 김포공항 활주로를 이륙함으로써 긴 여정은 시작되었다.

감기 끝이라 간혹 가는 기침이 나는 것 말고는 몸 상태가 좋은 편이다. 비행기가 정상 고도를 유지하면서 음료수를 시작으로 기내식이 나왔지만 거들떠보지도 않고 잠을 청했다. 상당한 시간을 잤기에 거의 홍콩 가까이에 이르렀다는 기장의 방송이 있었다.

얼마 후에 언뜻 지나는 구름 사이로 푸른 바다가 보이는 듯싶더니만 홍콩의 시가지가 내려다보이기 시작한다. 쑥쑥 자란 빌딩 숲 사이로 곡예비행을 하듯이 스쳐 지난다 싶더니 로컬 타임 11시 46분(우리 시간 12시 46분)에 비좁은 홍콩 공항 활주로에 사뿐히 내려앉는다.

숱한 해외 나들이 중에서도 홍콩에 직접 발을 내디뎌 보기는 이번이 처음인데 그림이나 사진에서 보던 대로 인위적인 조형미를 이룬 도시가 해변의 산기슭을 따라 우후죽순처럼 빌딩의 숲을 이루고 있다.

시계를 들여다보니 중국으로 향하는 중국 민항기 CA 102편을 갈아탈 시간이 급하다. 그런 데다 초행길이라서 어떻게 절차를 밟아야 할지를 생각하며 허겁지겁 트랩을 빠져나가니 이 얼마나 다행스러운 일인가? 영문자로 내 이름을 커다랗게 적은 피켓을 든 공항 직원이 기다리고 있지 않은가?

"It's me."

반가운 나머지 여권과 항공권을 그에게 맡기고 그를 따라 걸으며 하늘이 무너져도 솟아날 구멍이 있다는 안도감에 젖는다. 중국으로부터 나를 영접하라는 메시지라도 받은 것일까? 서두는 그를 따르며 궁금증을 풀어본다.

"Why do you guide me now?"

"you're a last passenger."

중국 북경행 여객기를 갈아타야 할 TS(Transfer) 손님이 내 혼자뿐인데, 내가 타고 온 KAL기가 연착되어 시간이 없으므로 이처럼 특별히 서둘러 안내를 하는 것이란다. 그는 표 구매박스가 있는 로비를 향하여 달려가면서도 무전기로 계속 연락을 취하는 것으로 보아 급한 모양이다.

짐이 현재 손에 들고 있는 것뿐이냐고 묻는다. 가방 하나가 더 있는데 서울에서 부칠 때 베이징공항에서 직접 찾도록 하였다고 했더니 자기들이 확인해서 안전하게 도착하도록 해 주겠단다. 탑승에 필요한 모든 절차가 끝났는지 중국 민항기가 대기하고 있는 탑승구까지 와서 탑승권과 여권을 되돌려 준다.

"Thank you very much."

그 젊은이에게 진심으로 고맙다는 인사를 한 뒤 통로를 따라 비행기에 오르니 출발시간 5분 전이다. 사실 갈아타기로 하는데 50분이란 시간 간격(여유)을 두고 여행 계획을 잡는다는 것은 무리한 짓임을 실감하는 경우다. 그러나 50분을 넘기면 다음 비행기를 타기 위해서 다섯 시간이나 기다려야 하니 그런 무리한 일정을 택한 것이리라. 아무튼, 어렵사리 비행기를 탔으니 이제 더는 신경을 쓸 필요가 없는지라 편안한 마음으로 자리에 앉아 안전띠를 동여맨다.

배정된 좌석이 맨 뒤쪽 편의 왼쪽인데 내 옆 좌석에는 촌티가 줄줄 흐르는 60대 초반쯤으로 보이는 중국인 남자 승객이 앉았다. 보아하니 홍콩에 사는 가까운 친척 방문이라도 하고 본토로 되돌아가는 양이다. 중국 민항기의 좌석이 어찌나 좁은지 체구가 좀 나는 사람들에게는 그냥 앉기도 불편한데 이 촌로는 창쪽에다 올망졸망 여러 개의 보퉁이를 쌓아놓고 겨우 궁둥이를 붙이고 앉아있다. 비좁은 공항이라서 이륙할 차례를 기다리는데도 30여 분이 넘게 걸렸다.

그도 지겨운 모양이다. 알아듣지도 못하는 중국말로 나에게 말을 걸어왔다. 아마도 '어디로 가느냐?' 는 물음 같아서 수첩을 꺼내 '지린성(吉林省)'이라 적어 보이니 고개를 끄덕거리며 자기 짐 위에 얹힌 솜털 외투를 가리킨다. 그곳은 매우 추울 것이라는 표현 같아서 나도 고갯짓으로 답하니 고르지 못한 이빨을 드러내며 웃는다.

그리고는 '국적이 어디냐?' 고 묻기에 한국(韓國)이라고 적어 보였다. 이번에는 '나이를 묻는 듯해서 50이라고 손바닥을 펴 보이니 그는 고개를 두어 번 좌우로 흔들더니만 35라고 고쳐준다. 고갯짓으로 50이라 우기니까 자기가 60이라며 믿으려 들지 않기에 여권을 펴서 생년월일을 보라고 하니 그제서야 은이빨이 드문드문 박힌 누런 이를 드러내고 웃는다.

드디어 굉음을 내며 출발한다. 흐린 하늘의 구름 속을 박차고 나오느라 몇 차례 요동질을 해서 뒷좌석에 앉은 설움을 잔뜩 안긴다. 이륙한 지 10여 분이 지나서야 금연 사인이 꺼지고 비행기는 정상 구도를 잡는 듯싶다.

아침에 호텔에서 토스트 두어 조각을 커피 한잔과 곁들여 먹은 것이 고작인지라 기내식이라도 나왔으면 하고 고대하는데 소금에 절인 땅콩 몇 알이 든 작은 봉지 하나씩을 나눠준다. 지겨운 시간을 보내기 위해 출발할 때 챙겨 넣은 '토정비결(土亭秘訣)' 이란 소설책 중에서 마지막 권을 꺼내 몇 줄 읽으니 기내식이 나왔다. 그런대로 허기를 메울 수 있었다.

한 시간쯤 지났을까? 창밖을 내다보니 이제 구름 아래로 비행을 하고 있다. 가도 가도 끝없이 펼쳐진 잘 다듬어진 넓은 들판뿐이다. 이 넓은 평야를 어떻게 다 정지작업을 했으며 누가 다 가꾸는 것일까? 비좁은 창을 통해 이리저리 찾아보지만, 산이라고는 아예 모습을 드러내지 않는 것으로 보아 정말 큰 대륙임을 실감하지 않을 수 없다.

산이 없어 고도를 한껏 낮추고 저공비행으로 일관하기 때문에 마치 보리인지 밀인지는 알 수 없지만, 초봄의 온기를 느낄 수 있는 초록빛으로 물든 끝없는 들판 위를 난다. 낯선 이국땅의 새로움을 발견하는 데 정신을 앗기다 보니 어느덧 도착 시각이 임박했음을 알린다.

우리나라와는 한 시간이 빠른 시차를 적용해서 현지 시각 오후 3시에 도착 예정이었는데 40여 분이나 더 걸려서 베이징공항 활주로에 덜거덩거리며 내려앉았다. 밖에서 기다리는 사람을 위해서 서둘러 나서겠다고 입국 절차를 거쳐 짐을 찾으러 아래층으로 내려갔다. 많은 짐이 낡은 컨베이어를 타고 나와 주인들을 맞는다.

'왜 이렇게 안 나오는 걸까?'

30여 분이 지나 대부분의 짐이 빠져 나간 뒤에도 내 가방은 보이지 않는다. 드디어 컨베이어도 멈추어 섰다. 주변을 살펴봐도 내 가방은 없었다. 지금까지 짐들을 지키고 섰던 한 직원에게로 가서 물어보는 수밖에 딴 도리가 없었다.

"Hello! I can't find my bag."

그는 영어를 알아듣지 못하나 보다. 손짓으로 가방이 없다고 표현하자 잠시 머뭇거리더니 세관 밖에 있는 소화물 취급소로 가서 신고하라고 한다. 멀리서 보니 행리(行李)라고 적힌 한자 아래에 소화물 찾는 곳이라는 로마자 표기가 된 간판이 보인다.

밖으로 나가려면 우선 세관을 빠져나가야 하므로 몇 안 남은 승객들 뒤에 서서 차례를 기다리다 보니 외국인은 모두 영문으로 된 파란 신고서인데 나는 중국인이 사용하는 한자로만 쓰인 노란 신고서를 갖고 있었다.

엎친 데 덮친다는 격이라더니 잘못 적었다고 하는 생각에 옆 테이블 위에 놓인 파란 영문 신고서를 가져다 부리나케 갈겨써야 하는 바쁜 걸음마를 쳤다.

'내가 중국놈 같았나 보지?'

혼자 중얼거리며 비행기 속에서 신고서를 나눠주던 승무원의 얼굴을 떠올리며 세관 검사대 위에 손가방을 올려놓으니 그냥 나가란다. 소화물 클레임 박스 안에는 두서너 명의 제복을 입은 사나이들이 있었다.

한 여자 직원이 마음 조급해 하는 나그네의 안타까운 심정을 알아보듯 그런대로 서툰 영어를 알아듣는다. 한국에서 곧바로 베이징에서 찾도록 부친 짐이 도착하지 않았다며 짐표를 보여주니까 잠시 기다려 보란다. 홍콩으로 연락을 취하는 모양이다.

시간은 자꾸 지나가는데 아무런 답도 없이 기다림만 길다. 무엇보다도 밖에서 기다리고 있을 K(姜泰億) 선생께 연락을 취할 길이 없어 답답하다. 그 역시 내가 왔는지 안 왔는지 알 수 없어 걱정이 많겠다는 생각에 애가 탔다. 자주 밖으로 눈길을 보내지만, 전혀 통할 방법이 없다. 설사 안을 들여다볼 수 있다손 치더라도 내가 그를 알아볼 수 없듯이 그분 역시 나를 알아보지 못하는 초면이기 때문이다.

말이 통하지 않으니 더더욱 답답하다. 가타부타 대답이 있어야 할 텐데 전혀 대답이 없다. 30여 분이 지나서야 내가 타고 온 비행기에 짐이 실리지 않았다는 전문을 받았다며 영문으로 된 전문을 내보인다. 저녁 8시 반에 도착하는 다음 비행기로 짐을 보내겠다는 내용이었다.

더 안절부절못하고 있을 이유가 없어 밖에서 기다리는 K선생과 만나 상의한 후에 처리하기로 마음먹고, 환전소에 가서 우선 당장 쓸 돈을 바꾸기로 했다. 공항 내에 작은 환전소가 있었다. 미화 500달러를 현지 돈으로 바꾸는 데도 긴 시간이 걸린다. 외국인이 사용하는 화폐와 중국인이 사용하는 화폐의 종류가 다르다.

전자를 태환권이라고 하며 후자를 런민비라고 한다는 것은 어젯밤 서울서 머물며 친구 J(鄭)군에게서 들은 바가 있다. 내가 내놓은 100달러짜리 지폐 다섯 장을 여자 직원이 앞뒤를 뒤집어 가며 여러 차례 들여다보고 만져보면서 세밀하게 확인하더니 이번에는 옆자리의 남자 직원에게 내밀어 또 그런 순서로 맨눈 검사를 한다. 명색이 국제공항인데 자동 화폐 검사기 한 대 없이 저러고 앉은 사람들의 모습에서 답답함을 금할 수 없다.

드디어 한 다발이나 되는 꾀죄죄한 크고 작은 지폐 뭉치를 넘겨준다. 아무튼, 이제 그 답답한 공항을 빠져 나간다는 심정에 전신에 땀이 솟으며 힘이 죽 빠져 버린다. 기진맥진이 되어 공항 로비쪽으로 나오니 내 이름을 적은 쪽지를 들고 선 건장한 신사 한 분이 나에게로 눈길을 보낸다. 손을 들어보이고 그에게로 다가가니 반가운 모습으로 손을 내민다. 그는 멀리 중국 동북부 조선족 자치구 길림성 용정(龍井)에서 마중 나온 K씨였다.

"P사장님! 먼 길 오시느라 수고했습니다."

"안녕하십니까? 너무 오래 기다리셨지요?"

우선 늦어진 이유를 간략히 설명해 드리고 조용한 곳으로 자리를 옮기면서 정말 멀고도 가까운 이웃 나라임을 실감한다.

"참! M(馬) 선생을 소개하겠습니다."

아까부터 안경을 끼고 곁에 섰던 젊은이를 소개한다. 그는 천진 화학연구원의 직원으로 원장님의 특별한 배려로 나를 마중 나온 것이란다. 대합실에서 이제나 오나 저제나 오나 두 시간 남짓 기다리느라 애태웠을 두 사람은 정작 안에서 안절부절못했던 장본인인 나보다 더 피로하리라 여기니 안쓰러워 드릴 말씀이 없다. 그가 건넨 명함에는 중국 희극가(戲劇家)협회 연변분회 부주석, 연변 TV 고급도연 강(姜泰億)이라 적혀 있다.

"아무튼, 너무너무 감사합니다."

"아니올시다. 멀리서 오시느라 P사장이 더 고생했지요."

평소에 듣던 이북 사람들의 억센 억양보다는 약간 다듬어진 말투에서 그가 방송국에서 근무하기 때문일 것이라는 느낌이 든다. 그렇든 저렇든 이제 북경 땅을 밟기는 하였으니 이제부터의 일정이 문제다. 일단은 가방을 찾아야 하는 것이 선결문제라서 다음 비행기가 도착하는 밤에까지 기다렸다가 천진으로 떠나기로 합의하고 공항내 2층 식당으로 자리를 옮겨 갔다.

명색이 국제공항 그릴이라는데 썰렁하기 이를 데 없다. 언제 지은 공항인지는 몰라도 공항 안의 장식이며 시설들이 너저분하기 이를 데 없다. 이 넓은 홀 안에 두 명의 승객이 식사하고 있을 뿐이다. 테이블은 물론이고 좌석에는 먼지가 수북하다. 적당한 곳에 자리를 잡고 앉았다.

"K(姜) 선생님은 언제 이곳에 오셨습니까?"

"그러니까 3일 전에 길림성 연변을 떠나 오늘 아침에 천진에 도착했습지요."

물론 빠른 비행기 편도 있지마는 항공료가 턱없이 비싸서 인민들에게는 엄두도 못 낼 정도라서 2박 3일이 걸려도 기차를 타고 올 수밖에 없었다고 말한다. 그와 나눈 몇 마디 대화 속에서 한국의 경제발전에 비해 중국의 뒤떨어진 생활문화와 공산주의 체제를 비난하는 언사를 서슴지 않는다. 그는 그만큼 한국에 대한 정보와 외부 세계에 대한 많은 정보를 접하고 있기 때문일 것이다.

나와 마주 앉은 K선생이 담배를 꺼내어 내게 권한다. 역시 우리 조선족 중에 잘 생긴 인물이 많다고 들었는데 그 대표적인 신사가 바로 이런 분일 것이다. 이번 여행길의 안내자가 될 이 어른은 중국의 동북부 지방에 있는 조선족 자치구인 길림성 연변에 있는 한 소도시인 연길(延吉)에서 오셨다. 그는 현재 연변방송국 라디오 TV 총감독 일을 맡고 계신다. 그분과 인연을 맺게 된 동기는 이렇다.

그러니까 약 3년 전에 고향 친구 G(姜) 사장이 소개를 해줘서 서로 편지를 주고받으며 마치 형, 동생처럼 지내오던 참이다. 친구인 G사장은 부산에서는 이름깨나 있는 건설업체를 운영하고 있고 상공업계에서는 별로 모를 사람이 없을 정도로 명성을 지닌 젊은 사업가이다. 그와 나는 산고개 하나를 넘으면 되는 이웃 마을의 동향인이지만 어려서부터 성장지가 달랐다. 그는 부산서 학교에 다녔기 때문에 사회인이 되어서 만난 셈이다.

그리고 최근에는 그가 건설업 이외에 내수뿐만 아니라 수출도 할 수 있는 전망 좋고 안정적인 화학제품을 생산하는 공장을 갖고 싶어 한다는 사실 때문에 나와 퍽 가깝게 지내온 셈이었다. 화학에 관한 한 비공식적인 기술고문 노릇을 하고 있던 셈이다. 그런 그가 중국과 수교가 이뤄지기 약 3년 전에 부산 상공인들이 주축이 되어 조선족 자치구 및 백두산 관광을 다녀온 일이 있었다.

그런데 그때 이들의 안내를 맡은 중국 현지의 국제여행사에 통역을 맡은 조선족 아가씨가 있었는데, 그녀의 이름이 M(美月) 양이었다. G사장과 성씨가 같다는 점이 인연이 되어 여행 도중에 가족 사항을 묻게 되었고, 결국 아버지의 직업이 알려지고 그런 연유로 후에 MBC문화방송 기자팀들과 연변에서 만나는 계기가 되었다.

이번 여행은 현지 투자를 목적으로 방문 허가를 받았기 때문에 현지의 정부 관리 측과 함께 만나 투자할 사업체를 방문하는 공식적 행사와 더불어 나머지 시간에는 연변지역에 산재한 옛 우리 선조들이 남긴 역사의 발자취를 더듬는 관광을 하며 호텔에 머무르는 동안 K선생과는 별도로 몇 차례 자리를 같이하게 되었다.

그런 일이 있고 난 뒤로 연변의 K선생과 주변의 공장 책임자들로부터 직접 투자에 대한 끈질긴 요구가 계속되었고, 그 품목 중에 내가 하는 안료산업이나 색재료 관련 중간재 생산이 가능하겠다는 의견이 제시되었다. 마침 1990년대 초부터 한국은 환경문제도 심각해지고 턱없이 높아가는 인건비 등을 고려할 때 후진국에 투자하는 것도 고려해 봄 직해서였다.

그래서 현지 투자에 관한 기술적인 문제들에 대해서 내가 직접 연길의 K씨에게 편지를 주고받으며 챙기게 된 것이었다. 그러다가 어느 정도 윤곽이 떠오르면서 그와 함께 중국 현지를 돌아보는 것에 합의하고 올해 3월로 D데이를 정해 절차를 밟아왔다.

그런데 한 달 전쯤 갑작스레 문제가 발생한 것이다. G사장에게 변고가 생겼다. 그는 예상치도 못했던 병마로 일본까지 가서 수술을 받아야만 하는 실로 운명적인 순간을 맞게 되었다. 그의 병명에 대해 직접 들을 수는 없어도 혈우병과 비슷한 것으로 체내의 모든 피를 새로운 피로 바꿔야 하는 몹쓸 고약한 병이라고 했다.

아무튼, 그렇게 해서 계획했던 모든 일이 처음의 제자리로 돌아가야 하는 상황이었다. 저녁 여섯 시경이 되니 밖은 서서히 저물어 간다. 아직 배는 고프지 않으나 K형께서 나를 기다리다 지친 때문인지 우선 식사부터 하자는 제안이다.

"중국은 식사 시간이 정해져 있어서 그 시간을 놓치면 아무 데서나 식사를 할 수 없어요."

그래서 그런지는 몰라도 주변을 둘러보니 제법 많은 사람이 모여들어 줄을 섰다. 셀프서비스식의 식당이라서 우리도 줄을 따라 차례를 서서 식기를 골랐다. 앞선 K선생께서 몇 개의 식판을 뒤적거려 그중에서 제일 깨끗해 보이는 것을 골라서 내게 건네준다.

국제공항이 이래서 되겠는가?

음식을 담는 그릇에 묻은 땟자국을 보고 감히 음식을 퍼담을 마음이 안 생긴다. 먹을 것도 없지만 음식의 질도 마찬가지다. 삶은 땅콩 한 접시와 콩나물 한 접시에 맥주 두 캔을 식판에 담아 계산대에 앉은 청년에게 가서 값을 매기고 나서 불결해 보이는 원탁에 둘러앉았다.

"M씨는 몇 살이지요?"

K선생을 통해 그의 나이가 29세임을 안다. 초면인데도 전혀 어려움이나 낯선 감정을 느낄 수 없이 편안하게만 느껴지는 K선생은 나보다 네 살이나 위다. 중국인들은 대체로 나이가 들어 보이는데 그것이 아마도 생활이 힘들어 그럴 것이라는 설명이시다. 그래서 그런지는 몰라도 비행기 속에서 있었던 중국인 승객과의 필담에서 내 나이가 50이라고 했는데도 믿으려 들지 않던 사실을 상기해 본다. 맥주 두 캔을 비우는 동안 분위기는 더욱 고조되어 이런저런 주변 얘기로 시간을 메우는 데 좋았다.

"인연이란 참으로 묘한 것이지요?"

내가 중국이란 나라에 올 수 있었다는 사실도 그렇고, 또 K선생을 만나게 된 것도 다 전생에 어떤 인연이 있어서 그렇다는 생각을 피력하니, 그럴 것이라고 동의하신다.

"중국에서는 이미 종교가 사라진 지 오래라지요?"

그래도 나이 많은 인민들 사이에는 유교나 도교 그리고 불교에 대해 알게 모르게 전해지고 있다는 것이다. 문화혁명 때 이런 문화의 유산이 엄청나게 손상되고 훼손되었지만 그래도 지역에 따라서는 많이 남아있고 보존되고 있다는 설명이다.

아무튼, 공식적으로는 인정되지 않지만, 불교사원에는 정부에서 인정하는 스님들이 주석하고 있다는 사실을 처음으로 듣는다.

"사실, 모든 문화가 다 그랬듯이 불교 역시 중국으로부터 우리에게 전해진 것이 아닙니까?"

"저도 젊을 때는 공부하고 일한다고 바빠서 늦게사 불교신자가 되었지만, 종교를 가짐으로써 나보다 남을 생각하는 마음의 여유가 생기고 전보다는 생각의 범위가 넓어지는 것 같습니다."

무신론자가 되어버린 그들에게 어울리지 않을지 모르지만 그래도 사람 사는 사회라면 필요한 얘기일 것이라는 신념에서 내가 '한 겹의 허울을 벗고' 라는 생활 수기를 쓰게 된 동기 등을 얘기했다.

이승에서의 자기가 사는 모습을 보면 전생에서의 자기 행위가 어떠했음을 알 수 있고, 또 후생에서 내가 어떤 모습으로 살아갈 것인가를 쉽게 알 수 있는 것이 바로 부처님이 가르쳐주는 이른바 인과응보라는 인연설이며 윤회설이라는 것을 들려주니 K선생은 젊은 M씨에게 한 마디도 빼지 않고 열심히 설명한다. 그러는 동안 밖은 어둠으로 변했다.

현지 시각 밤 9시께나 되어 다시 짐을 찾으려 아래층 로비로 내려갔다. 짐표를 보여주니 짐을 찾으라고 세관 구역 안으로 들여 보내준다. 오후 6시 홍콩발 비행기가 이제 막 도착하여 짐이 나오고 있었다. 조금 기다리니 문제의 가죽 가방이 컨베이어를 타고 나왔다.

잃었던 물건을 찾은 듯 반가운 마음으로 가방을 살펴보니 가방의 자물쇠 부분이 뜯겨 있다. 그래도 찾을 수 있었다는 데 안도의 한숨을 쉬며 세관을 통과해 밖으로 나왔다.

그 사이 K선생께서는 천진까지 갈 교통수단으로 택시를 고르시느라 바쁘다. 공항에 머물고 있던 택시기사들과 여러 번 교섭해서 현지 화폐로 300위안에 값을 흥정하고 택시를 탔다.

처음 타보는 갈색 택시의 내부는 미국의 택시처럼 운전석과 승객 사이를 막는 플라스틱 칸막이가 되어있다.

아마도 치안이 나빠 택시강도로부터 운전사를 보호하려는 조처인가 싶다. 공평한 분담을 주장하는 공산주의 세계에도 강도가 있다는 사실이 믿기지 않는다. 앞 좌석에는 M씨가 타고 비좁은 뒷좌석에는 K선생과 함께 내가 자리를 잡았다.

베이징공항을 빠져 나오니 곧바로 고속도로와 이어진다. 이 나라 수도인 북경 시내가 이처럼 어두울 수 있단 말인가? 북경과 천진을 잇는 경진고속도로는 시멘트로 포장이 되었는지 속도를 내는 데 따라 택시가 망가질 듯이 덜덜거린다. 이미 13만 Km 이상을 달린 차라서 우리나라에서는 택시로서는 이 정도의 주행기록이라면 이미 제대를 시켰거나 폐기처분을 해야 했을 고물차임은 분명하다.

북경과 천진은 마치 우리나라 서울과 인천의 관계처럼 이 나라 수도와 그 관문의 관계로 130Km 떨어져 있다. 시속 120Km 속도로 한 시간 반을 달려 천진 시내로 들어섰다. 천진 시내 역시 조명이 어둡기는 마찬가지다. 차가 멈춘 곳은 태아장로(台兒莊路)의 해하강변에 자리 잡은 자그마한 아스타호텔(利順德大飯店)이다. 1863년에 세워진 영국풍 호텔로 쑨원(孫文)과 마지막 황제 푸이(溥儀)가 묵었던 호텔로 유명하다고 한다.

현지 시각으로 밤 11시 30분이니 우리나라 시간으로는 자정이 넘은 셈이다. 까다로운 절차를 마치고 K선생과 한방에 들었는데 외국인인 나에게는 두 배의 요금을 요구하더라고 일러주시며, 중국에서는 어디를 가나 공공요금에 대해서는 외국인에게 두 배를 받는 것이 합법적으로 인정되고 있다는 설명이시다.

그렇게 하는 이유는 여러 가지겠지만 첫 번째 이유로는 공산주의 국가에서는 모든 편의시설이 국민이 낸 세금으로 이뤄진 것이므로 그 시설을 이용하는 외국인은 세금 대신 더 많은 이용료를 내는 것이 마땅하기 때문이란다. 그러나 K선생 같은 분들의 견해는 다르다. 달러가 필요해서 외화벌이 목적으로 그럴 것이라니 국가적으로 볼 때 그 수입은 만만치 않을 것이니 합법적이라면 그것은 대단한 발상이 아닌가?

"그런데 외국인들이라는 것을 어떻게 압니까?"

이 점에 대해서 K선생은 공산주의의 부자유를 열변한다. 중국 인민들은 공민증이 없으면 한 발도 움직일 수가 없다. 게다가 어디를 가든지 허가를 받아야 한다. 차를 타는 것도 그렇고 잠자는 일도 그렇다. 그러니까 주거이전의 자유란 생각지도 못하며 주어진 장소에서 개미 쳇바퀴 돌 듯이 한정된 생활만 해야 한다. 외국인이라고 예외일 수는 없게 개방되지 않은 곳을 간다는 것은 생각하기도 어렵고 더더욱 통제를 받지 않을 수 없다.

"그래서 프런트에 여권을 맡겨야 하고 요금의 두 배가 넘는 선금을 예치해야 하는군요."

그런 얘기를 들으니 갑자기 답답함이 스민다. 창문을 열고 어둠에 짓눌린 천진의 밤바람을 맞는다. 아직도 밤기운은 차다. 강으로 이어진 저편을 바라보니 조용하기만 한데 하늘에는 몇 개의 별들이 반짝거리고 있다. 아무렴, 황해(黃海)라는 바다를 건너면 될 가까운 나라 중국을 비행기를 타고 멀리 아래로 돌아서 다시 북쪽으로 와야 하는 긴 여로를 택해 어렵사리 달려와 이제 그 첫 밤을 맞게 되었다는 사실이 가상하다.

어릴 때부터 우리는 공산권의 두 나라 중 소련을 철의 장막으로, 그리고 중국을 만리장성만큼이나 높고 힘든 죽의 장막이라 배웠고, 그곳은 쉽게 닿을 수 없는 굳게 닫힌 폐쇄된 나라로 여겨왔다. 그런데 이처럼 가까운 시간에 쉽사리 문을 열리라고는 아무도 몰랐을 것이다. 이런 역사적 사실에 대해 격세지감을 느끼며 간단히 샤워하고 잠자리에 든다.

'내일의 긴 여로를 생각하며 잠들겠습니다.'

이틀째

눈을 뜨니 새벽 5시다. 옆자리에 주무시고 계시는 K선생께서 잠을 자시는 데 방해가 안 되도록 하려니 새벽 참선을 못 하겠다. 절대신 조용히 앉아 '관세음보살' 을 염송하고 나서 30여 분 동안 단전호흡을 하고 나니 몸과 마음이 상쾌하다.

그러고 나서 필기구를 끄집어내 어제 하루 동안에 겪은 일들을 기록하고 있는데 K선생께서 잠에서 깨어나셨다. 화장실을 다녀오신 후로 이곳저곳에다 전화해댄다. 중국말로 통화를 하기에 그 내용을 전혀 알아들을 수는 없어도 내가 무사히 도착했다는 얘기와 오늘부터 있게 될 일정을 정하는 데 의논을 하는 것 같다.

7시 반이 넘어서 샤워를 한 후에 짐을 꾸려 식당으로 내려갔다. 이곳에도 정장한 군복차림의 청년들이 복도에 즐비하게 늘어서 있어 어딘가 살벌한 감마저 든다. 그들의 역할이 무엇인지는 전혀 알 수는 없지만, 우리나라 호텔의 객실 안내원들과는 다른 역할을 하는 것 같아서 K선생께 살짝이 물어보았다.

그들은 손님의 안전을 위해 배치된 국가 공무원들로 공안원 신분이라니 뜻밖이다. 커피 한잔에다 빵을 곁들여 먹었으면 싶은데 커피가 없단다. 그래서 중국차와 팥소가 들어있지 않은 밀 빵을 택했다. K선생의 설명으로는 속에 아무것도 없는 맨 빵이 진짜 만두인데 그것은 발효시켜 만든 것이라고 한다.

우리를 데리러 온다는 약속 시각이 훨씬 지났는데도 기별이 없다. 호텔 밖을 내다보니 출근을 위해 많은 사람이 거리로 쏟아져 나온다. 반 시간이나 지나서 M선생이 헐떡거리며 달려와 늦어서 미안하다는 표시로 머리를 조아린다. 그가 타고 온 승용차에 올라 호텔을 빠져 나오니 그의 말대로 아침 출근 시간이라서 교통이 혼잡하기 이를 데 없다. 복잡한 사거리뿐만 아니라 건널목마다 자전거와 인파에 밀려 차가 더는 나갈 수 없다.

클랙슨을 계속 울려대며 비켜나라고 해대지만, 이곳에서는 차보다 자전거나 사람이 우선처럼 여겨진다. 자전거 군단처럼 길을 메운 행렬들이 마치 인해전술을 방불케 하는 아침이다. 정말 장관을 이루는 한순간이다. 차보다 자전거가 100배는 많아 보인다. 한집에 대체로 두서너 대의 자전거를 보유하고 있다니 출근을 하는 이 시간대에 교통수단으로 이용한다면 가히 그 규모가 어느 정도일 것이라는 판단은 쉽다.

"정말 대단합니다."

만약 내가 이곳의 행정당국을 관장하는 책임자라면 보다 적절한 방법을 택하겠건만 그냥 그대로 맡겨두는 처사는 도무지 이해되지 않는다. 그러나 한편 이런 생각도 해 본다. 모든 국민이 이처럼 자전거를 애용한다는 것은 비싼 석유를 사용하지 않아 경제적이며 그로 인한 환경공해가 줄어들고 모름지기 국민의 체력향상에 이바지할 것이다. 중국 여성들은 다리가 미끈한 이유가 바로 이런 데 연유한다는 얘기가 믿어진다.

사실 그 나라의 생활문화와 국민 건강이 직결되는 점이 많다는 글들을 더러 읽어보았다. 전통적으로 보아 일본이나 우리나라는 아직도 의자(椅子) 문화가 아닌 방석 문화라는 게 옳다. 그런데 중국은 옛날과는 달리 전부 의자 문화로 바뀐 지 오래다. 즉 쭈그리고 앉거나 양반을 개고 앉는 생활을 주로 하는 어린이들보다는 의자 생활을 주로 하는 어린이들일수록 하체 발육상태가 훨씬 좋을 것이라는 점이다.

게다가 문화생활이랍시고 자동차에 의지하여 조금이라도 걸어 다니지 않으려는 습성에 비해 어려서부터 자전거 타기를 생활화하는 생활 관습에서 얻어지는 건강과 미용은 엄청난 차이가 있음을 짐작하고도 남는다. 그래서 그런지는 몰라도 지나가는 젊은 여성들의 다리나 몸매가 대체로 날씬해 보인다.

이 넓은 대륙의 심장부라고 할 수 있는 이곳의 3월은 별다른 볼거리를 제공하지 않는다. 그러나 그렇지 않다는 설명이다. 천진은 중국 발음으로 톈진(天津)이라고 한다. '천자가 나루를 건넌 곳' 이라는 의미를 지닌 중국 북부의 최대 항구이다. 인구 900만 명으로 북경, 상해와 더불어 중국 3대 직할시 중의 하나이다.

천진은 원나라의 쿠빌라이칸에 의해 북경의 식량 저장소로 개발된 곳이란다. 그러다가 1858년 영국, 프랑스 연합군의 침공을 받았고, 1900년 영국, 프랑스, 러시아를 비롯해 8개국의 조차지로 분할되기도 했다. 따라서 천진은 서구의 다양한 문화들이 우후죽순처럼 이식되어 개조된 도시로 서구 역사 유산들이 산재해 있다고 한다. 중국 혁명을 이끌었던 저우언라이(周恩來) 총리의 고향이기도 하다.

20여 분을 달려 시내 홍교구(紅橋區)에 자리한 천진 화공연구원에 닿았다. 큰 문을 들어서니 엄청나게 넓은 부지 위에 수많은 낡은 벽돌 건물들이 긴 역사에 지친 듯 무겁게 보였고, 새잎을 잉태한 정원의 나무들이 아직도 앙상한 채로 버티고 서있다.

'봄은 왔다지만 아직도 봄은 멀어있네(春來不似春)' 라는 한시를 마음속으로 읊조리며 어젯밤에 K선생께서 사전에 정보를 주신 이 연구원의 중앙 사무실로 들어선다. 1965년에 설립된 중국의 화학공업을 이끌어 가는 화학 공업부 소속의 3대 연구원 중의 하나이다.

이곳에서는 주로 무기 재료 계통의 공업을 주관하고 있는데 개발이 완성된 공업 플랜트는 중국 전역에서 입지 조건이 가장 적합하다고 생각되는 곳을 골라 그곳에다 이 사업체를 공업화 단계까지 맡아서 건설하고 가동해 주는 일까지 책임지는 기관으로 중국의 화학공업의 중추적 기능을 하는 곳이다.

안내를 받아 2층 계단에 올라서서 접견실로 들어서니 인민복 차림의 신사 숙녀분들이 손을 내밀어 반긴다.

"니하오!"

"How are you?"

인사와 더불어 명함을 건네고 난 후, 자리를 잡고 앉으니 이번에는 사진기와 영사기를 든 촬영 기사들이 들이닥친다.

"나는 정치인도 아니고 유명한 인물도 아닌데 왜들 이러는지 모르겠네……."

그러는 나를 보고 K선생은 흡족한 웃음을 띤다. 아마도 그가 나를 이렇게 유명인으로 만들어 놓았음이 분명하다. 둥근 모자를 쓴 Zhou(周連江) 부원장은 동독에서 수학한 분이라는데 언뜻 보기에 전형적인 중국인이다.

그리고 교수급 최고 공정사인 우리 동포인 Jiang(姜泰萬) 씨는 모스크바 대학에서 핵물리학을 전공하신 분으로 이번 나의 중국 안내를 맡은 K선생의 친형님이시다. 그의 명함에는 중국 화학공학회 공업 수처리학회 주임위원, 천진 화공학회 이사, 중국 조선족 과학사협회 상무이사, 중국 화학 공업부 천진 화공연구원 부총공정사라는 대단한 직책들로 적혀 있다.

그의 부인인 Luo(羅果純) 씨 역시도 교수급 고급 공정사로 함께 일하고 있는데 동독에서 화학을 전공한 분으로 60대 초반의 한족(漢族) 출신 여인이다. 나중에 안 일이지만 K박사가 모스크바 핵물리학을 공부하고 귀국할 즈음 북한에서 데려가려고 손을 뻗치자, 어느 공식 자리에서 모택동 주석이 전격적으로 한족 출신의 L박사와 혼인을 시킨 것이라고 한다.

그리고 또 다른 여성으로 본 연구원 과학기술처장인 Ji(季文番) 고급 공정사와 기술처 부처장으로 일본말을 다소 구사하는 베이징대학 출신이라는 Wang(王中文) 씨 등과 차례로 인사를 나눴다. 20만 제곱미터의 대지 위에 건립된 각종 연구동 건물 안에는 1,000여 명의 직원이 근무하고 있는데, 그 중에서 기술직에 종사하는 사람이 600여 명이라고 하니 인적인 면만 보아서는 그 규모가 대단해 보인다.

"그러면 박사들은 몇 명이나 됩니까?"

동유럽 등에서 외국 유학을 하여 박사학위를 취득한 분도 많으나 이 나라에서는 박사란 칭호가 대단치 않다는 설명이다. 의아심을 가지니까 그 이유를 말해 준다. 장기간 어렵게 공부한 것은 학위를 받은 사람이나 못 받은 사람이나 마찬가지인데 사실 박사라 해봤자 논문 한두 편 써서 통과된 것이 뭐 그렇게 대단하냐는 되물음이다.

차 한잔을 마시고 나서 이번 방문목적을 듣고 묻는 자리가 되었다. K박사님께서는 전문용어가 많이 섞인 내 말을 통역하고, 그리고 일반적인 생활용어는 동생인 K선생이 통역을 맡아 화기애애한 분위기 속에 대화를 전개할 수 있었다. 사실 그들은 한국의 경제발전에 대해 많은 호기심과 더불어 알고 싶은 것도 많아 보였다.

"저가 이번 K선생의 안내를 받아 동북부 길림성에 합작회사를 물색할 목적으로 방중했는데 그 길목에서 이렇게 훌륭한 분들을 뵙고 도움을 청할 수 있다는 것은 대단한 힘이 됩니다. 아무쪼록 많이 도와주십시오!"

"그것은 우리가 부탁할 일입네다."

그리고 우리 회사의 현황과 한국의 산업분야에 대해 더 많은 얘기를 나눈 후에 그들의 안내를 받아 연구원 내에 있는 각종 실험기기와 설비, 그리고 실험동 등 부속 건물들을 구경했다.

고급 실험동을 돌아보면서 몇 가지 느낀 점이 있었다. 우리나라의 경우, 이 정도의 이름있는 국가기관이라면 주위 환경부터가 완전히 다를 것이라는 생각이다. 건물부터가 깨끗하고 주변이 잘 정리 · 정돈되어 명실공히 연구소로서의 외형적 품위를 갖춤은 물론이거니와 고급장비가 보관된 시험실 내부도 청결한 가운데 각종 분석기가 번질번질하게 손질되어 그 분석치의 신임도가 절로 믿어질 정도여야 할 것인데 전혀 그렇지 못하다.

아무리 역사와 전통을 자랑한다지만, ppm(백만분의 1) 단위를 따져야 하는 정밀한 기계들이 이래서야 하겠는가? 언뜻 보기에는 꼭 갖추어야 할 고급 측정실에는 방진설비 하나 없고, 그 흔한 에어컨이나 항온설비조차 눈에 뜨이지 않는다. 게다가 최근 들여놓은 기계는 없고 대체로 동독이나 소련에서 가져온 이미 오래된 분석기기들임을 직감할 수 있었다.

건물관리도 그렇고 주변 환경도 그렇다. 1,000여 명의 직원들이 아침에 출근하여 자기가 맡은 구역을 5분씩만 청소한다고 해도 이 연구원은 엄청나게 달라져 있을 것이다. 아무튼, 그런 기분을 가지면서 이곳저곳을 상세히 들여다보았지만 지금 이 연구원에서 어떤 실험들이 진행되고 있는지는 알 수 없었다.

그러는 동안에 중식 시간이 되었다. 연구원 내에 있는 직원식당으로 안내를 받아 갔다. 이 연구원의 고급 공정사들이 둥근 테이블에 자리를 잡고 앉자마자 훌륭한 요리가 전문 요리사들에 의해 날라져 나온다. K선생께서는 나와 겨우 하룻밤을 보냈을 뿐인데 벌써 이 식당에 특별 메뉴까지 주문해 두었나 보다.

육식은 아예 보이지 않고 내가 좋아하는 채소와 생선요리만으로 푸짐한 식단을 꾸몄다. 내 곁에 앉은 부처장 W처장이 나오는 음식마다 서툰 일본말로 최고의 일품요리라며 권한다. 점심식사인 데도 술이 나온다. 우선 천진산의 유명한 삐주(碑酒), 즉 맥주부터 맛보자며 모두에게 잔을 따르고 건배를 청한다. K선생의 설명으로는 중국에서는 건배(乾杯)가 '완전히 잔을 비운다' 라는 뜻으로 '마를 건(乾)' 자를 쓴다는 것이다.

어제저녁 때 공항에서 마신 캔맥주와는 또 다른 맛이다. 그러고 나서 이번에는 천진산 포도주를 돌린다. 생선요리에는 그런대로 어울리는 적포도주라서 맛이 좋다고 했더니 거듭 잔을 채워준다. 다들 분위기에 휩쓸려서인지 표정들이 밝다. 이번에는 W부처장이 도수가 매우 높은 중국술 배갈(고량주)을 들고 나와 권한다. 술이라면 별로 마다하지 않는 성질이라서 권하는 술마다 맛을 보는 그것만으로도 술기운이 돈다.

이 연구원의 고급 두뇌들과 함께 즐거운 식사를 하면서 나눈 대화 속에는 한국에 대한 그들의 바람이 크다는 것을 직감할 수 있었다. 그래서 나름대로 잘 대접해 주는 바에 답하는 하나의 팁으로 중국의 공업분야에 대해 조언을 했다.

중국은 국토가 넓어 많은 자원이 풍부한 데 반해 아직도 그들을 가공해서 상품화하는 기술 부족으로 중요한 원료들을 헐값에 일본 등지에 수출하고 있는데 반해 그것을 수입해 가공공정을 거쳐 다시 되파는 일본과 같은 나라에서는 엄청난 수익을 얻고 있다는 사실을 말해 주고, 그런 일을 해야 할 기관이 천진화학연구소 같은 정부의 공공기관이 할 일이 아닐까 생각한다고 일침을 주었다. 그랬더니 모든 참석자가 이구동성으로 고맙다는 인사를 하며 악수까지 청한다.

중국 천진화학연구소 간부급 책임자들

또한 우리 국민에게는 이미 잊혀져 가는 88 서울 올림픽이 아무래도 잘 치러진 잔치였음을 새삼 되짚게 한다. 그때 우리나라의 실상이 전파를 타고 세계 방방곡곡에 전해짐으로써 우리의 국력이 알려진 직접적인 계기가 되었음을 오늘 이들과의 대화 속에서도 재확인할 수 있었기 때문이다.

"이것은 산둥성에서 나는 버섯요리인데 맛보시라우요!"

K박사님은 우리말이 서툴기는 하지만 함경북도 사투리 그대로를 사용한다. 동생 K선생의 설명처럼 우리말보다는 일본말이 더 유창하고 듣기 편한가 보다. 아무튼, 즐거운 만찬이었다. 식당에서 다시 접견실로 옮겨 잠시 환담한 뒤, 연구원 거두들과 함께 2층 복도에 붙은 대형 그림 앞에 서서 기념촬영을 했다.

이제 공식적인 방문은 끝났다.

헤어져야 하는 아쉬움에 "짜이지엔(再見)!"을 외치며 잡은 손에 힘이 들어갔다. 무엇인가 관계를 맺어 교류하고 싶은 끈끈한 정이 어려 발걸음이 무거워지는 아쉬움이 인다. 문 앞까지 나와서 배웅해 주는 따뜻한 정성에 손을 흔들며 연구원의 1호 차를 타고 천진역으로 향한다.

차를 타고 가면서 K선생이 말했다. 식사를 마치고 내가 화장실에 가느라 자리를 비운 사이에 들은 얘기라면서 '한국은 저런 작은 회사의 사장까지도 국가발전과 경제적 가치를 따지고 일하고 있으니 어찌 발전하지 않겠느냐' 는 얘기를 주고 받더라고 일러준다.

한낮이라서 그렇겠지만 거리에는 아침 출근 시간처럼 많은 사람이 보이지 않는다. 시내 중심가를 따라 흐르는 강은 잘 정비되어 마치 운하처럼 보이는데 크고 작은 배들이 오르내리고 있다. 이곳 천진은 앞에서 설명했듯이 한때 유럽 강국의 세력 각축장이었기 때문에 그 시절의 색다른 건물들이 강변을 따라 잘 조화를 이루고 있다.

또한, 강을 따라 오르내리는 대형선박들의 출입을 자유롭게 하려고 하루에도 몇 차례 정해진 시간에 다리를 들어 올린다는 개폐식 철교가 마치 부산의 영도다리를 연상시킨다. 양안을 잇는 다리의 규모는 그렇게 크지 않으나 개폐교의 모습은 아담하다.

얼마 가지 않아 천진 시내 중심부에 있는 천진역에 닿았다. 중앙정부에서 지체 높은 귀빈이 오는지 역 플랫폼의 귀빈실 쪽에는 군복인지 경찰복인지 알 수 없는 정복 차림의 무장병들이 지나다니는 차량이나 사람들을 통제하며 삼엄한 경비를 펴고 있다. 관료주의 사회를 표방하는 나라는 어디를 가나 마찬가지로 계급 있는 실력자는 힘없는 인민들 앞에서 군림하기를 좋아하나 보다.

아직 시간이 좀 남았기에 운전사와 M씨, 그리고 K선생과 함께 역사를 배경으로 기념사진을 찍었다. 천진역은 중국의 44개 도시에서 열차가 도착하는 철도 교통의 요충지이다. 동서남북의 4개의 역이 있고 우리가 도착한 곳은 중앙역인 셈이다. 1시간 40분이 걸리는 북경과는 하루에 34회, 20시간이 소용되는 상해와는 8회, 청도와 하얼빈은 4회, 항주와 장춘은 3회씩 운행되고 있다.

이제 M씨 등과 작별하고 역사 안으로 들어섰다. 정말 대도시의 역사답게 수많은 승객이 붐빈다. 에스컬레이터를 타고 2층 탑승장으로 올라가면서 천정에 그려진 '천사와 미녀' 라는 제목의 대형벽화를 바라보니 정말 인상적이고 대작이다.

오고 가는 사람들과 그들을 보내고 맞이하는 사람들로 엄청나게 붐비는 개찰구를 빠져 나오니 우리를 싣고 떠날 16개의 차량으로 연결된 디젤 기관차가 철로를 묵직하게 깔고 앉았다. 천진에서 도문까지 속행이라는 팻말을 달고 수많은 승객을 꾸역꾸역 삼키고 있음이 마치 큰 괴물 같다. 승무원에게 표를 보이고 열차에 오르니 비릿한 역겨운 냄새가 기분을 상하게 한다.

열차의 구조는 우리와 다르다. 오른편으로 통로가 있고 왼편으로 객실칸이 구분되어 있다. 특실이라는 11호차 5호실의 문을 여니 두 평 남짓한 크기의 4인용 침대칸이다. 가운데 공동구역을 사이로 마주 보도록 상하 2단으로 나뉘어 있는데 위 칸에 좌석을 배정받은 승객은 2m 높이의 철제 침대칸 위로 힘들게 기어 올라가야 한다. 그 높이도 겨우 앉을 정도밖에 안 된다. 그러니 잠을 자는 일 외에는 불편하기 힘들겠다. 아무튼, 우리는 이 주어진 공간에서 30여 시간을 비비적거려야 목적지에 닿을 수 있다.

우선 자리에 걸터앉으니 퀴퀴한 냄새가 진동한다. 만든 이후로 한 번도 닦아 본 일이 없는 듯한 차창, 땟자국에 찌들어 금방이라도 시레미들이 기어 나올 듯한 침구들, 선객들이 먹다 흘린 음식물의 흔적들, 어느 것 하나 마음에 드는 것이 없다.

K선생께서 위 칸을 사용하시겠다며 거구를 움직여 힘들게 기어 올라가신다. 조금 있으려니 앞자리에는 반술이나 된 50대 초반의 승객이 들어와 자리를 잡는다. 그를 따라 들어온 일행들도 같이 술을 마신 듯 우리 일행은 아랑곳하지 않고 문을 열어둔 채 자기네들끼리 소란을 피운다. 오후 3시 정각에 우리를 태운 투먼(圖們)행 열차는 역사가 쩡쩡 울리게 고함을 지르

고 플랫폼을 서서히 미끄러져 나가기 시작한다.

"동생! 춥지 않아?"

"아직은 괜찮은데 신경 쓰지 마세요!"

이번 여행의 길잡이 역할을 맡으신 K선생과 나는 어젯밤부터 형님과 동생으로 의형제처럼 지내기로 약조를 했다.

"침구가 이렇게 더러워서 어떻게 덮고 잠을 자겠어?"

선천적으로 빼어난 용모와 깔끔한 성정의 K형님께서 이것저것 정성스럽게 챙겨주시는 것이 민망스럽기까지 하다. 우리가 사용하는 이 기차 내부의 부족한 시설물과 승무원들의 엉망인 서비스가 어찌 K형님의 탓이겠는가? 우리도 그런 시기를 거쳐 오늘날처럼 다소 향상된 문화생활을 하고 있음이다. 어차피 한 단계 변화의 과정을 겪어야 한다면 지금의 중국이 안고 있는 이 수치스럽게 여겨지는 생활들이 아무 욕될 게 없지 않은가?

이 나라 인민들도 멀지 않은 날에 개화될 것임은 분명하다. 지금으로서는 가난이 유죄일 뿐이다. 그러나 그것이 어찌 이 나라 인민들의 탓이겠는가? 우리나라의 1960년대가 바로 이런 상황이었음을 상기한다. 그런 생각들을 토로하면서 서너 시간을 달려왔는데도 산이 보이지 않는 들판 위를 달리기만 한다. 이제 십 분의 일쯤 왔다는데 여기가 어디쯤일까? 밖을 내다보며 살펴본 K형님께서 허베이성의 당산(塘山)이라고 일러주시며 이곳에 있었던 역사적 사건을 말씀해 주신다.

지난 1970년대 초에 이 지역에 엄청난 대지진이 발생하여 40여만 명의 인명 피해가 발생했다는 것이다. 그래도 공산당에서는 그 당시의 엄청난 재해에 대해서 입을 다물다시피 했고, 외부 세계에 대해서는 축소 발표를 했기 때문에 별것 아닌 양 넘어갔지만, 실제로는 너무나 처참해 정부 차원에서도 어떻게 할 엄두를 갖지 못했다는 후문을 들려준다. 지금도 도시의 한복판이나 가장자리에는 그때 입었던 재난의 상처가 곳곳에 남아 있을 정도로 도시 전체가 폐허로 변했었다고 한다.

"이런 일이 공산주의 사회니까 가능하지 않겠어?"

"그럴 테지요."

다시 한번 먼지가 가득 끼어 잘 보이지 않는 차창 밖을 내다보니 지붕도, 벽도 모두 다 붉은 벽돌로 뒤덮인 건물들이 줄지어 지나간다. 이곳은 중국 역사상으로 도자기, 벽돌 등 내화물 생산으로 유명한 지역이라고 한다.

당산을 지난 지 얼마 되지 않아 또 한 소도시를 지나간다. 시골 장터가 열리는 날인지 많은 사람이 모여있는 것이 보였다. 우리나라의 시골과 별로 다르지 않은 풍경이다. 다만 산이 보이지 않은 끝없는 벌판만 보인다는 것이 다를 뿐이다. 우리가 탄 열차가 머물지는 않았지만 검은 석탄을 실은 화차들이 수십 개씩 연결되어 지나간다.

"이 도시 밑에는 무진장한 석탄이 매장되어 있다네."

우리나라에서는 강원도 산골에서 석탄을 캐어내는데 이곳에는 넓은 들판에서 불도저와 같은 땅을 고르는 기계류로 석탄을 채취한다니 믿어지지 않는다. 자원이 부족한 손바닥만 한 우리의 국토를 생각해 본다. 오후 6시쯤 되었을까 승무원이 각 방을 돌며 검표한다. 아까 차에 오를 때는 표만 확인했는데 이번에는 여권까지 보잔다. K형님과 한참 입씨름한다.

"뭐가 잘못 되었습니까?"

"외국인이라고 차비를 두 배로 물어야 한다는데…."

"그럼, 줘야지요."

그렇게 해서 내 지갑에서 태환권을 끄집어내 값을 치렀다. K형님 말씀으로는 천진 화학연구원의 K박사님 이름으로 표를 끊었기 때문에 무사히 넘어갈 줄 알았는데, 그게 안 통한다는 것이다. 내가 자비로 중국을 여행하는 것이 아니고 국가기관에서 초청했기 때문에 외국인의 값을 다 치르지 않아도 되지 않느냐고 아무리 설명을 해도 자기들은 법대로 처리한다는 것이다.

중국은 내국인이거나 외국인이든 간에 아무 데고 여행하기가 어려운 나라임이 틀림없다. 어렵다기보다는 불가능하다는 표현이 옳겠다. 증명서가 없으면 교통기관이나 잠잘 데를 이용할 수 없기 때문이다. 그러니 거주이전의 자유란 꿈에서나 생각할 아예 먼 나라의 얘기고 만다.

벌써 지루함이 스민다. 갑갑함을 달래기 위해 밖으로 나가 기지개를 켜본다. 복도를 따라 뒤쪽에 붙은 3등실 객차쪽으로 가 보았다. 역시 생각한 바처럼 더 열악한 조건이다. 이 3등실 객차는 가운데로 통로가 되어있고 1등차처럼 별도의 칸막이가 없이 벽을 따라 마치 시골집 벽에 곡식을 얹어놓는 시렁처럼 3단으로 칸을 질러놓았다.

토끼장을 방불케 하는 칸 칸마다 빈자리가 없이 빼곡히 들어찬 승객들이 먼 여행을 하는지라 모두 자리에 누웠다. 개중에는 우리말로 얘기하는 사람들도 있었다. 여기 3등 칸에는 조선족들이 거의 자리를 다 차지한 모양이다. 하긴 도문이 종점이니까 우리 조선족 동포가 많을 것임은 분명하다.

우리말을 쓰다가도 어떤 때는 중국말이 섞인다. 이들 조선족에게는 어느 것이 외국어인지 분간하기가 힘들다. 또 그렇게 뒤죽박죽으로 언어를 혼용하는 그들에게도 때로는 민족의식이나 국가관 때문에 좌절하거나 피해를 보는 경우가 많을 것이다.

마침 친척이 사는 길림(吉林)의 연변대학으로 중국어 공부를 하러 간다는 서울 모 여대 3학년생을 만났다. 말벗이 없어 심심하던 터라 몇 마디 나눠보았지만 명랑한 성격이 아니라서 혹시라도 불편하면 우리 칸에 들러 쉬라는 말을 남기고, K형님과 함께 식당차가 있는 앞쪽 칸으로 자리를 옮겼다. 식당차 속을 들여다보니 만원인 데다 복잡하기가 시골 장터처럼이다.

어디를 가나 중국인들도 우리만큼이나 왁자지껄하니 소란스럽다. 때마침 앞쪽에 자리가 비는지라 서둘러 앉았다. K형님께서 뒤편에 자리를 잡고 앉은 열차 복무원에게로 가서 음식을 주문하고 자리로 돌아왔다.

"가운이나 좀 씻어 입지!"

정말 모든 것이 역겨울 정도이다. 잠시 호기심을 갖고 주변 테이블의 음식들을 두리번거리고 있는데 때가 끼어 번들거리는 광목으로 만든 흰 가운을 입은 복무원 아가씨가 음식이 담긴 일회용 플라스틱 접시를 날아온다. 그마저도 몇 개씩을 포갠 채로다. 그리고는 탁자 위에다 냅다 던지다시피 팽개치는 데는 입이 다물어지지 않는다. 게다가 움직이는 열차 속도에다 중심을 못 잡는 음식 접시들이 옷을 버릴까 싶어 겁이 날 정도이다.

또한, 웃기는 일은 이 아가씨가 수저를 대신해서 나무젓가락을 나눠주는데 누런 가운의 때 묻은 호주머니 속에서 잡히는 대로 골라 손님 앞에 아무렇게나 퍽퍽 내던진다. 음식이 담긴 그릇을 제자리로 옮기니 플라스틱 접시 밑에 붙었던 음식들이 불결한 상 위에 너저분하게 흩어진다.

'서비스, 그것 참 고급스러운 말이군!' 하는 느낌이 스민다. 로마에 가면 로마의 법을 따르라고 했던가? 이 나라 생활문화가 그렇다는데 어쩔 도리가 있겠는가?.

"가시나이! 옷이라도 좀 빨아 입지!"

K형님도 눈살을 찌푸리기는 마찬가지이다. 올이 굵은 무명천으로 만든 식당 가운이라서 그런지 유달스레 누추해 보이는 데다 세탁을 한 지가 얼마나 오래 되었는지 오만 땟자국이 가득 배었다.

"식성이 상해 어디 먹겠어?"

그래도 식당 찻간은 잔칫집처럼 붐빈다. 식사하는 시간이 정해져 있어서 더더욱 붐비는가 보다. 식사를 원하는 승객은 우선 뒤쪽에 자리한 경리를 담당하는 여자 복무원에게로 가서 현찰을 지불하고 주문전표를 받아와서 그가 앉은 탁자 위에 놓아두면, 음식 배달을 맡은 복무원이 그 전표대로 음식을 날라다 준다.

"동생 먹을 것이 없어 어쩌지?"

내 식성이 까다로워 나름대로 고른 것이 이것밖에 없더라며 맥주 두 캔에 눈알이 성성한 안남미 쌀밥 한 접시에 작은 새우들이 드문드문 섞인 이름 모를 채소 한 접시가 전부이다.

"자! 한잔합시다!"

맥주 한 캔과 몇 젓가락의 밥을 안주 삼아 먹는 것으로 저녁 진지를 대신한다. 그렇게라도 해야 잠을 잘 수 있을 것 같다.

"그렇게 먹고 되겠어?"

"저 걱정은 말고 형님이나 많이 드세요!"

더 먹기를 채근하는 K형님께 배가 고프지 않다는 말씀이야 드리지만, 막상 먹을 게 없다는 생각에 집 떠난 나그네의 고생이 시작되었음을 실감하게 된다. 식사 시간 이외에는 아예 군것질하고 싶어도 정해진 시간 이외에는 파는 게 없다는 것이 이 나라의 현실이라니 군살을 빼는 셈 치는 수밖에 다른 도리가 없다.

저녁 8시경, 발해만 북쪽의 진황도(秦皇島)라는 항구를 지난다. 내 건너편 위 칸의 주인공인 30대 젊은이가 자리를 찾아든다. 나와 K형과 나누는 대화에 흥미를 느꼈는지 그는 우리에게 인사를 자청한다. 하(河)씨 성을 가진 한국인으로 서울서 사업을 하고 있는데 중국에 사업거리를 찾아 첫나들이를 나섰다는 얘기이다. 잠시 후에 그와 동행한다는 조선족 동포 박(朴)씨라는 분이 잠이 오지 않는다며 술병을 들고 우리에게로 와서 함께 어울렸다.

그는 작년에 돈벌이하기 위해 어렵게 한국으로 가서 진탕 고생만 하고 돌아왔는데, 서울에서 생활할 때 이번에 동행하게 된 H사장께서 너무 많이 도와줘서 그 신세도 갚을 겸해서 초청을 하게 되었고, 또한 길 안내도 맡게 되었다는 것이다. H사장은 이번 여행을 통해 새로운 사업도 구상하고 관광도 할 양으로 어려운 걸음을 한단다.

"나도 중국놈이지마는 중국은 아직 한참 멀었어요!"

그의 불평 속에는 한국을 다녀온 설익은 민주주의의 생활이 공산주의 체제와 비교해 그럴만한 응어리진 일들이 많다는 것을 대변하고 있음이다. 그 한 예가 바로 여행의 자유가 없다는 것이다. B씨도 K형님처럼 멀리 연길에서 H씨를 마중하러 나온 것이 이틀 전이었는데, 서둘다 보니 미처 자기의 증명서를 챙기지 못하고 길을 떠나왔다는 것이다. 그래서 어제 천진에서 잠자는 일에서부터 오늘 차를 타고 오기까지 엄청난 대가를 치르며 애를 먹었다며 입에 거품을 문다.

내국인이 그럴 정도라면 외국인이 여권이라도 분실하는 경우는 한 발짝도 움직일 수 없는 일이라 생각하니 버럭 걱정이 앞선다. 이런 얘기 저런 얘기를 하며 뿔짝뿔짝 마신 술에 고단함이 몰려오고 술병도 동이 났다. 아무튼, 그런 얘기들을 하며 지루한 시간을 잘 보낼 수 있었다. 길동무라는 얘기가 바로 이런 것이리라.

이제 밖은 깜깜하다. 창밖을 스쳐 가는 것은 어둠뿐이다. 가도 가도 끝없는 넓은 평지에 사람들이 사는 흔적을 찾기란 참으로 어려워 보이는 시간이다.

깔끔하지 못한 이불의 홑청 자락에서 시레비라도 꾸물꾸물 기어 나올 것 같은 느낌이 잠을 쫓는다. 그러나 북을 향해 달리는 열차 속은 점차 한기를 느끼게 하고 이부자리 속에 몸을 묻어야만 잠을 청할 수 있게 만든다. 내일을 위해 잠을 자야 한다.

사흘째

열차의 흔들림에 잠을 깨었다. 시계는 새벽 다섯 시를 가리키고 있다. 위도상으로 북쪽으로 많이 올라왔기 때문에 영하의 날씨다. 끝없는 들판을 달리는 열차의 고단함이 새벽의 찬 공기 속에 더욱 크게 느껴진다. 때가 끼어 흐릿한 창을 통해 밖을 내다보니 아직도 어둠이 가시지 않아 희미한 새벽이다.

중국이 크고 매우 넓다는 것은 누구나 알고 있는 사실이지만, 며칠을 달려도 산이라고는 보이지 않는 이처럼 광활한 평야가 펼쳐져 있음을 몸소 체험해 보니, 나와 내가 사는 우리 조국이 무한히 왜소함을 느끼지 않을 수 없다.

오늘날의 발달한 문명의 이기를 이용해 이처럼 빠르게 이동하는 데도 그런 심정인데, 수백 년 전의 우리 조상 중에 나귀를 타거나 걸어서 중국을 드나들던 사람들의 심정은 어떠했을까?

그러한 사실로 미루어 볼 때, 우리의 조상들이 중국을 대국이라 부르며 섬기지 않을 수 없었던 역사적 배경을 짐작하고 이해하기는 쉬운 일로 느껴진다. 오늘날에는 작고 큰 나라의 기준이 다르지만, 그 당시로써는 그럴 수밖에 별다른 방책이 없었을 것 같다.

나의 부스럭거림에 눈을 뜨신 K형님께서 창밖을 내다보시며 이제부터 길림성 매화구(梅花區)에 들어선다고 설명하신다. 그러고 보니 천진직할시, 허베이성, 랴오닝성을 거쳐 이제 길림성으로 들어선 것이다. 조선족 자치구로 지정된 이 행정구역만 하더라도 우리나라 남북한을 보탠 것과 비슷하다니 가히 중국이라는 나라의 너름에 가납하지 않을 수 없다. 앞으로도 12시간을 더 달려야 한다니 지겨움이야 예견한 일이지만 다시 한번 우리의 옛 역사를 생각하면 억울하다는 생각이 든다.

이제 차차 밝아져 아침을 맞는 광활한 대륙의 평야가 펼쳐진다. 끝없는 지평선, 그러나 이 광활한 평야를 가꾸는 사람들은 다 어디에 살고 있는가? 물론 약간 높아 보이는 둔덕에 마을을 이루고 사는 모습들도 보이지만, 그러나 그들만으로는 이 넓은 들을 일구고 가꾸며 살아가기에는 태부족일 것만 같은 생각이 든다. 그렇다고 미국이나 캐나다처럼 기계로 농사를 짓는 것도 아닌데……. 농사짓는 것 역시도 인해전술이라면 그들의 대군은 어디에 살고 있을까?

차창 밖으로 앙상한 키 큰 나무들이 줄지어서 스쳐 간다. 저 멀리 들판에도 같은 나무들이 가지런히 줄을 서서 추위를 맞고 있다. 아침의 찬 기운에 차분히 가라앉은 모습들에서 이국적인 풍경을 자아내게 한다.

"저 가로수처럼 보이는 키 큰 나무의 이름이 뭐지요?"

"봇나무라고 하지."

철길을 따라 수천 리를 달려오면서 쉽게 볼 수 있는 나무가 이 봇나무라는 키 큰 나무들이다. 마치 우리나라에서 흔히 볼 수 있는 키 큰 포플러나무와 닮은 수종이다. 철길 저 위쪽으로 햇빛이 잘 듬직한 언덕 같은 야산을 따라 붉은 벽돌로 나지막하게 지은 시골집들이 다닥다닥 붙어서 작은 마을을 이루고 있다.

"박 사장! 저 마을을 보고 조선족이 사는 집과 한족이 사는 집을 구별하는 법을 가르쳐 드릴 테니 보라구!"

중국의 한족들이 사는 집은 지붕이 모두 일자식인 데 비해 우리 조선족이 사는 집은 지붕의 좌우로도 물매를 줘서 채 양식으로 모양을 내어 지었다는 점이 다르다. 마치 우리나라 기와집과 같은 모습이다. 조선족은 백의의 한 혈통을 가진 민족이라는 자부심을 그렇게 표현하고 사는 뿌리 깊은 근성에서 우리 조상들이 후손에게 심어주려 했던 민족성을 다시 한번 일깨워주는 역사적 교훈을 배운다.

우리 선조들이 이 땅에 뿌리를 내리고 살기까지는 뼈를 깎는 고난의 역사가 어떠했는가를 어려서부터 배워서 잘 알고 있다. 그러나 근대사에서 보아도 민족 차별에 대한 수난은 이루 필설로 다 하기 어려움을 짐작하기는 쉬운 일이다.

중국이라는 대국을 이루고 있는 56개의 민족 중에는 한족을 제외하고는 대체로 소수민족이다. 이들 소수민족이 주인행세를 하는 한족들에게 당하는 고통은 이루 말할 수 없다는 설명이다. 우리 조선족 동포들도 문화혁명 이후까지는 많은 설움을 당하고 살아야만 했다. 어젯밤에 열차를 타고 오면서 K형님은 그 고난의 역사를 간추려 말씀해 주셨다.

중국 한족들은 텃세가 대단해서 기분이 나쁘거나 술에 취하면 조선족들에게 '조리빵즈'라며 업신여기는 말을 서슴지 않는다는데 그 의미가 '꼬리잡이' 즉 '더부살이하는 주제'라는 해석이다. 마치 조선 시대 때 상놈과 양반의 신분을 가른 그것처럼 행세했다는 사실에 나라 없는 민족이 얼마나 수난을 당해야 하는가는 작금의 역사를 통해 잘 아는 사실이다. 그런 역사의 아픔을 주제로 하는 실화 한 가지를 들었다.

몇 년 전에 이곳 길림성에서 있었던 일이다. 어느 날 중국인 청년 네댓 명이 술에 취해 식당에 들어오더니 한쪽 자리에서 식사하고 있던 조선족 청년에게로 다가가서 다짜고짜로 '조리빵즈!' 라고 소리치면서 소지했던 칼로 조선족 청년의 배를 찌르는 사고가 발생했다. 그들은 당연하고 장한 일을 한 것처럼 떠들어대며 술을 마셨다.

갑자기 당하는 일에 피를 흘리며 반항조차도 하지 않고 계속 식사를 하던 청년은 가만히 수저를 놓고 배를 움켜쥐고 일어서서 식당 주방으로 들어가 주방용 칼을 숨기고 나와 중국 청년에게로 갔다. 그리고는 문제를 일으킨 장본인의 목을 힘껏 내리쳐 죽인 살인 사건이 있었다.

그런 엄청난 사건을 일으킨 조선족 청년은 달아나지 않고 그 자리에서 공안원에게 전화해서 본인이 살인자임을 확인시키고 자수함으로써 한때 이 사건은 이 지방뿐만 아니라 중국 전역에 무시무시한 살인 사건으로 매스컴을 탔다.

그런데 이 사건이 하도 끔찍한 사건이어서 재판이 끝날 때까지 엄청난 세평에 오르내리게 되었다. 단순히 개인적 감정에 의한 살인 사건으로 기소해서 마땅한 벌을 주려던 검찰에 대해 전체 조선족 인민과 소수민족, 그리고 양심 있는 중국인이나 단체가 민족 차별의식에 따른 폭력이었고, 그에 대한 소수민족의 정당방위였다는 사실을 지방 및 중앙정부 기관에 탄원함으로써 여론에 다급해진 주정부가 중앙정부와 협의해 특별조처를 감행한 큰 사건이었다.

결론적으로는 조선족 청년에게 무죄를 선고함으로써 다시는 소수민족의 설움을 없애는 계기로 삼는다는 덩샤오핑의 담화까지 얻어냄으로써 그 이후 조선족에 대한 중국인들의 행패는 사라지다시피 했다고 한다.

"암, 그런 것을 보면 아무튼 개인이나 국가나 힘이 있어야 하는 법이야!"

나라 없는 민족의 설움, 타향살이하는 신세, 힘없고 돈 없는 약함 등에 대해 우리는 너무도 많은 사례를 알고 있다.

"동생! 이 따뜻한 물에 세수 좀 하지!"

K형님의 자상한 보살핌에 안쓰러워 죽겠다. 흔들리는 열차 칸에서 더운 물을 날라다 찬물과 적당히 섞어 주시기에 개운하게 세수를 마쳤다.

"아침 식사를 어떻게 하시렵니까?"

위 칸의 H사장도 요기는 해야겠는데 식성이 맞지 않아 먹을 것이 없어 걱정이란다. 그리고서는 B씨를 불러 먹을 것이 없느냐고 묻는다. 잠시 후 B씨가 차에 오르기 전에 준비했던 것이라며 복숭아 통조림과 해장술을 내어놓는다. 권하는 맛에 아침 해장술에다 안주 삼아 달짝지근한 복숭아 통조림을 몇 개 집어먹고 나니 뱃속이 메슥거린다. 앞 좌석에 앉았던 중국인은 우리 넷이 법석거리니 살며시 자리를 떠 밖으로 나가더니 오래도록 돌아오지 않는다.

H씨는 술이 약한가 보다. K형님이 억지로 권한 몇 잔의 술에 취기가 도는지 그가 자라온 과거사를 털어놓는다. 아무튼, 술이라는 게 참 묘한 것이다. 서로의 벽을 허무는 데도 이처럼 좋은 약이 어디 있겠는가? 긴 시간을 무료하게 앉아서 가는 것보다는 이런 얘기 저런 얘기를 해가며 긴 여로를 지겹지 않게 갈 수 있는 말벗이 된다는 것이 얼마나 다행스러운 일인가?

"저의 고향은 강원도 산골입니다."

이렇게 시작해서 38년간 그가 살아온 인생담을 펼쳐놓는 동안 나는 나름대로 무진장한 고초를 겪어야 했다. 그것은 한방에 자리한 셋이서 줄담배를 피워내는 바람에 억지로 당해야 하는 피해였다. 비좁은 공간에 갇힌 채 셋, 또는 넷이서 뿜어대는 담배 연기는 가히 굴뚝 속처럼 매스꺼웠고 나중에는 눈에서 눈물까지 나왔다.

그렇지 않아도 떠나올 때 기침 감기가 완전히 멎지 않아 집에서, 그리고 공항에서 감기약을 챙긴다는 게 여의치 못했다. 기침이 차츰 심해져 아예 드러누워 버렸다. 솔직히 말해서 미개국일수록 흡연인구가 더 많은 것 같다. 복도에 나가도 끽연실이 없어 담배를 피우는 사람들로 가득하다. 정도가 너무 심하다고 생각해 보지만 달리 방법이 없다. 같은 돈 주고 탔는데 담배를 피운다고 밖으로 나가라고 할 수도 없다. 마치 목욕탕에서 벗은 자가 큰소리치는 격이다.

아무튼, H사장의 인생에 대한 이야기가 끝나자 이번에는 연변에 사는 조선족 동포 B씨가 한국에 가서 고생하며 경험한 점, 그리고 북조선에 가서 느낀 점 등 흥미로운 얘깃거리로 한나절을 보내는 데 충분했다. 북한 사회가 너무나 폐쇄적이라서 안타깝기만 하다는 그는 벌써 몇 차례 북한을 다녀온 전력의 소유자로 너무나 처참한 현실이어서 같은 민족으로 말할 수 없을 정도였다고 한다. 그래도 지상 낙원이라고 믿고 사는 어리석고 불쌍한 동포들을 생각하면 어서 통일되었으면 하는 바람뿐인데 그게 그렇게 쉽지 않을 것이라는 전망까지 피력한다.

"우리나라와는 생활 격차가 얼마나 납니까?"

"중국과는 20년 차이니까 한국과는 40년 이상 차이가 날걸요."

그렇다면 1960년대 초의 한국과 비교가 됨직한데 사실은 1970년대 초에는 북한이 더 살기 좋은 것으로 알려지기도 했다. 그러나 1980년대와 1990년대 들어와서는 그 차이가 크게 벌어진 것만은 사실로 보인다. 그러다가 요즘 세계 뉴스의 중요한 이슈로 등장하고 있는 북한의 핵무장에 대해서까지 이야기가 진전되었다.

정치 문제란 대단히 민감해서 자기 나름대로 다 주장이 있고 또 다르다. 그래서 여기 모인 네 사람 사이에도 그 문제에 대해서는 모두 심각해졌다. B란 젊은이는 북한 당국에서 핵무기를 가지는 것이 우리가 통일된 후에도 일본 등 인접 국가에 대해서 힘을 가지는 일이 될 것이기 때문에 찬성한다는 견해를 피력한다.

그에 반해 H사장은 설사 그렇다고 치더라도 지금 당장 우리와 무관한 나라에서까지도 세계 평화를 위협하는 군사 목적의 핵 보유를 반대하는 견해인데, 하물며 미국과 같은 강대국에서야 그냥 넘기지 않을 것이라는 핵 보유에 반대하는 견해이다. 또 K형님께서는 먹고살기도 힘든 지경에 그런 것 가지고 용쓰면 무엇하느냐는 부당론을 펼친다.

다 옳은 주장들이다. 박정희 대통령이 미국의 압력 때문에 핵을 보유할 수 없었던 사항도 세계적인 강대국의 압력 때문이었다. 그러나 누구는 힘세다고 가지고, 누구는 당장 힘없으니 전쟁 장난할까 봐서 못 가지라니 불공평한 것만은 사실이다.

아무튼, 대토론이었다. 다른 것은 제쳐두고 놀라운 사실을 발견했다. 이곳 길림성에 사는 우리 조선족 동포들이 이렇게도 자유스러운 대화를 나눌 수 있을 정도로 언로가 확 트여 있는 데 반해, 북한에 사는 우리 형제들은 아직도 아예 벙어리 상태로 살아가고 있다니 같은 동포로서 민족의 장래를 걱정하지 않을 수 없다.

외부 세계로부터 라디오나 흑백 TV라도 얻는 경우가 생기면 설치하는 그날로 당국에 신고는 물론이고 오직 평양방송만 들을 수 있게 고정하는 납땜질을 한다니 믿기지 않는다. 그것뿐이 아니라 1주일에 한 번씩 당의 검열을 받아야 한다니 더더욱 고개가 갸웃거려진다.

"우물 안 개구리가 따로 없어요."

한낮이 되어 지린(吉林)역에 닿았다. 위도상으로는 철로를 이용한 이번 여행길에 내가 올 수 있는 가장 북쪽까지 온 셈이다. 이제부터는 백두산이 있는 북한과 중국의 국경선에 가까운 투먼(圖們)을 향해 서서히 내려가야 한다. 안내 책자에 이 도시는 백두산 천지에서 흘러내린 S자형의 송화강(松花江)이 도시를 휘감아 돌고 있다. 노 젓는 뱃사공이 이 도시의 상징물인데 지린(吉林)이란 만주어로 '강변'을 뜻하는 말에서 유래한 것이다.

또한, 이곳은 중국 제1의 화학공업 도시로 1953년까지 길림성의 성도였다. 이곳은 옛 고구려의 기상이 남아 있는 용담산 내의 고구려 성터는 우리 민족의 유적으로 관심을 끌고 있다. 길림역에 내려 팔을 벌려 기지개를 켜 본다. 상당한 냉기가 엄습하여 오래 있기 힘들어 다시 객실로 들어왔다.

잠시 숨을 돌린 열차는 차갑게 얼어붙은 하늘에다 대고 몇 차례 고래 고함을 지르더니 다시 힘겨운 전진을 시작한다.

"칙칙폭폭! 칙칙폭폭!"

길림성이라고 적은 역사의 간판이 멀어져 간다. 마시다 남은 맥주를 다 비우고 낮잠을 청한다. 이 나라에서는 정오부터 오후 3시까지 낮잠을 자는 것이 제도적으로 공식화되어 있단다. 낮잠을 즐기는 것이 인민들의 건강에도 좋다는 것이다. 그래서 인민학교 어린이의 교과서에도 이런 노래가 실려있다고 한다.

'오수는 향기롭네. 오수는 달콤하네. 낮잠을 자야 백 년을 산다네.'

그래서 모든 중국인은 가능하면 낮잠을 즐긴다는 것이다. 털썩거리는 기찻간에서 낮잠 자는 것이 버릇화 되지 않은 우리에게는 오래일 수 없다. 그래도 술에 취하고 담배 연기로 인한 감기 기운에 취해 한 시간 남짓 잘 졸았다. 돋보기를 찾아 쓰고 이제 얼마 남지 않은 소설 '토정비결' 의 마지막 장면을 읽는다. 얼마나 읽었을까? 열차 내에서 청소를 맡아 하는 복무원 아가씨가 청소도구를 들고 들어와 청소하겠단다.

"거의 다 왔나?"

창밖을 바라보니 아직도 들판을 달리고 있다. 종착역까지는 얼마나 남았느냐고 물으니 아직도 세 시간이 남았다고 한다. 그런데도 복무원 아가씨는 객실의 손님들을 일깨워 자리를 비우게 하고 제 몫의 일을 해치우려 들다니 우리로서는 이해하기가 어렵다. 그러나 어쩌겠는가? 한사람이 겨우 지날 수밖에 없는 비좁은 통로로 쫓겨나와 기지개를 켜니 만신이 찌뿌둥하다.

차창 밖을 내다보니 지금까지와는 다른 풍경이 전개되고 있다. 나지막한

산들이 연이어 지나가는 것이 왠지 반갑게 느껴진다. 저편 먼 산과 가까운 응달에는 덜 녹은 눈이 차가운 북녘의 운치를 느끼게 한다. 저무는 저녁노을 아래 펼쳐지는 눈 덮인 산야를 바라보며 말로만 듣던 북간도(北間島)임을 확인한다. 이곳이 바로 가난에 시달리던 우리의 선조들이 조국을 등지고 새로운 삶을 찾아 뿌리를 내리고 둥지를 틀었던 곳이 아니던가?

어찌 그뿐인가? 잃어버린 조국의 광복을 위해서 이 낯선 타국 땅을 독립전쟁의 무대로 삼았던 애국지사들의 은거지가 바로 이곳 간도가 아니었던가? 끝 간데없는 북녘땅 하늘 밑에서 조국을 잃고 방황하던 한 많은 애국동포들의 피맺힌 고난사를 상상해 본다. 죽는 그 날까지 조국의 광복을 위해 한 놈의 왜놈이라도 더 없애야 한다는 굳은 신념으로 저 광활한 산야를 내달리며 초개같이 목숨을 내던진 선열들의 모습이 초점이 흐려지는 내 눈동자 속에서 독립전쟁을 다뤘던 영화의 한 장면처럼 실루엣이 되어 지나간다.

"대한 독립 만세!"

놈들의 총칼 앞에 맞서 조국의 만세를 외치며 한 많은 청춘을 불사르던 그 뜨거운 열기가 차창 밖에서 메아리쳐 들려올 것 같은 느낌이 든다. '조국' — 그게 얼마나 소중한 것이기에 하나뿐인 생명과 맞바꿔도 아깝지 않단 말인가? 저 동토 어디엔가는 아직도 통일을 이루지 못한 한민족의 갈등을 질책하며 눈감지 못하는 선열들의 영령들이 떠돌고 있으리라.

오후 6시 40분, 영하로 얼어붙은 대지를 일깨우듯 기축이 운다. 내가 목적지로 정했던 마지막 귀착지 연길(延吉)이다. 역사로 들어선 열차는 숨을 몰아쉬듯 증기를 내뿜으며 헐떡거린다. 내 일생에 가장 긴 철로 여행이었다는 생각을 하며 짐을 챙겨 밖으로 나섰다.

어둠이 짙어 오는 플랫폼을 빠져나오는데 전신이 후들거릴 정도로 매서운 추위가 엄습한다. 내 평생에 이런 추위는 한 번도 경험해 보지 못한 한기다. 낯선 나그네에게 안겨주는 동토의 선물치고는 너무 맵다.

'연길에 오신 것을 환영합니다.'

역사의 벽에 걸린 플래카드에 그런 구호가 우리를 맞는다. 이 많은 사람이 다 함께 타고 왔단 말인가? 엄청난 사람들이 봇물이 쏟아지듯 개찰구를 향해 나온다. 서로서로 찾는 소란이 추위를 아랑곳하지 않는다. 북새통을 이루는 대합실에는 비록 억양은 다르지만, 우리말을 사용한다는 데서 나 스스로 완전히 낯선 이방인이 아닌 듯 느끼게 한다.

여기가 연변 조선족 자치구이니 어찌 보면 중국 속의 한국인 셈이다. 56개의 다양한 종족이 산다지만 그들의 언어와 문화를 그대로 지키게 한다는 것은 대륙인 중국다운 조처가 아닐 수 없다고 생각해 본다.

옌지(延吉)와 옌벤(延邊)의 차이는 어떠한가? 중국 안내 책자를 보니 이렇게 설명하고 있다. 연변 조선족 자치주는 연길을 비롯한 둔화(敦化), 룽징(龍井), 투먼(圖們), 훈춘(熏春)의 5개 시와 안투(安圖), 허룽(和龍), 왕칭(王淸)의 3개 현으로 구성된다. 결국, 연변이란 5개 시와 3개 현의 자치주 전체를 지칭할 때 쓰는 통합적 지명이다.

옌지(延吉)는 '지린(吉林)의 시작이자 상서로운 도시' 라는 의미로 19세기 초부터 이주해 간 많은 조선족이 우리의 말과 글, 전통과 풍습을 그대로 이어받은 중국 내 독특한 소수민족 도시로 발전한 곳이다. 1952년 9월 3일, 옌벤(延邊) 조선족 자치주 주도로 분리되었다. 이 도시에는 한글로 된 옌벤일보와 K형님이 근무하는 현지 한국어 TV 방송국도 있다. 더구나 모든 간판은 한글을 의무화하고 있다.

인파에 떠밀리다시피 해서 개찰구를 비집고 나서니 우리를 마중 나온 사람들이 반긴다. 건네주는 명함을 보니 길림성 연길시 화공 11층 정(鄭宗官) 창장과 김(金勇俊) 기술창장(공정사)이다. 5분도 채 안 걸리는 거리를 택시로 이동하여 닿은 곳이 시내 중심지인 우의로(友誼路)에 자리 잡은 바이산따루(白山大廈)라는 호텔이다. 제법 오래된 호텔로 보인다.

숙박하는 데도 절차가 까다로운지 시간이 걸린다. 엘리베이터를 타고 8

층으로 올라가니 이번에는 복도 입구에 앉았던 복무원 아가씨가 방 번호를 확인하고 문을 열어준다. 웬 서비스인가 했더니 그게 아니고 드나드는 투숙객을 일일이 확인하고 투숙객이 드나들 때마다 문을 열어주는 일을 하는 공무원이라니 믿기지 않는다.

806호에 여장을 풀고 기다리는 분들을 위해 선걸음으로 나선 것은 저녁 식사를 하기 위해서였다. 밤이 되니 한낮과는 사뭇 다른 추위를 느끼게 한다. 호텔에서 걸어도 채 5분이 안 걸릴 거리를 택시로 이동해 닿은 곳은 허름한 시골풍의 집들이 다닥다닥 연이어 있는 먹자골목이다.

"고향에 온 기분이 드는데요."

"그래서 모셨는데 음식이 입에 맞으실는지 모르갔습네다."

"전 아무것이나 잘 먹으니까 걱정하지 마세요."

"박 사장은 어제, 오늘 밥 한술 안 떴다고."

K형님께서 그들에게 나의 식성을 설명하느라 한참 열을 올리는 동안 삐걱거리는 탁자를 사이에 두고 앉은 이분들과의 인연을 생각해 본다.

"추울 때는 술로 속을 데우는 게 최고지요."

사실 그랬다. 독한 고량주를 작은 잔에 채워 건배를 외치며 반가운 만남을 확인한다.

"술맛 나는구먼…."

K형님도 이제는 본바닥에 왔다는 안도감에서 기분 좋게 마신다. 우리네 시골과 다를바 없는 주막집에서 토속음식을 시켜놓고 막걸리 한 사발에 정담을 나누는 시간이 좋았다. 이것저것 챙겨주시며 이제는 고향에 온 기분으로 편안하게 보내자는 K형님의 인정스러운 보살핌이 쌓였던 피로를 잊게 한다.

(1992. 3.)

합작사업을 위해 방문했던 인도 견문록

인도는 여섯 차례 방문한 바 있다. 합작회사의 설립에서 공장 건설에 이르기까지 사업상으로 여러 차례 방문했고, 불교 성지순례를 위해 두 차례나 방문해 인연을 쌓은 바 있다. 인도는 참으로 신비한 나라다. 어쩌면 하나의 통일 국가라기보다는 수십 개의 부족국가처럼 보는 게 옳을 것 같다. 마치 2500년 전 석가모니 탄생에 관한 역사에서 읽은 바처럼 작은 부족국가들이 아직도 그 틀을 유지하고 있다는 느낌이 든다.

나라 크기는 남한의 33배, 인구가 많기로는 세계에서 두 번째, 종족 수도 많고 사용되는 언어가 2100여 가지, 현재 공용어는 힌디어와 영어지만 지금 사용되고 있는 화폐에 그 가치를 알리는 숫자만도 14개 언어로 표시될 정도다. 그런 가운데 1991년 합작회사 설립을 위해 처음으로 방문했을 때 받은 인도에 대한 첫인상을 잊을 수 없어 그때의 기행문 중에서 며칠 간의 일정을 더듬어 보려 한다.

인도로 가는 목적

이제 남은 임기 동안을 '어떻게 요리하느냐?' 가 자신과 회사를 위해서 매우 중요하다는 것을 인식하기 때문에 이번 여행을 결행한 것이다. 사업은 늘 먼 시각으로 예견하는 식견이 있어야 앞서가더라는 나름의 견해를 따라 다소는 힘겨운 일을 작정한 것이고, 한 가지 일을 수행하는 데는 어려운 고비가 따르기 마련이라는 것을 알기에 이번 여행이 힘들 것이라는 것도 예측되어 걸음걸이가 조심스럽다.

날로 심각해져 가는 환경문제를 고려해서 공해가 예상되는 품목을 아예 외국에 기술을 이전함으로써 앞으로 수년간은 안정적인 원료공급을 받을 수 있다는 점을 고려하였고, 또 세계화 추세에 맞춘 시장확보와 생산거점의 틀을 마련함과 동시에 현재 우리가 계획했던 장소에서 고부가가치를 창출할 수 있는 다른 품목까지도 생산할 수 있는 이중적 이익을 도모하자는 의도도 있다.

우리의 기술 수준도 이제는 어느 경지에 다다랐음을 아는 터라 인적인 요소만 주어진다면 자신이 있음이다. 환경문제는 세계 어디를 가나 중요한 문제점이 아닐 수 없다. 우리보다 못한 나라에 덤터기를 씌우자는 것이 아니라 어쩌면 공존의 관계를 그런 강약의 선위에서 계산해 보자는 것이고, 약한 자는 늘 힘 있는 자에게 눌려 살면서도 그것이 힘의 원리임을 인식하기 때문에 균형이 맞아 드는 것이 사실이다.

그래서 그 일을 같이 벌여보겠노라는 동업자를 찾아 인도(印度, India)라는 먼 나라에까지 가는 것이고, 설사 입에 맞는 떡이 쉽지 않다는 사실을 알기 때문에 희망을 지니고 떠나는 것이다.

아무튼, 오랜 그룹 내부의 기초적 검토 끝에 P(S그룹) 회장, K(일본인 加藤) 고문, O(吳) 박사랑 함께 쟁쟁한 구성원으로 팀을 꾸미고 여행길에 올랐다.

7시 정각에 서울 김포(金浦)공항에 도착해 국제선 청사로 옮겨와 우선 저녁 식사라도 하려고 2층 라운지를 걷다가 소란스러운 TV 화면에 눈이 갔다. 내가 촌사람이라서 그런지 그다지 이름을 듣지 못했던 삼풍백화점이 무너져 내리고 그 속에 수많은 인명이 매몰되었다는 급보를 다루고 있었다.

정말 알다가도 모를 일이다. 왜 이런 재난이 잊을 만하면 일어나곤 하는지? 급속한 경제발전이 이런 후유증을 몰고 오는 것이라고 외국언론들은 말한다지만, 우리보다 선진국인 나라들에서는 이처럼 큰 사고들이 잦지는 않은 거로 알기에 보다 넓은 안목으로 우리보다 못한 나라에 기술을 팔러 간다는 내 입장이 양심에 가책을 느낄 정도로 우리의 수준을 다시 생각해 보기도 했다.

인도로 가는 길

9시 50분, 밤늦은 시간에 우리를 태운 KAL기는 우렁찬 소음을 내면서 하늘로 솟구쳐 올랐다. 이번 여행에는 비즈니스 클래스(Business Class)를 택했기 때문에 앞자리인 데다 자리도 넓어 다소 편한 기분인 데다 승무원들의 보살핌도 좋다고 하는 느낌이 든다.

편히 잠이나 자려고 공항 내의 VIP 대기실에서 한 잔씩 들이켠 칵테일 기운이 서서히 전신에 퍼져 들었다. 비행기가 정상 고도를 취함과 동시에 등받이를 젖히고 잠시 졸고 있었는데 기체가 심하게 요동치는 바람에 일어나 앉을 수밖에 없었다.

창밖은 어둠이 깔려 칠흑 같은데 발아래로 수많은 불빛이 비치고 있었다. 아마도 중국 상하이(上海)의 상공을 거쳐 중국 대륙의 남단부를 통과하는 비행로를 따르고 있음을 알 수 있다. 중국이 문호를 개방한 덕분에 이처럼 비행시간이 단축되고 세계는 더욱 가까운 이웃으로 다가왔은 셈이니 누이 좋고 매부 좋은 격이라 생각된다.

잠이 들만하면 기체가 심하게 동요한다. 벨트를 매라는 방송에 불안을 느낄 정도다. 히말라야산맥의 남쪽 기슭을 타고 넘어 인도 대륙을 가로지르는 동안에도 흔들림은 계속되었고, 음료와 야식이 그 나라 시간대에 맞추어 나오는 통에 자다 말고 일어나 먹어야 하는 불편 아닌 불편을 겪는다.

비행을 시작한 지 7시간 만에 우리를 싣고 온 날틀은 인도 서남해안에 자리한 봄베이(Bombay) 즉 뭄바이(Mumbai)시의 국제공항에 살며시 내려앉았다.

이곳 시간으로는 2시 반(우리 시간으로 새벽 6시)으로 한밤중인 셈이다. 비행기 트랩을 내리니 열기가 물씬 쏟아져 들어온다. 낡은 공항 건물의 긴 복도를 걸어 나가면서부터 후진국의 냄새를 진하게 느낀다. 에어컨은 어느 한 군데도 없다. 비즈니스 클래스라서 이코노미 클래스의 승객보다 빨리 빠져 나오긴 했어도 입국 수속장에 들어오니 다른 여객기의 승객들로 늘어선 줄이 길다. 땀 냄새가 밴 홀 안에는 열기가 그득하다. 넓은 공간에 몇 개의 기둥에 설치된 붙박이 선풍기가 그래도 오감스럽다.

그동안의 외국 나들이 경험으로 보아 후진국일수록 입국 절차가 까다로워 지체 시간이 길기 마련이다. 조사할 게 많다는 것은 그만큼 자국 사정이 개방을 두려워한다는 뜻으로 비친다. 지겨운 시간을 보내면서 옆 사람들의 동정을 살피노라니 아랍인을 포함해서 중동지역의 사람들이 대부분이다. 마치 피그미족처럼 생긴 여인들을 넷씩이나 거느린 작고 검은 비하리(Bihari)족이 우리 앞에 서서 차례를 기다리고 있었다.

그들 고유한 의상인 듯 다채롭게 채색된 옷차림을 한 뒷모습만 보고는 이쁜 인도 소녀들이겠거니 여겼었는데 막상 뒤돌아보는 모습에는 실망했다. 작아 뵈어도 나이로는 40대 후반쯤의 여인들로 보였고, 얼굴에 주름살이 송송해 나이깨나 먹은 티가 난다. 일부다처제가 허용된 방글라데시 등 주변 국가에서 행세깨나 하고 산다고 하고 생각하다가 몸에 두른 검은 천 사이로 불거져 나온 배를 보면 그만 정나미가 떨어진다.

이마빡에 점을 찍지 않은 처녀들은 그런대로 스마트하다. 기혼녀가 되면 살이 찌는 것은 이 나라 사람들의 기본 체질인가 보다. 코에 구멍을 뚫어 귀걸이 비슷하게 쇠붙이로 장식한 여인들이 많다. 한 개가 아니라 두서너 개씩 뚫은 여인들도 더러 있다. 인도 남성들은 비실비실해 보인다. 아무튼,

인종의 전시장을 방불케 할 정도다.

줄을 서서 무려 1시간 10분을 기다려서야 겨우 여권에 도장이 찍힌다. 공무원들의 근무 자세가 완전히 너는 너고 나는 나다. 무엇인가 협력의 길을 모색하러 온 나그네에게 시작부터 김이 빠지게 한다. 절차를 밟고 나서니 짐들이 먼저 나와 주인을 기다리는 것이 다른 공항과 틀리는 점이다. 짐에 대한 절차는 예상했던 것보다 까다롭지를 않아 일단 X-레이 검사대를 통과하고 꼬리표만 붙어 있으면 부담 없이 들고 나가도 좋은가 보다.

새벽 2시 답지 않게 많은 사람으로 복작거리는 대합실을 빠져 나오니 누군가가 아는 체를 한다. A(Ashai Dyechem Pvt. Ltd.)사에서 보낸 현지인이었다. 그것도 두 사람으로 나름대로는 많은 배려를 한다고 하는 생각이 들어 낯선 여행길이 그렇게 힘들지 않겠다 싶은 느낌을 받는다.

국내선을 타기 위해서는 다른 청사로 가는 차표를 끊어야 한다는 공항 내의 사업자로부터 샀던 표를 현금으로 되돌려 받은 뒤 안내인의 뒤를 따라 허름한 마이크로버스에 올라탔다. 국내선 청사가 꽤 멀리 떨어져 있었다. 인도 현지인은 인도인의 특유한 영어 발음으로 한시도 쉬지 않고 계속해서 나불거린다. 아직도 어둠이 들어간 뭄바이 시내를 눈여겨보니 가난이 찔찔하다는 느낌이 든다.

국내선 청사가 건너다보이는 곳에 C(Central)호텔이 있었다. 제법 큰 호텔로 조용한 편이었다. 후텁지근하던 바깥의 열기를 피할 수 있다는 것만으로도 우선 살 것 같다.

호텔 안의 넓은 로비에 자리를 잡고 앉아 새벽 5시에 아흐메다바드(Ahmedabad)로 떠나는 국내선 항공기를 기다리기로 했다.

영어가 서툰 우리에게는 그의 발음이 어렵게 들리기는 하지만 영어를 꽤 잘하는 편으로 궁금증이 많은 우리에게 가림없이 알려주려고 들었다. 그는 A사가 가지고 있는 여행사의 직원으로 뭄바이시에서 근무하고 있단다. 그리고 이번 우리가 방문할 J(Jaykrishna) 씨 가문에 대해 충성을 다한다는 충복임을 자랑스럽게 얘기했다.

예전에 우리나라에도 있었던 반상의 계급처럼 인도에서도 신분을 구분하는 사성 계급제도는 오랜 역사 속에 대단했던 것으로 알려져 왔었는데 이 또한 제도적으로 철폐된 지 오래라지만 그들의 실제 내면생활 속에는 잔존하고 있다는 느낌을 받는다.

낯선 사람들

공항 앞 C호텔 로비에서 더위와 잠을 쫓는 동안 A사 직원들이 탑승 절차까지 마치게 해 주었다. 출발 30분 전인 오전 5시, 어둠이 조금 걷히고 먼동이 튼다. 호텔을 빠져 나와 Jet 항공사라는 인도(印度) 자국사 항공기 탑승에 필요한 보안 순서를 밟았다. X-레이를 통과할 필요가 없는 소화물은 일일이 꼬리표를 붙여야 하는 것은 종종 제 물건이 아닌 것을 들고 가는 사례 때문이라는데 여행자에게는 귀찮기 그지없다.

서너 시간 동안 우리들의 수발을 들어준 그들에게 고맙다는 인사를 하고 정류장을 빠져 나와 우리를 태우고 비행기가 대기한 활주로 끝까지 걸어가야 하는 불편을 겪는다. 일반적으로 짐을 부치고 짐표를 받으면 내릴 적에나 확인하는 것이 상례인데 이곳에서는 공항을 빠져 나오면서 짐이 실려 나오는지를 본인이 확인하고 검사관의 확인마저 받아야 한다면서 정류장까지 되돌려 보내기까지 한다. 그런 헛걸음질을 하는 사람들이 부지기수다.

이륙한 비행기가 제 궤도를 잡기가 바쁘게 아침 식사가 나온다. 우리 시간대로는 12시 점심인 셈이다. 채식주의자가 많은지 메뉴판에 아예 두 가지로 분류되어 있다는 점이 마음에 든다. K씨처럼 식사 속도가 늦은 사람들은 기내식을 미처 비우지도 못했는데 착륙을 알린다. 429Km 거리를 날아온 셈이다.

아침 6시 반에 우리를 싣고 온 중형의 항공기는 아흐메다바드 공항의 정

In honor of Mr. Keshubhai Paatel Chief Minister
Government of Grjarat Visit from Songwon Color, Korea, on July 2, 1995

류장 앞마당에 멈춰 섰다. 역시 걸어서 대합실까지 걸어 나오니 A사의 직원이 알아보고 수인사를 청한다. 짐을 찾는다고 기다리니 자기들이 찾아갈 테니 먼저 나가란다. 마치 시골역에서 반가운 사람들을 기다리는 모습으로 다가선 P(Paru M. Jaykrishna) 여사장은 우리를 반기는 뜻에서 장미한 송이씩을 안긴다. 그의 큰아들 G군을 소개받았다.

두 대의 승용차가 대기하고 있었다. 1호 차의 뒷좌석에 P회장과 같이 앉아 P여사장의 안내를 받으며 시내로 들어섰다.

차 속에서 이쁜 꽃 그림이 그려진 조그마한 메모지를 받았다. 그 안쪽에 우리가 머무를 호텔, 자기네 회사와 자기집 전화번호가 적혀 있었다. 그것과는 별도로 세계의 이름있는 관광지 사진이 들어있는 A4용지에는 앞으로 이틀 동안 우리들의 스케줄이 시간대별로 상세히 짜여 있었다. 물론 변경이 있을 수도 있다는 토를 달았다. 여자다운 섬세함을 읽는다.

아흐메다바드의 시가지는 삼십 년 전의 우리나라 시골 읍처럼 보였다. 지금이 이른 아침인데 잠에서 막 깨어난 여느 도시들처럼 싱그러운 맛도 없다. 열대성 식물들이 우거지지 않았다면 막 장이 파한 어수선한 읍장터와 같은 기분이 든다. 소와 개와 닭 그리고 염소들이 사람과 공존하는 모습을 읽는다.

출근하는 사람들로 거리는 제법 활기를 머금기 시작한다. 낙타가 끄는 달구지, 지붕을 둘러친 작은 삼륜차들, 그리고 자전거와 오토바이들이 몰려 오가는 아침의 거리를 본다. 앞자리에 앉아 열심히 설명하려 드는 P사장의 눈에도 보여주고 싶지 않은, 숨기고 싶은 그들의 생활상이 많으리라는 생각이 든다. 행여나 하고 가져오려던 비디오카메라를 지참하지 않은 것이 되려 잘한 일이구나 하는 생각이 든다. 왜냐하면 부끄러움을 감추고 싶어 하는 사람이 자기 모습을 낱낱이 털어내는 것처럼 안쓰럽고 비참한 심정임을 알고도 남기 때문에서다.

인구 350만 명을 거느린 거대한 도시라는데 또 한 번 고개가 갸우뚱거려진다. 도심을 돌아들면서 이런저런 이 나라의 생활상을 설명하는 P여사의 얘기에 귀 기울이면서도 그들이 사는 모습을 눈여겨보노라니 과연 이들은 무엇을 먹고 어떻게 살아가는 것인지 점차 의문이 쌓여들 정도로 비참하게만 느껴진다.

드디어 우리가 여장을 풀 H(Holiday Inn) 호텔의 비좁은 입구에 닿았다. 정장은 했어도 나잇살이나 잡수신 호텔 문지기가 열어주는 큰 유리문을 들어서니 홀 안은 냉방이라서 그저 살만하다는 기분이 든다.

세 명의 호텔 종업원이 나란히 선 가운데 여종업원이 우리 정수리에 붉은 물감을 칠해 주고 이쁜 꽃으로 장식된 목걸이를 걸어준다. 마치 감꽃처럼 생겼는데 꽃향기가 은은히 느껴진다. 남자들도 이마빡에 빨간 칠을 해주다니 의아스럽게 여기니 P여사의 설명인즉슨, 먼 길 오신 귀한 손님들에게 베푸는 환영의 뜻으로 하는 의식이란다.

기념사진을 찍고 5층 방으로 안내를 받아 갔다. 우선 간단히 짐을 정리하고 샤워부터 하고 나니 살 것 같다. 우리나라 같으면 보통 투숙객으로는 엄두도 내기 어려운 방이 두 개 달린 슈트가 160불이라니 매우 싸다. 그러나

12시간 노동하는 근로자의 노임이 20불이고 대학 출신의 고급사원들의 월급이 150불 정도라면 하룻밤 잠자는 방값치고는 엄청나게 비싼 편이다.

그런대로 편의시설은 잘 갖춰져 있어 다른 나라의 호텔에 비해 손색은 없어 보인다. 창문틀에서 꾸욱꾸욱 비둘기 울음소리가 들려 커튼을 걷어 보니 넓은 시야가 펼쳐진다.

이 호텔은 바로 사바르마띠(Sabarmati)강 가에 자리를 잡았음을 안다. 강 건너 저쪽으로는 어느 외국도시에서나 볼 수 있는 그런 정겨운 풍경이다. 그러나 시야를 넓은 강폭 쪽으로 옮겨 놓을수록 실망을 안긴다. 흐름을 멈춘 듯한 시커먼 강물이 넓은 모래톱을 이쪽저쪽으로 갈라놓고 마치 더위 먹은 뱀처럼 축 늘어져 있다.

호텔 바로 밑 강둑 아래에는 풀숲이나 여러 가지 천 조각들로 덧씌운 임시 건물 비슷한 집들이 다닥다닥 붙어 있는 빈민촌이 눈에 들어온다. 신구 문명이 엇갈리는 삶의 현장처럼 느껴진다. 낭만적인가? 비극적인가? 천의 얼굴을 가진 다양한 모습으로 다가드는 난해함에 머리가 복잡해진다.

잠에서 깨어난 집짐승들이 먹이를 찾는지 모래톱을 서성거리고 있다. 자세히 내려다보니 아직도 더러는 지붕 위에서 늘어지게 잠자고 있는 사람들의 모습이 보인다. 커튼 안쪽에 있는 내가 도로 창을 가리고 싶어지는 심정이다.

열기 속에 피는 삶들

오전 9시(우리 시각 12시 반), 이번 여행의 목적인 A사의 현황을 살펴보려고 공장을 방문하기 위해 호텔을 나섰다. 아침 출근 시간대라 아직은 시원한 편이라지만 30도를 웃도는 열기가 현관문을 나서는 우리를 반긴다. 차 속의 에어컨이 무력할 정도지만 그래도 없는 것에 비할 것인가?

P회장과 P여사장을 뒷좌석에 모시고 햇볕이 바로 쬐는 앞자리를 택한 것은 이 나라의 풍물을 더 많이 확인해 보고 싶어서였다. 아흐메다바드 시

내의 아침 시간은 그런대로 인파로 복작거린다. 출근하는 직장인들은 대체로 걷기보다는 우마차를 비롯해 두 발부터 네 발 달린 차까지 많이 이용하고 있다.

우리식으로 보자면 삼륜차에 뚜껑을 씌운 3인승 오토릭샤(Auto Rickshaw)가 많고 오토바이나 템포(Tempo), 또한 세발자전거인 사이클릭샤(Cycle Rickshaw)들이 주류를 이룬다. 폐차 직전에 다다른 버스들도 많은 사람을 태우고 거리를 누빈다. 2차선으로는 충분해 보이는데도 가운데 선을 긋지 않았고 우리 같으면 중앙선에 해당하는 부분에 시멘트 블록 한 개의 높이로 돌담 축을 쌓아 경계를 지어 놓았다.

모든 차의 운전대는 우리와 반대쪽인 오른쪽에 있고 사이드미러는 아예 접어두고 운전을 하는 게 예사로 보인다. 그런 것이 달려 있는데도 무용지물로 취급하는 이유는 사용할 필요가 없을 정도로 교통질서가 잡히지 않아서란다. 앞차를 질러가는 방법도 특이하다. 빵빵거려서 비켜주면 지나가고 그러기를 싫어하는 차의 운전자는 손을 내밀어 여전히 앞서가겠노라는 뜻을 표한다. 그뿐만 아니라 복잡한 길 한복판으로 갑자기 소가 튀어나오기도 하고 사람들 역시도 무질서한 행진을 계속한다. 그래도 사고가 없는 게 다행이다.

어린 학생들이 작은 삼륜차 속에 서너 명씩, 많게는 대여섯 명씩이나 실려 학교로 간다. 그들 소년의 귀여운 모습은 인도 여성들처럼 이목구비가 뚜렷해서다. 지나가는 여학생 중에는 교복을 입은 게 보인다. 여대생처럼 보이는 숙녀들도 몇 명씩 무리를 지어 지나간다. 인도는 전통적으로 여성들에게 바깥출입이 허용되지 않는 사회였다는 설명이었는데 역시 문명의 입김은 어쩔 수 없나 보다.

이제 그들의 사회에서도 아주 한정된 범위 안에서만 그런 고전적 의식이 남아 있다 싶을 정도란다. 그러나 가장 현대적인 교육을 받은 여대생 중에도 양장차림을 한 학생은 찾아보기 힘들고 대체로 전통 의복인 사리(Sari)

를 걸친단다. 시내를 통과하며 여러 차례 목격한 일이지만 간혹 차가 일으키는 바람결에 어깨띠가 날려 배꼽이 드러나 보이는 데도 예사롭다.

요즘 우리나라에서 젊은 여자애들 사이에 유행하는 배꼽티의 원조가 이곳이 아닐까 하는 생각이 든다. 거리의 청소는 여자들이 하나 보다. 남자 청소부는 보이지 않고 여자 청소부들이 간혹 눈에 뜨인다. 소와 개와 염소들, 그리고 사람들이 뒤섞여 사는 도로변의 움막집들이 늘어선 길거리를 그대로 방치하는 행정당국을 이해하기가 힘이 든다.

찻길 한복판만 포장길이다. 지저분해서 하나마나한 거리 청소이건만 그래도 청소부가 있다는 것이 기특하다. 남자들처럼 맨발의 여인들이 많다. 복잡한 거리를 빠져 나와 다소 인적이 줄어든 외곽지대로 접어드니 물동이를 머리에 이고 지나가는 여인들이 많이 보인다. 더러는 무리를 지어 지나가는 것을 보니 어딘가에 공동 우물터가 있나 보다.

예전에 우리의 시골에서도 흔히 볼 수 있던 그런 풍경이다. 그뿐 아니라 땔감으로 쓸 마른 나뭇가지를 잔뜩 머리에 이고 지나가는 여인들도 보인다. 우리의 예전 풍습을 많이 닮았음에 묘한 느낌을 받는다. 가족들의 먹을거리를 장만하는 일과 청소를 포함한 허드렛일 등 안살림은 전적으로 여자들의 몫이란다.

인도 대륙의 오른쪽에 있는 동남아 일원을 여행하다 보면 여성들이 더 활발한 사회활동을 전개하고 있음에 놀란다. 인도는 남성우위의 관습을 지녔다는 데도 어쩌면 지나치게 남자들의 행동반경이 좁은 사회인 듯싶어 의문점이 남는다. 큰 산맥 하나로 가려진 인도 대륙에 와서는 아랍문화권에서와 마찬가지로 여성들은 베일에 가려진 생활을 강요받고 있다는 느낌을 받는다.

어느 공공장소나 사무실, 그리고 현장에도 여자 사원들은 구경하기조차 힘들다. 이곳에 와서 호텔 카운트에서 일하는 여사원 외는 대인관계를 담당하는 업무에 종사하는 여인들을 아직 본 일이 없다. 그러고 보면 우리와 함께 일하려 드는 이 P여사장은 이들 사회에서는 대단한 여걸임을 인정하지 않을 수 없다.

역사적으로 보아 오랜 시간을 영국의 식민지로 있었는데도 여성들의 개화가 늦은 이유가 어디 있는지 알고 싶어진다. 아랍국가는 두고라도 인도의 성웅 간디 등 민족지도자들이 너무도 지나친 보수주의 정책을 강조한 것이 아니었는지 모를 일이다. 그러나 현대에 들어와서는 훌륭한 여성 지도자들도 부지기수라는 얘기다.

오전 일과를 마치고 우스만푸라(Usmanpura)구의 앰비카 소사이어티(Ambica Sosiety)가에 있는 P씨네 저택으로 점심을 먹으려 들렀을 때 또 한 번 다른 분위기를 느꼈다. 일반 주택가에서 조금 동떨어진 언덕배기에 만여 평 이상 되어 보이는 넓은 숲속에 몇 채의 건물이 보였다.

우리가 탄 차가 클랙슨을 누르며 저택의 입구를 들어서니 왕년에 이름깨나 날리던 노병처럼 정장한 군복차림의 노인이 문을 열어주고 거수경례를 한다. 마치 사령관의 귀가처럼이다. 우거진 숲속의 길을 따라 현관 앞에 닿으니 흰옷 차림의 하인 두 사람이 서서 공손히 손님을 맞는다. 차를 내리니 찌는 듯한 더위에 숨이 막힐 정도다.

선선한 현관을 들어서니 붉은색의 사리를 입은 건장한 젊은 여인이 웃음으로 맞는다. 작은 며느리(Mrs. Munjal)라 소개한다. 그리고 뒤편에 선 초록색의 사리를 입은 이쁘장한 여인이 인사를 한다. 얼른 보아서 사리 속에 감쳐진 배가 남산만하게 불러 있어 그녀가 이 댁 큰며느리(Mrs. Gokul)임을 직감한다.

우리가 이곳에 오기 전에 팩스로 그런 내용을 알려왔기에 미리 안 사실이지만 그녀가 아마도 내일 첫아기를 낳을 것이라 했다. 우리나라에서는 내일이 출산 예정일 같으면 지금쯤 병원에 있어야 할 것인데 이렇게 나서서 손님을 맞다니 미처 이해가 안 간다.

시원한 거실에 앉아 한숨을 돌리고 나니 음료수를 내어온다. 목도 컬컬

하던 김에 시원한 맥주를 들이켜니 살맛이 난다. 이 A시에서는 누구도 술을 마실 수 없게 되어 있다는 것을 들어 알지만, 사업을 하는 이 J씨네는 귀빈들에게 집안에서만이라도 술을 대접해야 하므로 늘 여러 종류의 술을 장만해 두지 않을 수 없다는 얘기다. 음주문화에 익숙해 있는 외국인들을 위해서는 필수적이기 때문이다.

왜 금주인가? 인도의 정신적 지주요 인도의 국부인 간디(M. K. Gandhi)가 이곳에서 태어났기 때문에 이 도시를 술도 여자도 없는 신성한 곳으로 보존하기 위해 취해진 자발적 조처라고 설명한다. 난봉꾼들은 무슨 맛으로 살까?

술안주로 장만한 가벼운 음식들을 나르며 권하는 이 집 며느리들의 사교성이 대단하다. 차례를 바꿔가며 별미의 마른 음식을 선보인다. 부잣집 며느리로 들어왔으니 어련할까마는 그들의 행동에서 벌써 귀티가 난다. 현대 여성들이라 교양미도 있고 영어 발음도 어른들보다 좋아 듣기 쉽다. 사진첩을 들고 나와 그들 가족 자랑에 열을 올린다.

J씨 모친은 이 지방의 마지막 왕의 딸인 공주였단다. 그리고 J씨 부친은 이 A시의 시장까지 지낸 대단한 인물로 소개한다. 앨범 속에 담긴 그의 행적이 그런 사실을 뒷받침해 준다. 인도의 간디 수상을 비롯한 일본의 나카소네, 영국의 황태자 등과 찍은 사진과 받은 훈장들이 수두룩하다. 그들의 사는 모양새에서 족보 있는 가정임을 쉽게 알 수 있다.

이 넓은 주택을 관리하는 인원은 17명이고 별도로 조금 떨어진 농장에서 일하는 인원이 17명이나 더 있다는 설명이다.

민속촌

시간대가 다름으로써 겪어야 하는 피로는 여행하는 사람들에게는 어쩔 수 없는 고역이다. 첫날은 그런대로 견디었지만, 이틀째가 되는 날이고 보니 한꺼번에 피로가 몰려든다. 오늘 밤은 그들의 전통 음식도 맛볼 겸 민속촌으로 모시겠단다. 민속촌도 좋지만 잠이나 오지게 잤으면 하는 생각이 앞질러 든다.

이곳 시간으로 저녁 7시라지만 우리 시간으로 계산하자면 밤 11시 반이니 아직은 현지에 적응되지 않아 눈이 절로 감긴다. 그들 가족 중에서 만삭이 된 큰며느리만 빠지고 전부 동원된 셈이다. 어둠이 깔리기 시작하는 시간인데도 더위는 수그러질 줄 모르고 강한 열기를 품는다. 숨을 쉬기조차 힘들다.

3대의 차에 나눠 타고 20여 분을 달려 시가지 변두리에 자리를 잡은 민속촌에 닿았다. 별다른 표시도 없고 울도 담도 치지 않은 시골 장터가처럼 보이는 곳에 이르니 포장되지 않은 길을 따라 호롱불을 켜서 약 1~2m 간격으로 수없이 널어놓았다. 아직 시간이 일러서인지 손님으로 보이는 사람들은 몇 안 되어 보이고 관리자나 종업원으로 짐작되는 사람들만 낯선 이방인들의 출현에 관심을 두는 눈치다.

민속촌— 옛날 우리네의 시골 장터 같은 느낌을 준다. 입구에서 손님을 반기는 의식이 있었다. 그리고 향내가 강하게 풍기는 쌀알만 한 나무 열매를 생채로 시식케 한다. 논인지 밭인지 건조해서 분간키 어려운 풀숲의 흙길을 따라가노라니 길옆에 큰 소들이 무리를 지어 되새김질을 하고 섰다. 어디를 가나 사람과 짐승들이 어울려 살아가고 있음을 실감한다.

마당 어귀에 대발을 친 야시장에는 조잡한 그들의 민속 수제품들이 손님을 기다리고 있으나 기념품으로 샀으면 하는 흥미를 끄는 상품이 하나도 없다. 다시 후텁지근한 더위를 억지로 참으면서 푸나무로 지은 그들의 전통적인 가옥 아래 진열된 그들의 윗대 사람들이 쓰던 잡동사니 생활용품들을 관심 있게 둘러보았다. 종류별로 수많은 가재도구들을 비롯해 장신구들을 많이도 모아 전시해 놓았다.

인도는 인류문화의 발상지라는 선입관을 갖고 독특하거나 아름다운 문화유산이 많을 것이라 여겼는데, 막상 둘러보니 이렇다 할 가치를 지닌 것은 별로 눈에 뜨이지 않아 다소 실망을 안긴다. 물론 그들의 문화유산을 있는 그대로 보아주는 것이 옳은 일이지만, 전체적으로 보아 후끈한 열기 속에 대충대충 건성으로 보아넘길 정도로 기대감 밖이다.

동양문화가 대체로 흙을 이용한 토기문화가 주류를 이룬 데 비해서 인도문화는 철기문화가 주축을 이루는 듯 철제로 된 생활용품들이 대부분이다. 비록 넓은 인도 대륙의 한 지역에서 출토된 문화유산들에 국한된 것이고, 또한 박물관이 아닌 민속촌이라는 점을 고려하고서도 어딘지 모르게 떨떠름한 생각으로 돌아서게 하는 전시관이었다.

다시 어둠이 짙게 깔린 풀숲의 음식촌으로 돌아든다. 그 새 몇 좌석에 손님들이 자리를 잡고 앉아 다섯 명의 악사들이 연주하는 그들의 전통음악을 즐기고 있다. 통나무를 가공해 만든 간이의자에 앉아 잠시 그들의 민속음악을 감상해 본다. 타악기보다는 현악기가 주인 고유한 토속 악기로 연주하고 노래를 부르는 것이 우리나 별반 다를 바 없다. 많이는 들어보지 않았지만 인도 음악은 흥이 없어 보인다. 대체로 사색적이거나 슬픈 음조처럼 들린다.

금강산도 식후경이라 했던가? 우리 시간으로는 제삿밥 먹을 시간도 훨씬 지났는데도 그들의 습성을 마다할 수 없다. 식사를 위해 자리를 옮겨 잡았다. 대발처럼 만든 울타리 저편에서 여인들이 음식을 만들고 있다. 흙마루 위에 자리를 깔고 그 위에 통나무를 갈라 만든 자연미라기보다는 토속미가 흐르는 간이상 앞에 퍼질러 앉아 음식을 기다린다.

한 젊은이가 우리 것과 엇비슷하지만 풀로 짠 세공미가 없는 둔한 부채 하나씩을 나눠준다. 흔드는 만큼 시원한 바람이 일지 않는다. 이번에는 손바닥만 한 크기의 마른 나무 잎사귀를 네댓 개 붙여 만든 것을 각자 앞에 펼쳐놓고 간다. 곧이어 안 사실이지만, 이것이 천연 식판인 셈이었다.

J씨네 작은 며느리가 우리 앞으로 와서 몇 가지 조미료를 나눠주고 간다. 약간 찍어서 맛을 보니 인도 특유의 향료가 섞인 마살라(Masala) 음식들도

그렇고 도무지 입에 맞을 성싶지 않았다.

이번에는 대여섯 명의 사나이들이 우르르 몰려와 각자가 옆구리에 낀 대나무 바구니나 다른 철기 그릇에서 가득 담긴 음식을 조금씩 덜어내어 돌아가면서 차례로 나누어 준다. 그것도 손으로 집어서 조금 전에 놓고 간 나뭇잎 위에 놓는다. 마른 것도 젖은 것도 마찬가지로 그런 식으로 나눠준다.

음식을 집어놓는 그들의 손가락에 신경이 쓰여 덥석 입으로 가져가고 싶은 생각이 싹 가시는 기분이다. 흙빛이 그대로인 토기에 자문이라는 열매를 짜서 만든 멀건 과일즙을 부어준다. 그것 역시 맛이 별로다. 몇 가지 마른 것을 조금씩 시식해 보지만 어느 것 한 가진들 구미에 당기지 않는다.

특히 식성이 까다로운 일본인 K씨와 나는 J씨 큰 아드님(Mr. Gokul)이 준비해 온 스페셜 워터(Special Water)를 부어 마시는 것으로 거스르는 비위를 다스린다. 이곳은 어디를 가나 술을 마셔서는 안 된다기에 술을 좋아하는 K씨를 위해 아예 생수병에다 무색인 45도짜리 보드카를 준비해 다니는 지혜를 발휘한 것이다. 이것을 이름하여 '스페셜 워터' 라 부르게 된 것이다.

건너편에 앉은 P회장께서는 P여사가 권하는 대로 여러 가지를 잘 자시는 편이었다. 음식을 서빙하는 사람들은 왜 남자들인가? 음식이 구미에 맞지 않는다손 치더라도 그래도 좀은 번드레한 그릇에다 비록 피부는 검을망정 여자의 손으로 음식을 나눠준다면 그런대로 맛이라도 볼 게 아닌가? 벗은 마당발에 때 찌든 흰 바짓가랑이를 너풀거리며 줄을 서서 눈치코치도 없이 자꾸만 가져다 안기려는데 손을 흔들며 'NO' 소리 하기도 귀찮다.

물조차도 마시기가 겁나는데 이국만리에 와서 설사라도 만나는 날이면 어쩌나 싶은 생각에 이런 종류의 토속음식 먹기가 겁난다. J씨네 작은 며느리가 이것저것 설명하며 권하기에 먹는 시늉은 하면서도 구역질이 날 것 같아 참느라 애를 썼다. 전통 음식이란 원래 비싸다. 이곳도 보통 사람들에게는 드나들기 힘들 거라는 생각을 해 본다. 모처럼 인도의 전통문화를 소개하려 들었던 J씨네도 우리의 식성을 눈치채고 언짢은 생각이 드는지 안절부절못한다.

한 마디로 인도의 전통음식은 나의 식성과는 먼 거리감을 가지게 한다. 유약을 바르지 않고 구운 토기인지 물과 술을 부어놓은 잔이 새어 상을 타고 내려 내 바짓가랑이를 적신다. 눈치 빠른 J씨가 자리를 옮기잔다. 그래서 얼씨구나 하는 생각에 자리를 박차고 일어났다. 날씨는 무덥기 그지없고 음식은 입에 맞지 않는 데다 피로는 주인의 체면도 몰라주고 좌우지간 어서 자리를 뜨고 싶은 심정일 뿐이었다.

하늘을 쳐다보니 비가 올 징조는 전혀 없다. 수백 마리의 박쥐 떼가 음울한 소리를 치며 검은 하늘을 이뤘다. 여전히 수그러들 줄 모르는 더위가 밤인 줄도 모르나 보다.

시내로 들어오는 길목에 생선만 전문으로 취급하는 요릿집이 있었다. 많은 사람이 진을 치고 기다리는 것으로 보아 제법 맛이 있는 집으로 여겨졌다. 구자라트 지역은 채식을 교리로 하는 힌두교와 자인(Jain)교의 영향력이 강력하게 지켜온 곳이라서 채식문화가 발달한 곳으로 안다.

작은아들의 수완으로 겨우 자리를 얻어 앉을 수 있었다. 그 요릿집에서는 J씨 가문의 이름을 새긴 테이블보를 별도로 준비해 둘 정도로 끔찍이 모시는 양이다. 왕 VIP 중에 드나 보다. 그래서 그런지 사장까지 나와서 인사를 했고 곁에서 이것저것 챙겨준다. 준비해 간 스페셜 워터에 생선요리를 즐기면서도 졸음을 쫓느라 안간힘을 썼다. 호텔에 닿으니 우리 시간으로 새벽 세 시다.

사람도 동물이니라

습관이란 대단한 것이다. 눈이 뜨여 시계를 보니 우리 시간으로 다섯 시다. 우리나라에서의 버릇대로라면 일어나야 할 시간이다. 그러나 이곳 시간으로는 새벽 1시 반이니 한밤중인 셈이다. 현지 시각으로 11시 반경 돌아왔으니 두어 시간 세상 모르게 자고 일어났다. 오늘 일정을 생각해서 에어컨을 조절해 방 안의 온도를 적당히 맞춰놓고 재차 잠을 청했다.

아침 6시에 기상해서 욕실 수건을 깔고 아침 참선에 들었다. 무더위 속에 활동량은 적고 먹는 것은 그런대로 잘 먹는 편이니 살이 찔 것은 당연지사라서 이렇게라도 운동량을 보충해야겠다는 뜻에서였다. 다시 반신욕을 겸해 욕탕에 들러앉았으나 수온이 낮아 땀이 나질 않는다. 어제까지의 일을 몇 자 기록해 두려는데 아침 식사 시간을 알리는 연락이 와 약속한 시각에 호텔 내의 식당으로 내려갔다. 한여름인데도 크리스마스 캐럴이 온 홀 안에 은은히 울려 퍼지고 있다. J씨네 가족들도 시간에 맞추어 와 주었다.

일본인 K씨가 술병을 들고 식당으로 왔다. 역시 애주가답다. 김포공항에서 회장님께서 사준 17년산 위스키였다. 그가 가져온 술병을 보고 살며시 웃자, 그가 '와타시(私)노 소구지(食事)' 라고 하는 통에 모두 웃었다. 의미를 모르고 따라 웃는 J씨 가족들에게 영어로 '나의 식사' 라는 뜻이라고 통역을 해서 한 번 더 웃었다.

웃음꽃이 핀 테이블에 다가선 지배인이 술병을 치워달라는 요구를 한다. 그래서 얼른 컵들에 조금씩 따르고서는 테이블 아래로 숨겨야 했다. 이 도시에만 국한된 조처라니 그 또한 흥미롭다. 술도 술이거니와 이 나라에 와서 자국인이 담배를 태우는 모습을 한 번도 본 일이 없다.

간디가 태어난 곳이라고 시민 모두가 자율적으로 그런다는 설명이 잘 이해가 안 간다. 술도 마시지 않고 담배도 피우지 않는 것이 전통적 불문율인 도시는 이곳밖에 없을 성싶다. 그러니 남을 해치거나 피해를 주는 범죄행위도 없을 것 같다. 무저항 비폭력 주의를 행동원칙으로 삼았던 민족운동가 간디의 정신을 그대로 답습하고 있는 이곳 시민들의 고상한 정신은 기릴 만하다.

정말 대단한 자부심과 긍지를 가진 민족이라고 여겨진다. 우리 같으면 못 사는 설움을 잘 사는 사람에 대한 분노로 분출시킬 법도 한데 이토록 빈부의 차가 심한 데도 전혀 개의치 않고 주어진 운명인 양 여기고 모든 불만 없이 어우러져 산다는 것이 참으로 믿기지 않는다.

식사 후에 공장으로 가는 차 속에서도 P여사는 자기 나라 인도를 소개하는 데 바빴다. 인도가 넓어서 다인종이라 생각했는데 사실이 그렇다. 1991년 인구조사에 의하면 유럽인을 닮은 아리안(Aryan)계, 두툼한 느낌의 용모인 벵갈리(Bengali), 중앙아시아계의 카시미르(kashimiri)계, 작고 검은 비하리(Bihari)족, 우리와 같은 몽골 라이언계, 포르투갈 쪽의 고어(Goa)계, 아프리카 흑인 케랄라(Kerala) 등이다. 영국으로부터 독립 후에 타종족인 파키스탄이 분리되었다는 설명이다.

이 나라의 당면문제로 골칫거리로 등장하는 것이 인구문제로 거의 10억 명을 육박함으로써 뜻있는 지도자들은 가히 폭발적인 인구증가 문제(약 연 2.5%)를 걱정하고 있다는 설명이다. 정부에서도 피임을 권장하거나 두 자녀 갖기 운동 등을 실현하자고 홍보는 하지마는 전통적 관습 때문에 사실상 고쳐지기 힘들단다.

우리 눈에 비치기에도 성인 대부분이 할 일이 없으니 먹고 놀면서 애들이나 만드는 것이 낙이 아닌가 싶다. 이웃 나라인 방글라데시나 파키스탄과 같이 모슬렘을 종교로 갖는 나라보다는 그래도 사정이 나은 편이란다. 그들은 세계 빈국 중의 하나이면서도 인구밀도는 세계적인데 그 원인은 가족제도에 있음을 얘기한다.

일부다처제로 능력이 있는 남자는 4명까지의 아내를 거느리게 되어 있어 한 남자 밑에 평균적으로 20여 명의 자녀가 생기는 편인 데 비해 인도는 철저한 일부일처제로 한 가정에 보통 5,6명 이상의 자녀를 갖는 게 예사란다. 돈 있는 인도 남성들은 이웃 나라인 파키스탄 같은 나라에 가서 살기를 원하지 않느냐고 해서 웃었다.

"Is there any trouble between two wives?"

(한 남자를 두고 사랑싸움을 벌이지는 않습니까?)

P여사의 얘기로는 한 남편의 아내가 된 여러 부인 간에 시빗거리가 별로 없는 것 같다고 듣고 있다면서 남성들의 천국일 것이라고 조크를 했다. 그런 얘기를 나누며 차창 밖을 내다보니 정말 인도는 사람들이 많아 보인다. 놀고 먹는 사람들이 길거리에 부지기수로 아무런 사회보장책도 없이 노터치로 내팽개쳐진 그런 분위기다.

길가 큰 나무 밑에 그늘이 드리운 곳에는 쪼그리고 앉아서 오가는 사람들을 구경하거나 우마차를 비롯해 각종 차들이 빵빵거리는 소음공해에도 무감각적인 듯 길가에 늘어지게 자는 수많은 남녀의 모습들에서 그런 것을 쉽게 유추할 수 있다.

노동자 한 사람의 한 달 급료가 미화 20불이라 한다. 그것도 12시간 노동하는 조건이란 단서가 붙는다니 가히 상상을 불허한다. P씨네 공장에서 만난 실험실의 한 젊은이의 급료가 어느 정도나 되냐고 물었더니 대학원을 나온 그야말로 블루 컬러(Blue Color) 중에서는 최고급 인텔리 사원인데도 미화 180불을 준다면서 비싼 노임임을 수차 강조했다. 8시간 노동에 1,200불을 받아도 나쁘다고 여기는 우리 노동자들과는 비교가 안 되는 인건비다.

20불의 월급을 받고도 많은 가족을 거느리고 산다는 것이 우리 계산으로는 아귀가 맞지 않을 뿐만 아니라 이해할 수 없는 일이다. 그러나 그것이 실상이라니 더할 말이 있겠는가? 어느 한구석에도 하등의 불평이 없어 보이는 사회다.

어제 P여사에게서 들은 얘기지만 그들이 결코 반항이 없는 삶을 누리는 데는 종교적인 깊은 의미가 짙게 깔려 있기도 하단다. 이승 생활은 숙명으로 여기고 잘 순응해야만 다음 세상에 귀하게 태어나 복스럽게 살 수 있다는 부처님의 뜻을 새긴 굳은 믿음 때문이란다.

그런 측면에서 살펴보노라면 인도사람들은 가진 자는 못 가진 자를 위해 노동을 시키는 것으로 최선의 적선을 베푸는 셈이고, 노동의 대가로 살아가는 자는 진실로 감사하며 희생적인 노력 봉사를 한다는 것은 아마도 이들 민족이 지녀온 오랜 전통적 관습에 얽매인 종교적인 영향 때문인가 싶다.

즉 오랜 세월 속에 지켜져 왔던 4성 계급제도가 지금도 완전히 사그라지지 않고 그들 정신 속에 배어 있는 것 같다. 이곳을 찾아오던 날 뭄바이 공항에 마중 나왔던 M씨도 스스럼없이 J씨 가문을 위해 최선을 다한다고 본인 입으로 말했다. 응당한 대가를 받는 것도 아닌데 왜 그러냐니까 훌륭한 가문이기 때문이라는 얘기였다.

J씨가 사는 호화로운 저택에 들렀을 때도 많은 하인이 상전을 모시는 행동거지에서 진실함을 발견할 수 있었다. 인구의 5% 이하만이 잘 산다는 데 놀랍다. 문명의 척도를 가름하는 방법이 비누를 사용하느냐로 판단하는 것도 이해하기 힘들지만, 그런 가운데서도 32개 채널의 TV 방송을 볼 수 있다는 데는 더더욱 믿기지 않는다.

오랜 세월을 영국의 식민지 통치를 받은 탓에 그래도 개화된 소수 인구는 각종 생산적인 산업 분야에 투신해서 건전한 가치관을 지니고 앞선 문화를 누리며 잘 꾸려나가고 있다는 강한 느낌을 받는다.

우리와 파트너가 되겠노라는 이들 J씨 가문만 하더라도 남편 J씨는 철파이프, 방적, 석유사업, 화학제품 등 다양한 분야에 진출해 있고, 마님 P사장 역시도 어려운 물감 사업에 손을 대고 있음에서 잘 알 수 있다. 안방만 지키고 살아온 전통적 가부장제도 하에서 능력만 있으면 얼마든지 사업을 할 수 있다는 그녀의 의지가 한층 돋보이는 시간이다.

공장에 다다르니 열심히 문을 열어주고 거수경례를 하는 군복차림의 노인이 인상적이다. 40도를 웃도는 한낮의 열기가 가당찮다. 안전모를 쓰고 공장의 안내를 받아 공장 내부를 둘러본다. 단 한 가지 색소인 동-프탈로사이아닌 그린(Cyanine Green)이란 녹색 물감을 용제법으로 만들고 있다.

가든 파티; Garden Party

저녁 시간은 나름대로 편안한 자유시간을 가졌으면 했는데 그럴 짬을 주지 않는다. 오늘 밤은 J씨댁에서 이 지역에서 행세깨나 한다는 20여 명의 유명인을 모신 가운데 저녁 파티를 개최한다는 것이다. 저녁때라 열기가 수그러질 것이라 여겼건만 전연 그런 기미를 보이지 않는다. 넥타이에 정장하고 J씨네 저택까지 15분가량을 가는 동안에도 더위를 먹었다.

만신이 귀찮다. 그의 저택을 들어서니 군복차림의 하인은 문을 열어주고 거수경례로 우리를 맞았고, 현관 앞에서는 하얗게 차려입은 두 하인이 늘어서 섰다가 차 문을 열어주고 반긴다. 한순간이라도 어서 현관 안으로 들어서고 싶을 정도로 푹푹 찌는 열기다. 역시 두 며느리가 현관에 나와 우리 일행을 반긴다. 에어컨이 켜져 있는 홀 안은 천국이다.

약간 어둠이 묻어오는 8시경이다. 넓은 잔디밭에는 가든 파티를 위한 하얀 의자들이 놓여있다. 그곳으로 나가자는데 발걸음이 무거워진다. 초대받은 사람이 많다고 하니 홀이 비좁을 것 같아서 그러는가 보다고 생각하며 그들의 안내에 따른다. 여름철 골프장에 나갔을 때 잔디가 한낮의 열기를 머금었다 내뿜는 그런 느낌이었다.

정원의 규모나 나무의 수종들에 관해 설명을 듣고 있으려니 음료수를 날라온다. 자문(Jamun)이라는 열매를 따서 즙으로 만든 것이란다. '자문' 이란 글자의 뜻이 우리말로 '컨설턴트(Consultant)' 라는 의미를 지녔다고 설명해 주어 한 차례 웃었다.

시간이 흐르면서 한두 사람씩 나타난다. 그들과 그들이 대동한 어부인들과 일일이 인사를 나눈다. 역시 인도 여인들은 얼굴 윤곽이 뚜렷해 미인으로 보인다. 나잇살이 들어도 우아한 모습이다. 그러나 그들이 걸친 형형색색의 사리 밑으로 드러나 보이는 허리춤께로 눈이 가노라면 그런 평가는 반감한다.

거창한 직함을 가진 분들이다. 국회의원인 BJ당 당수 내외, 산업담당관 내외, 경찰청장 내외, A시의 집정관 내외, G주의 산업투자청 담당관 내외, G주의 재정협회장 내외, 산업청장 내외, 인도은행 G주은행 총책 내외, 주거래은행 담당관 내외, 세관 담당관 내외, 경찰청 총무국장 내외, 시의회 의장 내외 등등 대단한 사람들이 시간대를 달리해 도착했다.

그러는 동안에도 하인들과 두 며느리가 차례를 바꿔가며 인도의 전통 음식인 듯한 여러 가지 마른 음식들을 쟁반에 받쳐 들고 와 권한다. 오늘 초청받은 사람 중에는 한국에 와본 사람들도 있고 한국에 대해 전혀 문외한도 있다. 이북을 두어 차례 다녀온 관리도 있다. 사업을 늘리기 위해서 모든 방법을 다 동원한다고 하는 생각과 더불어 J씨의 사업수완이 대단하다는 것을 인정하지 않을 수 없다.

약속 시각에 닿아 대체로 모였다 싶은 시간에 J씨네 노부모가 참석해 눈길을 끌었다. 그들 양위분은 한 정원 내의 다른 건물에 살고 있음을 귀띔해 주었는데 정작 그분들을 보니 사진 속에서 본 것처럼 근엄해 보였다. 70대 초반이라는데 아직은 정정해 보인다. 왕년에 시장이었다니 지금도 그 여력이 미치는 느낌이다.

또한 할머니는 이 지방의 마지막 왕의 딸인 공주였다는 얘기를 들었기에 더욱 관심이 간다. 늙었어도 귀티가 난다. 이 집 가족을 합해 30여 명이 넘는 제법 큰 파티였다. 식사 시간이 되어 음식이 준비된 홀 안으로 자리를 옮겼다.

이들의 파티에는 술이 나오지 않는다. 그러니 자연히 가무가 없다. 술이 없는 파티를 생각해 본 일이 없어서 신기한 생각이 든다. 하긴 술을 마시지 않는 사람처럼 밥만 먹고도 얼마든지 이야기의 꽃을 피울 수는 있다. 배만 불리고 말잔치만 벌이다 가는 양이다. 뷔페식으로 마련된 음식을 줄을 서서 적당량 가져다 먹는다. 여기서는 한 사람도 맨손으로 먹는 사람은 없다.

K씨와 나는 스페셜 워터를 마셨다. 정부 기관의 높은 양반들이 초청된 모임이기 때문에 처음부터 술을 내놓을 수 없었던지 나중에서야 챙겨줬

다. 오늘 파티에 참석한 세관 책임자가 우리 곁에 와서 행동을 같이했다. 인도에 와서 유일하게 술도 마시고 담배도 피우는 사람을 만난 셈이다. 우리 같으면 여자들 셋만 모여도 자리가 떠들썩할 텐데 인도 여인들은 말수도 적고 조용조용히 도란거린다.

오늘 처음 눈여겨본 것으로 여인 중에는 이마에 빨간 점을 찍거나 파란 점을 찍었다. 빨간 점만 찍는 게 아니라는데 우리 주변의 여인들이 매니큐어를 제각기 취미대로 칠하는 것처럼 자기의 옷색과 맞춘다는 설명이다. 이마빡에 점을 찍어 기혼과 미혼을 표시하는 것도 별난 일이지만 색을 달리해 매력 포인트를 나타낸다는 것도 재미있는 일이다.

젊어 보이고 싶어 환장하는 우리나라의 미시족들에게는 죽기보다 싫어할 풍습이리라 생각된다. 술기운인지 더위 탓인지 좌우지간 눕고 싶은 마음뿐으로 더디게 가는 시간이 미운 밤이다.

자연과 더불어

섭씨 40도를 훨씬 웃도는 이곳 인도 북서 해안에 있는 350만 명이란 거대한 인구를 품고 사는 아흐메다바드라는 도시의 중심부에 자리를 잡은 H호텔은 이 도시를 관통하는 사바르미띠(sabarmiti)라는 큰 강변에 자리 잡고 있다. 지금은 우기라는 데도 비가 내리지 않아 강물은 얕은 데로만 뱀처럼 구부러져 고였는지 흐르는지 분간키 어려울 정도로 흐려 있다.

강변 둑을 따라 이 도시의 빈민들이 움막을 짓고 산다. 언제 억수 같은 비가 쏟아져 저 큰 강이 범람할는지도 모르는 데도 잡초와 몇 조각의 판자나 천, 아니면 양철판을 연잇고 빗대어 지은 움막에 그들은 생을 지탱하고 산다. 가난에 찌든 그들의 생활은 상상하기조차 어렵게 느껴진다. 저렇게 하고서도 산다는 것일까?

만약에 그들이 더 나은 삶을 지상의 목표로 삼는다면 하루라도 산다는 일이 버거울 게 아닌가 하는 어쭙잖은 걱정 아닌 회의를 느끼는 것은 나그네인 나만의 공상일 수도 있다. 빈부의 차가 너무도 심해 보인다. 모래톱으로 연이어진 넓디넓은 강의 중심부를 썩을 대로 썩은 똥물이 흐른다.

커피를 몇 잔 마신 것이 잠을 설치는 계기가 되었나 보다. 창가에 날아와 앉은 비둘기의 음침한 울음소리에 일어나 무겁게 드리운 커튼 자락을 들치고 창밖을 내다본다. 아스라이 어둠이 걷히는 강변에 소수의 사람과 짐승들의 움직임이 눈에 띈다.

아침잠에서 깬 남녀들이 젊고 늙고를 가리지 않고, 게다가 남녀의 분별도 없이 강가의 모래톱에 쪼그리고 앉아 용변을 보는 모습이 가관이다. 아닌 게 아니라 강물이 흐르는 모래톱 가장자리에 쪼그리고 앉은 자들이 모두 배설을 위해서라는 것을 알아볼 수 있다.

왜 저렇게 해야 하는지? 강변이 아니더라도 적절한 장소를 택해 공동변소를 설치하거나 아니면 지푸라기나 건초로 짠 거적을 둘러치든지 해서 위생적인 면과 체면 문제를 고려할 수도 있음 직한데 하고 많은 날 저러고 사는 양이 한심스럽게 느껴진다.

어쩌면 대자연만큼 배설하기 좋은 장소가 어디 있겠느냐는 식이며 또한 온갖 짐승들이 다 그러는데 만물의 영장이라고 하는 인간이라고 별수 있겠느냐는 식으로 조소를 당하는 느낌이다.

남녀의 유별도 없어 보이고, 노소를 따지지 않는 것으로 봐서 자연스러운 인간의 어쩔 수 없는 생리현상이라 보기 때문이 아닌가 여겨진다. 생물은 그들에게 주어진 주변 환경에 따라 자라고, 먹고 먹히고, 분해 배설하고, 썩고 또 재생을 반복하는 사이클을 갖는 자연현상 속에 있다. 자연의 섭리를 잘 따르는 방법만큼 현명한 생존의 법칙이 없다는 생활철학을 실제로 보여주는 현장이다.

문명사회에서 살아온 우리에게는 한없이 가련해 보이지만 그들에게는 그것이 결코 추하거나 더럽지 않게 느끼고 산다는 사실이다. 어쩌면 그들이 우리보다도 더 행복해 할는지 모를 일이다. 눈만 뜨면 사노라 발버둥을

치는 우리네를 보고 비웃을는지 모른다. 그처럼 세상은 다양한 모습으로 여행객의 눈앞에 비친다. 어딜 가나 가장 인간다울 때 가장 사람다운 대접을 받는다는 것이 여행 가방을 든 사람들의 경험철학임을 강조하고 싶다.

우리가 꼬맹이 시절부터 인도의 유프라테스강과 인더스강은 세계 문명의 발상지라 배웠다. 그러나 그들은 그런 문화가 꽃피었던 예전의 그 강변에 똥물을 흘려보내고 있다는 사실을 알고 나니 역사는 변한다는 말이 실감이 난다.

호텔 바로 아래쪽으로 눈길을 옮겨 즐비하게 늘어선 빈민촌의 움막을 살펴본다. 그곳에도 여전히 아침이 찾아오고 있다. 밥을 짓는 아낙들의 몸짓이 보이고 비좁은 골목을 오가는 염소나 양들의 움직임이 보인다. 아직도 더러는 혼자서 또는 여럿이서 지붕 위에 그대로 잠들어 있다.

'너는 문명인이라 뽐내겠지만, 나는 철저히 문명과 담을 쌓고 살아도 행복하다.'

'문명인이라 자부하는 자여! 내 이런 삶에 왈가왈부하지 말라.'

더는 내려다본다는 것에 양심의 가책을 느낀다 싶을 즈음에 호텔 방 문틈으로 이곳의 영어신문이 고개를 들이민다. 세계적인 부수를 자랑하는 미국의 타임스지도 따라 들어왔다. 표지 인물에 우리의 김 대통령 얼굴이 크게 실렸다. 'KIM'S TEST' 제목이 붙어 있다. 아마도 지방 선거에서 패배했기 때문에 선택의 기로를 얘기하고 싶어서 등장시킨 것이라는 추측을 해 본다.

또 있다면 남북 간의 대화 물꼬를 터보려는 뜻에서 무상으로 쌀 10만 톤을 보낸 데 대한 내용일는지도 모르겠다. 아무튼, 글씨가 잘아서 돋보기 신세를 지지 않으면 잘 보이지도 않기 때문에 읽고 싶지가 않아서 그림만 대강대강 보고 그대로 밀쳐 놓았다.

이곳의 신문인 'Indian Express' 란 신문 1면의 국외판에는 서울발 기사로 우리가 떠나올 때 무너져 내린 삼풍백화점의 사고 소식이 실려 있었다.

현재까지 사망자가 150명, 실종자가 300여 명, 부상자가 600여 명이라는 내용이다.

일요일이라 잠이라도 자는 것이 피로를 달랠 직한데 오전 내내 호텔 6층 꼭대기의 구석진 곳에 자리한 회의실에서 투자 상담을 했다. 회의장엔 OHP, VTR, CP 등 모든 현대적인 회의에 필요한 기구의 사용이 가능했다. A사측의 큰아들 M군이 인도의 투자조건에 대해 다양한 자료를 준비해 설명에 열을 올렸다. 한 사람의 인도 외교관처럼 느껴져 인도의 장래가 밝겠다고 하는 느낌이 든다. 그 부모에 그 자식이라더니 똑똑한 자식들로 키워 놓았다. 둘 다 미국에서 공부하고 왔다고 했다.

인도인들은 수학과 물리에 뛰어난 머리를 지녔다는 것이 미국 사회에서는 일반적인 얘기로 통한다고 들었다. 그들은 지금 세계적인 계산기와 컴퓨터의 소프트웨어 개발국으로 부상하고 있다.

다만 그 기술을 실용화 단계에서 다른 선진국에 이양하는 수준에 머물고 있다. 그처럼 그들은 숫자 개념에 명석한 두뇌를 가진 종족으로 그 기초는 역시 오랜 전통적 기초교육에 기인한 것으로 보인다. 우리는 초등교육 단계에서 9×9까지의 구구단을 곱셈과 나눗셈의 기본으로 가르치는 데 비해 그들은 25×25와 같은 두 자릿수의 복잡한 곱셈까지도 가르친단다.

우리가 10, 100, 1000 등의 표시에 사용하는 0의 개념도 인도인이 처음으로 도입한 셈법이라는 얘기를 오늘 처음 들었다. 인도는 많은 부분에 걸쳐 기본이 되어 있는 나라임이 틀림없다. 다만 워낙 광활하고 기후조건이 열악해서 유통이나 교류상의 문제는 많을 것 같다. 그리고 그들의 환경에 맞추어 살아가는 데 지장이 없으니까 아등바등 잘 살아야 한다는 의지가 약할 뿐이지 근본적으로 자연환경이 그렇게 나쁜 것만도 아니다.

실상의 민낯

일요일인데도 쉴 틈이 없다. 하기야 외국에까지 와서 여유를 가질 생각은 아예 하지도 않았다. 원래 오전 중에는 가까운 곳에 관광이라도 할 계획이 잡혀 있었으나 일이 제대로 가닥을 잡지 못하는 통에 O박사와 나만 남아 그들과 잔여 문제를 협의키로 하고 K고문과 P회장은 P여사의 안내를 받아 가까운 산업공단을 다녀오는 것으로 오전 일정을 짰다.

호텔 안이라지만 무덥지근함은 우리의 기후조건과는 전혀 다른 상황이다. 오전 내내 상담을 하는 동안에 공단을 다녀온 팀과 호텔 그릴에서 점심을 먹으면서 인도공업의 현주소를 확인했다.

100여 평 남짓한 공장들이 빼곡히 들어찬 공단은 그야말로 공해 속에 파묻힌 폐허와 같더라는 설명이다.

K씨는 한 마디로 그런 방법으로 돈을 벌이는 인도가 싫다는 노골적인 표현을 했고, P회장 역시도 그런 측면에서 입이 다물어진다는 표현이었다. 아예 강처럼 다듬어진 인조 용수로에는 온통 공장폐수로 뒤덮여 있고, 40도를 오르내리는 열기에 자연히 말라버린 부산물인 찌꺼기들은 온천지에 산을 이뤘는데 만약에 폭우라도 쏟아진다면 어쩔는지 걱정이 앞서더라는 얘기다.

인건비가 헐하고 공해처리 비용이 들지 않는 등 제조원가 면에서 상대가 될 수 없다는 경제적 타산을 따지기에 앞서 그들의 삶터가 우선 문젯거리가 되는 것이 아닌가 하는 인간으로서의 생활적인 측면이 먼저 대두되더라는 것이다. 그런 현실을 음미한다면 우선 돈을 버는 것을 문제로 삼는 이 나라의 장래는 어떻게 될 것인가? 넓은 땅 어느 한구석이 좀 더럽혀진다고 대수겠냐는 인식이 빨리 바뀌지 않는 한 이는 전 지구촌에 영향을 미치는 것이라는 의견에 다들 동의한다.

산업발달 과정에서 어쩔 수 없는 일이라지만 지구촌의 환경문제는 다시금 생각해 봐야 할 일이다. 무조건 외국의 자본이나 기술을 끌어들이려 하는데도 문제는 많다. 국가가 산업정책을 세우면서 그런 방향을 선호한다 치더라도 국가관이 뚜렷한 기업가라면 무엇이 국가와 민족을 위해 우선하여 고려할 점인가를 검토해야 할 것이다.

인도라는 나라에 와서 지난번 중국에 가서 느낀 것보다 더 많은 것을 생각하게 되는 것은 어떤 이유에서일까? P씨를 비롯한 J씨 가족의 따뜻한 배려 때문일까? 아니면 문명세계와 자연이 어우러진 순수함의 매력 때문일까? 인도라는 나라는 결코 한 마디로 표시할 수 없는 매력을 지닌 나라다.

오늘 오후 늦은 시간에 행정도시로 잘 다듬어진 구자라트(Gujarat State) 주의 중심지에 있는 총리공관으로 가서 최고 책임자들을 만나고서 느끼는 점 또한 그렇다. 중무장한 경찰과 무기나 폭탄 탐지기를 설치한 검문소 등 아무나 드나들 수 없는 삼엄한 분위기를 느낀다.

그런데도 수많은 사람이 입장하려 줄을 섰고, 건물 청사 안쪽 역시 마당과 복도에 인산인해를 이뤘다.

"저기 복도에 앉은 사람들은 누구입니까?"

"그들은 선량한 시민이거나 한 단체를 대표하는 사람들입니다."

"그런데 거기 앉아서 뭘 하는 것입니까?"

"주지사를 알현할 차례를 기다립니다."

그러나 그 차례는 영원히 주어지지 않을 것 같았다. 중무장한 군인들이 지키고 보안 검색을 하는 입구를 통과해서 이 복도에서 온종일을 기다리는 것만으로도 그들에게는 최대의 성의를 베풀었다는 게 P여사의 대답이다. 언젠가 시간이 나면 우리에게도 알현할 수 있는 시간을 줄 것이니까 한없이 기다리는 것이란다.

오늘이 아니면 내일 또 와서 기다리는 것이 그들의 일과란다. 물론 사전에 약속은 했지만, 우리처럼 기다림 없이 곧장 주지사를 만나는 것에 대해서도 일언의 불평도 하지 않고 침묵만으로 일관하는 그들의 모습에서 다양한 모습의 인도를 읽을 수 있다.

그런데 외국인으로 합작회사를 만들기 위해 찾아왔다는데 우리에게는 예외로 기꺼이 면담에 응해 주는 자세가 우리와는 사뭇 다르다. 바로 이웃

한 총리공관을 찾아들었을 때와 재정담당 장관도 그의 숙소인 관저 접견실에서 맨발의 차림으로 아주 친절히 대해 주고 관심을 나타내는 것으로 보아 J씨네와 평소에 친분이 대단함을 알 수 있었다.

우리가 기념으로 준 작은 선물도 공식 석상에서 주면 국가에 귀속시키고 개인적으로 주면 본인 몫이 된다는 것도 특이하다. 그리고 작은 선물에도 꼭 인사를 표해 오는 그들이기도 하다.

행복의 조건

총리와 재무장관을 뵙고 그들의 행정도시를 빠져 나오는 늦은 오후 시간이다. 숲이 우거진 거리를 달리면서 소나기라도 한술 따랐으면 하는 심정이 꿀떡 같다. 먼지 나는 거리도 신선해 보일 것이고 따끔따끔한 더위 살도 다소는 수그러들지 않겠는가 싶어서다. 습기가 있는 열기보다는 어쩌면 나을지도 모르지만 대단한 열기임은 틀림없다.

이 나라에 와서 흔히 볼 수 있는 보건릴리아라는 붉은 꽃들이 길을 따라 적당한 위치들에 한창 호들갑스럽게 피어나 있다. 어둠이 아스라이 찾아드는 시간에 J씨네 저택에 닿았다. 높은 분들을 만난다고 넥타이에 정장 차림을 해서 그런지 한결 무덥다.

에어컨이 효력을 발휘하는 곳은 이 집의 넓은 홀이다. 시원한 홀에 들어서니 살맛이 난다. 맥주 한잔이 피로를 가시게 한다. 그리고 곁에서 시중을 드는 상냥한 두 며느리의 웃음이 자리를 푸지게 한다.

우리나라 시각으로 밤 12시— 지금부터 만찬 시간이다. 이제 4,5일이 지나면서 이 나라 생활 리듬에 어지간히 길든 셈이다. 연거푸 두어 잔 마신 맥주 기운이 전신에 나른히 퍼진다. 큰며느리와 작은며느리는 안주를 날라와 하나씩 권한다. 예정일이 어제라고 홍보만 잔뜩 해 기다려지는 시간이 길어만 가는 이 댁 큰 며느리의 해산은 아무래도 몇 날은 더 갈 것 같다.

초산일 때 예정일이 가깝다 싶으면 가까운 병원에 입원하는 것이 일반적인 일일 텐데 배가 남산만 해서도 그렇게 늠름하게 활동을 하는 것을 보니 대단하다고 말하니 고맙단다. 무리가 안 된다면 태아를 위해서도 산모를 위해서도 건강상 좋다는 의견에 동의한다. 아들이나 딸이냐를 두고 담소를 즐긴다.

올해 27세라는 그의 남편 G씨는 아들이건 딸이건 가리지 않는다는 의견이다. 그러나 이 나라 풍습도 여타 나라에서처럼 사내 애를 선호하는 쪽이란다. 아무튼, 이들 가정의 분위기는 아주 우애가 깊고 민주적이라는 인상을 느끼게 한다.

우선 두 형제간에 우의가 그렇게 보인다. 며느리를 딸처럼 귀해 주는 시아버지의 자상한 보살핌과 며느리들의 아양 섞인 얘기들이 귀염을 받게끔 한다. 제수와 형수 사이인데도 마치 친구처럼 대한다.

이런 부잣집에 며느리로 들어오기까지는 제법 이름있는 가문이 아니고는 어려웠겠다는 선입관을 갖게 한다. 조금 전 사진첩을 내놓고 가족들을 설명할 때 그들 친정집에 대해서는 모든 얘기를 않는 것으로 보아서는 이 나라 풍습상으로는 죽으나 사나 시가집 귀신이 되어야 한다는 전통적인 예절이 배여 있음을 읽을 수 있다.

때맞추어 작은아들 M군이 값진 위스키를 내어온다. 배탈이 나서 먹고 마시는 일에 조심스럽던 K고문도 이번에는 사양치 않는다. 술이란 참 좋은 것이다. 잠을 앞세워 몰려오던 피로를 확 가시게 해준다. 고향에 온 기분처럼 친숙해진 분위기를 느끼며 노래를 흥얼거려 본다. 혼자서 흥얼거리던 노랫소리가 예상외로 컸던지 모두가 귀를 기울이기는 눈치다.

내가 흥얼거리기를 마치자 모두가 손뼉을 친다. M군이 내 곁에 앉은 K고문에게 다음 차례라며 노래를 청한다. 평소에 제대로 아는 노래가 없을 정도로 음치임을 아는지라 내가 조금 알고 그도 조금 아는 일본의 영가인 '고조노쓰키 – 황성(皇城)의 달(月)' 을 부르라고 권해 본다. 엉거주춤 일어나 노래를 부르기 시작한다. 그를 도와 합창을 하는데 일본노래를 잘하는

P회장도 동조해서 가까스로 노래를 끝낸다.

여러 사람이 갑자기 어울리는 한판의 축제가 된 셈이다. 이 집 큰아들 G군, 작은아들 M군에 이어 며느리들의 독창을 청했더니 6명의 가족 전부가 일어나 그들의 민요를 불렀다. 한국식으로 말하자면 민속 음악에 해당하는가 보다. 그중 널리 사랑받고 있는 것이 가잘(Ghazal)이라는데 회교권의 언어인 우르드(Urdu)어로 쓰인 가사인데 대부분 사랑 타령이며, 내용이 감미로운 만큼 창법도 가볍고 부드러웠다. 그러나 인도사람들은 술을 마시지 않아서 그런지 우리처럼 흥은 없다.

물론 부르는 노래도 흥타령은 아니고 일전에 들어본 기악들도 그랬다. 다시 0박사가 우리 민요 아리랑을 불렀고 P회장께서 신나는 밀양 아리랑을 불러 판이 값지게 되었다. 술도 한잔 마신 김에 이번에는 내가 일어나 쇼팽의 '이별곡'을 열창했다. 많은 박수를 받으며 노래판을 끝내고 만찬석으로 자리를 옮겨 앉았다.

인도의 정신

인도는 모든 종교가 다 있는 나라라고 스스로 말한다. 그러나 80%가 힌두교, 이슬람교가 13%, 기독교 2.3%, 불교는 0.7% 정도란다.

이곳에 오기 전 한국에서부터 인도 요가(Yoga)에 대해 관심 여부를 묻던 P여사가 엊그저께는 요가에 관한 책 3권을 0박사에게 안기더니 오늘은 아침 시간에 직접 현장에 가 보자는 제안에 따라 P회장, 0박사와 같이 셋이서 P여사가 직접 모는 차에 동승하고 떠났다.

그 나라 그 민족의 정신문화란 감히 왈가왈부할 개재는 아니라는 사실에 초점을 맞추고 그들의 내면생활에 접해 본다는 뜻에 참가의 의미를 부여했다. 인도인의 정신은 무엇인가? 겉으로만 보이는 그것도 어느 지역에 국한된 영역만을 훑어보고 '이것이다' 라고 말하기는 소경이 코끼리 다리를 만지고 사물을 판단하는 격이다.

7시 40분(우리 시간으로 11시경), 아침 출근 시간인 데다 어지럽게 지나가는 잡차들의 소음이 요란한 속을 갑자기 뿔소 한 마리가 지나간다. 교복 입은 여학생들이 무리를 지어 지나가는 모습은 우리와 별로 다를 게 없지만, 전통의상인 사리를 입지 않았다는 점에서 눈에 뜨인다. 뚜껑이 있는 삼륜차인 사이클 릭샤에 실려 학교로 가는 어린 학생들의 까만 눈동자가 피부색이 다른 우리를 주시한다. 이것저것 설명하느라 쉴 새 없이 재잘대며 운전을 하는 P여사다.

오랜 시간을 영국의 식민지 통치하에 있었던 나라의 흔적이 곳곳에 남아 있다. 식민지 시대에는 이 A시는 붉은 벽돌로 된 성곽에 둘러싸였다는데 13개의 출입문이 있었다는 설명이다. 지난번 P씨 내외가 한국을 방문했을 때 기념품으로 주고 간 은으로 만들어진 모형과 닮은 건물이 우리 눈앞에 들어온다.

이 도시의 건설자 아흐메드 샤(Ahmed Shah)의 하인이었던 시디 사이야드(Sidi Saiyad)에 의해 지어진 사원으로 사바르미띠 강으로부터 100m 거리에 자리 잡고 있다. 인도의 고유한 문장이라 할 수 있는 아름다운 무늬가 새겨진 문지방 위의 조각품이다.

그들의 선조가 남긴 아름다운 문화재로서 건물의 출입문 위에 조각된 장식인데 그중 하나를 영국인들이 대영박물관에 옮겨가고 지금 같은 모양의 것은 다시 복제한 모조품이란다. 그런 점에서 지배받은 민족은 문화재마저 빼앗겨야 하는 비극을 안고 있다는 공통점을 갖는다.

오랜 세월을 피압박 민족으로 살아온 그들이기에 어쩌면 은근과 끈기로 다듬어진 민족정신이 강하게 뿌리박고 있을는지도 모른다. 더욱이 이 A시가 바로 인도의 아버지요 인도인의 정신적 지도자인 마하마트 간디가 태어난 곳이라는 데서 그들은 대단한 자부심과 긍지가 대단해 보인다.

아침 햇살을 받아 거룩하게 느껴지는 사원들이 거리 곳곳에 있다. 14세기 아흐메드 샤가 지었다는 자미 마스지드(jami Masjid) 이슬람교 사원 등이 지나간다.

한참을 달려 다다른 곳이 요가원이다. 영어는 한 줄도 없고 난해한 인도어로만 표시된 간판이 걸려 있는 건물 안쪽에는 마당에서부터 방안까지 사람들로 북적대고 있다. 차를 세운 길옆의 집 뜰에서 비질하고 있던 한 남자가 그녀에게 아는 체를 하며 다가왔다. 그의 오라버니라 소개한다.

길 건너 한길 앞에 큰 저택이 자기의 친정이라고 설명한다. 그러니 자기의 고향 동네인 셈이다. 요가원 마당에는 짚방석 비슷한 거적때기나 천으로 된 멍석을 깔았고 더러는 개인용 방석을 가진 사람들이 맨발인 채로 우글거린다. 대체로 아침 요가를 마친 시간인가 보다.

낯선 이방인들이 한 여인의 인도를 받으며 남자들만 웅성거리는 속을 헤치며 안으로 들어가려니 자연히 따가운 눈총 속이다. 웃통을 벗은 사람, 짧은 바지나 운동 팬츠를 걸친 사람들이 바닥에 엎디어 용을 쓰고 있기도 하고 호흡을 멈추고 죽은 듯 누워 있기도 하다.

네댓 평 되는 입구 쪽에 약간 높은 단상에 한 백발노인이 앉아서 오고 가는 사람들의 머리를 쓰다듬어 주고 있다. 그의 등 뒤에 걸린 전신을 그린 큰 초상화의 주인공이 바로 이 노인임을 안다. 도를 통달한 듯 대단한 사람으로 보인다. 조금 뚱뚱한 체구의 콧수염을 짧게 기른 젊은이가 그 어른 앞에 앉아 우리에 대해 설명하는 눈치다.

P회장을 포함해 넷이서 비좁은 복도에 꿇어앉아 두 손을 모아 이마에 대고 알현을 한다. 그 노인과 한참을 얘기하던 젊은이는 우리를 일으켜 세우더니 다른 방으로 안내한다. 나중에 안 일이지만 그는 조금 전에 만난 그 노인의 자제분이란다. 그 노인의 근엄함에 비하면 장돌뱅이 같은 인상을 풍긴다.

이방 저방에 사람들이 비좁도록 우글거린다. 어떤 방에는 부처님의 영정이나 불상을 모신 앞에 꿇어앉아 염불을 외며 삼매경에 빠진 사람들이 있고, 어떤 방에서는 계속 절을 하는 사람, 가부좌를 틀고 앉은 사람 등 다양한 모습으로 요가에 심취된 정황이다.

우리를 제일 구석진 안방으로 데려간 그는 에어컨을 틀어 시원하게 한 뒤 요가 강의를 시작했다. 내가 아는 상식으로는 인도 요가란 몸을 비틀고 사지를 꼬는 유연성을 기르는 운동인 줄 알았는데 실제로는 기를 다스리는 단전호흡이 주고 다음으로 운동을 통한 유연성으로 몸을 다스리는 그것이라고 설명한다. 그의 빠른 언변에서 많은 사람이 교화를 받은 느낌을 받는다.

우리 인간들의 뇌파는 주로 베타(Beta)파인데 기를 통해 알파파를 지닐 수 있고 그것을 통해 무의식의 세계에까지 이를 수 있다는 것이다. 잠을 잘 때 소비하는 산소량은 평소보다 20% 정도 적게 소모하는데 단전호흡에 의하면 그보다 더 적은 양의 산소만 필요하다는 것이다. 숨을 쉬는 방법도 들이쉬는 호흡보다 내뱉는 호흡법이 더 중요하다는 설명이다.

복근으로 숨을 쉬는 법을 비롯한 숨을 내뱉을 때 '옴' 소리를 내면서 긴 시간에 걸쳐 호흡하는 법 등 실습을 곁들인 1시간에 걸친 많은 얘기를 들려주었다. 양반다리를 하고 앉았으려니 벌을 선 듯이 다리가 아파 비비적거리며 시간을 채우느라 고역을 치른 셈이다. 우리나라 체육관을 방불하게 하던 요가방도 우리가 문을 나설 때는 어느새 조용해져 있었다.

호텔로 돌아와 식사하자고 K씨 방문을 노크했더니 돈을 건네준다. 웬 돈이냐니까 아침에 내 방 청소담당자가 방을 치우다가 쓰레기통에서 돈을 발견했다면서 일행 중 유일하게 방에 남아 있던 K를 찾아가 전해 주더란다. 아침 일찍 0박사가 미화 100불을 인도 화폐로 바꿔 3,151루피(1$=31.51 Rupees)를 전해 주기가 바쁘게 요가원 행차를 알리기에 부랴부랴 서둘다가 돈 일부가 방바닥에 떨어진 것도 모르고 나섰던 것인데 내 방을 청소하던 마음씨 고운 청년이 임자를 찾아준 것이다.

나중에 보니 지난번 내가 입던 옷을 쓰레기통에 버렸더니 그것을 가져도 되냐며 물어온 그 자였다. 그의 그런 행동이 고마워 30루피를 주었다. 우리네 풍토 같으면 그런 돈을 보는 즉시 제 호주머니에 집어넣고 말 일이지만, 임자를 찾아준다는 것은 인도의 양심을 대변하는 것 같아서 없어도 별 탈 없이 사는 그들의 정신자세에 절로 고개가 숙어진다. 기분 좋은 아침이다.

여행을 마치고

역사상으로 보면 인도는 찬란한 문화의 꽃을 피웠던 나라이다. 그래서 지금도 그 흔적을 어디서나 쉽게 발견할 수가 있다. 그런 속에서도 현대를 살아가는 그 땅의 주인공들에게서 전혀 가공되지 않은 원초적 삶의 면모를 있는 그대로 보여준다는 데서 인도는 매력 있는 나라였다.

있는 그대로의 삶을 영위해 가는 그들을 보며 나는 이렇게 반문해 보았다. 나는 무엇인가? 나는 누구인가? 나는 어디서 왔는가? 궁핍한 생활 속에서도 소박하고 천진스러운 미소가 문명이라는 겉옷을 걸친 나에게 부끄러움을 일깨워주는 시간이었다.

희망이 꿈틀거리고 있음이 보인다. 비록 소수일망정 옛날 조상들이 이뤘던 인류문명의 발상지를 재현하려는 야망을 엿볼 수 있는 느린 움직임의 물결이 점쳐진다. 컴퓨터를 가진 학생은 드물지만 상위권 우수학생들은 전부가 미국이나 유럽의 유수한 대학이나 유명한 기업에서 공부하고 일하는 인재를 가진 IT강국으로 발돋움하고 있다.

아무튼, 일주일간의 여행으로서 인도가 어떤 나라인지를 느끼고 인식하기는 어렵다. 더 나은 삶을 추구하며 바쁘게 사는 사람들의 몸부림만큼이나 헛된 짓이 없다는 것을 가르치는 자비로운 삶의 모습이 나에게 새로운 종교관을 느끼게 한다.

마음을 비운다는 것, 어느 것 한 가진들 가지고 태어나지도 않았고, 또 많이들 갖고 가는 것도 아닌데 여러 표정 지어가며 어쭙잖게 살아갈 필요가 있겠는가?

안녕들 하세요(Namaste)!

동유럽과 체코(Czech) 여행담

나는 이 나라를 네 번이나 여행했다. 두 번은 사업차로, 두 번은 동유럽 관광차였다. 체코는 유럽의 중앙 내륙에 있는 공화국. 1918년에 오스트리아 · 헝가리 제국이 붕괴되어 독립하면서 체코와 슬로바키아의 두 공화국으로 이루어진 연방제를 채택하였으나 1948년에 공산화되었다가 1993년에 분리되었다.

이 여행기는 1993년 5월 분리된 지 얼마 되지 않은 시기로 우리나라보다 앞선 화학기술을 도입하기 위해서 방문했던 때의 나의 첫 방문 기록이다. 모든 산업이 국영이었던 체제에서 민영화를 시도하면서 국가의 부흥을 위해 자본이 될 수 있는 것이면 아무리 좋은 고급기술이라 할지라도 헐한 값으로 인도가 가능했던 시기였었다.

선진국들과 거래를 하다 보니 관련산업계의 정보를 남들보다 빨리 폭넓게 들을 수 있어 이번 여행도 그런 차원에서 이뤄졌다. 사실 체코의 기술수준이 어느 정도인지 미지수였지만 정밀화학 부분에서도 고전적 약전분야에서는 우리가 상상하던 이상의 수준이라는 점과 그들이 이제 막 개방정책을 폄으로써 다른 선진국에서보다 헐값으로 기술도입이 가능하다는 점에서였다.

후에 할 얘기지만, 결국 우리가 경제적 여건 때문에 많은 부분에서 아쉽게도 기술도입을 못할 처지일 때 독일의 거대기업이 이 기업 전체를 합병 형식으로 인수하고 말았음을 밝혀둔다.

목적지로 가면서

모든 일이라는 게 순리를 따라 순조로울 때 사람들은 편안해 한다. 김해공항에 닿은 것은 출발에 앞서 50여 분의 여유를 가진 시간이었으나 우리보다 앞선 젊은이의 수속이 늦어 30여 분이나 기다리는 통에 짜증이 났다. 그 젊은이는 유럽 쪽에 유학차 가는 모양인데 짐이 많아 짐값 때문에 항공사 측과 눈싸움을 하느라 뒷사람의 입장은 조금도 고려치 않는 그런 시간의 연속이었다.

어디를 가나 후진국은 다 그런 심정으로 받아들여졌다. 왜냐면 어디론가 떠나야 하는 사람들은 다음을 향한 바쁜 심정들이기 때문에 가능한 이면 서둘러 주는 것이 서로를 편안히 해주는 것이 아닌가 생각 는다.

그렇게 시작된 이번 여행은 김해공항에서 독일의 프랑크푸르트로 막 바로 짐을 부치고 동시에 그곳으로 우리를 태워 갈 KAL기의 좌석권도 미리 받아 가벼운 서류 가방만을 들고 김포공항에 내려 공항 내 순환 버스로 국제선 터미널로 갔다. 그리고 귀빈실에 들러 무료인 음료수를 마시며 먼 여행에 대비한 휴식을 취하는 시간적 여유를 가질 수 있었다.

외국 여행 때마다 느끼는 일이지만 선물을 준비하는 일이 또 하나의 짐이 된다. 값의 고하도 문제거니와 대상자가 한둘이 아니기 때문에 더욱더 고민스럽다. 누구나 마찬가지겠지만 조그마한 것도 선물이라면 다 좋아하기 때문에 알 만한 사람들에게는 성의를 보이는 것이 좋겠다는 것은 늘 마찬가지다.

출국 수속을 마치고 들어가 면세점에서 가장 한국적인 것을 골라 몇 가지 선물을 준비한 후 기내로 들어가 자리를 잡았다.

낮 12시 40분에 이륙한 KAL 905기는 서울 상공을 지나 강원도 상공을 날았다. 지난번 미국 여행 때도 그랬었지만, 이코노미 클래스가 아닌 한 급 위인 비즈니스 클래스의 좌석을 배정받고 보니 그 편안함과 대접이 이루 말할 수 없이 좋았다.

우리를 태운 KAL기는 일본 동북부의 니가타현까지 갔다가 거기서 해안을 따라 소련의 캄차카반도를 거쳐 시베리아를 가로질러 모스크바 상공, 발트 삼국을 가로질러 가는 항로를 따른다.

지난달 29일에 미국 출장에서 돌아와 이제 여독이 풀릴 만하니까 또다시 유럽 출장이다. 중소기업의 사장이 해외 출장으로 너무 자주 자리를 비우는 데 대하여 기업주인 회장과 조금 견해를 달리하는 기분에서 떠나온 터라 마음 한구석에 자리를 잡은 언짢은 생각을 지울 수 없다.

실제로 연속 출장이 되고 말았지만, 이번 출장은 벌써 5개월 전에 그들과 이미 약속된 것이었고 공교롭게도 미국 지역과 유럽 지역이 다 같이 적기임을 알려왔기에 여정이 그렇게 된 것뿐이다.

미국 출장에서 얻은 결론처럼 회사 책임자가 내부 관리만 하고 앉았을 수 없다는 점이다. 수출을 통한 우리 회사의 매출 비중은 40%나 되기 때문에 실제 발로 뛰는 세일즈 활동 없이는 거래처 확보를 기대할 수 없다. 또한, 외부에서 오는 주문만으로 고객 관리를 할 수 없는 노릇이고, 설사 그룹 내에서 판매 대행을 해 주는 회사가 있다지만, 그들은 무역 실무 중에서 서류상의 치다꺼리나 할 뿐이지 실제 거래처 확보라는 데는 무관심한 것이 사실이었다.

사장인 나 자신이 뛰어야 하는데도 이유가 있다. 왜냐면 아직은 나처럼 축적된 기술과 영업적인 감을 가진 성숙한 실무 직원이 없다는 점이다. 실제로 우리 제품이 남의 회사 원료로 쓰인다는 점에서는 별것 아닌 것 같지만, 그동안 경험에 비춰봐서 기술 지원이 수반되지 않는 해외 영업은 어렵다는 것을 잘 안다. 또 생산하는 당사자가 아니고 한 다리 걸쳐 수출 행위를 대행한다는 것은 결국 상품에 대한 애착의 결여를 쉽게 점칠 수 있다.

이런 점이 일반화된 기계류나 아무나 골라 쓸 수 있는 대량 또는 보편적 원료와는 다른 점이다. 그래서 뜻있는 우리 사원들의 견해는 우리 물건은 우리 손으로 직접 팔아야 하겠다는 점을 강력히 주장해 오고 있다. 1년간의 무역 업무를 계열사에 대행시켜 본 결과에 대한 전체 간부들의 의견도 똑같았다. 또 고려해야 할 중요한 점은 무역 업무의 중요성이 물건을 내보내는 것이 중요한 것이 아니라, 국제시장에서의 정보가 얼마나 중요한가를 직접 체험해 보지 않고서는 모른다는 사실이다.

우리의 고객은 날이 다르게 더 이상적인 것을 요구해 오고 있는데, 우물 안 개구리처럼 바깥일은 모르고 앉아서 주는 것이나 받아먹고 있어서야 어찌 급변하는 시장 상황을 뒤따라가며 일일이 고객의 구미를 맞출 수 있겠는가? 고객들도 기다려 주는 데 한계가 있기 마련이고, 한 다리 건너서 전해 듣는 필링이나 정보 역시 올바른 의견 전달일 수 없다.

여하간 이번 여행을 다녀와서 새로운 견해를 정립할 필요가 있겠다. 그리고 회사를 그만두는 한이 있더라도 회사를 키우는 방법이라면, 기업주와 정면 도전이라도 해야 하는 것이 경영을 책임지고 있는 책임자의 할 일이라 생각한다.

소신 없이 주는 월급이나 받고 앉아서 예스 맨으로서의 역할에만 충실한데서야 당장 회사는 어떻게 되며, 또 개인적으로는 후일에 무능했었다는 평가밖에 얻을 게 더 있겠는가? 현재의 만족보다는 결과가 더 중요한 것이라는 사실과 몸소 뛰면서 부닥쳐 나간다는 소신에는 변함이 없다.

이런저런 복잡한 생각을 하다 기내 방송 시스템을 통해 비치는 스크린을 쳐다보니 우리를 태운 항공기는 지금 일본 동북부 해안의 니가타 상공을 날고 있음을 알린다. 한 시간 20여 분이 지난 셈이다.

기내 식사가 나온다. 어느 항공사보다도 서비스가 좋다는 KAL기의 외국 노선이 인기라는 것이다. 사람은 누구나 마찬가지로 같은 값이면 자국 것을 애용하려는 습성이지만, 그래도 질 좋은 쪽을 택하려 드는 것이 오늘날의 국제 감각이 아닌가 여긴다. 이것이 상업적 효과라 볼 때, 우리 상품 역시 그런 경향이 아닐 수 없으리라.

포도주 한 잔을 들이켜고 낮잠을 즐기다가 눈을 뜨니 영화 상영이 있었다. 자다 말다 잡지나 책을 뒤적거린다. 14시간 동안이란 한정된 시간이기는 하지만, 제한된 공간 내에서의 긴 시간 동안 갇힌 자리에서의 몸부림은 어쩔 수 없는 일이다.

긴 비행 후에 곧 착륙하겠다는 기내 방송을 따라 몸을 가누며 창밖을 내다보니 독일의 프랑크푸르트 상공을 낮게 비행하고 있다. 현지 시각으로 오후 4시 반이라니 우리와 꼭 7시간 차이가 난다. 비행기는 사뿐히 내려앉아 내 생애 유럽이란 외지에 첫발을 내딛게 했다.

공항의 입국 수속이라는 게 놀랍다. 두서너 명의 관리가 적당히 앉아서 여권을 받아서 얼굴만 확인하고 통과시킨다. 더욱더 놀라운 것은 EC 국가에서 오는 사람들은 그것조차도 없다. 우리나라를 비롯해 몇 개국은 컴퓨터를 두들겨 보기도 하고 입국 카드도 챙기며 그것도 부족해서 입국 목적을 비롯한 체재 일정 등에 대해서 꼬치꼬치 캐거나 귀국할 비행기표까지 챙기는 극성에 비하면 과히 놀라지 않을 수 없다.

이래도 되는 것을 왜 그래야 하는지 선진국답다는 데 거듭 놀랐다. 수화물도 마찬가지다. 선별적으로 한두 사람 정도만 점검하는지 육중하게 만들어진 손수레 카트에 아예 산더미처럼 싣고 나오는 짐에 대해서 노 코멘트다.

공항 로비를 나와 예약해 둔 쉐라톤 호텔을 찾으니 공항 건물과 맞붙은 건물이었다. 독일인의 특성을 대변하듯 실용적으로 튼튼히 만들어진 육중한 짐수레에 가방들을 담아 싣고 엘리베이터를 타고 공항 2층으로 올라가

난간을 건너니 거기가 바로 호텔의 로비였다. 멀리 오가는 여객들을 위해서 가장 편한 호텔일 수밖에 없다. 어차피 하룻밤 여기서 머물고 내일 오후에 떠날 것이니까 잘된 일인 듯하다.

이 호텔에서는 열쇠를 컴퓨터에서 직접 구멍을 뚫어 카드로 만들어 준다. 6층까지 올라가 다시 엘리베이터를 바꿔 타고 7층으로 가는 번거로움이 있었고, 호텔 방을 찾아가는데도 50m를 넘을 정도다. 엘리베이터를 타고 올라가면서도 느낀 점이지만 그들이 만든 모든 기계류가 그렇듯이 투박하게는 보일망정 그 견고함이란 세계 제일일 것이라는 짐작이 간다.

짐을 풀고 세수라도 할까 하는데 로비에서 전화가 걸려 왔다. 만나기로 약속이 되어 있는 T사의 사장이었다.

다른 일을 할 여유도 없어 현재 차림새 그대로 로비로 내려가 그들을 만났다. 약간 구석진 자리로 가서 수인사를 나누었다. 그들은 우리 그룹의 모체인 S사와 오랫동안 거래 관계가 있다.

차를 대신해서 독일산 맥주를 한 잔씩 들이켰다. 역시 본산지에서 마시는 맥주 맛답게 시원하고 맛있다. 그들은 무려 넉 잔을 마시고 나는 두 잔으로 술기운을 느낀다. 그들은 맥주를 음료수처럼 마신다더니 과연 그런가 보다. 맥주를 많이 마시면 살찐다는데 다른 혼합물이 첨가되지 않아 살찌는 것과는 무관하다는 얘기다.

저녁 8시까지 이런저런 얘기로 시간을 보내다 내일 10시에 만나 상담키로 하고 헤어지니 고단이 밀려온다. 우리 시간은 다음날 새벽 3시다. 창밖을 내다보니 공항 반대편으로 멀리 뻗어난 길들로 짐을 실은 차들의 분주한 움직임이 보인다. 대충 씻고 타국에서의 첫 밤을 보낸다.

독일을 거쳐

새벽에 눈을 뜨니 3시다. 우리 시간으로는 낮 10시쯤이겠다. 습성이라는 것이 참 무서운 것임을 실감한다. 자리에 누워 두어 시간 동안 김포공항에서 산 6개 국어 회화책을 펴서 필요한 부분들을 눈에 익혀 나갔다. 외국에 나오면 실감하는 일이지만, 외국어를 잘 구사할 수 있다는 것은 참으로 중요한 일이다.

우리 시절에는 외국어에 대한 감각도 둔했거니와 그럴 필요를 덜 느끼고 산 셈이지만, 오늘날 국제 사회가 폭넓게 열리고 안방처럼 드나들 수 있는 처지에서는 언어의 장벽이라는 것은 서로의 무식일 수밖에 없다. 그래서 나보다 젊은 동료들이나 주위 사람들에게는 늘 외국어의 필요성을 강조해 오는 터이다.

늙어가는 주제에 외국어를 배울 필요가 있느냐고 말하는 축도 있지만 나의 견해는 다르다. 잊어가는 것이 머릿속에 남는 것보다 많을 정도로 기억력도 떨어져 가지만 죽는 날까지 부단히 배우는 데 온 힘을 다할 따름이다. 자식들에게도 그 필요성을 강조하고 한 살이라도 젊은 나이에 외국어를 익혀 빠르게 다가오는 세계화 추세에 대비해 가도록 해 주는 것이 어떤 재산의 대물림보다 낫겠다는 생각이다.

아침 참배를 드리는 중에 O박사로부터 식사 시간임을 연락받고 부랴부랴 세수한 뒤 간편복 차림으로 나섰다. 실리적이고 튼튼한 건물이건만 호텔 내의 통로는 찾아 내려가기가 매우 복잡해서 둘이서 한참을 오르내리며 헤매었다.

금연석 자리에 앉아 뷔페식 양요리보다는 가격면에서 약간 비싸긴 해도 된장국이 포함된 일본 정식을 청했더니만 꽤 시간이 걸렸다. 조식으로 일식이 나올 정도니 일본 사람들이 그만큼 많이 이용한다는 뜻이기도 하다. 듣기로는 유럽에서는 독일 사람들이 지독해서 마치 동양에서 일본 사람들처럼 따돌림을 받는 처지라는 소문이다.

평소에도 들어 알지만 그들의 식사하는 모습을 눈여겨보고 있노라니 정말 접시 밑바닥이 말갛도록 음식 찌꺼기가 전연 남아 있지 않게 빵 부스러기나 채소 잎으로 닦아 먹는다. 어릴 때부터 철저히 교육받은 결과가 아니고서는 그럴 수는 없을 것이라는 생각이 든다.

식후에는 공항 청사로 나가 공항 내부를 둘러보았다. 천정에는 1, 2차 대전 때의 소형 비행기들의 모형이 걸려 있다. 100여 개가 넘는 각국 항공사들이 집결된 공항 내에서 우리의 KAL 항공 카운터를 찾기도 깨나 힘이 들었다. 오후에 탑승 수속을 하는 데 도움이 될 것 같아 눈대중으로 짐작해 놓고 호텔로 돌아들었다.

10시 정각에 상담 준비를 해서 호텔 로비에 내려가니 어제 만났던 H(하임) 씨와 D(도이치만) 씨가 기다리고 있었다. 특별히 호텔 라운지의 코너를 빌려 자리를 잡고 상담에 임했다. 역시 그들은 맥주를 음료수처럼 마신다. 12시까지 두 시간 동안 세밀한 분야에까지 걸쳐 앞으로의 협조 체제를 구축해 보자는 의견으로 진지한 상담을 나누었다.

현재 우리의 유일한 대리점인 이탈리아의 S(소킴)사가 전 유럽 시장을 커버할 수 없다는 것이 나의 판단이기 때문에 이들을 통해 독일 주변 국가들을 공략해 보는 것도 좋겠다는 생각이다.

12시가 되어 대체적인 상담을 끝내고 호텔 방으로 올라가 짐을 꾸려 체크 아웃을 마친 뒤, H씨는 다른 바쁜 일로 두 시간 거리에 있는 뒤셀도르프의 사무실로 되돌아가고, 남은 D씨와 호텔 내의 식당으로 자리를 옮겨 점심을 같이하였다. 우리는 뷔페식으로 정하고 그는 별도의 요리를 시켰다. 여러 가지 낯선 음식들이지만 야채류를 포함해서 푸짐하고 맛깔스러운 음식들임은 분명하였다.

상담 이외의 각종 얘기를 나누다가 두 시께나 되어 자리에서 일어났다. 로비에 맡겨두었던 짐을 챙기는 데 담당자인 독일인이 제법 일본 말을 잘해 우리를 웃긴다. 공항 로비까지 나와 거기서 D와 헤어진 후 우리가 타고 갈 L(루프트한자) 항공사의 카운트에다 일찌감치 짐을 맡기고 출국 게이트를 통과했다. 입국시에는 여권이라도 넘겨다 보더니만 나갈 때는 눈대중으로 여권이 손에 들렸는지조차 확인하려 들지 않는다.

공항 내의 매점을 두루 돌아다니며 눈요기 쇼핑으로 두 시간이나 남은 시간을 땜질하였다. 시차를 이기는 데 큰 노력이 필요하다. 목도 마르고 해서 맥주 한 캔씩을 주문하니 우리 돈으로 16,000원이다. 이곳도 터무니없이 비싼 물가임을 실감한다.

적당한 곳에 자리를 잡고 이번 여행의 의의와 앞으로 대처해 나갈 방법 등을 논의하며 한 시간 정도를 보내다가 안내 방송을 따라 탑승구를 찾아가 셔틀버스를 타고 활주로 가까이 대기하고 있는 제2의 목적지로 향할 LH 3310에 오르니 오후 4시 반이다.

100여 명 정도가 탈 수 있는 소형 제트기에 올라 줄이어 이륙하는 비행기들의 차례 때문에 20여 분을 기다리다가 이륙하였는데, 산이 없는 대륙을 날기 때문인지 그렇게 고도를 높이 잡지 않아 구름 사이로 언뜻언뜻 내비치는 푸른 5월의 유럽 대륙의 산야가 아름답기 한량없다. 눈부신 하얀 구름 속에 묻혀 구름이 펼치는 갖가지 형상의 장관을 본다.

비행기가 고도를 잡기도 전에 기내식을 날라다 안긴다. 식성이 까다로운 사람은 제대로 음식도 먹지 못했을 시간인데 벌써 내릴 준비를 하란다. 비행시간이 50분도 채 못 되는 거리를 날아온 셈이다.

저것이 국경선이라 할 강도 산도 보이지 않건만, 발아래 펼쳐진 아름다운 숲으로 치장된 벌판이 체코라는 나라란다. 이런 아름다운 나라가 공산주의에 물들어 반세기가 지난 지금 이 땅은 심히 가난한 나라로 전락하고 말았다니 믿기지 않는 사실로 받아들여진다.

숲속에 길게 뻗은 활주로를 내달리다 심장이 멎은 비행기는 우리를 공항 청사 앞에다 내려놓았다. 맑은 5월의 태양이 낯선 방문객을 반기는 듯 내리비친다. 저만치 활주로 끝에는 뒷부분에 바퀴가 하나 더 달린 소련제의 CSA(체코슬로바키아 항공사) 여객기 서너 대가 초라한 모습으로 서 있다. 전연 국제공항답지 않다는 느낌이 가난한 국력을 뜻하는 듯하다.

공항 로비로 들어서니 제복 입은 군인 차림의 직원들에게서 다소의 살벌함을 느낀다. 줄을 서서 입국 수속을 받는 동안 우리는 따로 비자를 받아야 하는 번거로운 절차를 밟는다. 서류를 꾸미고 환전을 해서 비자를 받는 데 필요한 돈을 지불하기까지 무려 40여 분이 넘게 걸린다.

많은 인력을 동원해서 시원시원하게 처리해 주면 좋으련만 줄을 서서 기다리기에 짜증이 났다. 줄을 서는 데 이골이 난 국민이라서 그런지는 몰라도 도대체가 마음에 안 든다. 비자 신청 대금으로 국고를 충당하려는지 그것도 미화로 35불씩이나 받는다. 우리 돈 30대 1에 해당하는 그들 화폐로는 엄청난 돈이다. 그것도 지난해까지는 25불이었다는데 인상된 것이라고 한다.

더욱 기가 찬 일은 환전할 때에 수수료를 1%씩 뗀다고 공식적으로 벽에 적혀 있다. 줄을 서서 기다리는 동안 다른 외국 손님이 나 들으라고 영어로 후진국임을 비꼬았다. 공항 분위기에 눌려 기분을 잡쳤는데 그래도 전보다는 많이 좋아져 보인다는 게 한 차례 이곳을 다녀간 경험이 있는 O박사의 설명이다.

좌우간 제일 마지막 손님으로 입국 사정을 마치고 짐을 찾아 나서니 DUOS(체코화학연구소)의 M(마투스) 씨가 운전사 한 명을 대동하고 기다리고 있었다. 지난해 9월 우리 회사를 방문해 10일 동안 머문 바 있는지라 반갑기 그지없다. 유일하게 영어 소통이 원활한 분이어서 더더욱 그렇다.

체코 국립연구소의 1호차라는 체코제 승용차는 앞에다 짐을 싣는다. 내가 타는 현대 자동차의 소나타에 비하면 세련미라고는 전혀 없어 우리 차가 말쑥한 신사 같다면 마치 시골 농사꾼에게 비길 만하다. 이 나라는 트럭과 농기구들을 만드는 데는 과히 세계적이라는 사실을 이 자동차의 인상에서 느낄 수 있다.

운전석 옆자리에 앉아 이 나라의 수도 프라하의 전경을 비디오로 찍어가며 새로운 풍경에 접한다. 중세 유럽 문화의 일익을 담당했던 역사의 중심지였음을 한눈에 느낄 수 있는 고풍스러움을 거리 곳곳에서 발견할 수 있다. 많은 것을 시사하는 역사의 부침 속에 그래도 옛 조상의 문화를 그대로 간직하고, 그 자부심에 사는 이들 민족에게 지금의 심정은 어떨까?

2차 대전 후의 소련의 침공으로 공산주의 통치하에서 압박받고 자유 잃은 40여 년 동안의 쓰라린 역사를 누가 보상할 것인가? 프라하의 봄을 되찾기 위해 바쳐진 민족혼들을 향해 두부체크는 자유 투사로 나섰고, 드디어 이 땅에 민주주의의 꽃을 피우게 된 것임을 읽어 안다.

소련의 붕괴까지 몰고 왔던 지난날, 공산주의 체제하에서 가장 먼저 개혁의 물결을 주창한 나라가 체코였고, 거기다가 동구에서 우리나라와의 수교를 가장 먼저 이룩한 나라다.

지금의 대통령 하벨도 독립투사였던 시인 출신의 문인이라 했다. 그런 나라가 최근에 인종 분리 문제로 체코와 슬로바키아로 두 동강이로 갈라졌다는 사실이다. 아무렴 복잡한 역사적 사실 속에 또 한 시대가 흐르고 있음을 안다.

우리가 가야 할 VUOS가 있는 제2의 도시 P(파루드비스)시까지 고속도로를 따라 2시간을 달려야 했다. 넓고 광활한 평야가 쉼 없이 펼쳐져 있어 농산물은 부족한 데가 없을 듯하다. 고속도로도 잘 정비되어 있어 아직은 많지 않은 차량에 한가한 모습이다. 노력만 한다면 먹을 것은 걱정 없어 보이므로 정부나 지도자의 역량에 따라 발 빠른 경제발전을 기약할 수 있겠다는 느낌이 든다.

석양이 지평선 너머로 빨간 얼굴을 가리며 사라져가는 넓은 벌판을 등질 때쯤에 인구가 10여 만 명 정도라는 파루두비스 시에 도착한 것은 저녁 8시경이었다. 우리가 묵을 I(인터호텔 라브)에 닿아 체크인하는 과정에서 아직도 완전히 사라지지 않은 사회주의의 잔영을 본다.

여태껏 다른 나라에서는 본 일이 없는 색다른 절차로 신분을 확인하기 위해 우선 비자를 받았는지 조사한 후, 다른 나라들에서처럼 예약금 내지

신용카드를 미리 받는 것이 아니고, 여권을 받아 담보로 삼고 방을 정해 주는 식이다.

한때는 다 같이 통제가 엄격한 사회주의 체제이었지만 작년에 중국을 여행했을 때만 하더라도 선금으로 실제 요금의 배가 되는 돈을 미리 받아두던 것과는 매우 대조적이다.

주어진 6층 방에 짐을 갖다 놓고 저녁 식사를 같이하기 위해 기다리는 M씨와 운전사와 같이 호텔 내 식당으로 내려갔다. 식당 입구 쪽에는 파친코 룸인지 갬블 룸인지 잘 구분이 안 되지만 제법 많은 손님으로 붐비고 있었다. 널찍한 식당 안에는 그렇게 많지 않은 손님들이 식사를 나누고 앉았다가 동양인인 낯선 이방인들의 출현이 신기한 듯 우리에게 눈길을 자주 보내온다.

우선 이곳의 전통 맥주를 한 잔씩 나누었다. 맥주의 근원지가 여기라는 것과 오늘날 독일 등에서 세계적으로 유명한 맥주의 브랜드가 체코에서 유래한 것이 많다는 사실에 놀랍다. 예를 들면 우리에게 잘 알려진 '버드와이저' 도 독일에서 비롯된 것이 아니고 실은 이 나라 체코의 것이란다. 중세기 역사의 부침으로 맥주도 보헤미안들을 따라 다른 나라로 흘러 들어간 것이라 자랑한다.

가장 최근에 우리 회사를 방문한 M씨는 나의 까다로운 식성을 잘 알고 있어 바다에 접해 있지 않은 나라라서 바다 생선이 귀하다면서 민물에서 나는 송어 요리가 먹음직스럽다며 권한다. 특미가 있는 빵으로 요기를 하며 맥주를 마시는 동안 주요리가 나왔다. 생선 머리를 댕강 잘라버린 요리를 가져와서 뼈만 추려내서 손님에게 권하는 것이 이색적이다. 이곳 사람들에게 어두일미라는 말은 통할 것 같지 않다는 생각이 든다.

긴 여행에 시달린 탓에 시차를 이기지 못해 피로가 몰려온다. 우리 시간으로는 새벽 네댓 시쯤일 것 같다. 내일 아침 만날 시간을 약속하고 방으로 돌아와 속옷과 양말을 빨아놓고 목욕 후 잠자리에 든다.

DUOS(체코화학연구소) 방문

새벽 두 시에 눈이 뜨인다. 어제 이곳에 도착하기까지의 일기를 적었다. 한 시간쯤이 지났을까? 가까운 곳에서 개들이 짖는 소리가 요란하다. 마치 시골에 와서 잠을 자는 기분이다. 다시 하루 일정을 위해 잠을 청해 두어 시간 더 자고 나니 그래도 아침 6시다. 동쪽으로 향해 긴 목욕 수건을 펴놓고 108배를 했다. 몸에 땀이 밸 정도여서 욕탕에 물을 채워 몸을 누이고 오랫동안 잠겨 있었다.

새 옷으로 갈아입고 호텔 앞 공터로 나가 산책을 했다. 어디를 가도 숲길이다. 아침 일찍 직장으로 나가는 사람들이 눈에 뜨인다. 어제 M씨에게서 들은 바로는 출근 시간이 일정치 않다는 것이었다. 6시에서 9시까지 제멋대로 출근할 수 있단다. 사회주의 제도치고는 멋진 발상이라 여겨진다.

정원 벤치에 앉아 맑은 공기를 마음껏 들이마신다. 마치 우리나라의 천리향 나무처럼 생기긴 했어도 이름을 알 수 없는 하얀 꽃을 가득 피워 탐스러워 보이는 나무가 길가 공원의 운치를 더해 준다. 키 작은 소나무도 우리

체코 화학연구소 DUOS 방문

네 정원들에서 보는 것과 다를 바 없고, 이슬을 가득 머금은 풀들도 낯설어 보이지 않고 다 마찬가지로 보인다.

깨끗하고 맑은 아침을 맞고 있으려니 순수를 잃지 않은 자연 그대로를 느끼게 하는 이 나라가 무척 마음에 든다. 문화의 발달이 공해를 더 유발하는 것일까? 그래서 환경론자들이 녹색 운동을 펼치며 자연으로 돌아가자고 외치는 것일까?

아침 시간이 너무 길다. 사전 조율을 위해 한 차례 이곳에 와본 경험이 있는 O박사가 아침 식사는 한국서 가져온 라면으로 때우자며 자기 방으로 청한다. 식당에 가보았자 아침 식사로는 먹을 게 마뜩잖다는 얘기다. M씨가 정성 들여 챙겨다 준 보온병이 샌다. 얼른 컵라면 위에다 더운물을 따르고 욕탕에 내놓았다. 젓가락이 없어 호텔의 탁자 위에 놓여있던 연필과 내 가방 속의 사인펜을 챙겨와서 대강 숨죽인 라면을 후루룩거리며 먹어 치우는 것으로 아침 식사를 때웠다.

9시에 프런트에 내려가 체크 아웃을 했다. 애초에는 하루 더 이 호텔 신세를 지기로 했는데, 시설이나 서비스가 훨씬 못하다는 것이 옮기기를 주장한 M씨의 얘기다. 그 점에 관해서는 O박사도 견해를 같이한다. 우리가 옮겨간 곳은 이 호텔에서 그리 멀지 않은 그곳에 있는 수백 년 된 중세기의 주택을 개조한 방 여섯 개가 전부인 '호텔 100' 이란 이름이 붙은 4층짜리 미니 호텔이었다. 우리 같으면 여인숙이나 다름없다.

우리나라에서는 스낵바나 카페 앞에나 붙여지는 자그마한 간판이 고풍스러운 미니 호텔을 더 돋보이게 한다. 서너 평 남짓한 문간 쪽의 홀은 의자가 대여섯 개 놓인 한국식 카페와 같이 꾸몄고, 안쪽에는 대여섯 평 됨직한 식당으로 굴 안처럼 어두운 데다 키 큰 사람이 머리가 닿을세라 겁이 날 정도로 천정이 낮다.

쪽문을 밀치고 어두운 굴속처럼인 2층 계단을 올라가면서 동화에서나 볼 수 있는 고성 안을 올라가는 기분이 들었다. 3층에 올라가니 우리가 이

틀 동안 머물 방이 깨끗이 정돈되어 있었다. 고풍스럽다고 할까? 아니면 처녀 애들의 공부방처럼 꾸민 자그맣고 운치가 있는 방이었다. 천정에 걸린 등, 벽에 걸린 그림, 벽에 기대선 옷장, 그리고 큰 사람에게는 짧을 듯이 보이는 침대 등 모든 것들이 고풍스러운 분위기를 자아낸다.

자그마한 탁자 위엔 한국의 K사 제품인 자그마한 검정색 TV가 얹혀 있다. 작은 창문 저편으로 초록색을 가득 머금은 신록이 아침 햇살에 고운데, 그 뒤편으로 중세기의 고딕식 고풍이 찬란한 성곽과 지붕 위에 우뚝우뚝 솟은 화려한 장식물들이 아침 햇살에 금빛으로 반사되어 눈부시다.

주인아주머니가 부랴부랴 찾아와 인사를 한다. 30대 초반으로 보이는데 영어가 유창하다. 아래층으로 내려오니 M씨가 느닷없이 한잔하잔다. 아침부터 웬 술이냐니까 청량제를 겸한 건위제란다. 작년 9월에 이들이 방문할 때에 한 병 주고 간 바 있는 도수가 낮은 술로 꽤 향긋한 향내를 풍기며 맛있는 이곳의 특주였다.

연구소 방문 시간을 조금 일찍 예약해서인지 호텔 앞쪽에 있는 시청광장으로 나가 보잔다. 중세기 건물들이 그대로 보존되어 있다는 점과 이들 4,5층짜리 석조 건물들이 틈 없이 맞붙여져 성벽 역할을 겸하고 있다는 점이 특이하다. 길바닥은 10여 제곱센티미터 정도로 깎고 다듬어 만든 수만 개의 작은 돌들로 모양이나 형태를 지워 깔아놓아 수천 년이 지나도 닳지 않을 보도블록 노릇을 하겠다.

이런 힘든 역사를 위해 얼마나 많은 노예가 죽어 갔을까? 골목길을 통해 들어가니 광장 한가운데 탑이 있는데, 섬세하게 조각된 종교적 의미를 담은 많은 동상이 긴 세월에 찌들어 고풍스러운 중세기의 교회 문화를 대변하고 있다. 아침 산책을 나온 노인들과 어린이들, 출근하는 남녀들로 광장 앞은 붐빈다.

광장 중간쯤에 있는 중세기의 고풍스러운 큰 건물이 시청사란다. 1년 전만 해도 냉랭한 기분이 들더라는데 지금은 많이 밝아졌고, 상점들이 많이 생겨나서 활기차 보인단다. 시장경제가 급속한 사회 변화를 일으키고 있다는 의미이기도 하다.

15세기 것으로 키 높은 종탑이 있는 교회 건물 밑을 통해 시내로 통하는 큰 길가로 나가 시내를 바라보았다. 전차가 부지런히 다닌다 싶긴 하지만, 우리 같으면 러시아워인 이 무렵엔 출퇴근하는 소형차들로 복작거릴 터인데, 그다지 붐비지 않는 것으로 보아 지금껏 개혁의 물결을 타는 속도가 느림을 알 수 있다.

10시께나 되어 VUOS가 위치한 오스타 칼라(OSTER COLOR)를 찾아들었다. 넓은 숲속에 수십 동의 크고 작은 건물들이 즐비하였는데 공장답지 않고 연구소 같다. 다만 약품 냄새가 공장임을 얘기하고 있을 뿐 외형적으로는 전연 다른 느낌이 들게 한다. 본부 건물 내로 들어가니 한 차례 우리 회사를 방문한 바 있는 S(슈나이더) 소장이 반겨준다.

차 한 잔을 나누고 일반적인 인사를 끝낸 후, 다른 연구소 동으로 옮겨 낯익은 M(마하란) 박사, B(버즐리) 씨, P(폴라코바) 양 등과 같이 공장 자동화 설비를 비롯한 우리와 유관한 관심사에 관해 검토하고, 상호협조 체제에 관한 실질적인 공동 노력을 기울일 수 있는 방향으로 상담을 이끌어 갔다.

오후 1시께나 되어 S소장 방에서 샌드위치를 먹어가며 양 회사 간의 이익 도모를 위해 어떤 일들을 해 나갈 것인가를 협의했다. 지난달 미국 출장 때에 특별 세미나에 참가했을 때 만났던 부소장급의 D씨도 참석해 정책적인 면에서 많은 배려를 하는 것 같았다. 퇴근 시간이 오후 3시지만 부하 직원이 다들 퇴근하고 없는 속에 고급직만 남아 4시까지 협의를 계속하다가 소장이 직접 문을 잠그고 제일 늦게 퇴근하는 셈이 되었다.

저녁때에 다시 만날 것을 약속하고 숙소로 돌아와 간편복으로 갈아입고 거리로 산책하러 나갔다. 오후 거리에는 많은 사람이 붐빈다. 이처럼 생활을 즐기기 위해 대부분 직장 일을 6시에 시작해서 오후 3시에 마치는 방향으로 시간 스케줄을 짠다는 것이다. 공산주의 사회에서 행해지는 제도치고는 노동자들을 위해 잘된 제도인 것 같다.

이곳은 유리세공 기술이 뛰어나 값싼 양질의 크리스털이 세계적으로 유명하다는 것이다. 그래서 그런지 크리스털 가게가 많았고, 잘은 모르지만 감각적으로 예쁘고 정교한 갖가지 모형과 오색찬란한 색깔이 든 제품들이 진열장을 가득 메우고 있었다.

이곳을 방문한 기념품으로 하나 정도 사 가려고 하니 체코의 화폐가 아니면 안 된단다. 거리에 즐비한 것이 환전소이지만, 그 역시 여권을 소지하고 있지 않아서 당장 환전하기가 어렵다. O박사가 길거리에 나를 남겨두고 숙소로 가서 환전을 해 왔지만, M씨와 약속 시각이 되어 부랴부랴 되돌아왔다.

숙소와 얼마 떨어지지 않은 M씨의 자택을 방문한 것은 그의 초대에 의해서다. 아름다운 숲으로 뒤덮인 공원 옆의 고풍이 창연한 주택가 아파트 2층으로 15,6평 남짓해 보였는데, 거기서 부인과 둘이서만 살고 있었다. 정숙해 보이는 부인께서는 차와 아이스크림을 대접해 준다.

자식들은 다 결혼해 나가 살기 때문에 육순의 늙은이들뿐인 셈이다. 샴페인을 한 잔씩 나눠 들고 사진을 찍는 등 30여 분 머물다가 VUOS의 공식 초대인 저녁 만찬에 참석하기 위해 숙소로 돌아왔다.

저녁 7시에 그들과 만났다. 우리가 묵고 있는 꼬마 호텔 2층에 마련된 만찬장은 우리 집 마루만큼 비좁은 방으로 특별한 경우에 이런 행사를 할 수 있도록 꾸민 것 같다. S소장을 비롯해 지난해 한국을 방문했던 다섯 명을 포함해 VUOS측에서 7명이었다.

M씨가 한국에서 사 온 우리 음악을 틀어놓고 좋아한다. 마치 한국의 어느 레스토랑에 들어온 기분이다. 어떤 내용의 노래냐고 묻지만 요즘 하루가 다르게 변하는 젊은 가수들의 노래라서 한 가지도 아는 게 없었다.

만찬이라지만 별 볼일이 없다 싶은 요리들이었다. 먹는 음식까지도 통제 받던 나라, 그래서 그들의 식성도 바뀌어 버린 것 같다. '나뜨랏씨!' 우리말로 '건배' 다. 다 같이 협조를 당부하며 잔을 들어 마신다. 그들의 눈빛에는 나에게 최대의 정성을 기울인다. 돼지고기와 닭고기가 이 나라에서는 최고의 음식인가 보다.

그러나 나는 육류를 먹지 않는 탓에 더 먹을 것이 없었다. 미처 그런 나의 식성을 헤아리지 못했던 탓에 당황해 하는 것 같았으나 개의치 말라 하고 신경 쓰지 않도록 좌석의 분위기를 이끌어 갔다. 나중에서야 M소장은 미안하다는 인사를 했다.

10시나 되어 그들과 헤어진 후, 목욕하고 나서 숲이 우거진 가까운 곳으로 산책을 나섰다. 풋풋한 5월의 정취를 풍기는 그런 밤이다.

고풍 찬란한 문화 속에

일찍 잠이 깨이는지라 비좁은 창을 통해 하늘을 쳐다보니 달이 동그마니 떠 있다. 저 달은 우리가 사는 지구 저쪽에서 내내 보아오던 달이겠지만 잠시 보고 싶은 얼굴들이 비춰 보였다. 침대에 누운 채로 미등을 밝히고 어제 있었던 일들을 기록으로 남긴다. 얼마나 시간이 지났는지 창가에 드리운 키 높은 나뭇가지에 앉았을 새들이 지저귀는 소리에 침대에서 벗어났다.

대강 챙겨 입고 어두운 계단을 더듬어 건물 밖으로 나오니 처음 보는 영감님이 문 앞에 서 있었다. 나처럼 일찍 나서는 손님을 위해 문을 열어주고 닫는 일을 하는가 싶다고 생각하며 호텔 뒤편에 있는 옛 성곽으로 산책을 나섰다.

아침은 매우 빠르게 다가온다. 어느 집 뒤뜰 쪽에 묶인 개가 낯선 이방인의 휘파람 소리를 꾸짖어댄다. 역사의 주인공들이 부침하는 속에 많은 전쟁놀이를 했음이 보인다. 총을 쏘기 위해 만들어진 구멍들이 규칙적으로 뚫린 성벽을 따라 걷는 오솔길엔 밤이슬을 머금은 꽃과 풀들이 싱그러움을 더한다. 나그네 발길에 놀란 풀벌레들이 선잠을 깬 듯 찌르륵거리며 난다. 성으로 통하는 모든 문은 다 열려 있다. 고풍이 찬란한 역사적 건물들이 긴 세월에 부대끼며 사람들의 손길을 외면한 채 허물어져 있는 모습에서 역사의 중요함도 그 나라의 부와 결부된다는 사실을 느끼는 순간이다. 다시 말해 아무리 값진 문화재일망정 우선 먹고 사는 것이 급한 처지에 놓인 사람들에게는 귀한 대접을 받지 못한다는 것도 후손을 잘못 둔 역사적 비극인가 보다.

그러나 역사는 절대 멈추지 않는 것이 사실이기에 오늘도 이어져 가고 있는 것임에랴! 한때는 이 성을 지배했던 성주도 천군만마를 호령하던 시절이 있었을 것이다. 성곽 위의 높은 둑 위에 서서 비록 어울리지 않을지는 몰라도 우리의 가곡 '장안사'를 휘파람으로 불어본다. 아침 햇살이 나무 잎새 사이로 가느다란 빛줄기를 뻗쳐 온다. 이름 모를 꽃들이 풀 속에 섞여 아름다움을 뽐내는 상쾌한 아침의 산책길이었다.

허물어진 성으로 반잠방이 입은 날씬한 여인들이 걸어 들어온다. 짧은 타이츠를 걸쳐 곧게 뻗은 육신을 돋보이게 차린 미인들의 활보는 고풍스러운 성곽과 대비해 참으로 아름다운 한 폭의 그림이 된다. 외진 성안의 일부 건물을 개수해 시에서 다른 목적으로 사용하고 있는 것 같고, 그 여인들은 그곳으로 출근하는 공무원인가 싶은 생각이 든다.

자유 분망해 보이는 그들에게서 '언제 그랬냐?' 싶을 정도로 40년 이상의 사회주의 근성을 찾아보기 힘들 정도다. 그래도 어느 한구석엔 억압과 굶주림에 시달렸던 비참한 역사의 그늘이 드리워져 있는 듯하다.

숙소로 돌아와 식당으로 내려가 O박사와 같이 간단한 조식을 들었다. 새벽에 문을 지키던 할아버지가 요리를 준비해서 날랐고, 늦게 젊은 주인이 빵을 날라오는 등 부산을 떨며 미안해 했다. 옥수수 콘푸레이크, 차 한 잔, 요구르트와 빵이 전부다.

어두컴컴한 홀 내에 걸려 있는 많은 그림이 자그마한 액자에 담겨 고풍스러운 풍경과 조화를 이루고 있었다. 이 그림들은 모두 파는 것으로 이 시에서는 꽤 알려진 유명 작가의 그림이라는데, 그 작가가 하도 주정뱅이라서 작품 관리는 그의 딸과 형님이 한단다.

오후에는 이곳을 떠나야 하므로 짐을 꾸려두고 8시경에 M씨를 따라 연구소로 갔다. M(마하란) 박사와 그의 후임으로 염, 안료 부분의 기술 책임자가 된 D(도브로볼니) 박사 방으로 가서 1시간 반에 걸쳐 염, 안료에 관한 상담을 했다. 그는 영어도 유창할 뿐 아니라 학자다운 인품이었고, 최근 베트남에 기술 지도차 다녀온 바 있단다.

다시 B씨의 자동화 반응 실험을 보려 그의 방으로 갔다. 이미 실험 준비가 되어 있어 순서를 따라 진행되었다. 그들의 높은 기술 수준에 좀 더 나은 기술의 접목이 아쉽다고 느끼는 것은 그들이 40여 년이란 긴 세월을 외부 세계와 차단되어 있었기 때문에 오늘날 자유 세계에서는 보편화하여 있는 컴퓨터의 응용 기술이 낙후된 데 원인이 있다고 판단되었다. 이들이 개발해놓은 자동 반응 감지기에다 컴퓨터 시스템을 도입한 한 단계 발전된 실험장치를 공유하자는 데 합의를 보았다.

다시 염료분야의 책임자인 D(돌레잘) 박사의 방으로 자리를 옮겨 관심 있는 분야를 중점적으로 논의했다. 시차를 극복한 줄 알았는데 잠이 몰려와서 야단이었다. 이제 퇴근할 시간이기에 S소장의 방으로 가서 간단히 마지막 정리를 하고 서로의 이익을 위해 협조할 것을 다짐하고 굳은 악수를 했다.

M씨 방에 들러 그가 번역한 염 · 물감 책과 내가 가지고 갔던 나의 수필집에 서로 사인을 해서 나누어 가진 후, 언제 다시 올지 모르는 VUOS를 떠나왔다. 한 가지 정보를 얻는다는 것이 얼마나 힘들고 어려운 것인가를 새삼 느낀다. 이번 이곳의 방문에서도 실로 얻은 것이 많다.

오후 세 시가 조금 넘어 호텔로 돌아와 마지막 만찬을 나눴다. M씨가 사전에 주문해 둔 숭어 요리와 마시기 좋은 '포뽀드니' 라는 달짝지근한 술 석 잔에 얼큰한 기분이 되어 그동안 우리의 귀와 입이 되어 주었던 M씨와 이별의 악수를 하고 두 시간 남짓 걸리는 거리에 있는 이 나라의 수도인 프라하(Praha)로 향했다.

프라하는 체코 몰다우강 기슭에 있는 도시로서 국제 교통의 요충지로, 자동차 · 기계 · 유리 · 맥주 따위의 공업이 발달하였다. 체코의 수도이다. 고단이 밀려와 차 속에서 곤히 잠들었더니 거의 다 와 있었다. 고속도로 중간에서 한 차례 차를 세워 화장실을 다녀왔고, 커피 한 잔씩을 사서 마셨다. 커피를 통째로 갈아 마시는지 머들머들한 찌꺼기가 있어 버릇이 안 된 우리에게는 마시기 거북했다. 그래도 맛은 있었다.

6월의 무더위를 예고하는 따가운 오후의 햇살을 안고 30여 분 더 달려 프라하에 닿았다. 몰타 강변에 자리한 I(인터내셔널)호텔에 도착해 수속을 마치고 방에 들어가니 고급스러웠다. M씨가 숙박료를 200불 이상 지불해야 될 것이라고 귀띔해 준 대로 화려하고 값비싼 호텔이었다.

또 놀란 것은 양말을 벗으려는데 갑자기 TV가 켜지면서 화면에 내 이름이 나타났다. 그리고 호텔에 투숙한 것을 진심으로 환영한다는 메시지가 나타났다. 오랜 사회주의 체제하에서 고생한 나라라서 사치스럽지 않으려니 여겼던 나의 선입관을 송두리째 짓이겨 버리는 순간이었다. 하긴 여기는 중세기의 문화 유적을 그대로 보유하고 있는 도시라서 관광객이 줄을 잇고 있음에랴! 초라하리라고 여겼던 나 자신이 되레 초라하게 느껴질 정도였다.

대강 씻고 나서 호텔 주변을 둘러보려 나섰다. 가까이에 유명한 광장과 성당이 있다고 하기에 그곳으로 발길을 옮기기로 하고 호텔을 나서니 정말 장관이다. 적어도 5,6층 높이의 건물들이 틈바구니 없이 맞물려 이어져 마치 성벽을 방불케 하는 골목길을 들어서니 건물마다 독특한 예술 작품들로 장식되어 있다. 어떤 건물들은 지붕 위에, 또 다른 건물은 문지방 위에 아름답고 장엄한 대리석이나 청동으로 조각된 예술품들을 이고 앉았다. 절로 감탄이 입을 새어 나올 정도다.

13,4세기 중세기 문화의 화려했던 시절을 상상해 볼 수 있다. 길거리엔 자그마한 돌들로 모자이크를 만들어 천년만년을 가도 변하지 않게 꾸며 놓았고, 이미 수백 년을 견딘 건물들 역시도 그 견고함에 오래도록 남아 있을 것 같다. 이처럼 화려하고 웅장한 거리와 예술품과 건축물들을 남기기 위하여 얼마나 많은 사람이 희생되었겠는가를 생각하면, 중세기에 수많은 종교전쟁을 통해 유럽 전대륙에 걸쳐 일어났던 대소전쟁의 소용돌이를 생각하지 않을 수 없다. 그런 역사의 부침 속에서 오늘날 이런 문화의 유산이 건재함은 인류 역사의 위대함을 일깨워주는 것이리라.

많은 관광객이 줄 잇는 중앙광장으로 나가니 역시 중앙에는 그리스도교 양식의 갖가지 조각들이 얹힌 고풍스러운 기념탑이 있고, 그 주위로 넓은 광장 변에는 많은 예술품으로 장식된 키 높은 건물들이 사각으로 빽 둘러 차 있어 마치 성곽을 방불케 한다.

이곳에 와서 느낀 것이지만 광장이 있으면 어디를 가나 비슷한 양식으로 크고 작은 성당이 존재한다는 것이다. 성당은 정말 화려하게 장식되어 있어 이 시절의 종교적 의미를 가히 상상하고도 남는다. 하긴 한때는 종교인이 통치권자의 위에서 군림하며 나라를 좌지우지하던 역사도 있었으니 말이다.

인간의 신앙적 생활을 무시한 유물론적 사고가 우선이었던 근세기의 사회주의 지배가 인간의 내면적 정신세계를 무너뜨릴 수는 없었고, 오늘날까지도 종교는 뿌리 깊게 그들 생활의 일부로 남아 있어 그들 문화 속에 고이 간직되어 있음을 본다. 비록 옛 조상의 유물을 배경으로 거리엔 마차가 관광객들을 실어 나르고, 어쭙잖은 관광상품이나 고풍스러운 곡 연주로 생활을 꾸려가는 사람들도 있으나, 언제나 신구가 맞닿는 역사의 흐름은 있기 마련 아니겠는가?

광장 모퉁이에 마련된 야외 카페에서 맥주 한 잔을 마시면서 수백 명의 각기 다른 인종과 인간들의 움직임에 눈 여긴다. 그들도 나처럼 역사의 위대성이나 인간의 무한한 예술성을 찬양하리라 여긴다. 해가 저무는 광장에서 오랫동안 머물며 시계탑, 그 시절의 우물, 건물마다 달린 조각품들을 감상했다. 사람은 가도 역사는 남는 법, 정말 장관이었다.

프라하를 거쳐 이탈리아로

일요일이다. 오늘 오후에는 또 다른 나라 이탈리아로 가야 한다. 떠나기까지는 대여섯 시간이 남아 있다. 언제 다시 들를지 모르는 나라이기에 주어진 시간 동안 많은 것을 새겨두고 싶다. 7시경에 호텔 아래층 그릴로 내려가서 뷔페식으로 가볍게 조식을 하고 거리로 나섰다.

약간의 구름이 낀 하늘이 잠시 빗방울을 뿌리다 만다. 프라하 중심을 가로지르는 몰타강에 걸린 그 유명한 찰스부리츠로 가는 길에 르네상스 시대의 유명한 화가 마네의 동상 앞에 서서 사진을 찍으며 키 크고 잎 많은 나무 밑에서 잠시 비를 피했다. 음악가 드보르자크도 이곳 프라하 출신이란다.

동서를 막론하고 고대 문화는 종교를 중심으로 발달했음을 일깨워 주려는 듯 찬란한 그리스도교 문화의 진수를 보여주었다. 말이 다리지 5,6백 미터밖에 안 되는 아치식 돌다리 사이에 꾸며 놓은 갖가지 아기자기한 대리석과 청동의 조각품들은 그야말로 혀를 내두를 정도로 감탄을 자아내는데 충분한 예술품이었다. 자연과 어울리게 맑은 강물이 쉼 없이 흐르는 다리 위에 이처럼 값진 예술품을 진열할 수 있었던 선조들이 있었기에 지금도 그들의 후손들은 가슴 뿌듯함을 느끼리라 여긴다.

다시 프라하 시가가 한눈에 죄다 내려다보이는 언덕배기에 있는 유명한 성당과 대통령궁이 있는 곳으로 걸음을 옮겼다. 시간이 지날수록 어디서 몰려오는지 수많은 관광객이 일시에 쏟아져 들어온다. 이웃 나라들에서 자국의 관광버스로도 오는가 보다. 독일어와 영어권 사람들이 있는가 하면 스페인어를 구사하는 관광 안내원에다 심지어는 우리 한국 관광객도 있다.

관광지라는 어디를 둘러보아도 잘 보존된 문화유산이 우리나라에서처럼 전시목적으로만 존재하는 것이 아니라 지금도 그들에게 실생활의 터전이 되고 있다는 점이 우리와 다른 점이다. 수백 년 전에 지어진 대통령궁이 그렇고 그 주변의 관공서로 쓰이는 건물들이 그렇다. 또 그처럼 화려한 중세기에 지어진 성당들이 일부는 유물 전시관으로도 쓰이지만 대부분은 지금도 그대로 교인들이 예배를 보는 일상적인 수도장으로 쓰이고 있다는 점이다.

서너 시간을 줄곧 걸어서 관광하다 보니 다리가 무거워 더 걷기조차 어렵다. 몰타강변을 따라 서둘러 호텔 가까운 곳으로 내려와 크리스털 가게에 들러 기념품 한 가지씩을 샀다. 값도 싸거니와 아름답다. 그리고 호텔로 돌아와 정각 12시에 체크 아웃을 했다. 내가 머물던 이 I호텔은 외국 여행을 하면서 가장 비싼 호텔에서 잔 셈인데 1박 1식에 250불이나 되었다.

하긴 우리나라에도 하룻밤에 20만 원이 넘는 호텔도 있다니 과히 세계적이다. 택시를 잡아타고 프라하 공항으로 나갔다. 20여 분밖에 걸리지 않는 공항 가는 택시 속에서 피로를 이기지 못해 마치 약 먹은 파리처럼 가물거렸다. 국내선 비행기가 없다는 프라하의 국제공항은 다른 나라 공항과는 사뭇 다른 점이 많다. 우선 짐부터 보안 검사를 마치고 안에 들어가서 탑승 절차를 밟았고, 탑승 수속도 각국의 항공 회사에서 그들 직원이 나와 하는 것이 아니고, CSA인 체코슬로바키아 항공사가 대신해 준단다.

출국 수속을 마치고 탑승장 안으로 들어오니 1시간 30여 분이나 남았다. 피로하기도 하고 점심시간도 되었는지라 샌드위치와 햄버거, 거기에다 포뽀드니 한 잔으로 식사를 했다. 이곳의 주식은 대체로 빵과 돼지고기인가 보다. 생선은 바다가 없는 나라이니 귀하겠지만, 그 흔할 듯한 채소를 날것으로는 거의 먹지 않는다는 점이 이상할 정도다.

여러 나라를 돌아다니다 보면 그 나라 화폐를 미처 처분하지 못하는 경우가 생긴다. 체코라는 나라는 한 번 바꿔준 달러는 잘 거슬러 주지도 않는데다 절차도 까다롭다는 통에 이 나라 화폐를 다 소진해야 하는 데 애를 먹었다. 잔돈으로 이곳의 명곡이 수록된 레이저 디스켓을 하나씩 사도 몇 푼이 남기에 기념으로 갖기로 했다.

출발 시각인 오후 2시 40분, 이탈리아 항공사 1,405기에 오르니 승객 100여 명을 태울 수 있을 정도로 작은 항공기였다. 이륙한 후 1시간 30분 거리를 비행하면서 중식 삼아 가벼운 기내식이 나왔고, 가벼운 것만 가려먹고 마신 후 잠깐 눈을 붙이려 했더니 눈 덮인 알프스산맥이 내려다보여 창밖을 내다보느라 짧은 시간으로 느껴지는 거리였다.

이탈리아 상공, 착륙을 알린 후 밀란 시가지 위를 날면서 느낀 것은 유럽 어디를 가나 산이 드물고 광활하고 기름진 옥토가 푸른 숲에 뒤덮여 널려 있다는 점이다. 드디어 밀란의 말펜사 공항에 내렸다. 이곳 밀란 시에는 두 개의 국제공항이 있는데 하나는 대륙 간이고 하나는 EC 내의 국가 간을 운행한다고 들었다.

공항에 내려 까다로운 절차 없이 그저 입국 관리를 담당하는 공무원 앞에 여권을 보여주는 정도인데, 나에게는 어디서 무엇 하려 며칠간 머무르냐고 따져 묻는다. 처음에 이탈리아어로 물어 당황했으나 나중에는 영어로 물었다. 짐을 찾아 나서는 데도 아예 짐 검사는 하지 않는다. 그러나 어느 일정한 지역에서 오는 사람들은 특수 검사를 하는지 바지춤의 곤말까지 뒤지는 모습이다. 이 나라는 마약 밀매가 극성이라는 것을 들어 안다.

게이트를 빠져 나오니 우리를 찾는 피켓을 들고 서 있는 건장한 신사를 만났다. 나중에 알았지만, 우리의 대리점인 S(Sochem)사에서 안료사업을 위해 다른 회사에서 픽업해 온 P(Pernichi)라는 분이었다. 자그마한 차에 우리 가방을 비좁게 쑤셔 넣고 공항을 빠져 나와 시내를 향해 40여 분을 달려왔다.

고속도로를 달리는 차창 밖으로 바라다보이는 풍경은 체코와는 약간 다르긴 해도 대차 없는 그런 느낌이었다. 어쩌면 우리나라의 고속도로변을 달리는 그런 느낌이었다. 차 속에서 R(Ruby) 박사가 최근 교통사고를 당했다는 소식을 들었다. 부인과 고향을 다녀오는 길에 고속도로에서 폴란드 트레일러가 차선을 침범하는 통에 가운데에 끼여 샌드위치가 되었는데, 차는 대파되었으나 다행히 사람은 다치지 않았다는 얘기다.

그는 지난 1월에 한국 방문할 때 한국산 엘란트라고 한 대 샀는데 그 성능이 매우 좋다고 자랑하던 일이 생각났다. 오늘 R박사가 직접 마중을 나오지 못한 것은 친척 중에 혼인 잔치가 있어 고향으로 갔기 때문이라면서 그가 쓴 편지까지 건네준다.

이윽고 시내로 접어들어 우리가 닷새 동안 머물 호텔 앞에 내려준다. 별이 4개 그려진 Y(로열) 호텔이라 적힌 별로 크지도 화려하지도 않은 호텔이다. 프런트에서 체크인을 하고 3층(여기서는 2층으로 통함) 방으로 오르는데 엘리베이터가 얼마나 비좁은지 둘이서 짐조차 다 싣기가 민망할 정도로 작다. 덩치 큰 사람 1인 전용 엘리베이터라 보는 게 옳겠다.

게다가 일본의 호텔처럼 자그마한 방을 보고 얌체 같은 나라에 비슷한 국민성을 느낀다. 이런 방을 하루에 150여 불씩 주고 잠을 자야 한다니 꽤 비싸게 느껴진다. R박사가 우리의 사정이나 자기의 편의를 도모해서 그랬을 것이므로 더 거론 않기로 하고 짐을 풀고 샤워부터 했다.

오전 나절 프라하에서 너무 많이 걸었던 터에 피로가 확 밀려든다. 침대에 누워 있었으면 싶었는데 R박사가 연락해 올 시간까지는 아직도 시간이 많이 남았기에, 어떤 도신가 하는 호기심도 나고 해서 가까운 거리로 산책 삼아 나섰다. 가까운 곳에 중앙역이 있어 많은 사람으로 붐비고 있었다. 역 앞 광장은 넓은 로터리로 키 큰 나무와 잡풀로 뒤덮여 있고 역사 주변에는 흑인들이 많이 모여 있었다. 오나가나 그들은 우리에게 혐오감이 느껴지고 어쩐지 무서워 보인다.

특히 이탈리아는 빈부의 차가 심하고 일부 범죄조직이 날뛰고 있다는 풍문이고 보면 역시 못 사는 그들이 소원해지기 마련이다. 조금 전 우리가 차를 타고 시내로 들어올 때 신호대 앞에서 차가 멈춤과 동시에 유리창을 닦으려 들던 깜둥이들을 보면서 이곳도 미국처럼 그들이 천대받고 있음을 알 수 있었다.

도시의 짜임새나 규모로 봐서 이렇다고 꼭 꼬집을 만한 그런 특색은 없고, 다만 길거리에 즐비하게 주차한 차들이 한결같이 모두가 매우 작다는 것이 특이하다. 우리나라 사람만큼 큰 차를 선호하는 국민도 없을 것이라는 생각이 뇌리를 스친다. 아마도 우리나라에서도 이처럼 작은 차를 선호한다면 주차 면적은 30% 이상 늘어날 것이다.

저녁 식사를 위해 중국 식당을 찾아 들었다. 가까운 거리에 네댓 집의 중국 식당과 Y(엔도)라는 일식집이 보였다. 우리나라나 일본 등은 음식점마다 시제품을 내놓아 손님들이 대충 보고 선택해 먹을 수 있는데 이곳은 말도 잘 통하지 않는 데다 음식 메뉴를 봐도 잘 모르기 때문에 한참 곤란을 느끼지 않을 수 없다. 게다가 나는 육식을 피하기 때문에 식성 좋은 O박사와 보조를 맞추려니 꽤 어려울 수밖에 없다.

지난해 중국에 들렀을 때 즐겨 마셨던 펀주(汾酒)를 한 병 시켜서 몇 가지 요리를 곁들여 맛있게 먹었다. 얼큰히 주기를 느끼며 호텔로 돌아들었더니 일본 관광객들이 수두룩하다. 세계 어디를 가나 일본 사람들만큼 여행을 많이 다니는 국민도 없다 싶을 정도다. 오나가나 젊은 여자들이 아니면 늙은 노년층의 남자들이다.

로비 아래층에 마련된 카페에 걸터앉아 맥주 한 잔을 더 마시며 일본 여성들과 잡동사니 이야기를 나누다 돌아들어 이탈리아에서의 첫 밤을 보낸다.

(1995. 5.)

III

소설

잿빛 사랑

설 풍수지리론

제비추리

생사를 넘나든 사나이

연상의 여인

살아 있는 날들의 의미

잿빛 사랑

'늦가을에 내리는 비는 왜 낙엽들을 괴롭히나요? 외롭게 혼자 가지에 매달려 지난 여름날의 무성했던 추억들을 잊을 수 없어 차마 떨어져 내리고 싶지 않은 마지막 버팀도 몰라주고 왜 동반 추락을 강요하나요? 그리고 또 먼저 떨어져 땅 위에 뒹굴고 있는 수많은 낙엽을 흠뻑 적셔놓고는 이제 머지않아 차가운 겨울이 올 것이라고 겁을 주나요? 계절은 이렇게 가도 추억은 거기에 주저앉아 청승맞게 똬리를 틀고 있다 언젠가는 떠나야 한다는 것을 알면서도 일어서고 싶지 않은 그 추억의 벤치에도 곧 하얀 눈이 내리겠지요?'

K양이 써놓은 일기장에 적힌 글들은 어쩌면 70고개를 바라보는 S회장, 자신의 현재 심정을 대신하는 표현들로 다가왔다.

'그래, 그건 틀림없는 사실이다. 늙는다는 것, 그것 앞에 버티고 서서 막아낼 장사는 아무도 없다. 이제 잘 해 봐야 10년 정도다. 그것마저도 참다운 사람 구실을 제대로 하면서 살 수 있을 것이라는 보장도 없고 보면 인생은 참으로 허무한 것이다.'

'그런데, 얘는 왜 이렇게 더디냐?'

뒤적거리던 그녀의 일기장을 덮고 쪽문 쪽으로 신경을 모은다. 아까 골목을 걸어오다 보니 먹음직스러운 홍시가 보이길래 그걸 몇 개 사 오라 일렀더니만, 온 시장바닥을 다 헤매는지 늦다.

'여자란 늙으나 젊으나 손님 앉혀두고 하는 행상 머리라고는……?'

혀를 두어 번 끌끌 차고는 시계를 들여다본다. 저녁 일곱 시가 다 되어간다. 오늘따라 집에 들어가서 저녁을 먹겠다고 했던 것이 후회스럽다. 하긴 서울에 사는 딸이 외손주를 데리고 왔다는데 그러지 않을 수도 없는 일이 아닌가?

'좀 늦겠다고 전화를 한다?'

조그마한 책상 모서리에 얹힌 빨간 전화기 쪽으로 엉덩잇짓으로 다가앉으려는데 갑자기 전화벨이 울린다. S회장이 흠칫 놀라며 전화를 받을까 말까 망설이는 참인데 신발 끄는 소리도 없이 K양이 후닥닥 문을 밀고 들어와 수화기를 낚아챈다.

"여보세요?"

그녀는 풀이 죽은 목소리로 전화를 받으면서 그제야 S회장을 뒤돌아보며 미안해 하는 표정이다. 그녀의 당황스러운 표정에 촉을 세우고 뒤태만 바라보고 있던 그는 떫은 감 먹은 표정으로 전화에는 신경을 안 쓰는 양 창 쪽으로 돌아앉아 책상 위에 놓인 향기는 없고 색깔만 고운 플라스틱 조화에 눈을 돌린다.

"예, 안녕하세요?"

"별일 없어요."

"지금은 안 되겠는데요."

"다음에 하시죠? 예, 예, 그러지요. 손님이 계셔서."

저쪽에서 전화기를 놓지 않고 매달리는지 그녀는 못내 당황하는 모습이다. 젖 달라고 보채는 아기를 떼어놓듯 한참이나 이런저런 토를 달아 상대를 설득한 뒤에야 전화기를 내려놓고 흘러내린 머리카락을 가다듬으며 오줌싸다 들킨 강아지 모습으로 다가들며 아양을 떤다.

"저가 많이 늦었지요?"

S회장은 늦은 것보다 전화한 상대가 누군가에 신경이 쓰였다.

"전화한 사람이 남자 목소린데, 누구야?"

"아, 예 저…."

그녀는 얼른 대답하기가 어려워 얼버무린다. S회장은 속으로 '요게 요즘 낌새가 좀 이상한데?' 하는 생각을 하면서도 더는 캐묻지 않고 그녀가 이쁜 그릇에 담아 내민 빨간 홍시 하나를 집어 들었다.

"너도 하나 먹어!"

그녀도 이쁜 것을 골라 얇은 껍질을 벗기면서 S회장의 표정을 가만히 훔쳐보았다. 평소처럼 별로 밝은 표정은 아니었다.

'하필이면 그때 전화를 걸게 뭐람?'

그녀는 그런 생각으로 마음이 너덜거렸다.

"언제 시골에 간다고?"

"내일 모레께예."

"꼭 100만 원이나 필요한 거야?"

"예."

그는 그녀를 시켜 벽에 걸린 겉저고리에서 지갑을 꺼내라고 해서는 수표 한 장을 내민다.

"받아! 100만 원이야, 요즘은 다 어려울 때니까 아껴 쓰라고."

"예, 고맙습니다. 회장님!"

그녀는 허리를 굽혀 절하고는 그것을 받아 책상 서랍에 넣는다.

"자리 펼까요?"

"아니야! 오늘은 외손주 놈이 와서 집에 가서 식사할 거야."

그녀는 다시 한번 S회장을 바라본다.

"무슨 화나시는 일이라도 있으신가 보죠?"

"왜?"

"그럼 오늘 따라 바로 가신다니까?"

"방금 얘기했잖아, 일찍 들어가야 한다고……."

"그럼, 돈 전해 주시려고 일부러 오신 거예요?"

"그렇지."

"전화를 하셔도 될 텐데."

S회장이 멋쩍은 표정으로 빤히 바라본다.

"네가 바람피우고 다니는가 싶어 안 미더워서 와봤다."

그녀가 '피—' 소리를 내며 입술을 내미는 것을 보며 그는 한번 웃어 보이고 자리에서 일어났다.

"그럼, 그냥 가실 거예요?"

그녀는 한 발짝 비켜서서 더 말리거나 권하지 않았다.

"내일 전화할 테니까."

내일 전화할 테니까 꼼짝하지 말고 자리를 지키고 있으라는 얘기다. 별 걱정 다한다는 표정을 지어 보이며 못내 서운한 듯이 그를 배웅하려 든다. 남들 이목도 있고 하니 문밖까지 따라 나가는 것은 둘 사이에 금기시되어 있는지라 '조심해서 가시라' 는 말씀을 드리고 얼른 방으로 돌아 들어왔다. S회장께서 주고 간 수표의 액수를 다시 확인하고 지갑 속에 단단히 챙겨 넣었다.

'늙은 여우 같은 영감쟁이, 늘 못 미더워서 꼭 자기 눈으로 확인을 하고 들어가야 한다니.'

아무튼, 고맙다고 생각하며 영감님이 앉았던 방석을 끌어다 그 위에 편안히 앉아 먹다 만 홍시를 다시 먹기 시작한다. 오늘따라 서둘러 돌아가시는 걸 보면 무척이나 가정적이고 세심한 성격임을 느낄 수 있다.

'나도 저렇게 귀여움을 받는 딸이나 며느리였으면 오죽이나 좋겠는가'

를 소망해 보지만 그것은 한갓 꿈일 수밖에 없다.

그러고 보면 세월이 참 빠르다. 본격적으로 영감님의 신세를 진 지도 어언 2년이 넘었고 처음 인연을 맺은 지는 15년 전의 일이다.

시골서 여고를 졸업하고 자그마한 중소기업의 경리과에 취직을 하게 된 것은 순전히 외삼촌 덕이었다. 외삼촌은 부산에서 모 은행의 지점장 노릇을 하고 계셨기 때문에 그 당시만 하더라도 자금을 빌리려 애를 먹는 중소기업 사장님들에게는 제법 끗발이 좋다는 것을 들어 알고 있었다.

그런 연줄로 S회장 회사에 취직하게 된 동기다. 외삼촌께서는 정년퇴임을 하고 몇 년 되지 않아 고혈압으로 쓰러져 불귀의 객이 되셨다.

그 무렵 사귀던 남자와 동거생활을 시작했다. 남자쪽 부모들이 결사코 반대하는 바람에 식도 못 올리고 3년을 동거하다 파혼의 지경에 이르렀다. 그러는 동안에 직장을 옮기게 됨으로써 별거 아닌 별거가 되어 이혼이나 다름없는 긴 시간으로 이어졌다.

그렇게 보내던 2년 전 어느 다방에서 S사장님을 만났다. 그게 바로 지금과 같은 두 사람의 관계를 유지하게 된 두 번째의 만남이 된, 왈 친구들이 '꼰대' 라고 부르는 정인이다.

"영감님이 너한테 푹 빠진 것 같더라?"

"나도 그런 돈 많은 영감쟁이 하나 소개해 달라고 할까?"

"얘, 잘못 하다가는 탕국에 빠질라야!"

곗날 모임에서도 친구들 간에는 그녀의 언밸런스해 보이는 사생활에 대한 비밀스러운 부분에 관심을 둔 얘기가 수북했다.

"매일 찾아오지는 않지?"

"영감쟁이 무슨 힘이 있어서 매일 오겠냐?"

그래 놓고는 지네끼리 호들갑스레 웃어댄다.

"늙으나 젊으나 문제구먼?"

'집에 있으면 내 남편이고 밖에 있으면 남의 것!'

'꺼진 불도 다시 보자!'

젊은 여편네들이 별 희한한 농담도 다 한다며 배꼽을 잡는다.

그녀의 얘기로는 그 어른이 마련해 준 그녀의 전세방에는 한 달에 두세 번 정도로 찾아온다. 계절에 따라 차이는 있지만 어둑해지는 저녁 예닐곱 시경인 퇴근 무렵으로 남들의 이목을 피해서다. 그리고는 오랜 시간을 지체하지 않고 나름대로 자기 볼일을 보고 간다.

"영감쟁이 힘이나 있나?"

"좋은 걸 자셔 쌓으니까 정력은 좋제?"

그런 것이 여자들의 관심거리인가 보다.

"야가 누구고야? 영감쟁이 껌벅 죽여 줄끼다야!"

서로들 쳐다보며 입이 한 바지기로 웃어넘긴다.

"얘, 그 나이에 복상사했다고 노랑 신문 날라야? 조심해라!"

여하간 노출을 꺼리는 그녀의 일상생활이 심심찮게 화제의 대상이 되어 시간 메꾸기의 술안주가 되기 일쑤였다.

사실 그녀는 아직 남편과의 문제도 완전히 결말이 난 상태도 아니다. 애정이 남아 있는 건지 없는 건지도 모를 정도로 서로를 잊은 상태로 산다. 저쪽 집안에서 반대가 심한 상태에서 동거생활을 시작했기 때문에 그 사람 처지에서도 되려 마음 속으로 잘 된 일로 여기고 고의로 찾지도 않고 사는지도 모를 일이다.

또한, 혼인신고도 여태껏 안 된 상태이기 때문에 서로가 싫다면 정리를 하고 말고 할 건덕지도 없어 홀가분한 상태다. 그리고 그 사람도 직장을 이곳저곳 옮겨 다니는 영업직이라서 이미 부산을 뜬 지가 오래고 1년에 한두 번 찾는 것이 고작이라서 이미 남남이나 다를 바 없는 관계로 전락한 셈이다.

"그 사람한테는 애착 같은 것도 없나?"

"그래, 사람이야 좋지만 좀 어리숙해서 별로 희망이 없다야. 그리고 가족들이 원체 별스러워 같이 산다 해도 평생 눈엣가시일 테고….”

되려 잘 되었다는 친구들이 있는가 하면, 어차피 혼자 살 각오가 아니라면 지금이라도 다른 방도를 택해야 할 게 아니냐고 걱정해 주는 친구도 있다.

“그렇다고 S회장의 후처로 들러앉을 것도 아니고, 생활비 조금 보태주는 것 가지고 지금은 그런대로 생활은 꾸려 나간다고 하지만, 내일이라도 영감쟁이가 밤새 안녕이라도 한다면 닭 쫓던 개 지붕 쳐다보는 신세밖에 더 되니, 안 그래?”

하긴 그렇다. 그동안 매월 200만 원씩의 생활비를 정기적으로 받고는 있지만, 언제까지나 그럴 수는 없는 노릇이라는 것을 잘 안다. 아직은 자기가 직접 회사에 나가 경영을 하니까 그나마 늦바람이라도 피울 수 있는 일이 가능하겠지만, 언제 어떻게 될지 모르는 70을 바라다보는 노인에게서 더 이상의 것을 기대하기는 어렵다.

“자그마한 옷가게나 음식점이라도 하나 차려 달라지 그러니?”

“어디 그게 그렇게 쉬운 일이겠니?”

그리고 그런 것에 별로 취미가 없고 아직은 꼭 그렇게라도 해서 살아야겠다는 생각이 안 든다는 의견이다.

“너는 고생을 덜 해 봐서 그런다. 아직 덜 답답하니 그렇지, 두고 봐라. 후회할 거다, 너?”

마치 고생을 해 보라는 투의 얘기지만 흉허물없이 사는 친구들 간에 서로의 처지를 위해서 하는 말이니까 마음에 거슬리지는 않는다. 그렇지 않아도 영감님 쪽에서 그런 걱정을 더 많이 해 주는 편이다.

지난 명절 때만 해도 생각지도 않았던 거금을 안겨주신 일이 있다. 친구들한테 일숫돈 놀이나 할까 하다가 고향에 내려간 김에 아버지께 제 이름으로 논마지기나 사드린 것이 지금 생각하면 효녀 노릇 한 번 잘했다는 생각이다.

그 밖에도 방 얻는 전셋돈을 비롯한 그녀네 집안의 대소 간에 크고 작은 일들이 있을 때마다 아쉬운 소리를 하면 군소리 없이 쥐어주셨다. 아무튼, 나이 일흔을 앞둔 늙은이지만 누가 보더라도 60대 초반 정도로 나이를 매긴다. 게다가 15년 전인 50대의 한창나이일 때부터 모신 분이라서 그런지 그렇게 나이 들었다고 느껴지지 않는 데다 한 달에 두어 번 같이 하는 잠자리에서도 젊은이와 별다를 게 없을 정도로 정정하다.

그러나 한 가지 걱정이 되는 일은 남자는 누구나 다 마찬가지일지 모르겠으나 특히 늙은이의 소유욕이란 대단하다는 점이다. 하루에도 몇 차례씩 전화할 때도 있지만, 퇴근 시간이 조금 지난 저녁 무렵에는 하루도 거르지 않고 전화를 한다.

물론 지금까지 이쪽에서 회사에 전화를 걸어본 일은 결코 없다. 그건 시작부터 회장님과의 불문율로 정해진 약조였다.

"낮에는 별일 없었지?"

"저녁에는 어딜 안 나갈 것이지?"

그래서 낮에는 집안에서 혹시 전화나 걸려 올까 싶어서 꼼짝을 못한다. 몇 그루의 난을 키우는 일 외에 시도 때도 없이 잠자는 일로 소일하는 수밖에 없는 게 일과다. 그러니 자연히 살만 뒤룩뒤룩 찐다. 일부 친구들이 젖소 부인이라고 놀릴 정도다.

저녁 시간에 친구들과 모임을 하는 날에는 사전에 신고를 해야 한다.

다음에 그때가 언제일지는 몰라도 마땅한 상대가 생기면 결혼하는 데는 반대를 안 하겠다는 언질은 받긴 했지만, 막상 그런 날이 닥친다면 그때 이 노인이 받게 될 심적인 충격은 어떨까? 그런 생각을 하고 있는데 친구들은 나름대로 남의 걱정이다.

"얘, 아까운 시간을 그렇게 보내면 어쩌니? 취미활동 삼아 에어로빅을 하든지 수영을 하든지 뭔가를 해야지?"

"너, 가만 앉아서 돈 벌려다가 진짜 젖소 되는 것 아니니?"

"하기야 세상에 쉬운 벌이가 어딨니? 또 투자한 사람의 심정은 어떻고?"

물론 그 나이에 젊은 여자를 숨겨두고 상당한 거액을 투자하는 데도 나름대로 이유야 있을 것이다. 늘그막에 돈 있고 시간 있는 데다 이미 단맛 다 빠져 버린 나무둥치 같은 무딘 마누라보다야 싱싱한 여인을 보듬는다는 게 얼마나 즐거운 일이겠는가?

'아무나 돈 있다고 그러지는 못할 것이야?'

어쩌면 여태껏 뒤돌아볼 새 없이 살아온 청춘을 보상받기 위한 마지막 발악일 수도 있다. 그렇듯 세상을 살다 보면 온갖 것이 다 고루고루 주어지는 복을 타고난 사람은 드문 것 같다.

"왜 골프라도 배우시지 그랬어요?"

사업이 바빠서 그럴 새가 없었다는 대답이다. 늙어갈수록 취미가 같은 친구가 필요하다고 했다. 그래서 끼리끼리 모이는 법이다.

골프라도 배웠더라면 지금쯤 또래의 친구들과 어울려 좋은 공기 마셔가며 온종일 등산 삼아 산을 오르내리느라 건강에도 좋을 텐데, 이젠 거래처 손님 아니면 특별히 어울릴만한 상대도 없다니 딱해 보인다.

하긴 회장님은 젊을 때부터 구두쇠로 소문이 나 있었다. 헛돈이라고는 땡전 한 푼도 안 쓰고 손해 갈 일은 절대 안 하는 사람으로 알려져 있었다.

"저 노랭이 사장은 찔러도 피 한 방울 안 날 사람이야."

직원들뿐 아니라 거래처 간에도 그런 평가를 받던 여문 사람이다. 그런 걸 생각하면 요즘 와서 이렇게 거액을 들여가며 한 젊은 여자를 가까이 두는 것은 그를 아는 분이라면 혀를 내두를 일이다.

아무튼, 지금도 자기 보호에는 철저한 분이다. 숨겨놓은 여자에 대해서도 한 달에 두 번 정도 정해진 날짜 이외에는 절대로 몸을 요구하지 않을 정도로 무리하지 않고 체력관리를 철저히 하는 것만 보더라도 대단한 노인네다.

언제나 모임 때는 이 로맨스 그레이와 젊은 젖소 부인과의 관계가 친구들 사이에 화제의 대상이 되기 마련이지만, 별의별 상상력을 다 동원해 가며 웃길 때가 많다.

"영감쟁이 참 멋지게 산다야. 그런 영감 하나 얻을 수 없는지 우리 어디 영감쟁이들 꾀러 가 보자!"

"얘, 너 내일 부산대학 뒷산에나 가 봐라야!"

"왜? 거기에 가면 뭐가 있는데?"

그래서 친구 시아버지의 실화라는 것을 강조하며 들려준 얘기다. 공직에서 정년퇴직하고 70에 가까워 들면 정말 어울릴 데가 없어진다. 가까운 친구들도 앞다투기하듯 황천길로 저승사자 따라가고 한두 번 찾아와 자리를 마련하던 젊은이들도 긴소리 짧은소리로 해묵은 얘기를 귀가 따갑도록 재방송을 해대니 이제 신물이 났는지 발걸음도 뜸해질 수밖에 없다.

사실이지 자식이나 며느리한테 어렵게 얻은 용돈 몇 푼을 가지고 갈 데라고는 몇 곳밖에 없다. 노인정에 가서 10원짜리 고스톱해서 소주 사기나, 아니면 내기 장기로 돼지국밥 사는 것이 그저 하루의 중요한 일과요 낙이다. 그 외에도 돈이 많이 드는 곳이 한 곳 있는데 바로 P대학교 뒷산 솔밭 속이다.

50대 후반쯤 되는 늙수그레한 아줌마들이 제법 곱게 화장을 하고 분냄새를 풍겨가며 이들 노인을 상대로 술을 파는 곳이다. 돈이라 해 봤자 자식들에게서 얻은 소주 몇 병값이거나 아니면 배추이파리 한두 장이 고작인데 그것을 노리는 패거리들이다. 바구니에 소주 몇 병과 마른안주 몇 가지, 그리고 비닐 방석을 든 왈, 이동 주모들이다.

상대가 혼자이거나 여럿이거나 거래가 되면 음침한 숲속 나무 아래 단출하게 자리를 잡고 앉아 권하거니 자시거니 술잔이 몇 순배 돌다 보면 가사가 흐릿하게 생각나다마다 하는 흘러간 옛 노래도 나오고, 또 더러는 잊힌 육자배기 가락에 어깨춤도 나올 정도에 이른다.

치마만 둘러도 좋은데 가려운 곳도 긁어주고 다리도 문질러 준다. 참으로 마누라 죽고 부드러운 손길을 받아본 게 처음이다 싶을 정도로 흐물흐물해진다. 먼저 저세상에 간 마누라 생각을 해 보지만 인생만 서글퍼진다.

그런 분위기를 헤아린 불여우들이 사그라드는 늙은이들의 욕정을 추슬러 가며 꼬깃꼬깃 감춰둔 비상금을 노리기 작전에 들어간다. 결국, 인적이 드문 으슥한 숲속 나무 밑에서나 가까운 여인숙으로 따라가 용 한번 쓴 대가로 비상금을 털어주고 빈손이 되어 허망한 기분으로 집으로 돌아가는 몰골이 된다.

"진짜 그런 데가 있나?"

"등산 다니다 보면 그런 여자들 많이 있더라 아니가?"

거기까지는 이해가 되지만 더 기막힌 일은 그런 노인들이 성병에 걸려 괴로워하는 일이다. 며느리가 빨래하다 이상이 있음을 느끼고 직장에서 돌아온 남편더러 병원에라도 모시고 가야 할 게 아니냐고 해서 한바탕 분탕을 치른 후에서야 자식은 자식대로 불효를 느끼게 되고, 아비 된 자는 며느리와 자식 앞에 고개를 못 드는 비극의 단막극을 연출한다.

다들 코끝이 시큰둥한가? 한동안 눈만 껌벅거린다.

"그 얘기 들으니까 나도 비슷한 얘기가 있다야."

모두 귀가 솔깃해진 느낌으로 또 다른 친구를 쳐다본다.

"요즘 우리 친정 동네인 구포역 뒤 공터도 그런 데란다야."

파출소에 근무하는 조카 친구가 파출소 안에서 혼자 점심을 먹고 있는데 50대 여자가 좀 더 나이 많아 보이는 할아버지의 멱살을 잡고 씩씩거리며 파출소 안으로 들어왔다.

"아주머니! 무슨 일입니까?"

아줌마는 당당하고 할아버지는 꿀 먹은 벙어리처럼이다. 이 나이에도 부부 싸움인가? 억지로 앞자리에 앉히고서는 자초지종을 물었다. 내용을 듣고 보니 기가 찼다.

"이 영감쟁이가 여관까지 가서 일을 보고는 돈이 모자라니 다음에 주겠다는 약속을 했는데 지금껏 주지 않아 여태껏 기다리다 겨우 붙잡아서 여기까지 온 거라요."

그런 일을 함부로 할 수 없는 것이 법으로 정해진 줄 모르느냐고 그 아주머니를 나무라려다가 자기 모친보다 더 늙어 보여 그만두었다.

"그 돈이 도대체 얼맙니까?"

"5천 원이라서요."

"예? 5만 원이 아니고 단돈 5천 원이라서요?"

입이 다물어지지 않아 실소를 금할 수가 없었다.

"할아버지 그까짓 단돈 5천 원 때문에 이리 창피를 당하십니까?"

한심하다는 젊은 경찰관의 표정에 노인은 대뜸 눈을 부릅뜨며 삿대질이다.

"그까짓 5천 원이라고? 자네도 내 나이쯤 돼 보라고! 자식놈들이 단돈 천 원이라도 주는가?"

그럼 애당초 그런 짓을 왜 했느냐고 물으려다 입을 다물었다.

"아주머니는 그 돈을 꼭 다 받아야겠어요?"

어째도 다 받아야 놓아주겠다고 떠들어대는 통에 제 호주머니에서 5천 원을 꺼내 줌으로써 그 문제를 해결해 줬다는 얘기다. 모두 '허허' 라고 웃긴 했지만 나름대로 씁쓸한 느낌들이었다.

그처럼 노인문제는 심각하다. 그래서 늙어도 소일거리가 있어야 하고, 정을 나눌 상대가 있어야 한다는 사실을 두고 많은 얘기들을 나누다 헤어진 때가 있었다.

그렇듯 그녀와 S회장은 지금까지는 은밀한 관계를 잘 유지해 왔다. 그런데 문제가 생겼다. 그녀에게 한 남자가 다가와 결혼까지 요구하고 나섰기 때문이다.

어느 날 친구들과 함께한 모임에서 우연히 만난 남자였다. 그러고 몇 차례 만나 서로를 확인하는 절차를 밟았다. 박력이 있어 보였다. 모 권력기관에 근무한다고 했다. 남자가 너무 서둘러 대는 바람에 주변 정리를 하기 위해 정신 차릴 새가 없었다.

복에 과분할 정도로 큰 다이아몬드가 박힌 반지를 손가락에 꽂아 주며 선심 공세도 곁들였다. 그녀의 집에까지 따라와 차 한잔을 나눈 다음 날, 그는 아예 짐을 꾸려 들고 그녀의 거처로 쳐들어왔다. 환장할 노릇이었다.

그리고 매일 정시에 출근하고 퇴근하는 것이었다. 생활비라며 몇 다발의 돈을 던져 주었다. 이미 남편이 된 양 이래라저래라 반말 대접에 아무거나 시켜대는 바람에 뭐가 잘못된 게 아닌가 싶기도 하고 짜증도 났다.

영감님으로부터 걸려 오는 전화는 여전했다. 대답은 언제나 별일이 없다고 했다.

그러던 어느 날, 바로 영감님이 찾아오는 그 날이었다.

"K양! 내 집 앞에 와 있다. 뭐 먹고 싶은 게 없냐? 내 사 들고 들어갈 테니까."

다급하지 않을 수 없었다.

"회장님! 오늘은 친구가 와 있어서 그러는데 내일로 미루면 안 되겠습니까?"

오늘따라 이 작자는 일찍 들어와 옷을 반쯤이나 벗고 자리를 펴고 누워 있는 상태다.

"그래? 네 친구 중에 내가 모르는 애들이 또 있나?"

"예."

당황해 하는 그녀를 보고 그는 엎딘 채로 히죽히죽 웃는다.

"야! 오라고 해! 언젠가 한 번은 당해야 할 건데 뭘 숨겨?"

그는 남의 속도 모르고 당당하다. 영감님은 통화가 계속될수록 무엇인가 수상함을 느끼는지 귀를 싸고 오겠단다. 하늘이 무너질 듯한 순간이었다.

그래서 그날로 영감님과의 관계는 끝이 났다. 사전에 언질이 없었다는 것에 대한 불만과 더불어 상대의 신분을 캐는 데 급급하던 회장님도 마지막 자리를 뜰 때는 부디 행복하게 잘 살기를 바란다는 말씀까지 남겼다.

그런 후로 그럭저럭 반년이 지났다.

"최근에 그 영감님한테서 연락 있었니?"

"아니."

그런 사건이 있고 나서 한 달이 채 못 된 시점에 S회장께서 그녀 친구들 두서너 명을 불러 근사한 저녁을 사며 너무너무 애통해 하더라는 얘기를 전해 주었다.

"그 영감님, 심적으로 너무 충격을 받았는가 보더라."

"안 그러겠니?"

그녀는 그 어른께서 베풀어 준 사랑에 대해 죄인처럼 속죄하는 기분으로 하루하루를 산다고 했다.

'건강하게 오래오래 사셔야 할 텐데.'

그건 그녀의 마음 속 깊은 데서 우러나는 진실한 기원이었다.

(2020. 5.)

설 풍수지리론

1

환경문제가 두드러지게 대두되면서 공장을 옮겨야 한다는 의견이 모아졌다. 그래서 공장 이전에 대한 대상지 물색에 나섰다. 화학공장을 위한 공단은 역시 울산공업단지가 최적지로 떠올랐으나 이미 국내 손꼽히는 기업들이 공장부지로 지정되기 전부터 거의 차지해 비집고 들어갈 틈이 없었다.

그러던 중에 울산의 외곽지대인 온산지구에 해안을 매립해 공단을 조성하겠다는 계획안이 고지되면서 그곳에 집중적인 검토와 더불어 부지확보에 들어갔다. 일차적으로 매립에 착수했다는 2만여 평을 사전계약한 상태에서 구매에 필요한 조처를 서둘면서 현재의 공장을 매도하는 일도 겸했다. 매립이 완공된 시점에 매입을 위해 필요한 조처를 밟으면서 공장이설을 포함한 전체 공장건설까지 아우르는 능력 있는 건설회사를 선택하기에 이르렀다.

국내 손꼽히는 대기업 두 개 회사가 치열한 경쟁을 벌인 가운데 그중 K

건설사를 선택해 공장건설에 들어갔다. 일차적으로 바다에 접한 해안을 메웠기 때문에 수많은 파일을 촘촘히 박아 공장 터를 다지는 작업에 많은 시간이 소요되었다.

설날이 지나면서 신공장건설 및 이전에 온힘을 다하고 최단시간에 정상화를 독촉하는 그룹 회장의 성화가 빗발치기 시작하면서 엄청난 스트레스가 쌓이고 어디엔가 기대고 싶은 막연한 생각도 들었다.

공장이전이라는 것은 단순히 신공장건설이라는 과제뿐 아니라 그에 따르는 제반 문제들이 고구마 덩굴처럼 엉켜 들었다.

첫째가 속전속결로 공장을 완공해 정상 가동에 들어가야 하는 문제지만, 이전과 동시에 현지에서 사원들을 구하는 일이 쉽지 않았다. 즉 사전조사 결과 신공장이전과 함께 옮겨가겠다는 사원들이 절반도 되지 않았기 때문이다.

그래서 첫 번째로 시작한 것이 공장설비를 일손이 적게 드는 자동화 공정으로 바꾸는 일이었고, 두 번째로 최소한의 사원으로 운영하기 위해 사내 구조조정을 시도해 외부 전문기관에 용역을 의뢰하는 일까지 병행했다. 밤낮을 잊은 열의와 고충을 아는 아내까지 나서서 원만한 사업추진을 빌었다. 용하다는 점쟁이도 찾고, 자주 가는 절의 스님에게 물어 방편을 묻기도 하여 몇 간의 사원들이 손수 쓴 반야심경 두루마리를 주춧돌 밑에 묻기도 했다.

아무튼, 터 다지기와 건물들이 들어설 자리에 기초공사가 끝나 신공장에 대한 건설이 어느 정도 윤곽을 드러낼 즈음 공장터가 완전히 내려다보이는 언덕에 앉아 깊은 시름에 잠기기도 했다. 앞으로 전개될 일들에 대한 걱정으로 뒤범벅이 되어 정신이 혼미해지기도 했지만, 또 한편으로는 미래 예측에 대한 의구심이 반사작용으로 피어났다.

설을 맞아 한 해의 운수를 보러 가자는 아내와 이웃에 사는 처이모님을 따라나섰다. 그분을 처음 접하게 된 것은 가까이 사는 처이모님께서 소개하셨는데 주변에서는 사주풀이나 작명을 잘 한다는 입소문이 나있다고 해서다. 일반 주택가에 자리 잡은 2층짜리 시멘트 건물인데 방으로 안내받아 수인사를 나눴다. 그때 놀란 것은 서재라고 할 정도는 아니지만 제법 큰 방에 쌓여 있는 책들을 보고서였다.

옛말처럼 수레에 실으면 큰 황소도 땀을 흘릴 정도로 많은 책이었는데 대충 둘러보니 모두가 토목 아니면 풍수학에 대한 손때 묻은 동서고금, 중국, 일본, 우리나라의 책자들이 빼곡히 들어차 곧 쏟아질 듯한 중압감마저 느꼈다. 60대로 보이는 주인공께서는 개다리밥상 위에 놓인 책자를 뒤적여 가며 방바닥에 펼친 4절짜리 큰 백지 위에 날짜별로 무언가를 꼼꼼스레 적고 계셨다.

"지금 무엇을 그렇게 열심히 적고 계시나요?"

"아, 이거?"

처이모님께서 인사치레 삼아 물어보니 국내 굴지의 대기업에 다니는 서울 사위의 한달치 운과 행동지침을 미리 챙기는 중이라고 했다.

여하간 처음 대할 때부터 여러 가지로 궁금한 사연이 많아 보이는 기인처럼 느껴졌다. 나중에 안 일이지만 그분은 일본 와세다대학 토목건축과 출신인데 어쩌다가 전공보다는 풍수학 분야에 심취하여 가히 평생을 몰두한 전문가인 셈이다. 귀국 후에 건설업계에서 일했고, 정년 후부터 오늘날까지도 풍수학에 미련을 못 버리고 노년에 이르기까지 이런 잡동사니 사주보는 것으로 소일하시는 것 같다.

그런 계기로 풍수에 관심을 가지다가 한 번은 그분이 운영하고 있다는 사설학원을 수소문하여 방문한 일까지 있었다. B교대 앞 세병교 가까이 큰길가 2층에 '동양철학연구소'란 간판이 걸려 있었고, 2층 계단을 올라가니 사무실을 겸한 휴게실과 20여 명을 수용할 수 있는 강의실이 있었다.

강의실을 들여다보니 10여 명이 앉아 강의를 듣고 있었다. 탁자 위에 놓인 선전용 카탈로그를 보니 출강하는 강사 중에는 알 만한 유명한 인사들이 여럿 계셨는데, 대개가 철학이나 인문학계 교수 출신으로 이미 은퇴한 분들이고, 관상학이나 명리학을 담당하는 강사 중에는 현재 부산에서 현업에 종사하는 분의 이름도 있었다.

그날따라 B대 철학과 교수였던 K박사께서 '주역'을 강의하고 계셨다. 그래서 뒷전에 앉아 잠시 강의에 귀 기울이며 수강생들을 살펴보니 수강생들은 대체로 중년들이고 맨 앞줄에는 평소에 잘 아는 현직 교수님 몇 분도 눈에 띄었다. 그러고 보니 처음 뵈었을 때 개다리소반 위에 몇 권의 책자를 뒤적이며 사주를 뽑던 초로의 노인으로만 비쳤던 그 P어르신은 토목공학이 아닌 '풍수학'을 가르치는 유명 강사님이라는 것을 알게 되었다.

풍수는 인문학이라고 말하는 의미를 되새기며 땅과 사람의 관계에서 평안한 삶을 추구하려는 인간의 욕구가 끝없음을 느끼는 시간이었다.

동양이라는 지역을 중심으로 하는 철학이 맞는다면 그것을 진리라고 믿는 사회에서는 진리이겠다는 점에 굳이 도리질할 이유가 없다는 생각에 평소에 가진 선입관이나 공부해 온 것과는 다른 부분이 많음을 자인하는 시간이 길었다. 아무튼, 그런 인연으로 알게 된 P어르신을 모셔다가 건설 중인 이전할 회사의 공사현장을 보여드리고 의견을 듣고 싶었다.

"언제 시간 나시면 건설중인 저희 신공장을 봐주실 수 있겠습니까? 제가 정중히 모시겠습니다."

"나야 백수 아닌가? 언제라도 B사장 편한 시간으로…."

그래서 다음 일요일 하루를 그분과 함께 신공장건설에 따른 풍수학적인 견해를 듣고자 원했더니 흔쾌히 승낙하시기에 날을 잡아 모시게 되었다.

정한 시간에 미리 챙겨 둔 공장 설계도면을 챙겨 들고 P어르신을 모시고 직접 운전해서 한 시간 남짓 걸리는 현장으로 갔다.

차중에서 풍수에 대한 궁금증을 묻고 들었다.

"저도 이공계 출신이지만 풍수나 동양철학에 대해 관심이 많습니다. 그리고 대체로 믿는 쪽입니다. 어르신께서 생각하는 풍수의 개념은 어떤 것입니까?"

"글쎄, 완성도 높은 과학도 완벽한 진리라고 말할 수 없지 않은가? 예전의 과학이 오늘날에는 상식으로 바뀌듯 풍수학도 믿지 않는 사람들에게는 과학이라 주장할 수 없지 않겠는가?"

예부터 전해지는 풍수학은 오늘날의 지리학의 일부라 여겨지며, 역사적으로 자연환경과 인간의 생활영역에 관해서는 인류발달사에서 가장 중요하게 다루는 문제라는 점을 강조하신다.

우리나라에서는 명당이라고 하면 배산임수를 지칭하고 있듯이 어머님의 품안처럼 아늑하고 생기 어린 곳, 즉 좌청룡 우백호, 남주작 북현무를 가려내는 중국식 풍수가 기본이라고 보는 극히 상식적인 포괄적인 견해를 들려주셨고, 저잣거리에서 말하는 믿거나 말거나 하는 그런 황당한 미신적으로 사고하고 접근할 철학은 아니라고 말씀하셨다.

현지에 도착하여 먼저 건설현장 전체를 조망할 수 있는 높은 위치에서 해변에 접한 2만여 평의 직사각형으로 생긴 공장터를 내려다보고, 또한 그 자리에서 직접 도면을 펼치고 건물의 위치까지 살펴 주셨다.

건물의 배치도를 보고 한 가지를 지적한 것은 직사각형의 건물 대지를 따라 일렬로 나란히 늘어선 공장 건물들의 위치를 5도 정도 남동쪽으로 방향을 틀었으면 좋겠다는 의견이었다.

"그렇게 하면 전체적으로 공장용지와 균형이 맞지 않아 우선 시각적으로 보기 싫겠는데요."

"그렇지, 뒤틀려 보이니 상식적으로 이해가 안 될 걸세."

풍수학적인 차원에서 하신 말씀이지만 그렇게 수정하다 보면 전체적인 건물들의 위치가 뒤틀려서 외관상으로 보기엔 잘 이해가 안 가는 것은 물론이고, 역시 같은 이공계 출신의 회장님 역시 단박에 반대할 사안이었다.

결국, 그 점에 동의하기 어렵다는 것을 이해하시고 도면대로 배치하더라도 나쁘지는 않겠다고 수긍해 주셨다. 그리고 또 한 가지 지적하는 점이 있었다.

"박 사장, 유틸리티를 공급하는 건물 동은 어딘가?"

"도면에서 보시다시피 공장을 관통해서 바다로 통하는 수로 옆에 있습니다."

화학공장의 심장부 역할을 하는 물과 전기는 어느 건물에서 관리할 것이냐는 물음에 관리 측면에서 배관의 길이나 공급하는 데 가장 이상적이라 여겨 접근이 쉽게 전체 공장의 중심에 두었다고 하였더니 공학적 측면에서는 기본적인 사항이지만, 집주인에게 다소 불이익이 생길 소지가 있다고 하기에 갑자기 어리둥절한 느낌을 받았지만 그 이유는 묻지 않았다.

앞서 말하지만, 그런 연유로 인해서인지는 몰라도 공장을 시험 가동하던 중에 폐수에 의한 해양오염이라는 죄명으로 대표이사에게 주어지는 15일간의 구류처분을 받았고 결국 건설사의 잘못에서 비롯한 사항으로 밝혀져 쌍벌죄로 2천만 원의 벌금형을 받은 바 있었다.

2

회사를 둘러보고 여러 가지 의견을 나누다 보니 오전 시간이 훌쩍 지나갔다. 귀가하는 차 안에서도 의견을 주고받았다.

"가까이 있는 대기업인 L사는 그룹총수가 직접 헬리콥터를 타고 다니면서 터를 고른 것을 알고 있지만, 자네들 신공장은 풍수학적으로 봐서는 그 회사보다 더 좋은 것이 내 판단일세."

"그렇습니까?"

그런 말씀에 이어 투자한 결과는 이른 시간에 회수되고 회사의 성장이 기대되는 좋은 운을 가진 복터라는 평가를 덧붙이는 바람에 한층 기분이 좋아졌다. 사실 우리 그룹의 모체기업은 살림살이 전반에 걸쳐 든든한 편이고, 우리 업종 역시 전망이 밝다는 점을 자랑삼아 설명해 드렸다.

아무튼, 지금까지 공장이전을 목표로 신공장건설은 진행에 차질 없고,

어쩌면 하루라도 빨리 좋은 설비로 현대화할 것인가에 더욱 박차를 가할 힘이 생기는 것 같았다. 돈이 없으면 명당도 없다는 항간에 떠도는 말이 맞는다는 생각에 동감이 갔다. 돈이 있어야 좋은 집을 사고, 명당에 유택을 마련할 수 있기 때문이다.

귀가 도중에 일광역 근처에 있는 유명 복국집에서 점심을 대접하고 수고비라는 명목으로 제법 넉넉한 복비가 든 봉투를 건네면서 P어르신에게 한 가지 부탁을 드렸다.

"어르신, 바쁘지 않으시면 가는 도중에 있는 S공원묘원에 마련해 둔 저의 모친의 예비 유택이 풍수적으로 봐서 어쩐지 한번 봐주셨으면 합니다만…."

"그렇게 하겠네. 안내하시게."

쾌히 승낙하시기에 기분 좋은 느낌으로 현장으로 갔다. 풍수의 금언 중에 '보지 않은 것은 말하지 말라' 는 설이 있다고 하시면서 몸소 차에서 내려 산세를 둘러보고 미리 준비해 둔 묘소와 석물까지 보시고는 고개를 절레절레 흔들기에 이유를 물으니 불합격이라는 판단을 주신다.

"왜 그렇습니까?"

"우선, 높은 앞산에 가렸고 사방이 갇힌 형국부터가 발복은커녕 조금도 명당일 수 없네."

그리고 곧 불상사가 생길 징조가 보인다면서 이미 돈을 투자한 것에 미련을 두지 말고 대토를 생각해 보는 게 좋을 것 같다는 의견이시다. 황당한 말씀에 대번에 기가 빠졌다. 그러나 P어르신에게 은근히 믿음이 가는 뜻에서 그 평가를 부인할 수 없었다.

누구나 면치 못할 죽음이란 인생의 과정을 두고 자식 된 도리로서 여유가 있을 때 마련해 두어야겠다는 심정에서 지금껏 정성스레 준비한 유택이 아니던가? 이 점에 관해 서둘러 말하지만, 그해 9월 큰 태풍에 산사태가 나서 이미 매장했던 위쪽의 관들이 폭우로 쏟아져 내린 산사태로 엄청난 흙더미에 파묻히고, 심지어 낮은 위치에 모친을 위해 마련한 유택마저도 완전히 파괴되고 말아 결국 공원 측에 헐값으로 되파는 일을 겪었다.

사실 부모님을 한 묘역에 모셔야 하는 것이 자식된 도리인데 살아생전에 부친 곁에는 묻히기 싫다는 모친의 주문과 또 부친의 유택을 마련할 그 당시 지관의 의견은 모친을 부친 곁에 모시고자 하는 옆자리가 수맥이 통하기 때문에 좋지 않다는 견해였기 때문이었다.

또한, 인명은 재천이라 모친께서는 부친보다 35년 이상 더 수를 누리고 백수에 돌아가셨기 때문에 그동안 장지 문화가 바뀌어 합장이라는 안장법이 보장되면서 지금은 두 분을 화장하여 합장한 상태이다.

사실 풍수에 대한 문외한인지라 음택풍수라 불리는 묘지풍수만을 전형적인 풍수로 믿고 있었고, 또한 음택풍수는 미신일 뿐이라는 생각을 바꾸게 된 동기가 된 사건이 있었다.

중학교 3년쯤 되었을 때다. 부친은 어릴 때 고아처럼 자랐는데 그럴 만한 이유가 있었다. 부친께서 아홉의 나이가 채 못 되었을 때인 1910년 여름, 살던 마을에 괴질(장티푸스)이 돌았고, 온 동네가 쑥대밭이 되었는데, 그 당시로는 이 병마를 이겨낼 방법이 없었던 터라 30대 초반의 아버지(조부)와 할머니(고조모)가 하루 간격으로 유명을 달리하는 차마 눈 뜨고 볼 수 없는 비극을 맞았다고 했다.

그뿐 아니라 한 울타리 안에 모여 사는 많은 식솔의 목숨을 연명할 길이 막연한 가정형편에 호구지책을 빙자로 젊은 어머니(조모)마저 집안에서 쫓겨나 개가하는 바람에 졸지에 아버지는 고아가 되었다고 말씀하셨다.

고생 끝에 청소년기를 보내고 어렵사리 아픔을 딛고 자라서 성공한 뒤에는 모정을 잊지 못한 나머지 결국 개가하여 타집안 사람으로 살다가 생을 마친 어머니의 유해나마 모셔다 아버님 곁에 안장하겠다는 열망을 실현하던 때의 얘기다.

묘를 이장하는 일은 예부터 반대하는 일이 많았다. 부친의 끈질긴 열정에 한사코 반대하던 모친께서 하다못해 인근에 용하다는 점쟁이에게 묻기까지 했다. 만약 이장을 강행한다면 자식 중에 둘이 죽음을 면치 못할 것이라는 엄청난 재난의 예고에도 귀담지 않고 오직 일관된 신념 속에 감행되었다.

결과적으로 일꾼들을 대동하여 유해 발굴작업을 하다가 시신이 부식되지 않은 상태에 놀라 포기하는가 싶었는데 2년 뒤에 다시 이전을 감행하여 결국 조부와 함께 나란히 안장시켰다.

그런데 그런 일이 있고 얼마 되지 않은 세월 동안 점쟁이가 점친 대로 두 가족이 죽어 나가는 불행한 사건이 맞아떨어진 것을 직접 목격한 터라 지금껏 살아오면서 풍수에 대해서는 막연한 통속적인 얘기로만 치부할 것이 아님을 되새기고 있기에 P어르신의 말씀에 수긍할 수밖에 없었다.

그야말로 신의 계시를 받은 것도 아닐진대 이론을 탐구하고 실기를 쌓아 나름대로는 오늘의 풍수의 대가가 되셨음에 은근히 존경심이 우러났다.

3

그렇게 평가를 받고 차에 오르니 갑자기 마음이 어두워지는 느낌이었는데, P어르신께서 내 마음을 읽었는지 자택의 위치를 물으시더니 가는 길에 들러 집터를 봐주겠다고 하셨다.

"바쁘실 텐데 고맙습니다."

"좋은 게 좋다고, 나온 김에 집구경 한 번 시켜주시게."

온천장 금강공원에서 금정산으로 오르는 초입에 온천장이 내려다보이는 위치에 K중학교가 있고, 그 주변은 금정산 숲과 어울리는 주택단지를 이루고 있다. 도로보다 2m 정도의 높은 돌담 위에 지어진 아직 10년이 안 된 붉은 벽돌 시멘트 건물이 광명사로 오르는 샛길을 두고 앉은 동남형의 건물인데 몇 년을 살다 보니 공기 좋고 물 좋아 나무랄 데 없는 삶터로 부족함이 없었다.

회사도 20여 분의 가까운 거리에 있고, 하루가 멀다고 찾아오는 국내외 손님들을 맞아 술을 마셔야 할 때 차를 이용할 필요가 없는 가까운 온천장에서 대접할 수 있어 편리했다. 또한, 위치상으로 숲속에 사는 느낌이라서 아침에 일어나 108배를 하면서 정신을 가다듬은 후에 온천장에 내려가 온천수에 몸을 씻고 출근하는 것이 일상화되어 늘 상쾌한 기분으로 시작할 수 있었다.

108배를 하게 된 동기는 빠듯한 회사생활에 한동안 건강이 나빠져 무명의 도사에게서 물리치료를 받으면서부터이다. 꾸준히 하다 보니 건강에도 큰 도움이 되고 절을 하는 데 집중하다 보면 정신이 엄청 맑아지면서 하루 중에 있을 일들이 예견되는 영감을 받기도 했다.

그래서 업무를 시작하면서 제일 먼저 갖는 10분간의 고급 간부들의 차 마시는 시간을 가지면서 오늘 있을 중요한 일들을 챙기고, 또한 생길 수 있는 일을 예견해 대비하는 소통의 시간을 가졌다.

"어르신, 저에게 영감이라면 무엇하지만, 미리 예견되는 일이 맞아떨어지는 경우가 더러 있는데 그것도 집터와 관계가 있습니까?"

"물론일세."

사실 출근하여 간부사원들과 차담으로 업무를 시작하는 시간에 예측되는 발언을 해서 실제로 그런 일들이 현실화한 경우가 잦아지면서 간부사원들로부터 이상한 인상을 받는 때도 있었다. 그처럼 살아가면서 복을 누릴 수 있는 발복의 터가 분명히 존재한다는 점에 믿음이 가면서 P어르신의 신념이 묻어나는 조언에 귀를 기울이지 않을 수 없었다,

우리가 이사 오기 전에 살던 사람은 세무 공무원인데 운이 맞지 않았는지 망하다시피 해서 이사를 했다고 들었다고 하니 집터란 운이 맞는 사람이 따로 있다면서 좋은 발복 터를 얻었다고 한다.

"B사장! 한 가지 고쳤으면 하는 점이 있긴 한데…. 지금의 대문을 오른쪽으로 5m 정도 옮겼으면 좋겠는데…."

"그거야 큰돈 들 일이 아닌 것 같습니다."

지금의 구조는 길과 맞닿은 동남향의 대문을 들어서면 자연석 돌계단을 올라 마당에 이른다. 그리고 대문에서 5m 떨어져 동향으로 오른편 코너에 지하 차고가 있었다. 그러니까 차고쪽에 대문을 내고 계단을 만들라는 의견인 셈이다.

"그러면 B사장에게 운이 더 좋은 집이 될 것 같네."

"고맙습니다."

너무 오랜 시간 동안 붙잡고 있어 민망함을 느끼면서 당장 직면한 이사 문제를 두고 가족들의 엇갈리는 의견 충돌이 있음을 토로해 보았다. 신공장으로 옮겨 갈 때 출퇴근 시간이 오래 걸려 해운대 방면으로 이사를 하였으면 하는 생각에 해운대 주변의 주택을 물색하다가 달맞이 고개에 마음에 드는 곳이 있는 거기로 이사를 하였으면 하는 생각들인데 어떠할지를 물었다.

"B사장 운을 봐서는 이사를 하지 않는 것이 좋고, 만약 그곳으로 이사를 한다면 손재수를 비롯해 신변에 큰 변화가 생길 수 있어 보이는데…."

P어른의 즉답을 들으면서 마음을 가라앉혔다.

"오늘 여러 가지로 고마웠습니다. 일하다가 어려운 일이 닥치면 또 찾아뵙겠습니다."

"언제든지 찾아주시게."

4

그것으로 P어르신과는 하루의 일과를 끝내고 댁까지 편안히 모셔다드렸다. 그게 P노인과의 마지막 만남이었다. 그날 후로는 뵈온 일이 없었고 몇 년 후에 처이모님으로부터 얼마 전에 딴 세상에 가셨다고 전해 들었다.

그동안 주변과 자신에게 많은 변화가 있었고 바쁜 시간을 살았다. 그분께서 복터라며 운을 부르는 처방까지 알려 주었건만, 결국 가족들의 의견에 못 이겨 해운대 달맞이 언덕의 빌라촌으로 이사를 결행했다.

비록 전셋집이기는 하지만 70평의 복층 빌라에서 해운대 백사장과 영도 태종대, 그리고 송정으로 통하는 해변을 넘어 태평양과 이어지는 대해가 한눈에 들어오는 풍광이 숲만 바라보고 산 10여 년의 세월을 쫓기에 부족함이 없었다.

우선 가정주부의 처지에서 보면 밤낮으로 필요할 때 집을 비우기가 어렵다는 점을 애로사항의 첫 번째로 꼽는다. 결국, 손에 쥔 키 하나면 갇혀 산다는 기분에서 해방될 수 있다는 안도감이 자유를 안긴다는 점이다.

두 번째가 청소를 포함한 표나지 않은 잔손질로 일과의 대부분을 보낸다는 무의미한 다람쥐 쳇바퀴 돌 듯 늘 같은 생활에서 탈출할 수 있다는 안도감이다. 그래서 조금 더 인간다운 삶을 누릴 수 있고 추구할 수 있다는 생각일 것이 분명하다. 이사를 반대하고 싶던 자신도 한결 나은 삶을 위해 가족의 뜻을 반대만 할 수 없었다.

얼마 전에 읽은 이성계와 무학대사의 풍수지리에 관한 얘기가 생각났다. 길을 가다가 산 밑에 집을 짓고 있는 농부를 보고, 풍수지리에 능한 무학대사는 거기에 집을 지으면 '3년 안에 거부가 될 것이라고 하면서 고래등 같은 기와집이 들어설 것' 이라 말하자, 이성계는 '저곳은 몇 년 안에 폐허가 될 것' 이라는 반대의견을 내놓았다. 그래서 3년 후의 결과에 대해 내기를 했다.

그로부터 3년이 지나자 그것은 폐허로 변해 있었다. 이성계는 웃으며 '대사는 풍수지리에는 밝으나 대세를 판단하는 데에는 약하다' 라고 충고했다. 사실 대사의 말대로 풍수지리는 맞아 농부는 큰 부자가 된 것은 사실이나, 이성계는 부자가 된 그 농부는 더는 후미진 골짜기에 살지 않을 것으로 판단했기 때문에 생긴 일이었다.

풍수지리에 능한 무학대사보다 사람의 마음마저 읽을 줄 아는 이성계의 예지가 돋보이는 얘기였다. 달도 차면 기운다는 교훈일 것이다. 사람들은 자기에게 닥치는 일들을 두고 그 게 타고난 팔자고 운명이라고 말한다. 그러는 게 순리처럼 생각된다.

그런데 세상에는 믿기지 않은 일들도 많다.

우리 가족이 금정동으로 이사를 와서 이틀째 되는 날 하얀 색의 백구 한 마리가 문 앞을 떠나지 않고 어슬렁거렸다. 하얀 개가 누렁개처럼 보일 정도로 흙투성이고 얼마나 굶었으면 제대로 몸을 가누지 못할 정도로 보여 동물을 좋아하는 딸들이 음식을 주고 어루만지면서 집안으로 들어와 같이 생활하면서 한 식구가 되어 밤낮으로 집을 지키는 일을 충실히 하며 몇 년을 같이하더니 막상 우리가 해운대로 이사를 결정하고 떠나기 2,3일 전부터 집을 나가고 보이지 않았다.

그런대로 해운대 생활에 길들 즈음, 몇 간의 변화들이 생겨나기 시작했다. 처음 입주할 때 만난 집주인은 건축업을 한다는 젊은이였다. 8천만 원의 전세를 안기면서 담보가 얼마나 남았는가를 챙겼을 때는 B은행에 3천만 원 정도가 남은 상태였으나 받은 전세금으로 담보를 해제하겠다는 언약을 받은 후였다.

그런데 이사하고 반년쯤 지난 어느 날 은행으로부터 공매처분을 한다는 통보가 날아들었고 온 가족이 당황스러움에 놀라지 않을 수 없었다. 백방으로 알아보았으나 이미 돌이킬 수 없는 사실로 받아들이지 않으면 안 되는 현실이었다.

문제는 그동안 줄이겠다고 한 담보를 더 늘려 사업을 확장하다가 결국 부도에 직면한 것으로 알려졌다. B은행이 1순위로 2순위인 우리가 맡긴 전세금을 넘어 집 전체를 경매해도 은행 담보도 모자란다는 실로 어처구니 없는 일을 당한 것이다.

그로 인해 엄청난 정신적 고통을 받았고 할 수 있는 노력을 다해 보았지만, 이미 엎질러진 물처럼 법대로 집행되는 과정만 바라보고 물러설 수밖에 없는 약자의 설움만 되씹고 말았다.

P어르신의 예언이 생각났지만 누굴 탓할 일도 아니고 운이 따르지 않았다고 스스로 자신을 위로할 수밖에 없었다. 믿고 싶지 않았던 현실을 외면한다는 것 또한 외면할 수 없는 사실이 되면서 나이가 들수록 풍수가 단순히 근거 없는 학설이 아니라는 생각으로 굳어갔다.

"형님, 이사를 잘못 한 것이 틀림없소."

"글쎄, 결과적으로는 그런 것 같네만…."

친구처럼 지내는 후배가 찾아와 울적한 마음을 달래느라 소주잔을 기울이며 자기도 어느 역술가에게서 들은 얘기라며 얘기했다.

믿거나 말거나 한 얘기지만 해운대 달맞이 고개가 있는 산세는 풍수적으로 보면 황소의 고환에 해당하는 형세라고 했다. 그래서 자식들을 갖고자 하면 효과를 거둘 수 있는데 이곳에 거주하다가 이사를 하는 경우는 대체로 빈털터리가 되기에 십상인 형국이라고 했다. 아마 정력의 낭비를 재산탕진에 비유한 것으로 여긴 속설로 들렸다.

아무튼. 그런 고초를 당하고, 정년을 맞이한 두 해 앞두고 퇴임해야 하는 불상사 등 어려움이 뒤따랐지만, 해운대 신시가지에 미분양 아파트를 분양받아 이사했고, 다시 생활의 활기를 찾는데 분발하면서 남은 후반의 인생을 위해 마음을 비우고 수행의 길을 택하고 보니 지난 모든 일은 과거사로 묻혀 가고 있다.

과연 명당은 있는 것일까?

'좋은 땅이 아니라 자기에게 맞는 땅이 명당이다. 명당은 마음속에 있다.'

풍수학자들의 주장이다.

'인생이란 바람이고 물이어라. 자연과 더불어 사는 것이 인생이고 자연을 떠나 살 수 없는 게 모든 생명체의 길이다. 자연이 어찌 바람과 물뿐이겠는가? 풍수란 말 그대로 바람과 물에 대한 지혜의 집합물이라는 생각에 동감이다. 땅을 사람 대하듯 하라. 땅과 사람의 관계는 우리가 발붙이고 살아가는 천지자연에 대한 지혜라는 가르침이 옳은 것 같다. 바람같이 왔다물같이 흘러가는 순리에 따르는 삶이 인생일진대 이제는 바랄 것이 무엇이겠는가?

지금도 가끔 풍수에 관한 책을 읽을 때나 그동안 살면서 겪은 옛일을 되돌아보며 생각한다.

인간은 운명에 대해 죽기 살기로 매달리다시피 관심이 많다. 그런 대상자들은 비단 가난하고 허약한 자들만이 아니라 개중에는 권세가 높은 분들과 재벌가들도 허다하다는 사실이다. 그래서 운명을 바꿔 달라고 자기가 믿건 안 믿건 간에 각종 신에게 기도와 치성을 드리고, 심지어는 용하다는 점쟁이나 무당을 찾아 굿을 하거나 부적을 몸에 지니고 다니는 짓으로 행운의 밧줄인 양 매달린다.

또한, 용하다는 풍수학자나 명리 전문가들을 찾아가는 사람도 많다. 그러나 그들의 조언에 따라 침대의 위치를 바꾸고, 이름이 좋지 않아 액운이 많고 출세를 못 한다고 해서 이름까지 바꾸는 경우가 비일비재하다.

결론적으로 그렇게 해서 운명을 바꿀 수 있다면 '풍수학자나 점쟁이들이 이 세상에서 제일 행복하고 순탄한 인생을 살아야 하지 않겠는가' 라고 되묻는 사람도 있다. 그에 빗대어 '중이 제 머리 못 깎는다' 는 말로 맞서는 사람도 없지 않다. 그러나 요즘에 와서는 그런 전문가들이 돈을 많이 벌고 잘 살기도 하고 설비가 좋아 중도 저 스스로 이발을 하게 되었으니 할 말이 없다.

그렇듯 깨친 성인들이나 고도의 지성인들은 '당신의 운명은 스스로 바꾸라' 고 권한다. 우선 작은 일에서부터 시작해 실천하고 오랜 시간 동안 변치 않고 지킬 수 있다면 운명이 바뀌게 됨을 강조한다.

믿고 안 믿고는 자기 자신에 달렸다. 자기의 운명을 포함해 자기의 변신도 역시도 자기 마음과 행동에 달렸다는 것이 옳은 판단이다.

(1990. 3.)

제비추리

한여름 금정산성으로 가는 길가의 솔밭 속에 큰 불고깃집이 생겼다. 오다가다 그곳을 지나칠 때는 좀 외진 데이긴 해도 그래도 위치가 좋고 해서 손님이 그렇게 뜸하지는 않을 성싶다는 생각이 들곤 했다.

하루는 일본에서 온 손님을 모시고 친구 K랑 그 집에 들렀다. 자주 오시는 분이라서 맨날 가는 데만 모시다 보니 싫증이 날 것 같아 마뜩잖게 여기던 참에 마침 생각이 나서 그곳으로 정한 것이었다. 숲속 빈터에 자동차가 멎자마자 허우대가 좋은 젊은이가 앞으로 나서며 큰소리로 외친다.

"어서 오십시오! 이쪽입니다."

높낮이며 모양새를 갖춘 갖가지 나무들이 우거진 숲속에 몇 채의 방갈로를 지어 운치도 돋우는 한편, 중앙에 자리 잡은 한옥 타입의 본관 건물에는 많은 손님을 모실 수 있는 큰 홀도 있어 대중음식점치고는 분위기가 있도록 신경을 썼다.

숲길을 따라 걷다 보니 갇힌 공간에서 온몸에 고기 냄새를 둘러쓰는 것보다는 나무 그늘 아래서 경치를 즐기면서 한잔하는 것이 좋겠다는 생각이 들었다. 아담하게 잘 가꿔진 소나무 그늘에 돌로 된 야외용 탁자 앞에 자리를 잡고 앉았다.

소나무 잎 사이로 파란 하늘이 돈짝만큼 보인다. 늦여름이라서 아직도 매미가 운다. 나뭇잎이 움직이는 것 같지는 않지만 약간 서늘한 바람기가 느껴져 코끝에 청량함이 인다. 소나무 사이로 숲길을 내고 그 곁으로 드문드문 자연석을 덧놓은 양이 제법 운치를 보탠다.

숲속의 이미지를 살려가며 자리를 꾸몄는지라 저만치 떨어진 곳에서 한담을 나누는 사람들의 얘기는 들려도 얼굴은 직접 보이지 않는 게 좋다. 갈비의 명가라 적힌 앞치마를 두르고 서빙하는 예쁘장한 아가씨가 냉수 한 잔씩과 일회용 물수건을 건네주고는 무엇을 들 것이냐고 오더를 청한다.

"왜 이리 손님이 적냐?"

"많을 때는 자리가 없어예."

"오늘은 고기가 질긴 모양이지?"

"안 그래예-."

내미는 메뉴를 보니 이름만 다를 뿐 그게 그것 같고 가격만 달라 보인다. 무엇이 이 집의 명물이며 전문이냐고 물으니까 떨떠름한 기분으로 아무것이나 다 맛깔스럽단다. 석쇠나 불판에 구워 먹는 쇠고기도 살점을 떼어낸 부위에 따라 이름이 다르다는 것은 알지만 하도 이름이 다양해 늘 묻는다. 물론 빛깔도 맛도 다른 것은 사실이다.

"오늘 자네가 권하고 싶은 고기는 어떤 건데?"

"제비추리요, 고기 하면 제비추리가 최고 아닌교?"

"제비추리?"

"물찬 제비처럼 맛이 좋냐?"

객쩍은 소리는 그만하고 주문이나 하라는 눈치다.

"얘, 제비추리가 어느 부분인지 내가 몰라서 묻는다?"

그녀의 설명대로라면 소의 안심에 붙은 살이라는데 제비꼬리처럼 생겼다고 한다. 소 한 마리를 잡아 봐야 양이 얼마 안 되고, 또 그 부분이 가장 맛이 좋아 비싸다는 것이다.

"그럼 오늘 그것 한번 시식해 보자!"

제비추리 3인분과 소주 1병을 시켰다. 우선 입가심이나 할 양으로 맥주 한 병을 대령시켰다. 객이 많지 않은 데다 개업한 지 그리 오래지 않은 터라서 종업원들의 행동들이 굼뜨지 않고 서둘러대는 폼이 제법 시원 시원스럽다. 저만치 떨어진 방갈로에서 고기 굽는 냄새가 바람결을 타고 그대로 전해져 온다.

시장기가 갑자기 동한다. 이글거리는 숯불이 얹히고 붉은 살점이 탐스러워 보이는 생갈비가 먹음직스러워 보이는 데다 갈비 쟁반을 따라 숫자는 많지 않으나 그런대로 정갈한 밑반찬이 푸짐하게 얹혀 나왔다.

"자! 전국적으로 한잔합시다!"

맥주 한 잔씩을 쭉 들이켜니 속이 후련해진다. 돌로 만든 불판 위에서 지글거리며 익어가는 검붉은 고기 모타리가 입맛을 돋운다. 역시 분위기가 좋아야 장사가 되는 법이라는 생각이 든다. 소주잔을 한 순배 돌렸을 무렵 한 여인이 와서 인사를 자청한다.

"어－, 자주 보던 사람이네."

"아이구 그렇네예, K사장님!"

K사장과는 마치 반가운 임 보듯 한다. 그녀는 온천장에서 모 불고깃집 얼굴마담을 하던 낯이 익은 여인이었다. 젓가리개가 훤히 내비치는 시원스러운 모시 적삼에다 절에 다닐 때나 입는 쑥색의 보살 바지를 입고서다.

얼굴에 땀기가 보송보송 서려 있다. 예사로 봐서 그랬는지는 몰라도 오늘은 가까이 자리를 잡고 앉아 찬찬히 살펴보니 한 살이라도 젊은 시절에는 꽤나 미인 축에 들었겠다는 남성 본연의 미감이 도진다. 대충 보기로는 40대 중반쯤인데 실제로도 그 정도일 거라는 어림짐작이 간다.

"역시 여장부답게 사업할 사람이 하는구먼!"

"뭐, 사업이라고까지 할 수 있겠어예?"

K사장이 개업한 것을 축하한다니 많이 도와달란다. 새로 차린 후발업소인지라 평소에 안면이 있어 찾아오는 손님이 아니면 지나가다 들르는 뜨내기손님이 고작인 입장이겠구나, 하는 느낌에서 몇 마디 거들어 보니 실제로도 아직 소문이 나질 않아 그런 실정이란다.

"자리는 잘 잡았다 싶은데 장사가 잘 되는 편입니까?"

"아직은 좀 그렇습니다예."

개업한 지가 달포도 안 된 처지라 뜨내기손님까지 신경을 써서 깍듯이 모셔야 할 처지임이 분명하다. 전에 근무하던 쪽에서 자기들 손님을 빼앗아 간다고 시비가 없더냐니까 그쪽에서 다소는 신경을 쓰는 눈치가 보이더라는 얘기를 손님들이 전해 주더란다.

하기야 그럴 수밖에 더 있겠는가? 사촌이 논을 사도 배가 아프다는데 그동안 공들여 단골로 모셨던 손님들까지 앗아가면서 그리 멀지도 않은 곳에다 대형 고깃집을 내었으니 속이 편할 리는 만무하겠지.

"그러나 우리는 형·동생하고 사는 사이라서 괜찮아예."

자기 남편과 그쪽 사장과는 모대학 체육과 출신의 선후배 관계로 형제처럼 지내는 사이라고 토를 달아 설명한다. 소문 듣던 대로 정치깡패들이 활거할 무렵 두 사람은 주먹 부림의 동료였다는 사실을 그녀의 입으로 확인해 준 셈이다.

"자! 맥주나 한잔하소."

반 잔만 마시겠단다.

"막상 시작하고 보니 힘이 듭니다. 사장님들께서 제발 도와주이소."

"여하튼, 대단하오. 제 사업하는 것과 남의 사업을 거들어 주는 것과는 천지 차이 나지요?"

"그럼요. 누구나 할 수 있지만, 아무나 하는 것은 아니지요."

"정말, 그래예."

당분간은 발품, 손품 등 몸으로 때우기 작전을 안 할 수 없다는 솔직한 표현에 공감이 간다. 세 사람 모두에게 맥주 한 잔씩을 손수 권하면서 십시일반으로 힘을 보태 주시고 자주 찾아달라는 부탁을 곁들이고서는 서둘러 딴 자리로 옮겨 가는 여인의 등줄기에 땀이 배였음을 본다. 남의 집에서 머슴살이하며 흘리던 땀과는 의미가 전혀 다른 것임을 읽는다.

"어서 오십시오!"

입구 쪽에서 아가씨들의 합창 소리가 들린다. 여주인과 얘기를 주고받는 사이에 고기만 굽고 있던 아가씨가 한 마디 거든다.

"우리 주인 언니와 잘 아는 걸 보니 단골이던 모양이지예?"

말투가 서부 경남 출신 아가씨임을 대변한다.

"그럼, 산 짐승이 어디를 안 다니겠니?"

너 웃긴다는 식으로 입가엔 웃음기를 머금고 눈가엔 윙크짓으로 쳐다본다.

"너도 한 잔 할래?"

"언지예, 대낮부터 어쩔라고예."

더 권하면 받아 마실 듯 다른 쪽을 힐끔 넘겨 보는 눈치다. 손님이 권한다고 넙죽넙죽 마실 턱도 없지만 사양하는 것이 도리인 양 능청을 떤다.

말없이 술과 고기를 번갈아 들던 일본인 K씨가 눈치 빠르게 자기 잔을 비우더니 아가씨에게로 내민다. 마지못해 받는 듯이 머무적거린다.

"쪼매만 주이소예."

"야! 일본말로 해야 그분이 알아듣지!"

K사장이 급히 마신 술에 열기가 오르나 보다.

"제비처럼 날씬하도록 제비초리도 한점하고."

구운 고기 한 점을 상추에 싸서 나무젓가락으로 집어 준다.

"얘! 너거 주인 마담이 어떤 사람인지 아냐?"

"저는 온 지 얼마 안 돼 잘 몰라예."

"대단히 손 큰 여자인 줄 모르제?"

"손이 작고 이쁘던데예."

"인마! 말귀도 잘못 알아듣는구먼?"

웃으며 말하는 K군의 넋두리에 처음에는 왜 그런 별명을 붙이는가 의아스럽게 여겼다. 진짜 손이 커서 하는 소리는 아닐 게고, 혹시 이름이 장영자인가? 먼젓번에 얼굴마담으로 일하던 곳에서 몇 차례 만났기에 안면은 있어도 실제로 이 불고깃집을 차린 여사장의 이름 석 자는 모른다.

"형님! 저번에 저 마담에 관해 내가 얘기 안 합디까?"

K사장이 집히는 데가 없냐며 예전 일을 더듬어서 스토리 텔링의 기억을 회생시켜 준다.

"아! 그 P회장 사모님 얘기의 주인공 말인가?"

K사장은 진작부터 그 여인에 대한 내력을 훤하게 알고 있었다.

그녀의 남편과 격의 없이 지내는 모 인사가 그와 고스톱팀의 단짝이기 때문에 본인들과 더러 어울리기도 해서 직간접적으로 그녀의 주변 일에 대해 소상히 알고 있었다. 그가 손이 큰 여자라고 하는 데는 그럴만한 이유가 있었다. 항간에 손이 큰 여자라면 대한민국 사람이 다 알듯이 장영자라는 여인을 빗대는 말이기도 하고 때로는 통이 커서 보통 사람들로서는 엄두도 못 내는 일을 저지른 간이 큰 여인을 두고 말한다.

대체로 돈과 얽힌 사연들이 손이 큰 여자를 대변하는 것이니 이 여인에게도 그런 사연이 얽혀 있음이다. K사장의 얘기를 떠올리면 이러했다. 이 집 여주인이 30대 초반 시절로 돌아간다. 잘 생긴 축에 드는 미인인 데다 비위가 좋기로 한국에서 둘째가라면 서러워 할 여자로 누구라도 한 번 만나면 언니고 동생이 되고 말 정도로 특별한 붙임성을 지녔다.

그 정도로 사교성이 좋아 남달리 호감을 느끼게 하는 데다 사람의 급수에 따라 대하는 매너가 질이 다르고 애교가 철철 넘치는 마력을 지닌 여자이며, 또한 술수는 남들 머리 꼭뒤에 올라앉은 재능이란다. 그것은 아마도 선천적으로 타고난 성격일는지 모른다는 게 그녀를 가까이서 본 사람들의 표현이라니 여간내기가 아닌 성싶다.

언젠가 귀가하는 길에 K사장과 같이 차를 타고 동해안의 해변길을 따라 내려오면서 그녀에 얽힌 얘기를 우연히 들은 바 있다. 마침 차가 임랑이라는 어촌마을을 지나는 참이었다. 그곳이 한때 철광업계의 총수로 군림하던 P회장의 안태본이었다. 그 어른에 대한 근황을 얘기하다 말고 K사장이 심심풀이로 끄집어낸 얘기가 그녀에 얽힌 사연이었다.

그런데 이야기의 주인공인 이 젊은 여인이 P회장네의 어부인과 절친한 사이를 맺게 된 데 대한 연유부터가 유다르다. 그녀가 거부의 여인들과 접근하는 방식은 재벌급 어부인들이 아니면 감히 드나들기 힘든 고급호텔의 풀장이나 수영장을 들락거리면서 낯을 익히는 것을 시작으로 무엇인가 인연이 닿게 유도해서 마음의 물꼬를 트고 형님동생 사이로 이끌어 가는 접근방식을 썼다.

그렇게 알게 된 P회장 사모님도 이 애살이 많고 자기를 깜찍이 생각해 주는 젊은 여인에게 남다른 호감을 느끼게 될 수밖에 없었다. 그런 식으로 담 높은 재벌의 저택을 심심찮게 무상출입할 수 있는 계기를 잡고 뻔질나게 드나들던 어느 날이었다.

"형님, 요즘 TV나 신문에 나오는 형부를 보니 몸이 여간 부실해 보이지 않더구먼요. 그래서 형부 드리려고 훌륭한 한의사 찾아가서 좋은 약 한 재 지어 왔어요. 언니가 정성 들여 달여드리세요."

"아니 그렇지 않은데…."

"언니는 뭘 모르셔, 남자는 나이가 들면 때맞추어 보약을 드셔야 하는 거라고요."

"전연 부담 드리지 않을 테니 이 동생 성의를 무시하지 말고 달여드리세요. 저 신경 좀 썼어요. 언니!"

그러고는 화제를 바꾸거나 부리나케 그들 눈 밖으로 사라지는 작전을 감행한다는 것이다. 다음번에 만나면 전번에 전했던 약에 대해서는 일절 언급이 없고 새로운 화제를 찾는지라, 그동안 빚진 심정으로 무엇인가를 보답하려 했다가도 그냥 잊고 만단다.

"언니 얼굴 보니 무언가 고민거리가 있수?"

대체로 사소한 고민거리가 전부인 가진 자들의 골칫거리가 무엇인가를 묻고는 어지간히 힘든 일이라도 발 벗고 나서서 해결해 준다는 것이다.

B재벌 총수님 사모님이라고 소소한 고민이 없을 수 있겠는가? 하루는 차를 마시면서 그녀의 입에서 손주 녀석의 얘기가 나왔다. 공부는 잘하는 편인데 암되어서 그런지 수줍음도 잘 타고, 반 애들의 인기를 못 얻는 편이고, 게다가 손주 녀석이 이번에도 반장선거에서 낙선할까 봐 기가 죽어 있다는 얘기에 귀가 솔깃해졌다.

"참, 언니도? 그런 걸 고민이라고 하고 있어요!"

다음 날로 해결사 노릇을 시작한 것이다.

"담임 선생님! 저 선생님 반 누구의 이모입니다."

B재벌 총수부인을 언니로 부른다면 이모라는 촌수가 꼬이는데도 일을 성사시키려면 수단과 방법을 가릴 계제가 못 되었다.

"아니 웬일로 어려운 걸음을 하셨습니까?"

"언니가 하도 바빠서 선생님을 자주 찾아뵙지도 못하고 결례하는 경우가 많다기에 오늘은 저가 언니 대신해서 조카 공부하는 것도 좀 보고 선생님의 좋은 얘기도 듣고 싶어서 불쑥 찾아왔어요."

그렇게 시작된 만남이 방과후에 고급호텔 라운지에서 칙사대접을 받는 영광과 앞으로 선생님 주변에 어려운 일이나 친지들의 취직 문제에까지 신경을 쓸 테니 조카녀석 반장 한번 시켜서 기를 살려 주십사 하는 돈독한 부탁을 곁들여 두툼한 촌지가 든 봉투를 안기는 것으로 문제는 간단히 해결되었다.

그런 정도로 소신도 있고 정치성이 뛰어난 데다 미모도 겸비한 여인이었다. 사실 약값이라 해봐야 질 좋은 녹용과 인삼이 듬뿍 들었다손 치더라도 한 재에 돈 백만 원이면 둘러쓸 것이다. 그런 약발이 재벌 총수의 건강을 위해서 얼마나 약효가 있었는지는 모를 일이지만, 약값은 수십 배로 받았을 것임은 뻔한 일이다.

"동생은 역시 능력이 있는 여자야! 이 얼마 안 되지만 용돈에 보태 쓰라고!"

머리는 도리질하면서도 손은 먼저 내밀고 있었을 것임은 짐작하고도 남을 일이다. 그런 것이 연줄이 되어 이집 저집 재벌집 문을 들락거리는 행운도 잡고, 값비싼 목도리에 삐까번쩍하는 장신구들을 몸이 비좁도록 걸친 귀부인들 틈에 끼어 세상 물정에 따라 파도 타는 법을 잘 익히는 그런 여인으로 변신해 가고 있다고 들었다. 같은 돌이라도 걸리면 걸림돌이지만 디디면 디딤돌임을 일찍부터 터득하고 사는 그런 능력을 갖춘 여인이라 생각하니 사람 겉으로만 볼 게 아니라는 생각이 스민다.

"얘! 너도 촌닭처럼 불고기만 굽고 손님이 주는 술이나 홀짝홀짝 받아먹고만 있을 게 아니라, 저 언니처럼 이런 불고깃집을 경영하는 수단을 배워야 할 게 아니냐?"

"뭐라 캅니까? 난 맹물이라예."

얼토당토않은 얘기는 나부죽거리지도 말라는 표정으로 입을 삐쭉거리며 고기만 뒤적거린다.

"하기야 너같이 고기 굽는 녀석도 있어야지…."

K사장의 비아냥거림에도 예사로운 표정이다.

"자! 한 잔씩 듭시다!"

사실 불고깃집이 득실대기 시작한 것은 1970년대로 접어들면서부터였다. 그만큼 서민들의 생활이 윤택해졌다는 증거일 것이다. 그런 추세에 편승해 기업형의 대형 불고깃집들이 하나둘씩 생겨나기 시작한 것은 1980년대부터로 기억된다.

온천장 바닥에도 예전부터 터줏대감처럼 버티고 앉은 소문난 갈빗집들도 없진 않았다. 그런데 언젠가부터 온천장 골목에 전문 갈빗집이 우후죽순처럼 문을 열기 시작했다. 이런 현상을 보며 무엇이 잘 된다고 하면 너도 나도 덩달아서 시작하는 것이 우리네 습성처럼 느껴지는 경우가 더러 있음을 상기시켜 주는 듯했다.

"언니야! 나도 갈빗집 하나 차릴까? 동업할래?"

K사장이 갑자기 뚱딴지같은 소리를 하니 고기 굽던 아가씨가 제비꼬리같이 가느다란 실눈짓이다.

"요즘 불고깃집 잘 되는 것 보니 샘이 난다야."

"그래 말이야! 요즘 같아서는 골치가 아픈 사업하는 것보다 현찰 박치기 하는 이런 대중음식집 하는 것이 마음 편할 것 같애."

하기야 요즘 보면 사람들이 모두 다 먹고 살만해서 그러는지 속사정이야 어떻든 겉보기로는 음식점만큼 복장 편해 보이는 사업이 없다는 느낌이 들 정도다. 나더러 한때는 회장님으로 불러주던 M갈빗집도 그 무렵에 시작해서 지금은 갑부가 부럽지 않게 산다. 회장님으로 불리게 된 동기는 어쭙잖은 데 있었다.

K양은 한때 동래별장에서 귀염을 받던 기생 출신이었다. 5.16쿠데타 이후 잦은 정변 탓에 전통 기생집의 맥을 이어오던 동래별장이 시류에 따라 그 의미가 많이 달라지곤 했다. 돈 많은 한량의 놀이터인 양 취급해서 세금을 세게 매기는 바람에 시름시름 파장 신세를 면키 어렵게 된 것이 한두 번이 아님을 부산서 사업깨나 하는 사람들은 다 아는 처지다.

그래서 전통적인 맥을 이어가던 기생집에서 일하던 여인들이 거처를 옮겨 삶터를 찾게 되는 일대 변화가 온 것이었다. 그중에 퇴기 비슷한 나이의 30대 노처녀들 셋이서 어울려 딴전을 벌리기로 한 것이 불고깃집이었다.

그렇게 시작한 사업이 신사들 사이에 소문이 나서 객이 불어나는 속도가 매우 빨랐다. 게다가 갈 데가 마뜩잖다 싶던 미식가들 사이에 음식 맛이 그런대로 괜찮다는 평에다 미인들이 주인이라니 호기심에서도 한두 번쯤은 들락거리게 마련이다.

어느 봄날 대식가인 일본인 K씨를 모시고 그 집엘 들렀다. 그들 세 여인의 동업자 중 K양은 같은 아파트의 같은 엘리베이터를 타고 오르내리는 아래 위층에 사는 사이라 평소에 낯이 익어 제 손님인 양 반겨주며 그날은 우리 좌석에 와서 일본말을 거들며 고기를 구워주는 서비스를 베풀었다.

음식집에 와서 반 술이나 되면 쓰잘데기 없는 잡동사니 얘기가 많기 마련이다. K씨와 나누는 대화 중에 또 다른 일본인 K씨의 현지처 노릇을 하던 L여인의 근황을 얘기하던 참이었다.

그 L이라는 여인은 벌써 40대 후반으로 접어들었다. 한 차례 우연히 만났더니 신이 들려 무당노릇을 하더라는 얘기며 한창 신기가 좋아 점을 잘 쳐 영험이 있다고 소문이 났더라는 얘기를 들려주었다. 옆에서 꼬심하게 듣고 있던 K양이 턱을 내밀고 다가앉았다. 그 L이라는 점반이의 영업장소가 어디쯤이냐고 알려 달라고 딱 달라붙는 것이었다.

“저가 마침 고깃집을 차려서 독립해 나가고 싶은데 어디 가서 한 번 물어보고 결정하려고 그러는데예.”

“점쟁이한테 물어볼 게 아니라 나한테 물어봐! 장사를 하려고 정해 놓은 장소가 어딘데? 내가 판단해 보고 장사가 잘 되겠는지 말해 볼 테니까.”

그 시절이 한창 자가용의 붐이 일기 시작하려는 때라 차를 세울 데가 마뜩잖으면 장사는 날 새는 일이 예측되던 참이었다. 그런 점을 고려한다면 그녀가 들먹거린 장소는 그런대로 괜찮다는 생각이 들었다. 그래서 그런 정도의 장소라면 점쟁이 찾아가 물으나 마나 내 말 듣고 착수하는 게 좋겠다는 의견을 피력했다.

그리고 얼마 가지 않아서 그녀의 이름으로 온천바닥에 제법 큰 불고깃집이 문을 열었다. 예상외로 객이 많았다. 결국, 나의 의견과 점쟁이에게 물어본 운세가 맞아떨어진 셈인데 실은 그녀가 애발스럽고 맵짜서 사업을 벌이게 된 것이다. 그래서 독으로 사업을 시작하게 된 동기를 부여한 사람이라 해서 나에게 거창한 회장 칭호가 주어진 것이었다.

"회장님, 어서 오이소!"

회장님이란 칭호 때문에서가 아니라 잦은 접대나 행사가 있어 때때로 적고 많은 손님을 달고 한 달에도 네댓 번은 들락거리게 되니 종업원 모두가 VIP 대접하는 고객으로 깍듯이 대해 주었다.

"그 집 기둥 하나쯤은 내가 세워준 셈이지."

그렇듯 현금이라고는 한 푼의 투자도 없었던 이름만의 회장님이란 칭호를 유지하면서 한두 해쯤은 잘 지냈는데 나중에는 사전에 예약이 없이 갔었다가는 회장님도 줄을 서서 기다려야 할 정도로 별 볼일 없는 처지가 되고 천덕꾸러기처럼 문전박대를 받는 신세가 되었다.

고객은 늘 푸근하게 편안히 대접받고 싶어 한다.

"이 집엔 더 보태줘서 안 될 한계점에 왔나 보군, 자! 모두 다른 데로 갑시다."

그래서 '음식집 손님은 철새' 라고 더 나은 곳을 찾게 된 것이다. 그러나 K양은 매우 짧은 세월에 많은 돈을 벌게 되었다. 온천동 요지에 매우 비싼 땅을 사서 근사한 2층짜리 현대식 건물을 지어 이전개업을 해서 잘 하고 있다.

"이 불고깃집도 기둥 하나는 우리 회사에서 세워준 셈일걸?"

지금도 가뭄에 콩 나듯 간혹 들를 때면 옛날을 회상하며 그런 얘기를 주고받는다. 복이 들어 보이는 푸짐한 K양은 늘 상냥하고 겸손한 자세로 사업을 잘 꾸려가는 것을 보며 치마를 입었어도 다들 용하다고 생각해 본다.

'굳은 땅에 물이 고인다' 라는 옛말을 떠올린다. 정원엔 차차 어둠이 깔리고 촉수 낮은 외등이 켜지면서 분위기는 사뭇 달라진다.

"얘! 제비추리! 너 고등학교는 나왔지?"

그단새 그녀의 닉네임이 제비추리가 되어 버렸다.

"그걸 왜 묻는데예?"

"자네가 나중에 불고깃집 마담 노릇을 할 자격이 있는지 가르쳐 주고 싶어서다."

고기를 뒤적거리던 그녀는 같잖다는 표정으로 입술을 이죽거린다.

"얘 제비추리! 너는 얼굴도 이쁘고 몸매도 제비추리처럼 잘 빠져서 손님들 많이 끌겠다."

남자들이란 늘 쓰잘데 없는 말짓거리로 술자리를 뭉갠다.

"얘! 너도 주인아줌마처럼 고기를 어디서 어떻게 구입하고 손님들이 밑반찬은 어떤 것을 좋아하는지 눈썰미를 가지고 공부를 잘해 가야지? 너도 이 다음에 이런 정도의 불고깃집 사장 노릇을 할 게 아니니? 안 그래?"

식모학이 아니라 사장학을 공부하라는 K사장 말에 꿈도 야무지다는 식으로 남의 일 걱정하듯 피식 웃는다.

"정말이지 너는 얼굴도 이쁘장하고 복스러워 나중에 갈빗집 하나는 제대로 하겠다야!"

"사장님, 한참 놀리다 제 자리에만 도로 갖다 놓으시소!"

그런 농담을 주고받으며 마신 술이 한 사람 앞에 소주 한 병꼴로 비웠다. 고기도 어지간히 먹는다. 제비추리가 동이나 생갈비 몇 대를 더 시켰다.

"내 고깃집에 관한 이바구 하나 해 볼까?"

"또 씨석헌 소리하려고 그러지예?"

말하는 투로 봐서 술 취한 손님들이 아가씨들 앞에서 진하디진한 농담들을 많이 하는 모양이다.

"내 얘기는 아가씨가 늘 듣던 그런 이바구가 아니고…."

"그럼, 해 보이소."

소주 한잔을 더 들이키고 나서 고깃집으로 성공한 여인의 얘기를 들려주는 것으로 시간을 메꾼다. 앞에서 말하던 M갈빗집의 단골을 마다하고 그 다음으로 옮겨 간 집이 H불갈빗집이다.

S라는 여주인은 울산이 고향이라 했다. 인물로 따지면 고기 맛이 날 상싶

잖은 미모에다 말솜씨나 억양도 가공되지 않은 울산 토박이 그대로다. 촌닭치고는 그야말로 한참 뒷줄에 서야 할 정도로 처지는 인물이다.

그런데 우선은 차를 대어 놓기가 좋고 고기 맛도 그런대로지만 푸짐한 밑반찬이 짭짤하게 잘 나온다는 평이 나돌았다. 점차 고향 뚝배기나 누룽지 맛처럼 고소한 뒷맛을 느낄 수 있어 차차 소문도 나고 잦은 발걸음질로 이어졌다.

S여인도 온천장 물이 좋은 덕인지 하루가 다르게 촌티가 가시어지며 장사 솜씨가 세련되어 가는 데다 보기보다는 통도 크고 사람을 이끄는 매력이 있었다. 한 번은 친구들과 골프를 치고 나서 후렴잔치를 겸해 식사하러 들렀다가 시간도 어중간하고 해서 하프 스윙을 해도 좋으냐고 물었다.

"하프 스윙이 뭔데예?"

시쳇말로 골퍼들은 팔 전체를 휘두르는 골프를 풀 스윙이라 하고 손만 까딱거리는 화투놀이를 하프 스윙이라고 말한다.

"진작이 동양화 책을 달라고 하면 될 걸 어려운 말을 쓰시네?"

서빙을 하는 아가씨가 한 마디 거들고 나섰다. 그런데 몇몇 친구들은 필드에서 내기 골프를 하면서 잃은 본전을 기어이 방석집에 앉아 화투를 쳐서 벌충하려 든다. 물론 재수 옴 붙은 날은 양쪽 다 손재수가 들기 마련이다. 친구 P가 그날따라 지지리도 운세가 나빴다.

골프 내기에서 기십만 원을 족히 읽고 화투판에서도 지갑 속에 지킴이 노릇을 하던 수표까지 내던지고 말았다. 급기야는 그것도 모자라서 50여만 원을 이 S라는 여인에게서 빌려 투자 밑천으로 했으나 그것마저도 몇 판 못하고 결딴을 내고 뒷전에 나앉는 것을 보았다.

"화투판에 돈 잃고 뒷전에 나앉는 신세를 두고 3불출이라 하던데…. 사장님 진짜로 껍데기를 홀랑 벗었어예?"

옆자리에 앉아 잠시 잠깐 구경하던 마담이 창피까지 안긴다. 그렇듯 자기 집을 드나드는 여러 사람에게 돈을 빌려주고도 누군가를 확인하지도 않고 뒷날 들를 때 갚아주면 된다는 식이었다. 그래서 한량들 사이에는 꼬락서니는 볼 게 없어도 한 사람 보골감은 된다고 떠벌리는 판이었다.

결국, 두어 해만에 먼젓번 장소의 인근에다 덩실한 건물을 지어 새로운 간판을 걸었다. 실내는 고풍스러운 내부 장식을 비롯해 어마어마한 돈을 들여 사모았던 값나가는 골동품들로 치장을 했다.

방마다 걸어놓은 작품들을 두고 고객들이 얼마나 되겠냐고 농담으로 부르는 값의 열 배 스무 배가 넘는 고가의 진품들에 눈이 휘둥그레지는 정도였다. 그래서 뒤에 기둥서방이 있느니 돈 많은 노인이 있느니 하는 따위로 입방아를 찧는 싱거운 사람들의 심심풀이가 되기도 했다.

한 번은 회사에서 행사를 마치고 중역들끼리 식사차 들렀더니 당면한 애로사항을 말하는 것이었다. 마침 서울에 계시는 중역이 세관에 근무한 적이 있음을 알고서였다. 그녀가 도움을 청한 내용은 이러했다.

새로 지은 집 2층에다 일본말로 노바다 야끼라 부르는 철판구이를 한답시고 서울로 뛰어다니며 한국 최고의 기술자를 데려오기로 하고 선금까지 듬뿍 주고서는 그를 대동하고 일본까지 가서 칼이며 그릇을 비롯한 집기류 등 요리에 필요한 용품을 잔뜩 샀다.

그릇이 매우 이쁘고 한국보다 가격도 저렴해서 이것저것 구색을 갖추어 사다 보니 자그마치 몇 꾸러미가 아니라 족히 2t 남짓할 정도로 덩치가 커버렸다. 결국, 무환으로 들여오긴 했으나 정식적으로 수입절차를 거치지 않고서는 통관이 안 될 처지에 이르렀다. 이렇게 되어 갖은 방책을 다 써보아도 통관할 길이 없다는 하소연이었다.

매사가 이처럼 통이 큰 여자였다. 갖가지 수단을 다 동원했어도 효력이 없자 그중 중요한 것 일부만 찾아 철판구이 장사를 시작했으나 부산 사람들 구미에 맞지 않았는지 한 번쯤 그 자리에 앉아볼 생각이 가시기도 전에 막설하고 말았다. 아무튼, S라는 여인은 불고깃집을 해서 떼돈을 벌었다는 소문과 더불어 벌어들인 돈으로 값나가는 골동품들을 모으는 데에 돈을 물 쓰듯 한다는 소문이 소고기 굽는 냄새처럼 퍼졌다.

지금은 아예 동생에게 사업을 다 맡기고 뒷전에 나앉았다는 데도 손님들은 잔칫집에 개끓듯이 하는 것은 예전이나 다름이 없는 것을 보면 집터도 좋고 사업 운도 따르는 모양이다. 얼굴 어느 구석에 복이 들었는지 귀티는 찾아볼 수 없건만 그게 다 전생에 좋은 일하고 태어난 사람들에게 주어지는 천복일 것이라고 부러워하는 사람들이 많다.

"어서 오이소!"

저녁 시간이 되자 손님들이 법석거린다.

"내가 가는 데는 손님이 줄을 지어 따라다니는데 오늘도 조용하다고 찾아왔더니만 내가 여기 온 줄 어찌 알았지?"

"사장님처럼 손님을 줄줄 달고 다니는 그런 손님이 있어예."

"그럼, 제비추리 너, 앞으로 우릴 VIP처럼 잘 모시겠구나?"

"그러몬예, 다음에 오실 때는 제비추리를 아껴 두었다가 많이 드릴께예."

K사장이 말허리를 자르고 나서며 색깔 섞인 진한 농지거리를 한다.

"야! 제비추리! 소고기보다 너 먹고 싶다예!"

그러고는 아가씨의 살찐 궁둥이를 그 큰 손바닥으로 찰지게 때린다. 그녀의 표정을 봐서는 싫지 않은 듯 예사롭다. 두둑한 팁이 그런 무례한 짓궂은 행동을 용서하는 것일까? 아니면 제 딴에 우리의 얘기를 듣고 느낀 바가 있어서 그러는 걸까? 하기야 저런 과정을 겪으며 스스로 고깃집 생리를 익히고 나름으로 경영철학을 터득해 가는 것이리라 여겨진다.

"제비추리! 너 출세하면 괄시하지 말아라이!"

K사장 눈에는 그녀에게서 미래의 갈빗집 여사장 모습을 읽은 모양이다.

"자! 그만들하고 일어납시다!"

사방은 꽤 어두워져 있다. 불빛이 나무에 가려 그늘진 돌계단을 더듬어 내리는 발걸음에 힘이 쓰인다.

(2007. 8.)

생사를 넘나든 사나이

어느 봄날 펌프를 제작하는 H사의 K씨가 방문했다. 그의 손에는 자그마한 철편이 들려 있었다.

“이 철편은 내산성을 요구하는 펌프 제작에 안성맞춤이니까, 독성이 강한 산액(酸液)에 담가 그 내성을 직접 시험해 본 후에 펌프를 주문해 주시면 틀림없는 수명보장을 해 드리겠습니다.”

그때만 해도 국내에 물을 푸는 데 사용하는 펌프는 많아도 산(酸)에 견디는 펌프를 생산하는 회사는 없었기 때문에 한 달에도 많은 펌프를 사들여야 하는 처지였다. 오죽하면 턱없이 비싼 외제 펌프를 수입해 쓰고 있는 국내 산업체들을 두루 방문해 기초조사를 하기까지 했겠는가?

언젠가는 그중에 성능이 좋다는 독일제 내산 펌프를 보기 위해 강원도 삼척의 희수연 광산까지 출장 명령을 받고 2박 3일에 걸친 힘든 여행을 한 적도 있었다. 아무튼, 반가운 일이었다.

그래서 단도직입적으로 한 대의 시작품을 만들어 납품하되 성공불로 하자고 발주 의사를 밝혔더니 그는 자신 있게 대답하였고, 만약 일정 기간 성능이 보장되지 않으면 모든 금전적 요구는 없는 것으로 하겠다는 자신에 찬 답을 주고 활기찬 모습으로 돌아가는 그의 등을 바라보며 제발 성공하길 빌기도 했다.

그렇게 해서 그의 시작품이 성공함으로써 그토록 힘들었던 난제를 해결할 수 있었고, 입소문이 나면서 그 역시도 안정된 기업으로 자리 잡아가는 반사효과를 얻었음이다.

"그때 서슴지 않고 첫 발주를 준 게 더할 수 없는 힘이 되었음을 지금껏 잊을 수 없습니다."

"아니, 당신은 우리 산업계에 큰 업적을 이루었소. 대단하오."

그런 연유로 더욱 견고한 신뢰가 바탕이 되어 개인적으로는 더 두터운 인간관계를 지속해 왔다.

들은 바로는 그는 서울의 Y대학교 기계과에 재학 중에 군무를 마치고 복학하여 졸업함과 동시에 국내 산업계에서는 이름이 나 있던 창원의 D중공업에 입사했고, 미혼의 신입사원으로 일상생활의 대부분을 회사 기숙사에서 보내며 인정받는 사원이 되기 위해 열심히 일한 덕에 입사 동기들이 부러워하는 기술연구부서에서 일하게 되었으며, 숙련된 상사나 사장까지도 맞대면이 많은 시간을 가질 수 있었다고 한다.

1970년대 후반 4차 중동전쟁으로 1,2차 오일쇼크로 인한 세계 경제가 요동치는 가운데도 일본을 비롯한 몇몇 국가들은 전쟁으로 폐허가 된 산업시설의 복구에 힘입어 특수를 누리게 되었는데, 일본 기업들은 그 물량을 충족시키기 위해 우리나라의 능력이 되는 중소기업체에 하도급을 주게 되었고, 우리 업체는 일감을 얻어 그들 기업에 납품하는 기회를 얻었을 때다.

그러던 중 기계 제작상에 예기치 못한 문제가 발생하였다. 일본 원천회사에서 발주한 수천 대의 펌프를 인도하기 위한 검수 과정에서 하자가 발견되었기 때문이었다. 만약 이 문제가 한국 측 실수로 판정 나면 회사의 존망이 걸린 엄청난 사건이라서 양측에서 책임 선상에 있는 고급 엔지니어

들이 현장을 수없이 드나들며 해결책을 찾으며 애썼으나 그 원인은 오리무중이었다.

어느 날 저녁 시간이었다. 모든 직원이 퇴근하고 없는 기술부서에 남아 있던 K씨는 예상치 않은 사장님의 갑작스러운 예방을 받았다. 사장도 엔지니어 출신이어서 가끔 현장에 들르는 일도 있어 그렇게 놀랄 일은 아니었지만, 이번에 발생한 문제해결의 열쇠를 현장에서 찾으러 동분서주하는 모습에 최고책임자의 고뇌를 쉽게 읽을 수 있었다.

"K군, 자네 생각은 어떤가? 분명히 문제점이 있지?"

"그렇다고 생각합니다. 제 생각에는 일본 측의 원 제작도면을 한번 봤으면 합니다."

그간 문제해결을 위해 기라성 같은 기술직 고위 간부들이 일본을 드나들기 몇 차례였던가?

그래도 해결책을 찾을 수 없다니 실로 답답한 심정을 누구에게 하소연할 수 있었겠는가?

"K군, 자네 생각에 일리가 있어!"

"아직 그 생각을 한 사람이 아무도 없었어."

그 자리에서 사장의 직권으로 실무자의 '원인 파악과 사후대책 협의' 라는 명목으로 일본측 본사 연구소를 방문하는 출장 명령이 하달되었다.

그는 일본에 도착하여 사내 기숙사에서 보내면서 2,3일을 우수한 일본의 실험기자재 및 각종 최신 설비들을 견학하였고, 설계실에서 그들이 보여주는 원도를 대충 훑어보고 그들의 기술력을 적극적으로 믿는 양 의견을 표하면서 설계도 보관실 등을 사전에 눈여겨봐 두었다. 그러다가 밤을 이용해 낮에 익혀둔 설계실로 가서 한국에서 지참한 제작도면과 비교해 보니 당장 문제점이 드러났다.

일본의 원도와 한국의 제작도면이 다른 점을 발견하게 된 순간 가슴이 터지는 것 같았다. 그길로 원도면을 복사해 들고 회사를 뛰쳐나와 사장에게 직보하고 다음 날 첫 비행기로 귀국길에 오름으로써 모든 문제는 순조롭게 해결되었다.

그래서 그는 하루아침에 입지가 달라졌다. 평사원에서 시험실 실장이 되었고 모든 사원의 시선을 받는 엘리트의 길을 걷게 되었다. 그에 걸맞게 밤낮으로 온 힘을 기울여 새로운 제품개발로 역량 있고 신뢰받는 일꾼이 되어 갔다.

그러나 호사다마라고나 할까? 벼락출세로 인한 부작용이 만만치 않아 심적 고통이 뒤따랐다. 자기보다 입사가 빨랐던 선배 사원들의 경쟁의식에 의한 비협조적인 태도에 왕따 당하는 기분이고 윗선의 간부나 중역들 역시 경계의 눈초리가 사납게 작용하였다. 유일하게 회사를 대표하는 사장만이 그의 편이라 느껴졌다.

그러던 중 갑자기 심장에 이상이 생겨 Y대학병원에 입원하여 치료를 받았으나 별다른 차도가 없이 점차 나빠져 가고 있음을 알게 된 사장은 특단의 조처로 담당의사와 동행시켜 일본 D대학병원에서 심장 수술을 받게 함으로써 죽음의 문턱에서 걸어 나오게 되었다.

긴 시간의 회복기로 회사에 폐를 끼쳤고 거액의 치료비를 사장님께서 마련해 주신 데 대해 몸 둘 바를 몰라 회복과 동시에 엄청난 만류도 뿌리치고 퇴직을 자청하였고, 많은 고민과 계획 끝에 지금까지의 경험을 토대를 밑천으로 펌프 대리점을 차려 판매 영업을 하다가 결국 오늘의 펌프 제작사를 차린 것이었다.

그렇듯 세월이 지나면서 펌프에 대한 새로운 정보를 주고받으며 친숙해진 사이가 되어 때로는 차를 나누며 자연스럽게 인생에 관한 이야기보따리를 풀어헤치기도 하였다. 어느 날 그와 앉아서 담소를 나누다가 그가 겪은 얘기에 놀란 바 있다.

요즘 한국 남자들은 둘만 모여도 군대 얘기는 빼놓을 수 없는 수다거리임이 틀림없다. 그가 군에 입대해 일 년이나 지났을 무렵 월남전에 자원하였는데, 그 시기가 월남전이 막바지로 치닫고 있던 그야말로 어려운 시기였다고 했다.

최일선의 전장에 투입되어 밤낮으로 매복 작전 및 소탕 작전을 하던 중에 한 번은 베트콩의 엄청난 기습공격을 받았는데 아군의 1개 중대 병력의 거의 반 이상 사상자가 발생하였는데 그 사상자 중의 한 명이 그였다는 것이다. 다행스레 미군 전투기의 지원사격으로 베트콩을 물리쳤지만 그야말로 아군 피해는 엄청났고, 그 후속 조처인 부상자와 사망자 처리에 비상이 걸렸음은 미뤄 짐작할 수 있다.

그런데 그 와중에 사상자의 보고를 받던 중대장이 K하사를 찾자, 의무관은 전투 중에 옆구리 관통상으로 이미 사망하였다는 보고를 받았다. 평소에 같은 부산 사람이라고 그의 부관처럼 대해 주던 중대장은 분노와 의심으로 끓어오르는 심정을 억누르며 K하사의 시신을 확인하기 위해 임시 안치소로 뛰어가서 위생병이 열어 보이는 관 내부를 살피기 시작했다.

"다른 병사는 몰라도 K하사는 절대 죽을 놈이 아니야! 다시 잘 확인해 봐!"

아니나 다를까? 그는 눈을 깜빡거리고 있었다. 그래서 그대로 관속에 담겨 불구덩이 속에서 한 줌의 재가 되어 고국으로 돌아와 월남파병 전사자 묘소에 안치될 뻔한 기적 같은 일이 부하를 사랑하던 한 사람의 전우애로 인해 생사의 문을 넘나든 것이었다.

그 중대장은 퇴역한 후 경찰 간부가 되어 부산 D경찰서 서장으로 봉직하였는데 지금도 월남전 참전 동지 모임을 하고 있어서 생명의 은인으로 받들고 지낸다는 뒷이야기를 들었다.

그렇게 그와 10여 년을 친하게 지내면서 성실성과 인간성에 믿음이 쌓여 남다른 정을 느끼며 깍듯이 서로를 존중하며 허심탄회하게 대하고 살던 어느 봄날이었다. 그가 상당한 기간 방문하지 않기에 알만한 사람들을 통해 수소문 끝에 특이한 병으로 병원 신세를 지고 있음을 알게 되었다.

틈을 내어 그가 장기 입원 치료를 받고 있다는 부산 송도의 B병원을 찾았더니 그는 옆구리를 뚫어 관으로 이어진 끝에 병이 달려 있고, 그의 손에는 솟대에 걸린 약물들이 관을 통해 주입되고 있었다. 그의 병명은 쓸개 결석인데 다른 환자와 달리 결석이 생성되는 속도가 엄청 빠르다고 했다.

담석증은 최근 들어 흔한 병으로 담낭(膽囊; 쓸개) 속에 생긴 결석. 담석증을 일으키는 것으로 성분상으로 분류하면 콜레스테롤이 주성분인 콜레스테롤 결석, 담즙색소가 주성분인 빌리루빈이라는 것 정도로 상식화되어 있긴 하지만 그는 특수체질의 소유자로 중환자 취급을 받고 있었다.

아무튼, 그의 병실에는 그의 몸에서 나온 담석들이 가득 든 작은 병들이 수두룩하게 쌓여 있었다.

"제 목숨이 대단히 질긴 것 같지요?"

평소에 그와 마주 앉으면 불자로서의 생사에 대한 견해를 많이 거론했던 터라 자신의 운명을 되돌아보는 물음이었다.

"하긴 대단하네요. 생사의 고비를 넘는 게 한두 번도 아니고."

"저가 봐도 신기합니다."

"평소에 좋은 일을 많이 해서 이번에도 빠르게 완쾌될 것이니 편안한 마음 가지세요."

인명은 재천이라 했지만, 고통을 당하는 자의 삶에 대한 애착심과 병마와 싸워 이겨내려는 강인한 의지에 따라 운명은 달라질 수 있음을 보여주고 가르쳐주는 오뚝이 인생의 산 주인공에게 경이로움을 표하며 병원 문을 나섰다.

그는 지금도 건재하다. 내가 현장에서 은퇴하게 됨으로써 왕래가 소원한 관계로 변했지만, 그는 아직도 현업에서 떠나지 않고 건실하고 건강한 삶을 영위하고 있음에 박수를 보낸다.

(2019. 6.)

연상의 여인

보험회사 대리점을 운영하는 K사장은 환갑과 칠순 사이에 끼인 나이다. 그러고 보면 보험업계의 밥을 먹은 지 어언 40년 세월이라고 늘 되뇌는 것도 이해가 갈 만하다. 그래서 그는 발도 너르고 비위도 좋다.

이처럼 넓은 안면에 아는 바도 많은 것은 더러는 천성과도 무관치는 않겠지만, 십중팔구는 직업을 통한 삶의 현장에서 얻어진 부산물일 수도 있다고 보인다. 아무튼, 그는 나이만큼 늙어 뵈지는 않는다.

김영삼이 골키퍼인 K고교를 늘 혼내주던 K상고의 센터 포터로 활약한 것을 자랑삼는 그는 고등학교 시절에 축구선수로 그라운드를 누비며 다듬어진 건강 때문이라는 자랑이 헛말 같지는 않다. 그러나 칠십 줄을 바라보고 사는 처지고 보니 그 흔하디흔한 '젊은 오빠' 소리로 불러줄 맨정신 가진 여인도 없을 뿐 아니라, 또 그 소리를 듣기에도 일찌감치 날 샌 터지만 마음은 늘 청춘이 되고 싶어 하는 것이 역력하다.

"일주일만 젊었어도…."

고자 마음뿐이라고 퇴박을 줄 정도로 형과 동생처럼 막역하게 지낸다.

그 어른 역시도 같이 늙어가는 주제에 젊고 늙고를 시샘하고 살 입장은 아니라는 바다처럼 너른 이해심을 강조한다. 좌우지간 K사장은 노소를 가리지 않고 어울림에 그처럼 화통한 데 매력이 있다.

어쭙잖은 일을 두고도 꾹꾹 눌러 참고 사는 성질은 아니고 '예스와 노'가 분명한 성격이다. 그래서 한 번 맡은 일에 대해서는 야물딱지게 끝맺음을 하고 마는 직선적인 성격이고, 그의 네임 밸류인 의리의 사나이답게 행동하는 실천가로 소문이 나 있다.

그분의 자랑처럼 비록 작은 영업소이긴 하지만 보험의 실적면에서 한때는 전국에서 첫 번째 자리를 지킨 적도 있었고, 지금도 날쌘 젊은이들 빰칠 정도로 영역을 지키며 대부 노릇을 하는 것도 사실이다. 이만한 경력과 명성은 결코 하루아침에 얻어지는 것이 아니고, 오랜 삶 속에서 묻어나는 생활의 지혜라고도 말할 수 있을 것이다.

아무튼, 한 업에 길게 종사하다 보면 직업의식이라는 것이 사람을 그렇게 길들여 놓고 마는 게 아닌가 싶다. K사장은 강한 성격이면서도 붙임성에서는 도사급이다.

"나는 의리 빼고 나면 시체라. 알겠어요?"

그는 술이라도 한잔 걸치고 나면 그의 화려했던 왕년의 이력을 들먹거리기 일쑤다. 아예 단골 메뉴라서 자주 어울리는 상대에게는 싫증이 나게 들리는 때도 있다.

"늙으면 양기가 입으로 올라온다더니, 그 자랑 한 번만 더 들으면 백 번이니 대충대충 써 잡수이소."

그래 놓고는 웃는다. 그런 K사장에게도 지론은 있다. 세상만사 더불어 사는 이치라는 소신이 아마 자신의 철학인 양하다. 사람이 살아가면서 저한테 이익되는 일만 골라가며 챙기고 사는 것만큼 속이 좁은 일은 없을 성싶다는 것이 요새 와서 그 어른을 가까이하면서 새삼 느끼는 일이다.

K사장께서 돌이켜 보는 과거 속에서 지난날부터 알고 지내온 주변의 숱

한 사람들을 만났고, 그분들의 인생사를 많이도 주워들어 왔기 때문이다. 사람이란 언제 어떻게 만날지 모른다는 인연론까지 들먹이지 않더라도 돌고 도는 것이 세상만사라는 신파조의 표현을 인제 와서는 무시할 수 없는 처지다. 그것은 나이가 가르쳐 주는 진실이기 때문이다.

오늘도 어찌하다 보니 젊은 K사장과 늙은 K사장을 대동하고 셋이서 한잔하는 시간을 가졌다. 이웃사촌이라고 가까이 살다 보니 틈날 때마다 자주 어울리는 편이 되었다. 해운대 달맞이고개에 제법 깨끔한 아귀찜집이 있다. 그곳에 들러 한잔하기로 뜻을 모았다. 널찍한 홀 안에는 아베크 팀들이 띄엄띄엄 자리를 차지하고 있었다. 4인석 테이블에 늘쩡하게 자리를 잡고 서로의 마음을 누그러뜨린다.

큰 유리창을 통해 영도섬 앞의 오륙도 돌섬들이 다른 날보다 가까워 보이는 오후 시간이다. 우리 앞자리에 앉은 한 쌍은 음식 그릇을 거의 다 비운 상태로 저들의 대화에 열중이다. 돌아앉은 젊은 여인은 짧디짧은 웃옷을 입었는지라 허리통이 그대로 드러나 보인다.

일어서면 배꼽이 보일 것은 뻔하다. 요즘 이런 옷이 젊은 애들에게는 한창 유행으로 특히 관광지구인 해운대에서는 올여름 이런 배꼽티를 입은 여인이 수두룩했다. 그래도 해변에서 보는 것하고 실내에서 보는 것과는 뉘앙스가 다르게 느껴진다.

"아줌마! 우선 술부터 한 잔 주소!"

동동주 한 됫박을 시켰다. K사장은 전주가 있어 보인다. 주량은 많지 않으나 술을 즐기는 편이다. 그리고 작은 K사장도 거래하는 은행 사람들과 점심을 하면서 낮술을 한잔했다는데 워낙 주객이라 별로 표시가 없다. 평소 술 실력이 있어서다.

음식이 나올 때까지 주변 잡담으로 시간을 까먹고 앉았다. 한 움큼도 가식이 없는 자리인 만큼 서로의 만남이 격의가 없어 좋다.

"참 좋은 시절이다."

홀 안의 여기저기서 남녀 간에 거리낌이 없이 시시덕거리는 데 대한 K사장의 표현이 그랬다.

"형님! 육갑을 다 배우고 나니 눈이 어두워지더라는 얘기 들어보셨지요?"

"그래 말이야, 마음은 예전 같은데 따돌림을 받고 뒷좌석 신세로 돌아가야 한다니."

물론 큰 형님 또래인 여남은 살 연상인 K사장이지만, 늘 우리와 어울리는 것을 즐기시기 때문에 부담스럽지 않아 진한 농담도 스스럼없이 받아들인다는 것이 솔직한 표현이다. K사장 역시 겉포장만의 체면치레로 대접받고 살려는 그런 어쭙잖은 눈치는 전혀 없다. 그래서 주변의 젊은이들은 나름대로 깍듯이 형님 대접을 해 드리려 노력하는 편이다.

"개밥에 도토리 신세를 면하려고 애는 쓰는데…."

"K사장님, 무슨 말씀입니까? 아직도 청춘인데요."

작은 K사장이 위로 삼아 한마디 거든다. 앞자리에 앉았던 젊은이들이 식사를 마치고 서둘러 나간다. 홀 안의 모든 손님 시선이 배꼽티의 주인공을 따라 움직인다.

20대를 갓 들어선 듯 생기발랄해 보인다. 동행한 남자가 나이깨나 들어 보이는 것에 미뤄 정상적인 짝지는 아니겠다는 생각이 앞선다.

"배꼽에 액세서리 붙이고 다니는 것도 처음 보겠네."

아닌 게 아니라 빨간 색깔의 반짝이 같은 것을 붙이고 다니는 것을 본 일이 있다.

"얼굴이라도 반드레했으면 배꼽티를 입은 품이 한결 더할 텐데…."

"세상 많이 좋아졌지. 옛날 같으면야."

표현의 자유에다 말에 세금이 붙지 않는다고 한마디씩이다.

"젊을 때는 저런 차림을 보면 느낌이 왔는데 요즘 별로라."

"감정에 물이 다 말라 버렸어!"

K사장은 독백처럼 중얼거리더니 입맛을 쭉 다신다.

"K사장님, 아직 나이 60댄데 뭘 그래요? 한창나이인데…."

작은 K사장도 웃기는 데가 있다. 그런 식으로 남자들만의 술자리의 화제는 별로 쓸데없는 이야기들로 만발하기 마련이다.

"여기서 한잔하고 노래방에 가서 K사장 18번인 '연상의 여인'을 들어봐야지?"

"그럽시다!"

그렇게 해서 연상의 여인에 관한 얘기가 나온 것이다.

"연상의 여인이라고 해대니까 내 생각나는 재미있는 실화 하나 들려줄게."

K사장이 동동주 한잔을 마시더니 흘러간 과거사라면서 흑백필름을 돌리기 시작한다.

자기보다 한두 살은 밑이지만 L이라는 입사 동기가 있었단다. 그와는 상당한 세월을 한 방에서 기숙하며 흉허물없이 가까운 친구로 지냈다. 그 시절에는 대우가 좋았던 보험회사 과장 대리쯤이니까 한창 원기 발랄한 30대 중반 무렵이었다.

어느 날 오후 40대 중반의 한 귀티가 나는 귀부인이 그 L이라는 친구의 창구로 찾아왔다. 그 당시로는 눈이 뻔쩍 뜨일 정도의 거금을 내놓으며 보험에 가입하겠노라는 의사를 밝히는 게 아닌가? 역부러 찾아가 보험에 가입해 달라고 통사정을 해도 거들떠보지도 않던 것이 일반적인 사례인데 가만히 앉아서 복이 제 발로 굴러들어 왔으니 횡재를 누리게 된 것이었다.

그래서 두 사람 관계는 보험이라는 매체를 통해 아주 쉽고 빠르게 조청처럼 끈끈한 사이로 변해 갔다. 남자와 여자는 이성이라는 것을 느낄 때 늘 대수롭잖은 데서 시작한다. 이들의 경우도 남자 쪽에서는 어떻든 대어를 낚았으니 놓치지 않고 오랜 고객으로 묶어두고 싶은 심정에서 아예 작정하고 발 벗고 나서서 여자 쪽에 관심을 보였던 것이 사실이었다.

그와는 달리 여자 쪽에서는 미남 청년을 두고 성의 대상으로 물색하고 떡밥을 던졌는지는 그녀 말고는 아무도 모를 일이다. 남녀 간의 성에 대한 욕구가 그들의 잦은 만남으로 이어졌고, 틈만 나면 들입다 대고 정열을 불태우는 청춘의 환희로 몸과 마음을 눅눅하게 만들어 갔다.

그런 세월 속에 상당한 시간이 지났다. 그 뒤 남녀 간의 사정은 어떻게 돌아갔는지 K사장은 속속들이 토를 달아 설명해 주지 않고 다음 장면으로 넘어갔다. 하기야 K사장도 잘 모를 일 이긴 우리와 마찬가지일 터이니까.

그런데 최근에 실로 오랜만에 그때의 주인공이었던 그 L이라는 친구를 만나 회포를 푸는 자리가 있었단다. 술기운이 얼큰해지면서 두 사람 간에는 그동안 묻어 두었던 30년 전의 온갖 잡동사니 과거사를 들추면서 몇 시간을 오리야 기리야 했음은 짐작하고도 남을 일이다.

그 자리에서 친구 L은 그때의 주인공인 연상의 여인과의 최근담을 들려주더라는 것이다. 여자 나이 80대 중반이라면 그 나이 또래는 대부분 딴 세상으로 갔을 법하다. 그런데 그 할머니는 아직도 60대 후반처럼 보일 정도로 곱게 늙었더란다.

"야ㅡ, 너무 심하다."

이야기 도중에 K사장이 상상에 어긋난다는 감정표시를 한다.

"아무리 지지고 볶고 꾸민다 치더라도 네댓 살 정도는 차이가 나겠지만 무려 스무 살 정도를 깎아준다니 그건 아무래도 계산 착오지, 안 그렇습니까?"

지원사격을 구하는 물음이다.

"아! 이 사람아! 요즘은 성형수술과 화장술이 발달해서 그럴 수도 있어, 다음 이바구나 들어보자고!"

그러니 과거에 애인 사이였던 두 남녀가 60대와 80대 중반의 중늙은이로 변해서 만난 것이었다. 너무나 반가운 만남이었다.

"L대리!"

30년 세월이 흘러 지금은 중소기업의 사장이 되어 있건만, 그 연상의 여인은 아직도 그때 그 직함을 부른 것이었다. 가까이 마주 앉아 바라보니 펑퍼짐하게 변한 외모에서부터 굼뜬 행동에 이르기까지 지난날의 그 화려했던 모습은 세월을 비켜 갈 수 없었는지 어딘가 모르게 어둠의 그늘이 배어 있는 모습이었다.

지그시 눈을 감고 많은 것을 생각해 보는 시간이었다. 실로 산과 바다처럼 겹겹이 쌓인 회포였다. 그렇듯 무릎을 맞대고 허물없이 과거지사를 떠올리고 있지만, 얼굴 가죽은 웃고 있어도 속살은 웃지 않음은 어쩔 수 없는 꼰대의 속성이라 여겨졌다.

여기서 K사장은 우리가 기대하고 있던 진솔한 얘기는 거두고 점잖지 못하게 구정물을 튕긴다. 한때 정념을 불태웠던 두 노인은 예전의 추억을 상기하는 의미를 앞세워 장급 여관으로 찾아 들었다는 것이다.

"그래서 두 노인이 배꼽 아래 공사를 했단 말이네요?"

인간의 본성 중에 성욕은 큰 비중을 차지한다고 했다. 남성은 한계를 느끼지만 여성은 휴화산처럼 육체 속에서 잠자고 있을 뿐이라는 글이 생각났다. 나이는 들었어도 젊은 그때 느낀 끼와 열기는 여전해서 몸은 이미 잡초가 우거져 인적이 없어진 지 오래인데 마음은 지난날의 발랄했던 한창 시절 달음박질할 때의 모습을 그리는 데 열심이더란다.

"L대리! L대리!"

녹슨 기찻길을 따라 언젠가는 달릴 기차가 있으려는 마지막 기대를 모아 오는 여자의 발악을 보는 순간에 그는 놀랐다는 것이다. 오르가슴에 다다랐는지 몸을 부르르 떨며 부르짖은 환희에 찬 외침이 방을 쩌렁쩌렁 울리는 순간이었다.

"아이고 듣는 내가 땀나네."

얘기가 여기서 머물자 작은 K사장이 싱겁게 또 한차례 초를 쳐서 웃겼다. 모두 다 동동주 한 잔씩으로 입을 가신다.

"과연 그 연세까지 섹스할 수 있을까요?"

책에서 읽은 것처럼 늙어 죽을 때까지 가능하다는 학설을 펴다가 주변의 눈총을 받는 것 같고 마침 시킨 음식도 나와 그런 색깔 섞인 이바구를 거둬들였다.

어떻게 보면 여자의 경우는 남자와는 달리 다른 생리를 가졌는지도 모를 일이다. 영원한 정력의 샘물은 육체에서보다 정신에서 우선하는 것이라는 생각이다.

여하간 신비한 것이 인간의 성에 대한 비밀이다. 이 수수께끼가 두고두고 풀리지 않는 데 매력이 있다고 본다.

K사장의 얘기처럼 P사장도 비슷한 들은풍월이 있어 이야기보따리를 풀었다.

이야기는 10여 년 전으로 거슬러 올라간다. P사장이 데리고 있던 C공장장의 경험담이 그랬다. 그날은 눈이 내리는 크리스마스이브였다. 퇴근 후 온천장에서 직장동료들하고 조촐하게 한잔한 게 발동이 걸려 2차, 3차까지 하다 보니 자정에 육박하는 시간이었다.

이제 집으로 돌아가야 하는 시간이었다.

거리에는 아직도 초저녁처럼 많은 인파로 법석이었다. 하도 많은 사람이 몰려다니는 판이라 택시를 잡는 것도 고역이었다. 두어 마장 걸어서 가면 집이라서 술도 깰 겸 복잡한 온천장 뒷길로 빠져 나와 인적이 드문 길을 걷고 있었다.

뒷골목 길에는 밤도 늦었지만, 그 흔한 크리스마스 캐럴 송도 들리지 않았다. 실로 오랜만에 뿌리던 눈발은 끝난 지 오래지만 도심의 열기가 심하지 않은 곳에는 아직도 눈이 쌓여 묘한 정감을 일구어 주는 멋진 크리스마스이브였다.

기분 좋게 취해 드는 술기운이 집으로 곧장 가기에는 아직도 아쉬운 기분을 남기는 그런 감정이었다. 그러나 어쩌겠는가? 두 눈을 시퍼렇게 뜨고 기다릴 마누라 얼굴도 그려보고 혹시 잠들지 않았을 어린 딸년 생각도 해 본다.

"집 앞 빵집에서 케이크나 하나 사 들고 생색이나 내는 거지 뭐, 안 그래?"

돌아봐도 곁에는 아무도 없다. 혼자 피식 웃고는 그가 좋아하는 송창식의 노래를 흥얼거린다.

"웃음 한번 웃자. 하 하 하!"

얼마쯤 갔을 때 골목을 돌아 나온 한 묘령의 여인이 또박또박 앞서 걸어가고 있었다. 머리를 틀어 올린 자그마한 여인이 회색 밍크코트를 입고 굽 높은 구두를 신은 모습이었다. 술기운이 남자의 본성을 건드리는 순간이었다.

"밑져 봤자 본전 아니겠어!"

혼자 중얼거리는 말이 앞서 걷는 여인에게 들렸을는지 모를 정도로 큰 소리였었다. 잽싼 걸음으로 그 여인 곁에 다가가 바짝 붙어 걸으며 어깨를 툭 쳤다.

"아가씨! 이렇게 좋은 밤에 기분도 그렇고 한 잔하고 갑시다!"

여자 쪽의 기분이 어떤지도 헤아리지 않고 무턱대고 남의 기분까지 셈한 터라 반응에 신경이 곤두세워졌다. 어둡긴 하지만 여자가 힐끗 돌아다보고는 수월케 대답했다.

"그럽시다!"

이게 웬 떡인가? 하마터면 그렇게 고함을 칠 뻔했다. 하긴 그 C군만큼 잘생긴 남자도 드물 테니 수긍이 가는 얘기로 들린다. 째질 듯한 기분을 다독거리며 단칼에 그녀의 감정을 읽어 보았다.

"어떤 타입의 술집을 좋아하세요?"

뒤돌아보지 않고 걸으면서 '선생님 마음대로 하라' 는 분부였다. 주변에는 그럴싸한 술집 간판이 보이지 않았고 온천 마크가 그려진 여관들 간판만 수두룩이 눈을 어지럽혔다.

"여기는 잠만 자는 여관 동네가? 술집은 안 보이고…."

살며시 키 작은 그 여인의 어깨 위에 손을 얹으며 말했다.

"마땅한 데가 없으면 온천장으로 다시 갈까요?"

"언지예—."

그럼 어쩔까? 이 절호의 기회가 꿈으로 끝나지 않기를…, 하는 바람으로 마음을 졸이며 궁리를 짜내려는 순간인데 이번에는 여자 쪽에서 선수를 친다.

"시간도 늦고 했는데 저 인숙이네 집이 어때요?"

순간 깜짝 놀랐다.

'오! 하느님 맙소사!'

그래서 장(莊)자가 달린 여관을 찾아 들었다. 대목이라서 방이 없다며 바람을 잡는 종업원 여인에게 비싼 방값에 팁까지 두둑하게 주면서 겨우 얻어들었다. 별다른 장식도 없는 빈방에 하얀 시트가 깔린 침대 위로 정갈한 빈벽에 목욕하는 여인의 그림이 담긴 편액만 덩그러니 걸려있다.

조도를 낮게 하자는 여인의 청을 받아들여 촉수를 낮춘 상태로 그 여인을 정면으로 바라보는 순간이었다.

이게 웬일인가? 할머니였다. 족히 헤아려 60대 후반은 되어 보임직한 그런 연세였다. 순간적으로 아랫도리에 힘이 싹 가시며 술기운이 씻은 듯이 달아나 버렸다.

"레이디 퍼스트라고 했으니까 먼저 몸을 씻으세요!"

"그럴까?"

그 사이 나이 많은 티가 행동에서 묻어나는 말투로 변해 있었다. 곁에서 옷을 벗는 체하면서 그 여인의 몰골을 훔쳐보았다. 젖무덤은 고사하고 가슴팍엔 앙상한 갈비뼈가 폐결핵 환자를 방불케 했다.

마지막 속옷을 걷어내고 난 엉덩이 부분을 보면서 마치 병원들의 임상실험실에 걸려 있는 뼈의 모형을 보는 듯했다. 욕실 문을 향해 걸어가는 넓적다리부의 살결이 마치 늙은 소처럼 일렁인다.

욕탕에서 물을 튕기는 소음을 들으며 '걸음아 날 살려라' 하고 여관방을 빠져 나왔다.

언제 집에 당도했는지 초인종을 누르고 있었다. 아직도 잠들지 않았던 어린 꼬마가 아빠의 두 손을 살핀다. 아내는 술이 곤드레만드레 되어 돌아올 줄 알았던 남편이 어쩐 일로 이 늦은 시간에 말짱한 맨정신에 돌아오는가 싶은 모양이다.

그는 뼛골이 맞닿던 그 할머니의 환상이 겹쳐와 밤잠을 설치는 곤욕을 치렀다.

'진짜 귀신은 아니었을까? 그 나이에 남자를 탐해?'

예수는 성령으로 잉태되었지만, 우리는 섹스로 잉태되었다. 이것이 신과 인간의 차이라고 했던가?

많은 의문이 남는 크리스마스 날의 추억이기도 했다는 얘기에 박장대소를 한 일이 있었다.

"자! 이제 배도 꺼줄 겸 '연상의 여인' 이나 들으러 갑시다!"

담배 연기가 자욱한 음식집을 나서니 밖은 어둠이 내려 있었다.

(2000. 12.)

소토 박경기 문학의 시대정신, 혹은 삶의 표상

김 재 엽
(문학비평가, 정치학박사, 한국불교문인협회 회장)

소토 박경기 선생께서 두 번째 모둠창작집《살아있는 날들의 의미》를 상재한다. 이번에는 시 부문을 합본하지 않고 별도의《새하얀 고동소리》라는 시집으로 엮어 동시에 출간한다. 2022년 7월 15일에 첫 번째 모듬창작집《벌거벗은 나를 바라보라》를 상재한 후 1년도 안 된 지난 4월에 그 두 번째 원고를 보내주시며, 1개월내에 출간되기를 원하셨지만 출판사 내부사정으로 4개월이 지난 시점에 출간하게 되었다. 이 점 죄송스럽게 생각하면서 1년만에 두 권의 저서를 동시에 선보이는 박경기 선생의 필력에 힘찬 박수를 보내며 그 문학적 업적을 경하드린다.

사족(蛇足)으로 여기서 잠시 창작집 제호가 '모듬'에서 '모둠'으로 바뀐 이유와 배경을 설명하고자 한다. 사실 두 단어 모두 명확하게 우리말 사전에 등장하지는 않는다. 그래서 국립국어원에서조차도 확실한 답변을 꺼린, 어쩌면 둘 다 우리 출판사에서 처음으로 사용하는 신조어인 것이다.

'모으다' 의 준말이 '모다' 라는 내용은 '민중엣센스 국어사전' (2001, 전면 개정판)에 명확하게 기재되어 있다. 이것 때문에 우리 출판사 편집진에서는 '모다' 의 명사형으로 '모듬' 을 들어 지난해 첫 번째 창작집에 사용했던 것인데 출간하고 보니 꽤 여러 곳에서 어의(語義)가 맞지 않는다는 의견을 보내오는 것이었다. 그러면서 '모둠' 이 맞다고 조언을 하는데 이 단어 또한 사전에 기재되어 있지 않은 데다 어원 역시 불분명해서 선뜻 사용하기가 조심스럽기는 마찬가지인 듯싶다.

다만 같은 사전에 '모둠' 이 합성된 단어로 '모둠냄비' 가 있고, 단어풀이로 "국물이 많은 냄비에 해산물, 채소 따위의 여러 가지 재료를 넣고 끓이면서 먹는 일본식 요리(샤브샤브)"라고 쓰여 있는 것이, 곧 여러 가지 재료를 넣는다는 의미로 '모둠' 이 더 근접하게 사용된다는 느낌을 받은 것은 사실이다. 그럼에도 불구하고 국립국어원에서 '모둠' 으로 공식화할 수 없는 이유로 '모듬창작집' 이나 '모둠창작집' 모두 표준말로 지정되지 않은 현실에서 향후 어느 단어가 어떤 식으로 더 많이 쓰이게 될지 알 수 없는 데다 표준말 또한 어떻게 정해질지 모르는 상황이라서 특정 단어로 확답할 수는 없다고 하면서 사견임을 전제로 '모두' 라는 부사의 확장성을 들어 '모둠창작집' 으로 표기하는 것이 본연의 어의에 맞을 것 같다는 의견을 제시하였기에 그 의도를 존중하여 따르기로 한 것이다.

소토 박경기 선생께서는 이 두 번째 모둠창작집 서두에, "한 번뿐인 우리의 삶을 하루하루 어떻게 살아가는 것이 행복 추구를 위해 옳은 길인가를 묻는 '살아있는 날들의 의미' 를 스스로 찾아 보람 있는 인생을 살자는 뜻을 담았"다고 술회하면서 "자기 인생은 자기가 실천한 삶의 역사입니다. 그러기 위해서는 그 주인공인 나에게 필요한 것이 자기의 마음가짐입니다. 한 번밖에 주어지지 않는 연습이 허용되지 않는 삶을 위해, 하루하루 매 순간을 긍정적으로 살면서 태어날 때 가지고 온 것 없듯이 가는 날까지 아낌없는 사랑을 나누며 행복을 가꾸어 가는 삶터, 이곳이 우리가 기원하는 정토임을 깨닫게 되기를 소망" 한다고 밝혔다. 사실 작가로서 가슴에 담고 있는 지극히 평범하면서도 시대정신을 담은 의미심장한 포부가 아닐까 싶다.

수필은 흔히 붓 가는 대로 마음 가는 대로 편하게 쓰는 글 정도로 생각하고 있는데, 그보다는 글 쓰는 당사자의 전문성을 가미시키고 추구하는 철학적 요소를 용해시켜 글로써 표출하는 자화상으로서의 성격이 짙은 문학이다. 그 아름다운 자화상으로 인정받는 좋은 수필을 쓰기 위해서는 그 표현의 수단인 문장이 탁월한 동시에 그 문장에 의하여 그려지는 마음의 세계가 풍부해야 할 것이다. 단순히 지식수준이 높다는 것에 그치지 않을 뿐만 아니라 정(情) 또한 메마르지 않는다는 의미에서 박경기 선생이 써온 수필이야말로 좋은 수필로 분류되어야 마땅하다는 생각이다.

특히 이 책에 실려 있는 20편의 수필 모두가 박경기 선생의 80여 삶의 이력을 적확하게 대변하는 소중한 자화상이 되겠는데, 작품 말미마다 표기한 연월을 상기시켜 집필 당시의 사회상과 시대상을 유추해 볼 수 있다는 점에서도 매우 의미 있어 보인다.

이를테면 요즘 사회적 타살로 회자되는 서이초등학교 교사 자살로 인해 나타난 심각한 교권 침해에 견주어 1965년도의 교권 상황을 들여다볼 수 있는 '그 시절 스승의 날엔' 에서 당시 '교편(회초리)' 의 의미가 "학생들을 가르치는 선생일 적에는 교편을 잡다로, 교사직을 그만둘 때는 교편을 놓는다" 고 하여 '사랑의 매' 를 교사의 상징어로 삼았음을 읽을 수 있다. 실로 엄청난 격세지감을 느낄 수 있는 대목이다.

그런가 하면 최근의 상황, 바로 2023년 벽두에 등장한 '인공지능과 챗GPT' 로 하여 글쓰기 분야에서도 일대 혁명이 일어났음을 읽을 수 있다. 그야말로 시대 상황을 고스란히 대변하면서도 이런 상황을 박경기 선생은 자신의 필력을 담아 미래 시대에 적응하려는 의지 또한 견고하게 내비치고 있다.

1980년대 우리나라 수필계에서 상당한 영향력을 발휘하며 문학으로서의 수필 지위를 다지고자 애쓰셨던 김태길(金泰吉, 1920~2009) 교수는 "좋은 수필을 쓰는 가장 쉬운 길은 자신의 모습을 있는 그대로 진솔하게 드러냄에 있다"고 하였다. 바로 박경기 선생께서 지향하는 수필창작의 지표를 대변하는 것이다.

아무튼 좋은 글을 쓰기 위해서는 상당한 준비 과정을 거쳐야 한다. 마음의 밭을 갈며 성실하게 사는 것도 그 준비의 하나가 될 것이고, 사물이나 사람을 대할 때 평생을 두고 그 깊은 곳을 뚫어보는 관찰의 습관도 준비의 하나가 될 것이며, 좋은 책 또는 좋은 작품을 음미해 가며 읽는 것도 좋은 글 쓰기 준비의 하나가 될 것이다.

한 편의 명수필을 읽고 난 후 마음 속 깊은 곳으로부터 뜨거운 감동을 느끼게 되는 것은 다른 어떤 장르(genre)의 문학 작품을 읽는 것과 바꿀 수 없는 감격이 따로 있기 때문이다.

문학이라는 넓은 땅덩이에는 시가 설 자리, 소설이 설 자리, 희곡이 설 자리, 수필이 설 자리가 따로 존재한다. 작가가 같은 경험을 가지고 시, 소설, 희곡 그리고 수필 등 각기 다른 양식을 빌려 쓰면 각기 다른 성질의 문학 작품, 다른 장르의 작품이 되는 것이다.

그렇다면 문학에서 장르를 구분하는 특색은 무엇일까. 우선 외형적인 특색으로 운문(verse)과 산문(prose)으로 구분되는데 운문이 축소문학이라면 산문은 확장문학이고, 운문으로서 시가 극도의 함축문학이라면 산문으로서의 소설은 원고의 길이도 길이지만 내용적으로 '구성(플롯)'에 있어 매우 치밀하고 섬세한 특징이 있다고 볼 수 있다.

흔히 소설론을 펼 때 소설의 4대 요소로 인물(character), 주제(theme), 구성(plot), 배경(setting)을 기본적으로 말한다. 소설을 '픽션(fiction)'이라 부르고, '있을 법한 일'을 적는 글이라고 하지만 줄거리 구성(플롯)에 있어서 대단한 요구와 압박을 받는다. '기승전결(起承轉結)' 이라는 대충의 공식이 있긴 하지만 소설의 성패가 구성(플롯)에 달린 만큼 그 압박은 실로 엄청나다고 하겠다.

산문으로서 소설은 가공(架空)의 세계를 진실의 세계로 동화시켜 흡수시키는 작업이고, 수필은 사사로운 일에서 출발하여 공명(共鳴)의 세계에까지 확대하는 작업이다. 가공의 세계를 진실의 세계로 승화시키는 데는 그 구성이 치밀하지 않으면 안 되며, 소설에 있어 그 가공을 진실로 보이게 하려면 무엇보다 구성의 효과를 노리지 않으면 어렵게 될 것이다.

여기서 잠시 수필과 소설의 차이를 언급해 본다.

1980년대 중반에 '대구수필' 을 창간하고 대구 경북지역에서 수필가의 태두로서 입지를 굳건히 해 온 신택환 선생께서 '장편수필' 의 가능성을 주창하며 200페이지 분량의 수필을 발표한 바 있다. 그저 수필은 '사실' 을 다루고 소설은 '허구' 를 다룬다는 것만의 차이를 두고 실행에 옮긴 듯한데 그 후 일 년도 안 되어 이런 주장은 흐지부지 수면 아래로 가라앉고 말았다. 분명 문장의 구조나 글의 분량에다 주제의 전달방법 등에서도 확연한 차이가 존재하는데 너무 안이하게 대처하여 장편수필의 가능성은 이후 문인들의 관심 밖으로 완전히 사라지고 말았다.

수필가 김소운(金素雲, 1907~1981)은 '사실과 허구를 통한 진실한 삶의 구현' 이라는 글에서 "진실이란 말은 반드시 사실 그대로란 뜻은 아니다. 사실만을 나열한다고 해서 그것이 문장을 이루는 것은 아니요, 하물며 문학이 되는 것도 아닌 것은 재언할 필요가 없다" 고 하며, '진실이란 반드시 사실 그대로를 뜻하는 것은 아니다' 라고 강조한 바 있다.

수필가의 눈은 예리하다. 시인이나 소설가가 정곡을 찌르지 못하고 어떤 사건의 주변을 우회하거나 뒷덜미를 치기 위한 준비를 마련하고 있을 때 수필가는 핵심을 정확히 찌를 수 있는 만반의 준비를 하고 있어야 한다. 십인십색(十人十色)으로 수필가의 눈은 다르다. 또 문학 자체가 관념적인 분야

이기 때문에 어떤 기획하에 획일적으로 다룰 수는 없겠지만 어느 정도의 범주 내에서 질서를 이루어야 할 것은 명백한 사실이다.

수필가이면서 소설가로서도 많이 알려진 구인환(丘仁煥, 1929~2019) 교수는 '수필을 쓴다는 것' 은 "마음 속에 얼룩지는 앙금과 사색의 여적을 적어 놓는 일" 이라고 정의하였다. '마음의 앙금과 사색의 여적' 이란, 생활에서 겪는 일, 자연 현상이나 사물을 대하면서 마음 속에 갖게 되는 생각들을 말하는 것으로 수필을 쓰기 위해서는 이러한 생각들을 놓치지 않도록 기록해 두라는 것이다. 그리고 이러한 기록을 바탕으로 수필의 제재를 정하고, 그 기본적인 주제에 따라 배열하는 것이 바람직하며, 이때 수필의 적절한 짜임과 표현을 염두에 두어야 한다고 강조하면서 집필할 때 더욱 중요한 요소로, '기법에 너무 얽매이지 말고 솔직하고 담백하게 개성적으로 쓰는 것' 을 강조하였다.

이런 개성미를 담아 백세시대에 노인문제가 심각해지는 시대조류를 직면하면서 오랫동안 시대상을 대변해 오신 역시 수필가이며 소설가인 박경기 선생께서 이 분야 전문가로서 독보적인 전형을 마련하고 미적 추구라는 예술로서의 문학 고유의 특성을 적절히 살려 좋은 수필과 좋은 소설을 더욱 많이 발표하기를 기대해 본다.

살아있는 날들의 의미

•

지은이 / 박경기
발행인 / 김영란
발행처 / **한누리미디어**
디자인 / 지선숙

•

08303, 서울시 구로구 구로중앙로18길 40, 2층(구로동)
전화 / (02)379-4514, 379-4519
Fax / (02)379-4516
E-mail/hannury2003@hanmail.net

•

신고번호 / 제 25100-2016-000025호
신고연월일 / 2016. 4. 11
등록일 / 1993. 11. 4

•

초판발행일 / 2023년 8월 10일

•

•

값 18,000원

•

•

ISBN 978-89-7969-877-0 03810